iHuman
新民说

成为更好的人

林 贤 治 评 注

鲁迅选集

杂感 II

GUANGXI NORMAL UNIVERSITY PRESS
广西师范大学出版社
·桂林·

鲁迅选集 • 杂感 II
Luxun Xuanji • Zagan II

图书在版编目（CIP）数据

鲁迅选集. 杂感. II / 林贤治评注. —桂林：广西师范大学出版社，2018.2

ISBN 978-7-5598-0452-5

Ⅰ. ①鲁… Ⅱ. ①林… Ⅲ. ①鲁迅著作—选集 ②鲁迅杂文—选集 Ⅳ. ①I210.2

中国版本图书馆 CIP 数据核字（2017）第 259259 号

广西师范大学出版社出版发行

（广西桂林市五里店路 9 号　邮政编码：541004
网址：http://www.bbtpress.com）

出版人：张艺兵

全国新华书店经销

长沙鸿发印务实业有限公司印刷

（湖南省长沙县黄花镇黄垅村黄花工业园 3 号　邮政编码：410137）

开本：889 mm × 1 240 mm　1/32

印张：17.375　插页：3　字数：400 千字

2018 年 2 月第 1 版　2018 年 2 月第 1 次印刷

印数：0 001~7 000 册　定价：68.00 元

广州鲁迅故居

鲁迅 50 岁生辰纪念，史沫特莱摄

鲁迅在北京师范大学讲演

位于上海北四川路底的内山书店

1936 年鲁迅与内山完造、山本实彦摄于上海新月亭

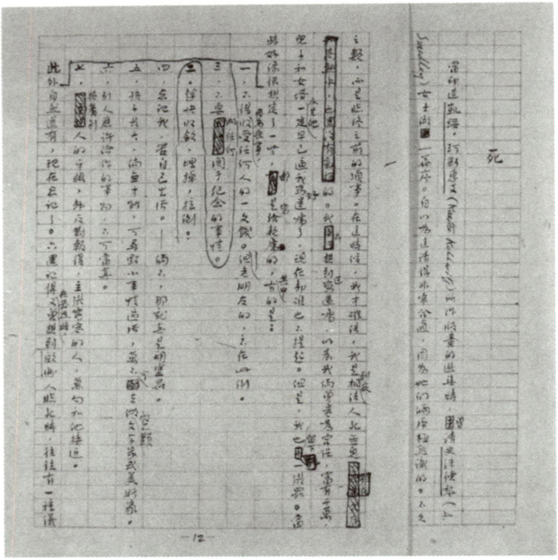

《死》手稿。1936 年 9 月 5 日

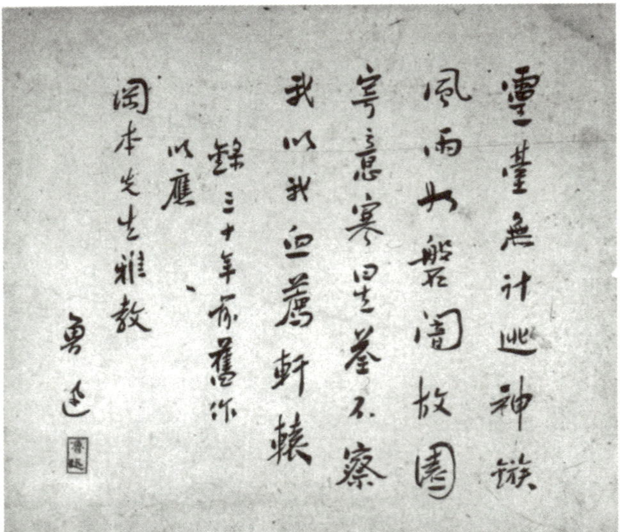
靈臺無計逃神矢
風雨如磐闇故園
寄意寒星荃不察
我以我血薦軒轅
錄三十年前舊作
以應
岡本先生雅教
魯迅

《自题小像》诗

目　录

杂　感

关于本书的说明

鲁迅是现代中国的首席思想家和文学家。作为新文学运动的灵魂式人物，他一生独立不倚，坚韧不拔地同权力者及其文化代表势力作战，致力传播西方进步的思想观念，瓦解横亘数千年的专制主义意识形态；并以富于个人风格的语言形式，把两者有机地统一起来。本书精选鲁迅文字遗产中的个人撰述部分，力求体现鲁迅思想的现代性，以及其表现的野性之美。

一、鲁迅生前喜欢按写作时间的先后编集，以便于“知人论世”；他的文集，实际上是一部相当完整的个人的精神传记。本书换一种编法，按文体分为四卷，计七辑；复以问题、主题、不同的思想范畴划界，居间分为若干组，每组之内，则仍按时间顺序排列。

二、鲁迅著作以“杂感”为最丰，其实，他的杂感包容了多种体裁。为方便读者阅读，本书除保留杂感的名目之外，另脱出散文部分，独立成组。在这里，杂感仅取狭义的内容，当代文体概念中的随笔和杂文，庶几近之。

三、编选者附加的文字有三种：一为导读，分述正文中不同文体的思想内容、艺术形态及成就；二为断片式评论，关注的是局部和细部，间或有所生发；三为注释，除文字上的实证主义工作以外，尽可能提供更多一点的背景材料。

四、前言取断片形式，概述鲁迅的人格、思想、艺术、地位和影响。

杂感

杂文的写作，对中国现代的思想家和文学家鲁迅来说，可以说是一个身份性标志。

在新文学运动初期，鲁迅同时进行小说、新诗和随感录等多方面的写作，但是很快地就告别了新诗，随后也告别了小说，惟是集中地写他的杂文。斗争的紧迫，心情的芜杂，已经不容他耽留在记忆和寂寞里了，因此，放弃创作而抓住一种便利于文明批评和社会批评的杂文样式，对于一个启蒙战士来说，实在是最自然不过的事。然而，反对他的人据此讥评他为“杂感家”，喜欢他的人也无不以他的中断创作为憾。无论在哪一方面，都一样忽略乃至抹杀了鲁迅杂文的真实价值。

的确，杂文不是现在的新货色，正如鲁迅指出的，是“古已有之”的一种文体。所谓“汉来杂文，名号多品”，文论家刘勰便把十六种文体划归杂文范畴，并且把它们都看作是“文章之支派”，“暇豫之末造”。在鲁迅那里，杂文有广义和狭义两种用法。广义相当于“杂著”，鲁迅说他编书时，“只按作成的年月，不管文体，各种都夹在一处，于是就成了‘杂’”。狭义是文体的用法，准确一点说，是应当叫作“杂感”或“短评”的。鲁迅说：“短短的批评，纵意而谈，就是所谓‘杂感’。”这里包括了三个要素：一是批评性，二是轻便性，三是随意性。作为一种文体，杂文因鲁迅的实验性的运用而变得更纯熟、更完整、更丰富，既富含思想又饶具艺术的意味，从而带上范式的意义。

中国现代杂文史是同鲁迅的名字连在一起的。许许多多用于批评的、驳难的、讽刺的文字，常常被称为“鲁迅风”。事实上，鲁迅的杂文是无法仿制的，他明显地带有个人天才创造的特征。

不问而知，鲁迅杂文的首要特点是它的批判性、思想主动性、直接性。他对杂文的要求是“感应的神经，攻守的手足”，这种对社会上日常事变的敏感，来自作为一个公共知识分子的批判立场；这一根本立场不可能属于单一组织或团体的，而是人类的、社会的、民间的，但又是全然立足于个人的。惟其是个人的批判立场，才能始终保持一种独立性，并藉此与强权者相对抗。瞿秋白说鲁迅的杂感是一种“社会论文”.“战斗的‘阜利通’”，但是必须看到，鲁迅的战斗是个人性的，他的杂文不仅仅表现为观念和理论上的斗争，而且有着灵魂的搏战，因此获得一种自觉的“荒凉和粗糙”，那为他所不惧惮也不想遮盖的“风沙中的瘢痕”。

其次是互文性。鲁迅杂文的材料来源十分丰富，从神话传说、文史知识、社会新闻、个人琐事，直至身体语言，由“面子”、头发、胡须、牙齿而腰臀、膝盖、小脚，简直无所不包。我们说鲁迅是一个百科全书式的作家，却并非是那类罗列知识的博学家；所有这些知识材料，在他那里都因战斗的调遣而作着十分机敏的处理。文本性、副文本性、超文本性，材料的交互作用，在鲁迅杂文中蔚为奇观，形成一个庞大而幻变的互动系统。我们注意到，鲁迅视“正史”为伪史而常常使用野史、笔记的材料；还应当看到，他充分利用了现代传媒相对发达的条件，即利用新闻和杂闻的材料进行写作。尤其杂闻，那种无法分类、不合规则、没有条理、荒诞离奇竟或平淡无奇的事件，是鲁迅所重视的。当他一旦从某个边缘地带和反常状态中发现了它们，便迅即发掘那里的触及人类深层状态的隐匿的潜力，揭示控制人类生存的公开或神秘的法则，总之力求突出其否定的本质。同野史、笔记的“反历史”（Contre-histoire）的使用一样，鲁迅对于新闻和杂闻的使用，将驳杂的材料在秩序的颠覆与重建中交织到一起，目的则在于反现实。

瞿秋白说鲁迅杂文是“文艺性的论文”，所谓“文艺性”，最大的特点是形象化的概括。对于中国和中国人的评述，鲁迅常常使用两个手法：一是形象化，一是类型化。譬如说中国社会是“铁屋子”，漆黑的“大染缸”，说中国文明是“人肉的筵宴”，说权力者的精神毒害为细腰蜂式的“毒螫”，武力讨伐为“血的游戏”，专制统治的原则是“动物主义”；又称“吃英雄饭”的老英雄为“吃教”，称创造社的革命文学家有“创造脸”，是“才子加流氓”，他们对革命和文学的态度是“脚踏两只船”；称周扬等“拉大旗作为虎皮”，“以鸣鞭为唯一的业绩”。杂文中的许多概括性的说明，都运用了比喻，由此及彼，以使意义豁显；但也惯常地把本质性的特征直接抽取出来，划分类型或制造典型，单刀直入，十分精警。对于中国历史，他只须拿两句话来概括，便是“想做奴隶而不得的时代”与“暂时做稳了奴隶的时代”的循环。这样的例子很不少。鲁迅说“砭锢弊常取类型”，又说“我的杂文，所写的常是一鼻，一嘴，一毛，但合起来，已几乎是或一形象的全体”。

其中有一种特殊的类型化手段，就是瞿秋白发现的，他在“私人论战”中使重要的论敌的名字变做了代表性符号，如章士钊、陈西滢、“四条汉子”等等，都有着特定的文化内涵。所谓“知人论世”，鲁迅的杂文之所以具有如此高度的概括力，显然同他对中国的历史和现实环境的深入认识有关，尤其在中国人的精神方面。所以，他可以很自信地说：“中国的大众的灵魂，现在是反映在我的杂文里了。”

偏激性，也是鲁迅杂文的一大特点。他自白说：“我的作品，太黑暗了，因为我常觉得惟‘黑暗与虚无’乃是‘实有’，却偏要向这些作绝望的抗战，所以很多着偏激的声音。”在《论“费厄泼赖”应该缓行》一文中，还特意提出“偏激”与“中庸主义”相对论列。著名的例子是《青年必读书》的答卷：“我以为少——或者竟不——看中国书，多看外国书。”典型的攻其一点，不及其余。为此，同“痛打落水狗”一类结论一样，招来不少谤议。其实，偏颇不仅是一种态度，也是一种方法，因为我们所面临的世界，并非出于公平和公正的初始状态，因此他必须向弱势者、反叛者或改革者倾斜。当群众因愚庸或卑怯而固守弱者的地位，甚至漠视乃至反对为他们的利益而牺牲的人时，是特别为他所嫉恨的。他在《即小见大》中说：“凡有牺牲在祭坛前沥血之后，所留给大家的，实在只有‘散胙’这一件事了。”像《战士和苍蝇》《别一个窃火者》《拿破仑与隋那》等前后许多文字，都表达了这样一种战士的孤愤。

鲁迅杂文中备受注目的特点，恐怕莫如讽刺了。论战的文字自不必说，就算文化随笔，也不同于蒙田，论说人生也不同于培根，他缺少西哲的那份从容淡定，那份形而上，在自由言说中仍然迫不及待，随处闪耀讽刺的机锋。鲁迅的讽刺不乏直接的攻击，可以寸铁杀人，但是也有许多讽刺在隐蔽处闪现，尤其当他身处严密的书报审查制度之下，如他所说，“一到觉得有些危急之际，也还是故意隐约其词”。这类讽刺，在鲁迅那里常用于三种情况：一是好用反语，私人论战中应用尤广，或者以子之矛攻子之盾，或者反话正说，正话反说，完全的“推背图”式。二是隐喻，这是“钻网”的最好的法子。三是与此相关的影射。小说中的形象如《奔月》的逢蒙、《理水》的文化山上的众学者，都能让读者很容易联想到他们的原型；杂文也如此，《阿金》之所以被禁止发表，鲁迅听说过，这同当局猜想影射第一夫人宋美龄有关。还有一种放大的影射，即是借古讽今，利用千百年专制历史的前后时段的相似性，顺利进入现实禁区。如说秦史、魏晋史和明清史，在鲁迅杂文中是比较突出的。讽刺这一手法，使鲁迅的杂文特别地富于生气，大大驱除了小说般的幽黯，而处处充溢着短促而明亮的笑声。托马斯 · 曼说，讽刺的笑声，正是“人文主义铁匠店里铸造出来的最有力的武器之一”。

冯雪峰说鲁迅的杂文是诗和政论的结合，指出了诗意作为一个基本元素的存在，构成为其他杂文家的作品所稀缺的品质。事实上，鲁迅杂文中的诗意表现不只限于政论，还有史论，以至对哲学文化内容的渗透。在杂文中出现的诗有两种：一种是语言形式上的，如《圣武》《夏三虫》《小杂感》《无花的蔷薇之二》《火》《夜颂》《半夏小集》等，凝练、睿智，直接的启示或充满暗示。尼采的影响随处可见，直至最后说的“最高的轻蔑是无言，而且连眼珠也不转过去”仍然是尼采式的。还有一种表现是环绕涌流于字行中间的，那是作者的天生仁爱的外化，以非战斗的内涵契合于战斗，是一种人性化氛围，一种温和的气息，一种柔情，对整体的文字结构而言，造就一种内在的刚柔兼济的节奏。

以上种种特征，是通过富于个人笔调的语言组织起来的。自然，无论何种文体，都需要某种特殊的叙述语调，但对杂文来说，似乎显得特别重要，因为它没有像小说的情节，诗的分行，或戏剧的对白一般可以作为文体的显著的外部标志，惟靠笔调把自身同其他言论性文字区别开来。鲁迅把自己的杂文同创作分开，可能是从艺术想象的角度出发；实际上，小说是虚构性的写作，杂文则是非虚构性写作，应当一样划归文学创作的。笔调是文学性的最基本的，也是最个人化、风格化的表现。在中国现代作家中，鲁迅的笔调是独异的，文白夹杂，庄谐并用，这在杂文中尤其突出。由于进攻性的需要，又因为心性孤傲，视群敌为无物，所以锋利，明快，洗练，激越而又从容，有清峻通脱的一面；但是，由于文化环境的险恶，执拗地反抗屈从而不得不作深沉的韧性的战斗，所以文风也有很平实沉着的方面。加以天性多疑善怒，行文不免常常流露质疑和抗议的语气，频频使用诸如“然而”“却”“究竟”一类连接词，形成鲁迅时常自称的“吞吞吐吐”“弯弯曲曲”的风格。

鲁迅的杂文，不但具有巨大的思想价值，而且具有巨大的审美价值。对于后者，郁达夫有一段话说得很精彩：“至于他的随笔杂感，更提供了前不见古人，而后人又绝不能追随的风格，首先其特色为观察之深刻，谈锋之犀利，比喻之巧妙，文笔之简洁，又因其飘溢几分幽默的气氛，就难怪读者会感到一种即使喝毒酒也不怕死似的凄厉的风味。”显然，对于鲁迅的杂文的评价，是并不在小说之下的。

至于同样为郁达夫所说的，杂文中“反映着五四以来中国的思想斗争的历史”的史的意义，就更不消说了。

随感录三十五[1]

从清期末年，直到现在，常常听人说“保存国粹”这一句话。

前清末年说这话的人，大约有两种：一是爱国志士，一是出洋游历的大官。他们在这题目的背后，各各藏着别的意思。志士说保存国粹，是光复旧物的意思；大官说保存国粹，是教留学生不要去剪辫子的意思。

现在成了民国了。以上所说的两个问题，已经完全消灭。所以我不能知道现在说这话的是那一流人，这话的背后藏着什么意思了。

可是保存国粹的正面意思，我也不懂。

什么叫“国粹”？照字面看来，必是一国独有，他国所无的事物了。换一句话，便是特别的东西。但特别未必定是好，何以应该保存？

譬如一个人，脸上长了一个瘤，额上肿出一颗疮，的确是与众不同，显出他特别的样子，可以算他

世界主义与人类意识。

如若“一国独有，他国所无”，所谓“粹”

也者，却是缺乏普世价值的赘物，无宁抛弃。

的“粹”。然而据我看来，还不如将这“粹”割去了，同别人一样的好。

倘说：中国的国粹，特别而且好；又何以现在糟到如此情形，新派摇头，旧派也叹气。

倘说：这便是不能保存国粹的缘故，开了海禁的缘故，所以必须保存。但海禁未开以前，全国都是“国粹”，理应好了；何以春秋战国五胡十六国闹个不休，古人也都叹气。

倘说：这是不学成汤文武周公[2]的缘故；何以真正成汤文武周公时代，也先有桀纣暴虐[3]，后有殷顽作乱[4]；后来仍旧弄出春秋战国五胡十六国闹个不休，古人也都叹气。

我有一位朋友说得好：“要我们保存国粹，也须国粹能保存我们。”

现代性的要义，也即在于“保存我们”。

保存我们，的确是第一义。只要问他有无保存我们的力量，不管他是否国粹。[5]

注　释

1　发表于1918年11月《新青年》第5卷第5号，署名唐俟。后编入杂文集《热风》。

《新青年》开设专栏“随感录”，其中发表各位撰稿人的文章，开始时只有篇号而无篇名，如本篇即第35篇。

2 成汤文武周公　成汤，商代开国君主。文，即周文王，姬姓，名昌，商末周族领袖，周代尊称为文王。武，即周武王，名发，文王之子，灭纣建立周王朝。周公，武王之弟，名旦，成王时曾为摄政。

3 桀纣暴虐　桀，夏代最后一个君主；纣，商代最后一个君主。据史籍所载，二人均荒淫无度，为政暴虐。

4 殷顽作乱　周王朝建立后，武王把殷商的地域分封其弟管叔、蔡叔、霍叔三人管治。又封纣王之子武庚为诸侯。武王死后，周公辅政，武庚联合一些小国及诸侯力量起兵反周。周公亲率大军东征，平定叛乱。这次反周的殷商遗民被称为“殷顽”。

三十八[1]

中国式的爱国主义："合群的爱国的自大。"在这里，鲁迅把它归结为中国历史所以停滞落后的原因。

中国由来只有"庸众"，没有个人主义。

中国人向来有点自大。——只可惜没有"个人的自大"，都是"合群的爱国的自大"。这便是文化竞争失败之后，不能再见振拔改进的原因。

"个人的自大"，就是独异，是对庸众宣战。除精神病学上的夸大狂外，这种自大的人，大抵有几分天才，——照 Nordau[2] 等说，也可说就是几分狂气，他们必定自己觉得思想见识高出庸众之上，又为庸众所不懂，所以愤世疾俗，渐渐变成厌世家，或"国民之敌"[3]。但一切新思想，多从他们出来，政治上宗教上道德上的改革，也从他们发端。所以多有这"个人的自大"的国民，真是多福气！多幸运！

"合群的自大"，"爱国的自大"，是党同伐异，是对少数的天才宣战；——至于对别国文明宣战，却尚在其次。他们自己毫无特别才能，可以夸示于人，所以把这国拿来做个影子；他们把国里的习惯制度抬得很高，赞美的了不得；他们的国粹，既然这样有荣光，他们自然也有荣光了！倘若遇见攻击，他们也不必自去应战，因为这种蹲在影子里张目摇舌的人，数目极多，只须用mob[4]的长技，一阵乱噪，便可制胜。胜了，我是一群中的人，自然也胜了；若败了时，一群中有许多人，未必是我受亏：大凡聚众滋事时，多具这种心理，也就是他们的心理。他们举动，看似猛烈，其实却很卑怯。至于所生结果，则复古，尊王，扶清灭洋等等，已领教得多了。所以多有这“合群的爱国的自大”的国民，真是可哀，真是不幸！

群众心理学。

不幸中国偏只多这一种自大：古人所作所说的事，没一件不好，遵行还怕不及，怎敢说到改革？这种爱国的自大家的意见，虽各派略有不同，根柢总是一致，计算起来，可分作下列五种：

要改革，就必须先行破除这种“爱国的自大”。

甲云：“中国地大物博，开化最早；道德天下第一。”这是完全自负。

乙云：“外国物质文明虽高，中国精神文明更好。”

丙云：“外国的东西，中国都已有过；某种科学，即某子所说的云云”，这两种都是“古今中外派”的支流；依据张之洞[5]的格言，以“中学为体西学为用”的人物。

丁云：“外国也有叫化子，——（或云）也有草舍，——娼妓，——臭虫。”这是消极的反抗。

戊云：“中国便是野蛮的好。”又云：“你说中国思想昏乱，那正是我民族所造成的事业的结晶。从祖先昏乱起，直要昏乱到子孙；从过去昏乱起，直要昏乱到未来。……（我们是四万万人，）你能把我们灭绝么？”这比“丁”更进一层，不去拖人下水，反以自己的丑恶骄人；至于口气的强硬，却很有《水浒传》中牛二的态度[6]。

五种之中，甲乙丙丁的话，虽然已很荒谬，但同戊比较，尚觉情有可原，因为他们还有一点好胜心存在。譬如衰败人家的子弟，看见别家兴旺，多说大话，摆出大家架子；或寻求人家一点破绽，聊给自己解嘲。这虽然极是可笑，但比那一种掉了鼻子，还说是祖传老病，夸示于众的人，总要算略高一步了。

阿Q主义："精神上掉了鼻子。"

戊派的爱国论最晚出，我听了也最寒心；这不但因其居心可怕，实因他所说的更为实在的缘故。昏乱的祖先，养出昏乱的子孙，正是遗传的定理。民族根性造成之后，无论好坏，改变都不容易的。法国 G. Le Bon[7] 著《民族进化的心理》中，说及此事道（原文已忘，今但举其大意）——“我们一举一动，虽似自主，其实多受死鬼的牵制。将我们一代的人，和先前几百代的鬼比较起来，数目上就万不能敌了。”我们几百代的祖先里面，昏乱的人，定然不少：有讲道学儒生，也有讲阴阳五行的道士，有静坐炼丹的仙人，也有打脸打把子[8]的戏子。所以我们现在虽想好好做“人”，难保血管里的昏乱分子不来作怪，我们也不由自主，一变而为研究丹田脸谱的人物：这真是大可寒心的事。但我总希望这昏乱思想遗传的祸害，不至于有梅毒那样猛烈，竟至百无一免。即使同梅毒一样，现在发明了六百零六[9]，肉体上的病，既可医治；我希望也有一种七百零七的药，可以医治思想上的病。这药原来也已发明，就是“科学”一味。只希望那班精神上掉了鼻子的朋友，不要又打着“祖传老病”的旗号来反对吃药，中国的昏乱病，便也总有全愈的一天。祖先的势力虽大，但如从现代起，立意改变：扫除了昏乱的心思，和助成昏乱的物事（儒道两派的文书），再用了对症的药，即使不能立刻奏效，也可把那病毒略略羼淡。如此几代之后待我们成了祖先的时候，就可以分得昏乱祖先的若干势力，那时便有转机，Le Bon 所说的事，也不足怕了。

文化传统：“血管里的昏乱分子。”

“祖传老病”不易治，就首先因为不以为病，故而谈不上吃药，更谈不上吃何种药。

鲁迅并不反对“改良”，这里所言的思想革命，即渐进式的革命。

以上是我对于“不长进的民族”的疗救方法；至于“灭绝”一条，那是全不成话，可不必说。“灭绝”这两个可怕的字，岂是我们人类应说的？只有张献忠[10]这等人曾有如此主张，至今为人类唾骂；而且于实际上发生出什么效验呢？但我有一句话，要劝戊派诸公。“灭绝”这句话，只能吓人，却不能吓倒自然。他是毫无情面：他看见有自向灭绝这条路走的民族，便请他们灭绝，毫不客气。我们自己想活，也希望别人都活；不忍说他人的灭绝，又怕他们自己走到灭绝的路上，把我们带累了也灭绝，所以在此着急。倘使不改现状，反能兴旺，能得真实自由的幸福生活，那就是做野蛮也很好。——但可有人敢答应说“是”么？

革命并非“灭绝”。

注　释

1　发表于 1918 年 11 月《新青年》第 5 卷第 5 号，署名迅。后编入《热风》。

2　Nordau　诺尔道（1849—1923），出生于匈牙利的犹太医生，政治活动家、作家。作为犹太复古主义领袖西奥多·赫茨尔的副手，担任过犹太复国运动大会副主席。著有政论《退化》、小说《感情的喜剧》等。

3　“国民之敌”　指挪威作家易卜生剧本《国民之敌》（今译作《人民公敌》）的主人公斯多克芒一类人物。斯多克芒是挪威南部某城市温泉浴场的医官，他在浴场中发现病毒，随即报告并建议加以改建，结果不但得不到认同，反而被他的哥哥彼得市长及市民大会宣布为“国民之敌”。鲁迅在《摩罗诗力说》中，也曾对易卜生笔下的“国民之敌”的“死守真理，以拒庸愚”的斗争精神表示热烈的赞赏。

4　mob　英语，意为群氓、乌合之众。

5　张之洞（1837—1909）　清末大臣，洋务派首领之一。字孝达，号香涛，直隶（今河北）南皮人。先后设广东水陆师学堂，创机炮厂，开矿务局，立广雅书院、两湖书院等。1898 年发表《劝学篇》，提倡“中学为体，西学为用”，成为近代中国改良主义的思想纲领。

6　牛二　小说《水浒传》中的无赖汉。该书第十二回写他强迫杨志卖刀给他，态度蛮横至极。

7　G. Le Bon　居斯塔夫·勒庞（1841—1931），法国社会心理学家。著有《群体心理学》《法国大革命和革命心理学》《社会主义心理学》《战争心理学》等。

8　打脸　传统戏曲演员按照“脸谱”的式样勾画花脸。打把子　指传统戏曲中的武打动作。

9　六百零六　即胂凡纳明（英文 Arsphenamine 的音译），商品名为洒尔佛散（德文 Salvarsan 的音译），一种抗梅毒药。因该药得自试验期间获得的第六〇六号化合物，故称。

10 **张献忠**（1606—1646） 明末农民起义领袖。字秉吾，号敬轩，陕西延安人。崇祯三年（1630）在米脂起事，率军转战陕西、湖北、河南、安徽、江西、湖南、四川各地，在成都建立大西国。清顺治三年（1646）出川，此行与清军遭遇，在西充凤凰山中箭而死。旧史书对张献忠的滥杀多有记载。

四十一[1]

从一封匿名信里看见一句话，是“数麻石片”（原注江苏方言），大约是没有本领便不必提倡改革，不如去数石片的好的意思。因此又记起了本志通信栏内所载四川方言的“洗煤炭”[2]。想来别省方言中，相类的话还多；守着这专劝人自暴自弃的格言的人，也怕并不少。

凡中国人说一句话，做一件事，倘与传来的积习有若干抵触，须一个斤斗便告成功，才有立足的处所；而且被恭维得烙铁一般热。否则免不了标新立异的罪名，不许说话；或者竟成了大逆不道，为天地所不容。这一种人，从前本可以夷到九族[3]，连累邻居；现在却不过是几封匿名信罢了。但意志略略薄弱的人便不免因此萎缩，不知不觉的也入了“数麻石片”党。

“数麻石片”党：反对改革，反对标新立异。

所以现在的中国，社会上毫无改革，学术上没有发明，美术上也没有创作；至于多人继续的研究，前仆后继的探险，那更不必提了。国人的事业，大抵是专谋时式的成功的经营，以及对于一切的冷笑。

但冷笑的人，虽然反对改革，却又未必有保守的能力：即如文字一面，白话固然看不上眼，古文也不甚提得起笔。照他的学说，本该去“数麻石片”了；他却又不然，只是莫名其妙的冷笑。

中国的人，大抵在如此空气里成功，在如此空气里萎缩腐败，以至老死。

我想，人猿同源的学说，大约可以毫无疑义了。但我不懂，何以从前的古猴子，不都努力变人，却到现在还留着子孙，变把戏给人看。还是那时竟没有一匹想站起来学说人话呢？还是虽然有了几匹，却终被猴子社会攻击他标新立异，都咬死了；所以终于不能进化呢？

尼采[4]式的超人，虽然太觉渺茫，但就世界现有人种的事实看来，却可以确信将来总有尤为高尚尤近圆满的人类出现。到那时候，类人猿上面，怕要添出“类猿人”这一个名词。

“有一分热，发一分光”，——在这里，首先是责任，然后才是能量。

所以我时常害怕，愿中国青年都摆脱冷气，只是向上走，不必听自暴自弃者流的话。能做事的做事，能发声的发声。有一分热，发一分光，就令萤火一般，也可以在黑暗里发一点光，不必等候炬火。

此后如竟没有炬火：我便是唯一的光。倘若有了炬火，出了太阳，我们自然心悦诚服的消失，不但毫无不平，而且还要随喜[5]赞美这炬火或太阳；因为他

尼采式的大侮蔑：“我便是唯一的光。”所不同者，在于随喜赞美炬火或太阳，而且心悦诚服地消失。

照了人类，连我都在内。

我又愿中国青年都只是向上走，不必理会这冷笑和暗箭。尼采说：

“真的，人是一个浊流。应该是海了，能容这浊流使他干净。

咄，我教你们超人：这便是海，在他这里，能容下你们的大侮蔑。”(《札拉图如是说》的《序言》第三节）

纵令不过一洼浅水，也可以学学大海；横竖都是水，可以相通。几粒石子，任他们暗地里掷来；几滴秽水，任他们从背后泼来就是了。

个人主义宣言。

这还算不到“大侮蔑”——因为大侮蔑也须有胆力。

注　释

1　发表于1919年1月《新青年》第6卷第1号，署名唐俟。后编入《热风》。

2　“洗煤炭”　文中说到的《通信》栏内的文章，是指发表在1918年8月《新青年》第5卷第2号任鸿隽给胡适的信，其中说：“《新青年》一面讲改良文学，一面讲废灭汉文，是否自相矛盾？既要废灭不用，又用力去改良不用的物件。

我们四川有句俗语说：‘你要没有事做，不如洗煤炭去罢。’”

3 **夷到九族** 中国古代酷刑，一人犯罪，株连九族。夷，杀尽。九族，指上溯高祖下至玄孙九代亲属；还有一说，指的是父族四代、母族三代和妻族二代。

4 **尼采（F. Nietzsche）** 德国哲学家。主要著作有《查拉图斯特拉如是说》《权力意志论》《道德的谱系》《悲剧的诞生》等。他谴责“庸众”，礼赞“超人”，宣扬价值重估，强调“权力意志”。他的思想对十九世纪末二十世纪初的自由知识界影响很大，我国五四时期曾一度流行，但也曾为德国法西斯政权所利用，成为极权主义的理论工具。

5 **随喜** 佛家语。意为随从他人行善，并为他人获得善果而感到欢喜。

四十六[1]

民国八年正月间，我在朋友家里见到上海一种什么报的星期增刊[2]讽刺画，正是开宗明义第一回；画着几方小图，大意是骂主张废汉文的人的；说是给外国医生换上外国狗的心了，所以读罗马字时，全是外国狗叫。但在小图的上面，又有两个双钩大字“泼克”，似乎便是这增刊的名目；可是全不像中国话。我因此很觉这美术家可怜：他——对于个人的人身攻击姑且不论——学了外国画，来骂外国话，然而所用的名目又仍然是外国话。讽刺画本可以针砭社会的锢疾；现在施针砭的人的眼光，在一方尺大的纸片上，尚且看不分明，怎能指出确当的方向，引导社会呢？

这几天又见到一张所谓《泼克》，是骂提倡新文艺的人了。大旨是说凡所崇拜的，都是外国的偶像。我因此愈觉这美术家可怜：他学了画，而且画了“泼克”，竟还未知道外国画也是文艺之一。他对于自己的本业，尚且罩在黑坛子里，摸不清楚，怎能有优美的创作，贡献于社会呢？

但“外国偶像”四个字，却亏他想了出来。

不论中外，诚然都有偶像。但外国是破坏偶像的人多；那影响所及，便成功了宗教改革，法国革命。旧像愈摧破，人类便愈进步；所以现在才有比利时的义战[3]，与人道的光明。那达尔文易卜生托尔斯泰尼采诸人，便都是近来偶像破坏的大人物。

改革，即意味着破坏偶像，偶像不特指人物、教会、政党，也包括制度，是一切既存的权威的统称。

在这一流偶像破坏者，《泼克》却完全无用；因为他们都有确固不拔的自信，所以决不理会偶像保护者的嘲骂。易卜生说：

“我告诉你们，是这个——世界上最强壮有力的人，就是那孤立的人。”（见《国民之敌》）

但也不理会偶像保护者的恭维。尼采说：

“他们又拿着称赞，围住你嗡嗡的叫：他们的称赞是厚脸皮。他们要接近你的皮肤和你的血。”（《札拉图如是说》第二卷《市场之蝇》）

如不废弃崇拜，也宁可崇拜新偶像，即“外国偶像”。新偶像中有个人主义，有革命思想，因此，这种崇拜可以最终导致偶像的摧毁。

这样，才是创作者。——我辈即使才力不及，不能创作，也该当学习；即使所崇拜的仍然是新偶像，也总比中国陈旧的好。与其崇拜孔丘关羽[4]，还不如崇拜达尔文易卜生；与其牺牲于瘟将军五道神，还不如牺牲于Apollo[5]。

“与其……还不如……”，二者择一，典型的五四式思维。

注　释

1　发表于 1919 年 2 月《新青年》第 6 卷第 2 号，署名唐俟。后编入《热风》。

2　这里指的是上海《时事新报》星期图画增刊《泼克》。该刊 1919 年 1 月 5 日、2 月 9 日分别刊载的漫画，均为沈泊尘作。

3　比利时的义战　第一次世界大战时，德国企图通过“中立国”比利时的国土进攻法国，为比利时所拒，于是发生战争。当时英、法等国称之为“义战”。

4　崇拜孔丘关羽　自汉代宣称“独尊儒术”之后，历代王朝尊崇孔子，称“文宣王”“至圣文宣王”“大成至圣文宣王”“大成至圣文宣先师”，在各地建立专祠（文庙）；宋代又尊崇关羽，封为“忠惠公”“武安王”“协天护国忠义大帝”“三界伏魔大帝”“神威远镇天尊”“关圣帝君”，也建立专祠（武庙）。

5　Apollo　阿波罗，希腊神话中的太阳神，主管光明、青春、医药、畜牧、音乐、诗歌。一说是希腊文化的守护神。

四十八[1]

中国人对于异族，历来只有两样称呼：一样是禽兽，一样是圣上。从没有称他朋友，说他也同我们一样的。

古书里的弱水[2]，竟是骗了我们：闻所未闻的外国人到了；交手几回，渐知道“子曰诗云”似乎无用，于是乎要维新。

维新以后，中国富强了，用这学来的新，打出外来的新，关上大门，再来守旧。

可惜维新单是皮毛，关门也不过一梦。外国的新事理，却愈来愈多，愈优胜，“子曰诗云”也愈挤愈苦，愈看愈无用。于是从那两样旧称呼以外，别想了一样新号：“西哲”，或曰“西儒”。

他们的称号虽然新了，我们的意见却照旧。因为“西哲”的本领虽然要学，“子曰诗云”也更要昌明。换几句话，便是学了外国本领，保存中国旧习。本领要新，思想要旧。要新本领旧思想的新人物，驼了旧

所谓“本领要新”，无非学习西方的科学技术；“思想要旧”，则是拒绝西方的人文思想。这类“新本领旧思想的新人物”，五四以来，非属少数。

本领旧思想的旧人物，请他发挥多年经验的老本领。一言以蔽之：前几年谓之“中学为体，西学为用”，这几年谓之“因时制宜，折衷至当”。

其实世界上决没有这样如意的事。即使一头牛，连生命都牺牲了，尚且祀了孔便不能耕田，吃了肉便不能榨乳。何况一个人先须自己活着，又要驼了前辈先生活着；活着的时候，又须恭听前辈先生的折衷：早上打拱，晚上握手；上午“声光化电”，下午“子曰诗云”呢？

祖传的“中庸”之道，即折衷主义，往往冒充“辩证法”而大行其道。

社会上最迷信鬼神的人，尚且只能在赛会这一日抬一回神舆。不知那些学“声光化电”的“新进英贤”，能否驼着山野隐逸，海滨遗老，折衷一世？

“西哲”易卜生盖以为不能，以为不可。所以借了 Brand 的嘴说：“All or nothing！”[3]

注　释

1　发表于 1919 年 2 月《新青年》第 6 卷第 2 号，署名俟。后编入《热风》。

2　弱水　古水名。古籍所载弱水甚多，意谓水弱不能胜舟，甚至说是力不胜芥或不胜鸿毛。这里说的“骗了我们”，是说如此不可浮越的弱水竟不能阻挡外国人的到来。

3　Brand　勃兰特，易卜生的戏剧《勃兰特》中的人物。台词“All or nothing！”即英语“不能完全，宁可不要”的意思。

五十四[1]

中国国情："将几十世纪缩在一时。"

中国社会上的状态，简直是将几十世纪缩在一时：自油松片以至电灯，自独轮车以至飞机，自镖枪以至机关炮，自不许"妄谈法理"以至护法[2]，自"食肉寝皮"的吃人思想以至人道主义，自迎尸拜蛇以至美育代宗教[3]，都摩肩挨背的存在。

这许多事物挤在一处，正如我辈约了燧人氏以前的古人，拼开饭店一般，即使竭力调和，也只能煮个半熟；伙计们既不会同心，生意也自然不能兴旺，——店铺总要倒闭。

黄郛[4]氏做的《欧战之教训与中国之将来》中，有一段话，说得很透澈：

"七年以来，朝野有识之士，每腐心于政教之改良，不注意于习俗之转移；庸讵知旧染不去，新运不生：事理如此，无可勉强者也。外人之评我者，谓中国人有一种先天的保守性，即或迫于时势，各种制度有改革之必要时，而彼之所谓改革者，决不将旧日制度完全废止，乃在旧制度之上，更添加一层新制度。试览前清之兵制变迁史，可以知吾言之不谬焉。最初命八旗兵驻防各地，以充守备之任；及年月既久，旗兵已腐败不堪用，洪秀全起，不得已，征募湘淮两军以应急：从此旗兵绿营，并肩存在，遂变成二重兵制。甲午战后，知绿营兵力又不可恃，乃复编练新式军队：于是并前二者而变成三重兵制矣。今旗兵虽已消灭，而变面换形之绿营，依然存在，总是二重兵制也。从可知吾国人之无澈底改革能力，实属不可掩之事实。他若贺阳历新年者，复贺阴历新年；奉民国正朔者，仍存宣统年号。一察社会各方面，盖无往而非二重制。即今日政局之所以不宁，是非之所以无定者，简括言之，实亦不过一种‘二重思想’在其间作祟而已。”

此外如既许信仰自由，却又特别尊孔；既自命“胜朝遗老”[5]，却又在民国拿钱；既说是应该革新，却又主张复古：四面八方几乎都是二三重以至多重的事物，每重又各各自相矛盾。一切人便都在这矛盾中间，互相抱怨着过活，谁也没有好处。

要想进步，要想太平，总得连根的拔去了“二重思想”。因为世界虽然不小，但彷徨的人种，是终竟寻不出位置的。

“二重思想”的可怕之处，还在于假借“宽容”“多元化”之类好看的名目，以排挤和打击改革的思想。

注 释

1 发表于 1919 年 3 月《新青年》第 6 卷第 3 号，署名唐俟。后编入《热风》。

2 “妄谈法理” 辛亥革命后，袁世凯窃夺大权，部分国会议员根据《中华民国临时约法》，大谈“民国的法理”，以期阻遏袁世凯的独裁倾向。袁世凯则声称不许“妄谈法理”，下令废止《临时约法》并解散国会。护法 指 1917 年 7 月至 1918 年 4 月间，孙中山领导的维护《临时约法》和恢复国会的运动。

3 美育代宗教 当时北京大学校长蔡元培提出的一种关于社会教育的主张。他曾于 1917 年 8 月在《新青年》发表《以美育代宗教说》一文。

4 黄郛（1880—1936） 浙江绍兴人。早年加入同盟会，武昌起义时与陈其美组织沪军响应，后投靠研究系。历任北洋政府外交总长、代理内阁总理、国民党政府外交部长、北洋政务整委会委员长等职。所著《欧战之教训与中国之将来》一书，1918 年 12 月由上海中华书局出版。

5 “胜朝遗老” 这里指清朝遗老。胜朝，即前朝。

五十六　“来了”[1]

“来了”源于一种盲目排外的社会文化心理，所以可怕。

近来时常听得人说，“过激主义[2]来了”；报纸上也时常写着，“过激主义来了”。

于是有几文钱的人，很不高兴。官员也着忙，要防华工[3]，要留心俄国人；连警察厅也向所属发出了严查“有无过激党设立机关”的公事。

着忙是无怪的，严查也无怪的；但先要问：什么是过激主义呢？

这是他们没有说明，我也无从知道，我虽然不知道，却敢说一句话：“过激主义”不会来，不必怕他；只有“来了”是要来的，应该怕的。

我们中国人，决不能被洋货的什么主义引动，有抹杀他扑灭他的力量。军国民主义么，我们何尝会同别人打仗；无抵抗主义么，我们却是主战参战[4]的；自由主义么，我们连发表思想都要犯罪，讲几句话也为难；人道主义么，我们人身还可以买卖呢。

所以无论什么主义，全扰乱不了中国；从古到今的扰乱，也不听说因为什么主义。试举目前的例，便如陕西学界的布告[5]，湖南灾民的布告[6]，何等可怕，与比利时公布的德兵苛酷情形，俄国别党宣布的列宁政府残暴情形，比较起来，他们简直是太平天下了。德国还说是军国主义，列宁不消说还是过激主义哩！

这便是“来了”来了。来的如果是主义，主义达了还会罢；倘若单是“来了”，他便来不完，来不尽，来的怎样也不可知。

民国成立的时候，我住在一个小县城里，早已挂过白旗。有一日，忽然见许多男女，纷纷乱逃：城里的逃到乡下，乡下的逃进城里。问他们什么事，他们答道，“他们说要来了。”

“来了”反映一种从众心理，取消了个人的自觉意识。

可见大家都单怕“来了”，同我一样。那时还只有“多数主义”[7]，没有“过激主义”哩。

注 释

1 发表于1919年5月《新青年》第6卷第5号，署名唐俟。后编入《热风》。

2 过激主义 原是日本报纸对布尔什维主义的译称，亦常见于当时的中国报纸。

3 华工 第一次世界大战时，北洋政府曾派遣二十余万人参战，实际上从事修路运输等劳动，故称华工。十月革命后，中国北洋政府为防止侨居俄国的华工传播革命思想，下令东北、蒙古、新疆等地的边防官员对他们入境严加审查。

4　**主战参战**　1917年8月14日，中国政府对德国宣战。

5　**陕西学界的布告**　指1919年3月陕西旅京学生团控诉陕西军阀陈树藩的油印文件《秦劫痛语》。其中列举兵匪残害百姓的种种暴行，所用酷刑就有曝尸烈日、酷吊、戴肉镯子、煮人肉等。

6　**湖南灾民的布告**　指1919年1月，湖南各界人士发布的《湘民血泪》文告。其中暴露和控诉了地方军阀张敬尧纵兵作恶、残害百姓的罪行。

7　**“多数主义”**　这里并非特指某一种主义，仅是人数众多的意思。

五十九 “圣武”[1]

我前回已经说过“什么主义都与中国无干”的话了；今天忽然又有些意见，便再写在下面：

我想，我们中国本不是发生新主义的地方，也没有容纳新主义的处所，即使偶然有些外来思想，也立刻变了颜色，而且许多论者反要以此自豪。我们只要留心译本上的序跋，以及各样对于外国事情的批评议论，便能发见我们和别人的思想中间，的确还隔着几重铁壁。他们是说家庭问题的，我们却以为他鼓吹打仗；他们是写社会缺点的，我们却说他讲笑话；他们以为好的，我们说来却是坏的。若再留心看看别国的国民性格，国民文学，再翻一本文人的评传，便更能明白别国著作里写出的性情，作者的思想，几乎全不是中国所有。所以不会了解，不会同情，不会感应；甚至彼我间的是非爱憎，也免不了得到一个相反的结果。

中国文化有巨大的同化力，近代以降，许多外来的主义被儒家化，便是证明。

新主义宣传者是放火人么，也须别人有精神的燃料，才会着火；是弹琴人么，别人的心上也须有弦索，才会出声；是发声器么，别人也必须是发声器，才会共鸣。中国人都有些不很像，所以不会相干。

几位读者怕要生气，说，“中国时常有将性命去殉他主义的人，中华民国以来，也因为主义上死了多少烈士，你何以一笔抹杀？吓！”这话也是真的。我们从旧的外来思想说罢，六朝的确有许多焚身的和尚，唐朝也有过砍下臂膊布施无赖的和尚；从新的说罢，自然也有过几个人的。然而与中国历史，仍不相干。因为历史结帐，不能像数学一般精密，写下许多小数，却只能学粗人算帐的四舍五入法门，记一笔整数。

这里说的“刀与火”，指专制暴力；称为总名的“来了”，则是自我封闭的象征，与波普的“开放社会”的概念恰好相反。

中国历史的整数里面，实在没有什么思想主义在内。这整数只是两种物质，——是刀与火，“来了”便是他的总名。

火从北来便逃向南，刀从前来便退向后，一大堆流水帐簿，只有这一个模型。倘嫌“来了”的名称不很庄严，“刀与火”也触目，我们也可以别想花样，奉献一个谥法，称作“圣武”[2]，便好看了。

所谓“圣武”，意味着征服、控制、统治。作为小百姓，梦想“朝为田舍郎，暮登天子堂”；贵为天子，“朕即天下”，由我支配一切。这便是几千年遗传下来的帝王思想。

古时候，秦始皇帝[3]很阔气，刘邦和项羽都看见了；邦说，“嗟乎！大丈夫当如此也！”羽说，“彼可取而代也！”[4]羽要“取”什么呢？便是取邦所说的“如此”。“如此”的程度，虽有不同，可是谁也想取；被取的是“彼”，取的是“丈夫”。所有“彼”与“丈夫”的心中，便都是这“圣武”的产生所，受纳所。

何谓“如此”？说起来话长；简单地说，便只是纯粹兽性方面的欲望的满足——威福，子女，玉帛，——罢了。然而在一切大小丈夫，却要算最高理想（？）了。我怕现在的人，还被这理想支配着。

大丈夫“如此”之后，欲望没有衰，身体却疲敝了；而且觉得暗中有一个黑影——死——到了身边了。于是无法，只好求神仙。这在中国，也要算最高理想了。我怕现在的人，也还被这理想支配着。

求了一通神仙，终于没有见，忽然有些疑惑了。于是要造坟，来保存死尸，想用自己的尸体，永远占据着一块地面。这在中国，也要算一种没奈何的最高理想了。我怕现在的人，也还被这理想支配着。

不在精神的薪火承传，而求完整地保存僵尸，——一种特有的东方宗教。

现在的外来思想，无论如何，总不免有些自由平等的气息，互助共存的气息，在我们这单有“我”，单想“取彼”，单要由我喝尽了一切空间时间的酒的思想界上，实没有插足的余地。

政治界由我取彼，思想界唯我独尊，其揆一也。

因此，只须防那“来了”便够了。看看别国，抗拒这“来了”的便是有主义的人民。他们因为所信的主义，牺牲了别的一切，用骨肉碰钝了锋刃，血液浇灭了烟焰。在刀光火色衰微中，看出一种薄明的天色，便是新世纪的曙光。

赞美“有主义的人民”。惟其有了主义，才有可能对抗“刀与火”，使之衰微变色。其中说到“牺牲”，用骨肉碰钝锋刃，血液浇灭烟焰，说明在一个专制国家里，革命暴力是不可避免的。

曙光在头上，不抬起头，便永远只能看见物质的闪光。

注 释

1 发表于 1919 年 5 月《新青年》第 6 卷第 5 号，署名唐俟。后编入《热风》。

2 “圣武” 原为对皇朝武功的颂词，这里则含反讽之意。

3 秦始皇帝（前 259—前 210） 姓嬴名政，战国时秦国国君，于公元前 221 年统一中国，建立中国历史上第一个中央集权的专制王朝。

4 可参看《史记》中《高祖本纪》及《项羽本纪》。刘邦（前 247—前 195），字季，沛（今江苏沛县）人，秦二世元年（前 209）起兵反秦，亡秦灭楚后建立西汉王朝。庙号高祖。项羽（前 232—前 202），名籍，下相（今江苏宿县）人，于秦二帝元年反秦，秦亡后自立为西楚霸王，后为刘邦所败。

六十五　暴君的臣民[1]

从前看见清朝几件重案的记载，“臣工”[2]拟罪很严重，“圣上”常常减轻，便心里想：大约因为要博仁厚的美名，所以玩这些花样罢了。后来细想，殊不尽然。

暴君治下的臣民，大抵比暴君更暴；暴君的暴政，时常还不能餍足暴君治下的臣民的欲望。

关于暴君的臣民比暴君更暴的思想，鲁迅曾多次表述过。

中国不要提了罢。在外国举一个例：小事件则如Gogol[3]的剧本《按察使》，众人都禁止他，俄皇却准开演；大事件则如巡抚想放耶稣，众人却要求将他钉上十字架[4]。

暴君的臣民，只愿暴政暴在他人的头上，他却看着高兴，拿“残酷”做娱乐，拿“他人的苦”做赏玩，做慰安。

自己的本领只是“幸免”。

从“幸免”里又选出牺牲，供给暴君治下的臣民的渴血的欲望，但谁也不明白。死的说“阿呀”，活的高兴着。

注 释

1 发表于1919年11月《新青年》第6卷第6号，署名唐俟。后编入《热风》。

2 “臣工” 群臣百官。《诗经·周颂·臣工》:“嗟嗟臣工。”毛传：“工，官也。”

3 Gogol 果戈理（1809—1852），俄国作家。他以天才的讽刺笔调，揭露俄国上流社会的种种腐败和丑恶，同时广泛而深入地描画了当时农奴制度下的黑暗、停滞、落后的社会生活。作品有小说《彼得堡故事集》《死魂灵》，剧本《钦差大臣》（即《按察使》）等，这些作品对俄国现实主义文学的发展产生了很大的影响。

4 钉上十字架 据《新约》记载，耶稣因门徒犹大出卖被捕，押交罗马帝国驻犹太总督彼拉多。彼拉多因耶稣无罪，意想释放，遭到祭司长、文士和长老的反对，结果耶稣被钉死在十字架上。

青年必读书[1]

——应《京报副刊》[2]的征求

青年必读书	从来没有留心过， 所以现在说不出。
附注	但我要趁这机会，略说自己的经验，以供若干读者的参考—— 我看中国书时，总觉得就沉静下去，与实人生离开；读外国书——但除了印度——时，往往就与人生接触，想做点事。 中国书虽有劝人入世的话，也多是僵尸的乐观；外国书即使是颓唐和厌世的，但却是活人的颓唐和厌世。 我以为要少——或者竟不——看中国书，多看外国书。 少看中国书，其结果不过不能作文而已。但现在的青年最要紧的是“行”，不是“言”。只要是活人，不能作文算什么大不了的事。 （二月十日。）

对“中国书”的评价，也可以说是对中国知识精英的评价。

鲁迅始终把“行”——改变个人及社会命运的实践活动放在首位。

注　释

1 发表于 1925 年 2 月 21 日《京报副刊》。后编入《华盖集》。1925 年 1 月，《京报副刊》刊出启事，约请学者名流向青年推荐“青年爱读书”和“青年必读书”两种书目各十部，鲁迅只写了“青年必读书”一项，算是应约作的答复。发表后，曾有人在报上进行攻击，为此，作者写了《聊答“……”》《报〈奇哉所谓……〉》等文，收入《集外集拾遗》，可参看。

2 《京报副刊》 《京报》的一种影响较大的副刊，为当时著名的四大副刊之一。1924 年 12 月创刊，孙伏园编辑。《京报》，日报，由邵飘萍创办于 1918 年 10 月。该报注重宣传新思潮，抨击北洋军阀政府，支持民众爱国反帝的斗争。曾出版“马克思纪念特刊”。1925 年 9 月，邀请鲁迅编辑《莽原》周刊。1926 年 4 月，被奉系军阀张作霖查封。

战士和苍蝇[1]

Schopenhauer[2]说过这样的话：要估定人的伟大，则精神上的大和体格上的大，那法则完全相反。后者距离愈远即愈小，前者却见得愈大。

正因为近则愈小，而且愈看见缺点和创伤，所以他就和我们一样，不是神道，不是妖怪，不是异兽。他仍然是人，不过如此。但也惟其如此，所以他是伟大的人。

战士战死了的时候，苍蝇们所首先发见的是他的缺点和伤痕，嘬着，营营地叫着，以为得意，以为比死了的战士更英雄。但是战士已经战死了，不再来挥去他们。于是乎苍蝇们即更其营营地叫，自以为倒是不朽的声音，因为它们的完全，远在战士之上。

一个本质主义者可以鄙视形式的完美。

的确的，谁也没有发见过苍蝇们的缺点和创伤。

然而，有缺点的战士终竟是战士，完美的苍蝇也终竟不过是苍蝇。

去罢，苍蝇们！虽然生着翅子，还能营营，总不会超过战士的。你们这些虫豸们！

三月二十一日。

注　释

1　发表于 1925 年 3 月 24 日北京《京报》附刊《民众文艺周刊》第 14 号。后编入《华盖集》。

作者同年 4 月 3 日于《京报副刊》发表《这是这么一个意思》一文，对本文有所说明："所谓战士者，是指中山先生和民国元年前后殉国而反受奴才们讥笑糟蹋的先烈；苍蝇则当然是指奴才们。"

2　Schopenhauer 叔本华（1788—1860），德国哲学家，唯意志论者。主要著作有《作为意志和表象的世界》《自然界中的意志》《论视觉和色彩》等。

夏三虫[1]

夏天近了，将有三虫：蚤，蚊，蝇。

假如有谁提出一个问题，问我三者之中，最爱什么，而且非爱一个不可，又不准像“青年必读书”那样的缴白卷的。我便只得回答道：跳蚤。

跳蚤的来吮血，虽然可恶，而一声不响地就是一口，何等直截爽快。蚊子便不然了，一针叮进皮肤，自然还可以算得有点彻底的，但当未叮之前，要哼哼地发一篇大议论，却使人觉得讨厌。如果所哼的是在说明人血应该给它充饥的理由，那可更其讨厌了，幸而我不懂。

蚊所以最可厌者，全在于虚伪。鲁迅所以不满于“学者”者，盖在于他们在“吃人”或帮忙“吃人”时，总喜欢大发议论，“谈道理，弄玄虚”。

野雀野鹿，一落在人手中，总时时刻刻想要逃走。其实，在山林间，上有鹰鹯，下有虎狼，何尝比在人手里安全。为什么当初不逃到人类中来，现在却要逃到鹰鹯虎狼间去？或者，鹰鹯虎狼之于它们，正如跳蚤之于我们罢。肚子饿了，抓着就是一口，决不谈道理，弄玄虚。被吃者也无须在被吃之前，先承认自己之理应被吃，心悦诚服，誓死不二。人类，可是也颇擅长于哼哼的了，害中取小，它们的避之惟恐不速，正是绝顶聪明。

苍蝇嗡嗡地闹了大半天，停下来也不过舐一点油汗，倘有伤痕或疮疖，自然更占一些便宜；无论怎么好的，美的，干净的东西，又总喜欢一律拉上一点蝇矢。但因为只舐一点油汗，只添一点腌臜，在麻木的人们还没有切肤之痛，所以也就将它放过了。中国人还不很知道它能够传播病菌，捕蝇运动大概不见得兴盛。它们的运命是长久的；还要更繁殖。

但它在好的，美的，干净的东西上拉了蝇矢之后，似乎还不至于欣欣然反过来嘲笑这东西的不洁：总要算还有一点道德的。

古今君子，每以禽兽斥人，殊不知便是昆虫，值得师法的地方也多着哪。

四月四日。

注　释

1　发表于1925年4月7日《京报》附刊《民众文艺周刊》第16号。后编入《华盖集》。

忽然想到（一、三、四）[1]

一[2]

做《内经》[3]的不知道究竟是谁。对于人的肌肉，他确是看过，但似乎单是剥了皮略略一观，没有细考校，所以乱成一片，说是凡有肌肉都发源于手指和足趾。宋的《洗冤录》[4]说人骨，竟至于谓男女骨数不同；老仵作[5]之谈，也有不少胡说。然而直到现在，前者还是医家的宝典，后者还是检验的南针：这可以算得天下奇事之一。

牙痛在中国不知发端于何人？相传古人壮健，尧舜时代盖未必有；现在假定为起于二千年前罢。我幼时曾经牙痛，历试诸方，只有用细辛者稍有效，但也不过麻痹片刻，不是对症药。至于拔牙的所谓"离骨散"，乃是理想之谈，实际上并没有。西法的牙医一到，这才根本解决了；但在中国人手里一再传，又每每只学得镶补而忘了去腐杀菌，仍复渐渐地靠不住起

传统文化的反科学三例。

来。牙痛了二千年，敷敷衍衍的不想一个好方法，别人想出来了，却又不肯好好地学：这大约也可以算得天下奇事之二罢。

康圣人[6]主张跪拜，以为“否则要此膝何用”。走时的腿的动作，固然不易于看得分明，但忘记了坐在椅上时候的膝的曲直，则不可谓非圣人之疏于格物[7]也。身中间脖颈最细，古人则于此斫之，臀肉最肥，古人则于此打之，其格物都比康圣人精到，后人之爱不忍释，实非无因。所以僻县尚打小板子，去年北京戒严时亦尝恢复杀头，虽延国粹于一脉乎，而亦不可谓非天下奇事之三也！

一月十五日。

不承认自己的国家，首先在于不承认自己的“国民”（“公民”）身份。显然，作者认为，在一个基本人权（“民权”）得不到保障的国度里，所谓“公民”，是应当叫作“奴隶”的。

三

我想，我的神经也许有些瞀乱了。否则，那就可怕。

我觉得仿佛久没有所谓中华民国。

我觉得革命以前，我是做奴隶；革命以后不多久，就受了奴隶的骗，变成他们的奴隶了。

我觉得有许多民国国民而是民国的敌人。

我觉得有许多民国国民很像住在德法等国里的犹太人，他们的意中别有一个国度。

我觉得许多烈士的血都被人们踏灭了，然而又不是故意的。

我觉得什么都要从新做过。

退一万步说罢，我希望有人好好地做一部民国的建国史给少年看，因为我觉得民国的来源，实在已经失传了，虽然还只有十四年！

二月十二日。

“奴隶”是《鲁迅全集》中的一个关键词。

为了保存现状，则极力设法抹杀历史——此为某些统治者的惯技。

四

先前，听到二十四史不过是“相斫书”[8]，是“独夫的家谱”一类的话，便以为诚然。后来自己看起来，明白了：何尝如此。

历史上都写着中国的灵魂，指示着将来的命运，只因为涂饰太厚，废话太多，所以很不容易察出底细来。正如通过密叶投射在莓苔上面的月光，只看见点点的碎影。但如看野史和杂记，可更容易了然了，因为他们究竟不必太摆史官的架子。

从精神（灵魂）史方面追溯中国社会落后倒退的根由。

秦汉远了，和现在的情形相差已多，且不道。元人著作寥寥。至于唐宋明的杂史之类，则现在多有。试将记五代，南宋，明末的事情的，和现今的状况一比较，就当惊心动魄于何其相似之甚，仿佛时间的流驶，独与我们中国无关。现在的中华民国也还是五代，是宋末，是明季。

以明末例现在，则中国的情形还可以更腐败，更破烂，更凶酷，更残虐，现在还不算达到极点。但明末的腐败破烂也还未达到极点，因为李自成[9]，张献忠闹起来了。而张李的凶酷残虐也还未达到极点，因为满洲兵进来了。

难道所谓国民性者，真是这样地难于改变的么？倘如此，将来的命运便大略可想了，也还是一句烂熟的话：古已有之。

伶俐人实在伶俐，所以，决不攻难古人，摇动古例的。古人做过的事，无论什么，今人也都会做出来。而辩护古人，也就是辩护自己。况且我们是神州华胄，敢不“绳其祖武”[10]么？

幸而谁也不敢十分决定说：国民性是决不会改变的。在这“不可知”中，虽可有破例——即其情形为从来所未有——的灭亡的恐怖，也可以有破例的复生的希望，这或者可作改革者的一点慰藉罢。

在这三种人中，“假冒新文明者流”是最值得提防的。

但这一点慰藉，也会勾消在许多自诩古文明者流的笔上，淹死在许多诬告新文明者流的嘴上，扑灭在许多假冒新文明者流的言动上，因为相似的老例，也是“古已有之”的。

其实这些人是一类，都是伶俐人，也都明白，中国虽完，自己的精神是不会苦的，——因为都能变出合式的态度来。倘有不信，请看清朝的汉人所做的颂扬武功的文章去，开口“大兵”，闭口“我军”，你能料得到被这“大兵”“我军”所败的就是汉人的么？你将以为汉人带了兵将别的一种什么野蛮腐败民族歼灭了。

然而这一流人是永远胜利的，大约也将永久存在。在中国，惟他们最适于生存，而他们生存着的时候，中国便永远免不掉反复着先前的运命。

“地大物博，人口众多”，用了这许多好材料，难道竟不过老是演一出轮回把戏而已么？

鲁迅在《关于知识阶级》的讲演中，说到“假知识阶级”的长寿，也都因为他们善于变化，适于生存。

二月十六日。

注 释

1 本篇每节依次发表于1925年1月17日、2月14日、2月20日《京报副刊》。后编入《华盖集》。本书选取一、三、四节。

2 本节发表时，载有作者《附记》：“我是一个讲师，略近于教授，照江震亚先生的主张，似乎也是不当署名的。但我也曾用几个假名发表过文章，后来却有人诘责我逃避责任；况且这回又带些攻击态度，所以终于署名了。但所署的也不是真名字；但也近于真名字，仍有露出讲师马脚的弊病，无法可想，只好这样罢。又为避免纠纷起见，还得声明一句，就是：我所指摘的中国古今人，乃是一部分，别有许多很好的古今人不在内。然而这么一说，我的杂感真成了最无聊的东西了，要面面顾到，是能够这样使自己变成无价值。”江震亚的“不当署名”的“主张”，见于1925年1月15日《京报副刊》所载《学者说话不会错？》一文。

3 《内经》 即《黄帝内经》，我国现存最早的一部医书，成书约在战国秦汉时期。全书分《素问》《灵枢》两部分，共十八卷。

4 《洗冤录》 法医学专著，宋代宋慈著，共五卷。

5 仵作 旧时官府中检验命案死尸的人。

6 康圣人 指康有为。“否则要此膝何用”一类话，常见于康有为鼓吹尊孔的文电中。

7 格物 推究事物的原理。语出《礼记·大学》：“致知在格物，物格而后知至。”

8 “相斫书” 记录互相杀戮的书。

9 李自成（1606—1645）明末农民起义领袖。陕西米脂人。明崇祯二年（1629）起义，后被推为闯王。崇祯十七年（1644）一月在西安建立大顺国，三月攻入北京。后清兵入关，李兵败退，次年在湖北通山县九宫山被害。

10 “绳其祖武” 意即继承先人的事业。语见《诗经·大雅·下武》。绳，继续；武，足迹。

忽然想到（五、六）[1]

五

我生得太早一点，连康有为们“公车上书”[2]的时候，已经颇有些年纪了。政变之后，有族中的所谓长辈也者教诲我，说：康有为是想篡位，所以他的名字叫有为；有者，“富有天下”，为者，“贵为天子”也。非图谋不轨而何？我想：诚然。可恶得很！

长辈的训诲于我是这样的有力，所以我也很遵从读书人家的家教。屏息低头，毫不敢轻举妄动。两眼下视黄泉，看天就是傲慢，满脸装出死相，说笑就是放肆。我自然以为极应该的，但有时心里也发生一点反抗。心的反抗，那时还不算什么犯罪，似乎诛心之律，倒不及现在之严。

但这心的反抗，也还是大人们引坏的，因为他们自己就常常随便大说大笑，而单是禁止孩子。黔首[3]们看见秦始皇那么阔气，捣乱的项羽道：“彼可取而代也！”没出息的刘邦却说：“大丈夫不当如是耶？”我是没出息的一流，因为羡慕他们的随意说笑，就很希望赶忙变成大人，——虽然此外也还有别种的原因。

大丈夫不当如是耶，在我，无非只想不再装死而已，欲望也并不甚奢。

现在，可喜我已经大了，这大概是谁也不能否认的罢，无论用了怎样古怪的“逻辑”。

我于是就抛了死相，放心说笑起来，而不意立刻又碰了正经人的钉子：说是使他们“失望”了。我自然是知道的，先前是老人们的世界，现在是少年们的世界了；但竟不料治世的人们虽异，而其禁止说笑也则同。那么，我的死相也还得装下去，装下去，“死而后已”[4]，岂不痛哉！

我于是又恨我生得太迟一点。何不早二十年，赶上那大人还准说笑的时候？真是“我生不辰”[5]，正当可诅咒的时候，活在可诅咒的地方了。

寡头专制与民主（群众）专制。

约翰弥耳[6]说：专制使人们变成冷嘲。我们却天下太平，连冷嘲也没有。我想：暴君的专制使人们变成冷嘲，愚民的专制使人们变成死相。大家渐渐死下去，而自己反以为卫道有效，这才渐近于正经的活人。

五四时，“个性解放”成为一个中心口号，不为无因。

世上如果还有真要活下去的人们，就先该敢说，敢笑，敢哭，敢怒，敢骂，敢打，在这可诅咒的地方击退了可诅咒的时代！

四月十四日。

六

外国的考古学者们联翩而至了。

久矣夫，中国的学者们也早已口口声声的叫着“保古！保古！保古！……”

但是不能革新的人种，也不能保古的。

所以，外国的考古学者们便联翩而至了。

长城久成废物，弱水也似乎不过是理想上的东西。老大的国民尽钻在僵硬的传统里，不肯变革，衰朽到毫无精力了，还要自相残杀。于是外面的生力军很容易地进来了，真是“匪今斯今，振古如兹”[7]。至于他们的历史，那自然都没我们的那么古。

可是我们的古也就难保，因为土地先已危险而不安全。土地给了别人，则“国宝”虽多，我觉得实在也无处陈列。

但保古家还在痛骂革新，力保旧物地干：用玻璃板印些宋版书，每部定价几十几百元；“涅槃[8]！涅槃！涅槃！”佛自汉时已入中国，其古色古香为何如哉！买集些旧书和金石，是劬古[9]爱国之士，略作考证，赶印目录，就升为学者或高人。而外国人所得的古董，却每从高人的高尚的袖底里共清风一同流出。即不然，归安陆氏的皕宋[10]，潍县陈氏的十钟[11]，其子孙尚能世守否？

现在，外国的考古学者们便联翩而至了。

他们活有余力，则以考古，但考古尚可，帮同保古就更可怕了。有些外人，很希望中国永是一个大古董以供他们的赏鉴，这虽然可恶，却还不奇，因为他们究竟是外人。而中国竟也有自己还不够，并且要率领了少年，赤子，共成一个大古董以供他们的赏鉴者，则真不知是生着怎样的心肝。

中国废止读经了，教会学校不是还请腐儒做先生，教学生读“四书”么？民国废去跪拜了，犹太学校[12]不是偏请遗老做先生，要学生磕头拜寿么？外国人办给中国人看的报纸，不是最反对五四以来的小改革么？而外国总主笔治下的中国小主笔，则倒是崇拜道学，保存国粹的！

但是，无论如何，不革新，是生存也为难的，而况保古。现状就是铁证，比保古家的万言书有力得多。

在这里，“生存”只是一个起点。所谓人权，就不仅仅限于“生存权”，个人的自由发展要求更大的权利空间。

我们目下的当务之急，是：一要生存，二要温饱，三要发展。苟有阻碍这前途者，无论是古是今，是人是鬼，是《三坟》《五典》[13]，百宋千元[14]，天球河图[15]，金人玉佛，祖传丸散，秘制膏丹，全都踏倒他。

保古家大概总读过古书，“林回弃千金之璧，负赤子而趋”[16]，该不能说是禽兽行为罢。那么，弃赤子而抱千金之璧的是什么？

四月十八日。

注　释

1　本篇分两次发表于1925年4月18日、22日《京报副刊》。后编入《华盖集》。

2　“公车上书”　指1895年康有为联合在京应试举人上书光绪皇帝事件。甲午

（1894）战争失败后，清政府与日本签订丧权辱国的《马关条约》。当时，康有为正在北京会试，闻讯即集合各省举人一千三百余人，联名上书光绪皇帝，要求“拒和、迁都、变法”，史称“公车上书”。按，汉代用公家的车子载送应举的士人，故后世以“公车”代称举人入京会试。

3 黔首 秦代对百姓的称呼。《史记·秦始皇本纪》：“更名民曰黔首。”又《说文解字》：“秦谓民黔首，谓黑色也。”

4 “死而后已” 语见诸葛亮《后出师表》。

5 “我生不辰” 语出《诗经·大雅·桑柔》，生不逢时的意思。

6 约翰弥耳（J. S. Mill，1806—1873） 也有译约翰·穆勒，通译约翰·密尔。英国哲学家，经济学家，逻辑学家，古典自由主义者。他的哲学思想接近休谟的经验论和孔德的实在论，认为感觉是唯一的实在。他是一个功利主义者，主张通过改革分配关系实现社会改良，有的地方表现得相当激进，被称为“自由主义的精神导师”。在逻辑学方面，重归纳法而轻三段论。主要著作有《逻辑体系》《论自由》《功利主义》等。

7 “匪今斯今，振古如兹” 语出《诗经·周颂·载芟》。意思是：不但现在，其实自古以来就是这样。

8 涅槃 佛家语，寂灭，圆寂。一般指通过修持断灭生死轮回后获得的一种精神境界，后世也称僧尼的死为涅槃。

9 劬古 研究古代文化。劬，勤劳。

10 归安陆氏 指陆心源（1834—1894），浙江归安（今吴兴）人，清末藏书家。他收藏的宋版书约两百种，所以，他的藏书处取名为皕宋楼。

11 潍县陈氏 指陈介祺（1813—1884），山东潍县人，清代古文物收藏家。他收藏有古代乐器钟十口，所以他的书斋取名为十钟山房。

12 犹太学校 指犹太资本家哈同1915年在上海办的仓圣明智大学及附属中小学。哈司雇请王国维等担任教员，教学生读经，习古礼，实行复古主义教育。

13 《三坟》《五典》 指上古时的典籍。《尚书·序》："伏羲、神农、黄帝之书，谓之'三坟'，言大道也；少昊、颛顼、高辛、唐、虞之书，谓之'五典'，言常道也。"

14 百宋千元 指清代乾隆、嘉庆时的藏书家黄丕烈和吴骞的藏书。黄藏宋版书一百余部，书室名为"百宋一廛"；吴藏元版书一千部，书室名为"千元十驾"。

15 天球河图 天球，相传为古雍州（今陕甘一带）所产的美玉；河图，相传为伏羲时龙马从黄河负出的图。

16 "林回弃千金之璧，负赤子而趋" 语出《庄子·山木》，意思是说林回丢弃价值千金的玉璧，也要背负婴儿逃走。

忽然想到（七）[1]

大约是送报人忙不过来了，昨天不见报，今天才给补到，但是奇怪，正张上已经剪去了两小块；幸而副刊是完全的。那上面有一篇武者君的《温良》[2]，又使我记起往事，我记得确曾用了这样一个糖衣的毒刺赠送过我的同学们。现在武者君也在大道上发见了两样东西了：凶兽和羊。但我以为这不过发见了一部分，因为大道上的东西还没有这样简单，还得附加一句，是：凶兽样的羊，羊样的凶兽。

他们是羊，同时也是凶兽；但遇见比他更凶的凶兽时便现羊样，遇见比他更弱的羊时便现凶兽样，因此，武者君误认为两样东西了。

我还记得第一次五四以后，军警们很客气地只用枪托，乱打那手无寸铁的教员和学生，威武到很像一队铁骑在苗田上驰骋；学生们则惊叫奔避，正如遇见虎狼的羊群。但是，当学生们成了大群，袭击他们的敌人时，不是遇见孩子也要推他摔几个觔斗么？在学校里，不是还唾骂敌人的儿子，使他非逃回家去不可么？这和古代暴君的灭族的意见，有什么区分！

我还记得中国的女人是怎样被压制，有时简直并羊而不如。现在托了洋鬼子学说的福，似乎有些解放了。但她一得到可以逞威的地位如校长之类，不就雇用了“掠袖擦掌”的打手似的男人，来威吓毫无武力的同性的学生们么？不是利用了外面正有别的学潮的时候，和一些狐群狗党趁势来开除她私意所不喜的学生们么？而几个在“男尊女卑”的社会生长的男人们，此时却在异性的饭碗化身的面前摇尾，简直并羊而不如[3]。羊，诚然是弱的，但还不至于如此，我敢给我所敬爱的羊们保证！

但是，在黄金世界还未到来之前，人们恐怕总不免同时含有这两种性质，只看发现时候的情形怎样，就显出勇敢和卑怯的大区别来。可惜中国人但对于羊显凶兽相，而对于凶兽则显羊相，所以即使显着凶兽相，也还是卑怯的国民。这样下去，一定要完结的。

对象必须认清，性质随机改变；其中，最重要的是战胜卑怯。

我想，要中国得救，也不必添什么东西进去，只要青年们将这两种性质的古传用法，反过来一用就够了：对手如凶兽时就如凶兽，对手如羊时就如羊！

那么，无论什么魔鬼，就都只能回到他自己的地狱里去。

五月十日。

注 释

1 发表于 1925 年 5 月 12 日《京报副刊》。后编入《华盖集》。题内原有第八、第九两篇，本书未选入。

2 武者君的《温良》 发表于 1925 年 5 月 9 日《京报副刊》。其中说："鲁迅先生曾在教室里指示出来我们是温良……然而突然出了意外的事……我的心是被刺刺伤！……那可爱的温良面相渐渐模糊，那蜜，包在外面的那东西，已经消溶，致死的尝出含在那里面的毒质来！"又说："在途中，我迎送着来来往往的这老国度的人民，从他们的面相上，服饰上，动作上以及所有他们的一切，我发现了两批东西：凶兽和羊，践踏者和奴隶。"

3 1924 年秋，北洋军阀政府任命杨荫榆为女师大校长，顽固推行封建奴化教育，不准学生参加政治活动，激起学生的反抗，以致发生驱逐杨荫榆的学潮。1925 年 1 月，学生代表赴教育部，要求撤换杨荫榆，并发表宣言。4 月，司法总长章士钊兼教育总长，声言"整顿学风"；5 月颁布训令，严禁学生于五一、五四、五七等日集会。5 月 7 日，杨荫榆举行演讲会，在登台演讲时为全场学生的嘘声所赶走；下午召开女师大评议会，在西安饭店召集若干教员宴饮，阴谋迫害学生，至 9 日公布开除学生自治会职员六人。"掠袖擦掌"，见于学生自治会为杨荫榆开除学生六人致评议会的信函中。当时，作者为该校讲师，至此时正式介入学生反对学校当局的斗争，本文是他首次就女师大事件的公开表态。

杂感[1]

人们有泪，比动物进化，但即此有泪，也就是不进化，正如已经只有盲肠，比鸟类进化，而究竟还有盲肠，终不能很算进化一样。凡这些，不但是无用的赘物，还要使其人达到无谓的灭亡。

现今的人们还以眼泪赠答，并且以这为最上的赠品，因为他此外一无所有。无泪的人则以血赠答，但又各各拒绝别人的血。

人大抵不愿意爱人下泪。但临死之际，可能也不愿意爱人为你下泪么？无泪的人无论何时，都不愿意爱人下泪，并且连血也不要：他拒绝一切为他的哭泣和灭亡。

人被杀于万众聚观之中，比被杀在“人不知鬼不觉”的地方快活，因为他可以妄想，博得观众中的或人的眼泪。但是，无泪的人无论被杀在什么所在，于他并无不同。

杀了无泪的人，一定连血也不见。爱人不觉他被杀之惨，仇人也终于得不到杀他之乐：这是他的报恩和复仇。

死于敌手的锋刃，不足悲苦；死于不知何来的暗器，却是悲苦。但最悲苦的是死于慈母或爱人误进的毒药，战友乱发的流弹，病菌的并无恶意的侵入，不是我自己制定的死刑。

仰慕往古的，回往古去罢！想出世的，快出世罢！想上天的，快上天罢！灵魂要离开肉体的，赶快离开罢！现在的地上，应该是执着现在，执着地上的人们居住的。

但厌恶现世的人们还住着。这都是现世的仇仇，他们一日存在，现世即一日不能得救。

先前，也曾有些愿意活在现世而不得的人们，沉默过了，呻吟过了，叹息过了，哭泣过了，哀求过了，但仍然愿意活在现世而不得，因为他们忘却了愤怒。

勇者愤怒，抽刃向更强者；怯者愤怒，却抽刃向更弱者。不可救药的民族中，一定有许多英雄，专向孩子们瞪眼。这些孱头们！

孩子们在瞪眼中长大了，又向别的孩子们瞪眼，并且想：他们一生都过在愤怒中。因为愤怒只是如此，所以他们要愤怒一生，——而且还要愤怒二世，三世，四世，以至末世。

无论爱什么，——饭，异性，国，民族，人类等等，——只有纠缠如毒蛇，执着如怨鬼，二六时中[2]，没有已时者有望。但太觉疲劳时，也无妨休息一会罢；但休息之后，就再来一回罢，而且两回，三回……。血书，章程，请愿，讲学，哭，电报，开会，挽联，演

“酷烈的沉默”之说，前所未有。

在作者看来，血书请愿一类易于疲劳，不能持久；而呻吟哭泣一类止于发泄，难于深沉；惟沉默是被压抑的时代情绪的表现，蓄之既深，其发必烈，所以是可怕的预告。

说，神经衰弱，则一切无用。

血书所能挣来的是什么？不过就是你的一张血书，况且并不好看。至于神经衰弱，其实倒是自己生了病，你不要再当作宝贝了，我的可敬爱而讨厌的朋友呀！

我们听到呻吟，叹息，哭泣，哀求，无须吃惊。见了酷烈的沉默，就应该留心了；见有什么像毒蛇似的在尸林中蜿蜒，怨鬼似的在黑暗中奔驰，就更应该留心了：这在豫告“真的愤怒”将要到来。那时候，仰慕往古的就要回往古去了，想出世的要出世去了，想上天的要上天了，灵魂要离开肉体的就要离开了！……

五月五日。

注　释

1　发表于1925年5月18日北京《莽原》周刊第3期。后编入《华盖集》。

2　二六时中　即十二时辰，整日整夜。

北京通信[1]

蕴儒，培良[2]两兄：

昨天收到两份《豫报》，使我非常快活，尤其是见了那《副刊》。因为它那蓬勃的朝气，实在是在我先前的豫想以上。你想：从有着很古的历史的中州[3]，传来了青年的声音，仿佛在豫告这古国将要复活，这是一件如何可喜的事呢？

倘使我有这力量，我自然极愿意有所贡献于河南的青年。但不幸我竟力不从心，因为我自己也正站在歧路上，——或者，说得较有希望些：站在十字路口。站在歧路上是几乎难于举足，站在十字路口，是可走的道路很多。我自己，是什么也不怕的，生命是我自己的东西，所以我不妨大步走去，向着我自以为可以走去的路；即使前面是深渊，荆棘，狭谷，火坑，都由我自己负责。然而向青年说话可就难了，如果盲人瞎马，引入危途，我就该得谋杀许多人命的罪孽。

所以，我终于还不想劝青年一同走我所走的路；我们的年龄，境遇，都不相同，思想的归宿大概总不能一致的罢。但倘若一定要问我青年应当向怎样的目标，那么，我只可以说出我为别人设计的话，就是：一要生存，二要温饱，三要发展。有敢来阻碍这三事者，无论是这些附加的话，主要是针对国民劣根性而发的，并非一般的理论说明。

谁，我们都反抗他，扑灭他！

可是还得附加几句话以免误解，就是：我之所谓生存，并不是苟活；所谓温饱，并不是奢侈；所谓发展，也不是放纵。

中国古来，一向是最注重于生存的，什么“知命者不立于岩墙之下”咧，什么“千金之子坐不垂堂”咧，什么“身体发肤受之父母不敢毁伤”咧[4]，竟有父母愿意儿子吸鸦片的，一吸，他就不至于到外面去，有倾家荡产之虞了。可是这一流人家，家业也决不能长保，因为这是苟活。苟活就是活不下去的初步，所以到后来，他就活不下去了。意图生存，而太卑怯，结果就得死亡。以中国古训中教人苟活的格言如此之多，而中国人偏多死亡，外族偏多侵入，结果适得其反，可见我们蔑弃古训，是刻不容缓的了。这实在是无可奈何，因为我们要生活，而且不是苟活的缘故。

中国人虽然想了各种苟活的理想乡，可惜终于没有实现。但我却替他们发见了，你们大概知道的罢，就是北京的第一监狱。这监狱在宣武门外的空地里，不怕邻家的火灾；每日两餐，不虑冻馁；起居有定，不会伤生；构造坚固，不会倒塌；禁卒管着，不会再犯罪；强盗是决不会来抢的。住在里面，何等安全，真真是“千金之子坐不垂堂”了。但阙少的就有一件事：自由。

古训所教的就是这样的生活法，教人不要动。不动，失错当然就较少了，但不活的岩石泥沙，失错不是更少么？我以为人类为向上，即发展起见，应该活动，活动而有若干失错，也不要紧。惟独半死半生的苟活，是全盘失错的。因为他挂了生活的招牌，其实却引人到死路上去！

有生活而无自由，是谓苟活。

我想，我们总得将青年从牢狱里引出来，路上的危险，当然是有的，但这是求生的偶然的危险，无从逃避。想逃避，就须度那古人所希求的第一监狱式生活了，可是真在第一监狱里的犯人，都想早些释放，虽然外面并不比狱里安全。

北京暖和起来了；我的院子里种了几株丁香，活了；还有两株榆叶梅，至今还未发芽，不知道他是否活着。

昨天闹了一个小乱子[5]，许多学生被打伤了；听说还有死的，我不知道确否。其实，只要听他们开会，结果不过是开会而已，因为加了强力的迫压，遂闹出开会以上的事来。俄国的革命，不就是从这样的路径出发的么？

夜深了，就此搁笔，后来再谈罢。

鲁迅。五月八日夜。

注　释

1 发表于1925年5月14日开封《豫报副刊》。后编入《华盖集》。

2 蕴儒　姓吕，名琦，河南人，作者在北京世界语专门学校任教时的学生。培良　姓向，湖南黔阳人，狂飙社的主要成员。当时，他们一起在开封编辑《豫报副刊》。

3 中州　我国上古时分为九州，河南为豫州，位于九州中央，又称中州。

4 “知命者不立于岩墙之下”　语出《孟子·尽心上》。岩墙，危墙。“千金之子坐不垂堂”　语出《史记·袁盎传》。千金之子，富家子弟；垂堂，堂边靠近屋檐，人坐檐下，易遭坠瓦击伤，比喻有危险的地方。“身体发肤受之父母不敢毁伤”　语出《孝经·开宗明义》。

5 一个小乱子　1925年5月7日，北京学生及各界群众举行“纪念五七国耻纪念会”（1915年5月7日，日本方面向袁世凯提出最后通牒，要求承认“二十一条”），并追悼孙中山。此时，报纸正好揭出教育部禁止游行的命令，各校学生三千多人不顾巡警阻吓和殴打，集队开赴教育总长章士钊住宅，质问干涉的理由，又与巡警发生冲突，被打伤数人，十余人被捕。

导　师[1]

近来很通行说青年；开口青年，闭口也是青年。但青年又何能一概而论？有醒着的，有睡着的，有昏着的，有躺着的，有玩着的，此外还多。但是，自然也有要前进的。

要前进的青年们大抵想寻求一个导师。然而我敢说：他们将永远寻不到。寻不到倒是运气；自知的谢不敏，自许的果真识路么？凡自以为识路者，总过了“而立”[2]之年，灰色可掬了，老态可掬了，圆稳而已，自己却误以为识路。假如真识路，自己就早进向他的目标，何至于还在做导师。说佛法的和尚，卖仙药的道士，将来都与白骨是“一丘之貉”，人们现在却向他听生西[3]的大法，求上升[4]的真传，岂不可笑！

但是我并非敢将这些人一切抹杀；和他们随便谈谈，是可以的。说话的也不过能说话，弄笔的也不过能弄笔；别人如果希望他打拳，则是自己错。他如果能打拳，早已打拳了，但那时，别人大概又要希望他翻筋斗。

有些青年似乎也觉悟了，我记得《京报副刊》征求青年必读书时，曾有一位发过牢骚，终于说：只有自己可靠！我现在还想斗胆转一句，虽然有些杀风景，就是：自己也未必可靠的。

我们都不大有记性。这也无怪，人生苦痛的事太多了，尤其是在中国。记性好的，大概都被厚重的苦痛压死了；只有记性坏的，适者生存，还能欣然活着。但我们究竟还有一点记忆，回想起来，怎样的“今是昨非”呵，怎样的“口是心非”呵，怎样的“今日之我与昨日之我战”[5]呵。我们还没有正在饿得要死时于无人处见别人的饭，正在穷得要死时于无人处见别人的钱，正在性欲旺盛时遇见异性，而且很美的。我想，大话不宜讲得太早，否则，倘有记性，将来想到时会脸红。

或者还是知道自己之不甚可靠者，倒较为可靠罢。

作为一个个人主义者而想到联合的力量，当是接受了实际斗争（女师大事件）的刺激所引发的。

青年又何须寻那挂着金字招牌的导师呢？不如寻朋友，联合起来，同向着似乎可以生存的方向走。你们所多的是生力，遇见深林，可以辟成平地的，遇见旷野，可以栽种树木的，遇见沙漠，可以开掘井泉的。问什么荆棘塞途的老路，寻什么乌烟瘴气的鸟导师！

“联合”着“走”——行动就是导师。

五月十一日。

注 释

1 发表于1925年5月15日《莽原》周刊第4期。后编入《华盖集》。

2 “而立” 《论语·为政》:“三十而立。”原意为到了三十岁在学问上可以自立,后人常将三十岁称作“而立之年”。

3 生西 佛家语,往生西方,成佛的意思。

4 上升 升天。

5 “今日之我与昨日之我战” 语出梁启超《清代学术概论》,说他自己“不惜以今日之我,难昔日之我”。

长　城[1]

伟大的长城[2]！

这工程，虽在地图上也还有它的小像，凡是世界上稍有知识的人们，大概都知道的罢。

其实，从来不过徒然役死许多工人而已，胡人何尝挡得住。现在不过一种古迹了，但一时也不会灭尽，或者还要保存它。

我总觉得周围有长城围绕。这长城的构成材料，是旧有的古砖和补添的新砖。两种东西联为一气造成了城壁，将人们包围。

何时才不给长城添新砖呢?

这伟大而可诅咒的长城!

“伟大”在这里是一种反讽。就构成材料而言，无论旧有的还是新添的两种东西，目的都在于联合起来“将人们包围”。

五月十一日。

注 释

1 发表于1925年5月15日《莽原》周刊第4期。后编入《华盖集》。原为《编完写起》第四段，标题为编集时所加。

2 **长城** 战国时，齐、楚、魏、燕、赵、秦诸国都建筑长城。秦始皇统一中国后，为防御匈奴南侵，将秦、赵、燕三国的北边长城加以修缮，使西起临洮，东至辽东，连贯为一，俗称“万里长城”。此后，历代不断增修，明代前后修筑十八次，形成今西起嘉峪关、东至山海关的长城，总长达六千七百公里，是世界历史上最伟大的工程之一。

可恶罪[1]

罪名不可信，是因为法律不可信；法律不可信，则因为政府不可信。政权由豪夺（“清党”）得来，便失去了公信力。

这是一种新的“世故”。

我以为法律上的许多罪名，都是花言巧语，只消以一语包括之，曰：可恶罪。

譬如，有人觉得一个人可恶，要给他吃点苦罢，就有这样的法子。倘在广州而又是“清党”之前，则可以暗暗地宣传他是无政府主义者。那么，共产青年自然会说他“反革命”，有罪。若在“清党”之后呢，要说他是CP或CY[2]，没有证据，则可以指为“亲共派”。那么，清党委员会[3]自然会说他“反革命”，有罪。再不得已，则只好寻些别的事由，诉诸法律了。但这比较地麻烦。

我先前总以为人是有罪，所以枪毙或坐监的。现在才知道其中的许多，是先因为被人认为“可恶”，这才终于犯了罪。

许多罪人，应该称为“可恶的人”。

九，十四。

注 释

1 发表于1927年10月22日《语丝》周刊第154期。后编入《而已集》。

2 CP 英语Communist Party的缩写，即共产党。CY 英语Communist Youth的缩写，即共产主义青年团。

3 **清党委员会** 清党，国民党把1927年四一二及以后一段时间内清洗共产党人称为“清党”。1923年6月中国共产党第三次全国代表大会和1924年1月国民党第一次全国代表大会后，形成国共合作的局面，并于1926年7月开始北伐战争。1927年4月12日，蒋介石在上海突然对共产党人进行搜捕和杀害；接着，以“清党”为名，在他所控制的其他地方展开大规模捕杀。清党委员会，蒋介石国民党为镇压共产党及党内左派分子而设立的机构。1927年5月5日，国民党中央执行委员会常务委员会及各部长联席会议决定，指派邓泽如等七人组织中央清党委员会。5月17日，该会正式成立，各省也随之先后成立分支机构。

小杂感[1]

蜜蜂的刺，一用即丧失了它自己的生命；犬儒[2]的刺，一用则苟延了他自己的生命。

他们就是如此不同。

约翰穆勒说：专制使人们变成冷嘲。

而他竟不知道共和使人们变成沉默。

要上战场，莫如做军医；要革命，莫如走后方；要杀人，莫如做刽子手。既英雄，又稳当。

与名流学者谈，对于他之所讲，当装作偶有不懂之处。太不懂被看轻，太懂了被厌恶。偶有不懂之处，彼此最为合宜。

世间大抵只知道指挥刀所以指挥武士，而不想到也可以指挥文人。

又是演讲录，又是演讲录[3]。

但可惜都没有讲明他何以和先前大两样了；也没有讲明他演讲时，自己是否真相信自己的话。

阔的聪明人种种譬如昨日死。[4]

不阔的傻子种种实在昨日死。

曾经阔气的要复古，正在阔气的要保持现状，未曾阔气的要革新。

大抵如是。大抵！

他们之所谓复古，是回到他们所记得的若干年前，并非虞夏商周。

女人的天性中有母性，有女儿性；无妻性。

妻性是逼成的，只是母性和女儿性的混合。

防被欺。

自称盗贼的无须防，得其反倒是好人；自称正人君子的必须防，得其反则是盗贼。

楼下一个男人病得要死，那间壁的一家唱着留声机；对面是弄孩子。楼上有两人狂笑；还有打牌声。河中的船上有女人哭着她死去的母亲。

人类的悲欢并不相通，我只觉得他们吵闹。

每一个破衣服人走过，叭儿狗就叫起来，其实并非都是狗主人的意旨或使嗾。

叭儿狗往往比它的主人更严厉。

恐怕有一天总要不准穿破布衫，否则便是共产党。

革命，反革命，不革命。

革命的被杀于反革命的。反革命的被杀于革命的。不革命的或当作革命的而被杀于反革命的，或当作反革命的而被杀于革命的，或并不当作什么而被杀于革命的或反革命的。

革命，革革命，革革革命，革革……。

人感到寂寞时，会创作；一感到干净时，即无创作，他已经一无所爱。

创作总根于爱。

杨朱无书。

创作虽说抒写自己的心，但总愿意有人看。

创作是有社会性的。

但有时只要有一个人看便满足：好友，爱人。

道士本无信仰而以“教”现身，故作超脱，盗名欺世。

人往往憎和尚，憎尼姑，憎回教徒，憎耶教徒，而不憎道士。

懂得此理者，懂得中国大半。

要自杀的人，也会怕大海的汪洋，怕夏天死尸的易烂。

但遇到澄静的清池，凉爽的秋夜，他往往也自杀了。

凡为当局所“诛”者皆有“罪”。

刘邦除秦苛暴，“与父老约，法三章耳。”

而后来仍有族诛，仍禁挟书，还是秦法。[5]

法三章者，话一句耳。

一见短袖子，立刻想到白臂膊，立刻想到全裸体，立刻想到生殖器，立刻想到性交，立刻想到杂交，立刻想到私生子。

中国人的想像惟在这一层能够如此跃进。

全篇为尼采式隽语，但明显多出一份人间的沉痛和愤怒（表现为反讽）的锋芒。

九月二十四日。

注　释

1 发表于1927年12月17日《语丝》周刊第4卷第1期。后编入《而已集》。

2 犬儒　指哲学史上的古希腊犬儒学派（Cynicos，一译“昔尼克学派”）的哲学家。其创始人安提西尼在雅典的一个称为“快犬”的健身房中讲学，故名；

还有一说，此派人生活简陋，甚至衣着肮脏，时人讥为穷犬。他们主张绝对自由，独行其是，否定社会规范和伦理道德，并常常以冷嘲热讽的态度对待。作者1928年3月8日致信章廷谦说："犬儒=Cynic，它那'刺'便是'冷嘲'。"

3 **演讲录** 这里指蒋介石、汪精卫、吴稚晖、戴季陶等人的演讲集，当时不断编印出售，强化专制主义和国家恐怖主义的宣传，与"清党"前的演讲内容大相径庭。

4 **阔的聪明人种种譬如昨日死** 清朝大臣曾国藩曾经说过："从前种种如昨日死，以后种种如今日生。"1927年8月18日，广州《民国日报》就国民党内蒋介石和汪精卫曾经对立的两派进行政治合作发表社论时使用了曾国藩这句话，说："从前种种，譬如昨日死；以后种种，譬如今日生；今后所应负之责任益大且难，这真要我们真诚的不妥协的非投机的同志不念既往而真正联合。"

5 **"与父老约，法三章耳。"**《史记·高祖本纪》记刘邦的话说："与父老约，法三章耳：杀人者死，伤人及盗抵罪。余悉除去秦法。"说后来所用还是秦法者，见《汉书·刑法志》："三章之法不足以御奸，于是相国萧何捃摭秦法，取其宜于时者，作律九章。"

火[1]

普洛美修斯[2]偷火给人类，总算是犯了天条，贬入地狱。但是，钻木取火的燧人氏[3]却似乎没有犯窃盗罪，没有破坏神圣的私有财产——那时候，树木还是无主的公物。然而燧人氏也被忘却了，到如今只见中国人供火神菩萨，不见供燧人氏的。

火神菩萨只管放火，不管点灯。凡是火着就有他的份。因此，大家把他供养起来，希望他少作恶。然而如果他不作恶，他还受得着供养么，你想？

两种光明：点灯与放火。

点灯太平凡了。从古至今，没有听到过点灯出名的名人，虽然人类从燧人氏那里学会了点火已经有五六千年的时间。放火就不然。秦始皇放了一把火[4]——烧了书没有烧人；项羽入关又放了一把火[5]——烧的是阿房宫不是民房（？——待考）。……罗马的一个什么皇帝却放火烧百姓[6]了；中世纪正教的僧侣就会把异教徒当柴火烧，间或还灌上油。这些都是一世之雄。现代的希特拉[7]就是活证人，如何能不供养起来。何况现今是进化时代，火神菩萨也代代跨灶[8]的。

譬如说罢，没有电灯的地方，小百姓不顾什么国货年，人人都要买点洋货的煤油，晚上就点起来：那么幽黯的黄澄澄的光线映在纸窗上，多不大方！不准，不准这么点灯！你们如果要光明的话，非得禁止这样"浪费"煤油不可。煤油应当扛到田地里去，灌进喷筒，呼啦呼啦的喷起来……一场大火，几十里路的延烧过去，稻禾，树木，房舍——尤其是草棚——一会儿都变成飞灰了。还不够，就有燃烧弹，硫磺弹，从飞机上面扔下来，像上海一二八的大火似的，够烧几天几晚。那才是伟大的光明呵。

火神菩萨的威风是这样的。可是说起来，他又不承认：火神菩萨据说原是保佑小民的，至于火灾，却要怪小民自不小心，或是为非作歹，纵火抢掠。

谁知道呢？历代放火的名人总是这样说，却未必总有人信。

我们只看见点灯是平凡的，放火是雄壮的，所以点灯就被禁止，放火就受供养。你不见海京伯马戏团[9]么：宰了耕牛喂老虎，原是这年头的"时代精神"。

有政治专制，必然有个人崇拜，二者往往并存。

十一月二日。

注　释

1 发表于1933年12月《申报月刊》第2卷第12号，署名洛文。后编入《南腔北调集》。

2 **普洛美修斯**　古希腊神话中造福人类的神。传说他从主神宙斯那里盗得天火给人类，又向人类传授纺织、造屋、航海、医药等知识，因而触怒宙斯。宙斯派火神赫菲斯托斯将他钉在高加索山上，并令神鹰每日啄食他的肝脏。

3 **燧人氏**　传说中的古帝王，钻木取火的发明者。《韩非子》里说远古人茹毛饮血，是他钻木取火，教人熟食。

4 **秦始皇放了一把火**　据《史记·秦始皇本纪》，秦始皇于公元前213年，采纳丞相李斯的建议下令焚书，凡“史官非秦记，皆烧之。非博士官所职，天下敢有藏《诗》、《书》、百家语者，悉诣守尉杂烧之”。

5 **项羽入关又放了一把火**　据《史记·项羽本纪》，项羽于公元前206年攻入秦国首都咸阳时，“烧秦宫室（按，即阿房宫），火三月不灭”。

6 这里指的是罗马皇帝尼禄（C. C. Nero，37—68），据说他在公元64年下令放火焚烧罗马城。

7 **希特拉**　即希特勒。1933年1月30日，他被任命为德国总理，即于2月27日制造“国会纵火案”，焚烧国会大厦，嫁祸于德国共产党人，随即实行全国大搜捕；5月起，又在柏林和其他城市焚烧书籍。

8 **跨灶**　马的前蹄下空隙处称“灶门”，快马奔驰时，后蹄的蹄印反而落在前蹄的蹄印前，叫作“跨灶”。比喻儿子胜过父亲。

9 **海京伯马戏团**　德国驯兽家海京伯（C. Hagenbeck，1844—1913）创办的马戏团，曾于1933年10月到我国上海表演。

夜颂[1]

爱夜就是爱真实，爱命运，然后反抗这一切。

立足黑暗，正视黑暗，培养听和看的能力。

爱夜的人，也不但是孤独者，有闲者，不能战斗者，怕光明者。

人的言行，在白天和在深夜，在日下和在灯前，常常显得两样。夜是造化所织的幽玄的天衣，普覆一切人，使他们温暖，安心，不知不觉的自己渐渐脱去人造的面具和衣裳，赤条条地裹在这无边际的黑絮似的大块里。

虽然是夜，但也有明暗。有微明，有昏暗，有伸手不见掌，有漆黑一团糟。爱夜的人要有听夜的耳朵和看夜的眼睛，自在暗中，看一切暗。君子们从电灯下走入暗室中，伸开了他的懒腰；爱侣们从月光下走进树阴里，突变了他的眼色。夜的降临，抹杀了一切文人学士们当光天化日之下，写在耀眼的白纸上的超然，混然，恍然，勃然，粲然的文章，只剩下乞怜，讨好，撒谎，骗人，吹牛，捣鬼的夜气，形成一个灿烂的金色的光圈，像见于佛画上面似的，笼罩在学识不凡的头脑上。

爱夜的人于是领受了夜所给与的光明。

高跟鞋的摩登女郎在马路边的电光灯下，阁阁的走得很起劲，但鼻尖也闪烁着一点油汗，在证明她是初学的时髦，假如长在明晃晃的照耀中，将使她碰着“没落”的命运。一大排关着的店铺的昏暗助她一臂之力，使她放缓开足的马力，吐一口气，这时才觉得沁人心脾的夜里的拂拂的凉风。

爱夜的人和摩登女郎，于是同时领受了夜所给与的恩惠。

一夜已尽，人们又小心翼翼的起来，出来了；便是夫妇们，面目和五六点钟之前也何其两样。从此就是热闹，喧嚣。而高墙后面，大厦中间，深闺里，黑狱里，客室里，秘密机关里，却依然弥漫着惊人的真的大黑暗。

现在的光天化日，熙来攘往，就是这黑暗的装饰，是人肉酱缸上的金盖，是鬼脸上的雪花膏。只有夜还算是诚实的。我爱夜，在夜间作《夜颂》。

“爱夜”，令人想起作者“爱对头”的话。惟爱夜，方知夜之“诚实”，所暴露于黑暗中的一切。爱，在这里不只是正视而已，而且须得“纠缠如毒蛇，执着如怨鬼”，才可以长此与黑暗相周旋。

六月八日。

注　释

1　发表于1933年6月10日《申报·自由谈》，署名游光。后编入《准风月谈》。

别一个窃火者[1]

火的来源，希腊人以为是普洛美修斯从天上偷来的，因此触了大神宙斯之怒，将他锁在高山上，命一只大鹰天天来啄他的肉。

非洲的土人瓦仰安提族[2]也已经用火，但并不是由希腊人传授给他们的。他们另有一个窃火者。

这窃火者，人们不能知道他的姓名，或者早被忘却了。他从天上偷了火来，传给瓦仰安提族的祖先，因此触了大神大拉斯[3]之怒，这一段，是和希腊古传相像的。但大拉斯的办法却两样了，并不是锁他在山巅，却秘密的将他锁在暗黑的地窖子里，不给一个人知道。派来的也不是大鹰，而是蚊子，跳蚤，臭虫，一面吸他的血，一面使他皮肤肿起来。这时还有蝇子们，是最善于寻觅创伤的脚色，嗡嗡的叫，拚命的吸吮，一面又拉许多蝇粪在他的皮肤上，来证明他是怎样地一个不干净的东西。

然而瓦仰安提族的人们，并不知道这一个故事。

通篇写的是千万里外的非洲的政治虐杀的传说，惟结束轻轻带出一句“非洲他们单知道火乃酋长的祖先所发明，给酋长作烧死异端和烧掉房屋之用的。

幸而现在交通发达了，非洲的蝇子也有些飞到中国来，我从它们的嗡嗡营营声中，听出了这一点点。

七月八日。

的蝇子也有些飞到中国来"，便全部移作中国的现实了。可谓运思巧妙。

注　释

1 发表于1933年7月9日《申报·自由谈》，署名丁萌。后编入《准风月谈》。

2 瓦仰安提族（Banyamwesi）今译巴尼扬韦齐人，即尼扬韦齐人，坦桑尼亚的主要民族之一。通用班图语系中的斯瓦希里语，信仰传统宗教，祀奉祖先，基督教和伊斯兰教对当地没有产生什么影响。

3 大拉斯　美元Dollars的音译。

拿破仑与隋那[1]

我认识一个医生，忙的，但也常受病家的攻击，有一回，自解自叹道：要得称赞，最好是杀人，你把拿破仑[2]和隋那（Edward Jenner，1749 — 1823）[3]去比比看……

我想，这是真的。拿破仑的战绩，和我们什么相干呢，我们却总敬服他的英雄。甚而至于自己的祖宗做了蒙古人的奴隶，我们却还恭维成吉思；从现在的卐[4]字眼睛看来，黄人已经是劣种了，我们却还夸耀希特拉。

因为他们三个，都是杀人不眨眼的大灾星。

但我们看看自己的臂膊，大抵总有几个疤，这就是种过牛痘的痕迹，是使我们脱离了天花[5]的危症的。自从有这种牛痘法以来，在世界上真不知救活了多少孩子，——虽然有些人大起来也还是去给英雄们做炮灰，但我们有谁记得这发明者隋那的名字呢？

一个人道主义者的忧愤。

杀人者在毁坏世界，救人者在修补它，而炮灰资格的诸公，却总在恭维杀人者。

这看法倘不改变，我想，世界是还要毁坏，人们也还要吃苦的。

十一月六日。

注　释

1 本文最早印入上海生活书店编辑出版的 1935 年《文艺日记》。后编入《且介亭杂文》。

2 拿破仑（Napoleon Bonaparte，1769—1821） 即拿破仑·波拿巴，法国政治家和军事家。1799 年发表雾月政变，组成执政府，自任第一执政。1804 年称帝，建立法兰西第一帝国。1812 年对俄战争失败。1814 年欧洲反法联军攻陷巴黎，被放逐于厄尔巴岛。次年重返巴黎，建立百日王朝。滑铁卢战役失败后，被流放于圣赫勒拿岛，直至病逝。

3 隋那　通译詹纳，又作琴纳，英国医学家，牛痘接种的创始人。

4 卐　德国纳粹党的党徽。

5 天花　一种急性病毒性传染病。1967 年全世界即有二百万人因患天花致死。经世界卫生组织的努力，天花已在 1977 年消灭。

半夏小集[1]

一

A：你们大家来品评一下罢，B 竟蛮不讲理的把我的大衫剥去了！

B：因为 A 还是不穿大衫好看。我剥它掉，是提拔他；要不然，我还不屑剥呢。

A：不过我自己却以为还是穿着好……

C：现在东北四省失掉了，你漫不管，只嚷你自己的大衫，你这利己主义者，你这猪猡！

C 太太：他竟毫不知道 B 先生是合作的好伴侣，这昏蛋！

二

要人权，不要"奴隶权"。在政治文化专制的国度里，所谓

用笔和舌，将沦为异族的奴隶之苦告诉大家，自然是不错的，但要十分小心，不可使大家得着这样的

结论："那么，到底还不如我们似的做自己人的奴隶好。"

"国家主权"，实质上维护的是"奴隶权"，也即"奴隶主权"。

三

"联合战线"[2]之说一出，先前投敌的一批"革命作家"，就以"联合"的先觉者自居，渐渐出现了。纳款，通敌的鬼蜮行为，一到现在，就好像都是"前进"的光明事业。

民族主义往往成为专制主义的掩蔽所。

四

这是明亡后的事情。

凡活着的，有些出于心服，多数是被压服的。但活得最舒服横恣的是汉奸；而活得最清高，被人尊敬的，是痛骂汉奸的逸民[3]。后来自己寿终林下，儿子已不妨应试去了，而且各有一个好父亲。至于默默抗战的烈士，却很少能有一个遗孤。

我希望目前的文艺家，并没有古之逸民气。

五

A：B，我们当你是一个可靠的好人，所以几种关于革命的事情，都没有瞒了你。你怎么竟向敌人告密去了?

B:岂有此理!怎么是告密!我说出来,是因为他们问了我呀。

A:你不能推说不知道吗?

B:什么话!我一生没有说过谎,我不是这种靠不住的人!

六

A:阿呀,B先生,三年不见了!你对我一定失望了罢?……

B:没有的事……为什么?

A:我那时对你说过,要到西湖上去做二万行的长诗,直到现在,一个字也没有,哈哈哈!

B:哦,……我可并没有失望。

A:您的"世故"可是进步了,谁都知道您记性好,"责人严",不会这么随随便便的,您现在也学会了说谎。

B:我可并没有说谎。

A:那么,您真的对我没有失望吗?

B:唔,无所谓失不失望,因为我根本没有相信过你。

七

庄生以为"在上为乌鸢食,在下为蝼蚁食"[4],死后的身体,大可随便处置,因为横竖结果都一样。

我却没有这么旷达。假使我的血肉该喂动物,我情愿喂狮虎鹰隼,却一点也不给癞皮狗们吃。

养肥了狮虎鹰隼，它们在天空、岩角、大漠、丛莽里是伟美的壮观，捕来放在动物园里，打死制成标本，也令人看了神旺，消去鄙吝的心。

战斗者的大气魄。

但养胖一群癞皮狗，只会乱钻、乱叫，可多么讨厌！

八

琪罗[5]编辑圣·蒲孚[6]的遗稿，名其一部为《我的毒》（*Mes Poisons*）；我从日译本上，看见了这样的一条：

> “明言着轻蔑什么人，并不是十足的轻蔑。惟沉默是最高的轻蔑。——我在这里说，也是多余的。”

出离愤怒者是轻蔑，出离轻蔑者是沉默。

诚然，“无毒不丈夫”，形诸笔墨，却还不过是小毒。最高的轻蔑是无言，而且连眼珠也不转过去。

九

作为缺点较多的人物的模特儿，被写入一部小说里，这人总以为是晦气的。

殊不知这并非大晦气，因为世间实在还有写不进小说里去的人。倘写进去，而又逼真，这小说便被毁坏。

譬如画家，他画蛇，画鳄鱼，画龟，画果子壳，画字纸篓，画垃圾堆，但没有谁画毛毛虫，画癞头疮，画鼻涕，画大便，就是一样的道理。

有人一知道我是写小说的，便回避我，我常想这样的劝止他，但可惜我的毒还不到这程度。

注　释

1　据冯雪峰回忆，本篇写于 1936 年 8 月，发表于同年 10 月《作家》月刊第 2 卷第 1 期。后编入《且介亭杂文末编》。

2　**联合战线**　指抗日民族统一战线。

3　**逸民**　指遁世隐居的人。

4　**"在上为乌鸢食，在下为蝼蚁食"**　语见《庄子·列御寇》。

5　**琪罗（V. Giraud，1868—1953）**法国文艺批评家，著有《泰纳评传》等。

6　**圣·蒲孚（C. A. Sainte-Beuve，1804—1869）**　通译圣伯夫，法国文学批评家。著有《十六世纪法国诗歌与戏剧的批评史》《夏多布里昂与他的文学集团》和评论集《月曜日漫谈》《新月曜日》等。

即小见大[1]

北京大学的反对讲义收费风潮[2]，芒硝火焰似的起来，又芒硝火焰似的消灭了，其间就是开除了一个学生冯省三。

这事很奇特，一回风潮的起灭，竟只关于一个人。倘使诚然如此，则一个人的魄力何其太大，而许多人的魄力又何其太无呢。

现在讲义费已经取消，学生是得胜了，然而并没有听得有谁为那做了这次的牺牲者祝福。

即小见大，我于是竟悟出一件长久不解的事来，就是：三贝子花园里面，有谋刺良弼和袁世凯而死的四烈士坟[3]，其中有三块墓碑，何以直到民国十一年还没有人去刻一个字。

凡有牺牲在祭坛前沥血之后，所留给大家的，实在只有"散胙"[4]这一件事了。

十一月十八日。

鲁迅曾经慨叹说中国少有"抚哭叛徒的吊客"，其实他自己便是。在他的文集中，像这类为牺牲者鸣不平的文字，时时可见。

注　释

1　发表于 1922 年 11 月 18 日《晨报副刊》。后编入《热风》。

2　**北京大学的反对讲义收费风潮**　1922 年 10 月，北京大学部分学生反对征收讲义费，发生风潮。该校以评议会名义开除学生冯省三一人。冯省三，山东人，为当时北京大学预科法文班学生。

3　**四烈士坟**　1912 年 1 月 16 日，革命党人杨禹昌、张先培、黄之萌三人炸袁世凯，未成被害；同年 1 月 26 日，彭家珍炸清禁卫军协统兼训练大臣良弼，功成身死。民国政府成立后，将他们合葬于北京三贝子花园（今北京动物园内），称四烈士坟。

4　**“散胙”**　祭礼完毕，散发祭祀所用的肉。

答 KS 君[1]

KS 兄：

我很感谢你的殷勤的慰问，但对于你所愤慨的两点和几句结论，我却并不谓然，现在略说我的意见——

第一，章士钊将我免职[2]，我倒并没有你似的觉得诧异，他那对于学校的手段，我也并没有你似的觉得诧异，因为我本就没有预期章士钊能做出比现在更好的事情来。我们看历史，能够据过去以推知未来，看一个人的已往的经历，也有一样的效用。你先有了一种无端的迷信，将章士钊当作学者或智识阶级的领袖看，于是从他的行为上感到失望，发生不平，其实是作茧自缚；他这人本来就只能这样，有着更好的期望倒是你自己的误谬。使我较为感到有趣的倒是几个向来称为学者或教授的人们，居然也渐次吞吞吐吐地来说微温话了，什么“政潮”咧，“党”咧，仿佛他们都是上帝一样，超然象外，十分公平似的。谁知道

鲁迅有文质疑曹聚仁文《杀错了人》，把问题归结为是否“看错了人”，此文或可以章士钊个案作注。

人世上并没有这样一道矮墙，骑着而又两脚踏地，左右稳妥，所以即使吞吞吐吐，也还是将自己的魂灵枭首通衢，挂出了原想竭力隐瞒的丑态。丑态，我说，倒还没有什么丢人，丑态而蒙着公正的皮，这才催人呕吐。但终于使我觉得有趣的是蒙着公正的皮的丑态，又自己开出帐来发表了。仿佛世界上还有光明，所以即便费尽心机，结果仍然是一个瞒不住。

第二，你这样注意于《甲寅周刊》[3]，也使我莫明其妙。《甲寅》第一次出版时，我想，大约章士钊还不过熟读了几十篇唐宋八大家[4]文，所以模仿吞剥，看去还近于清通。至于这一回，却大大地退步了，关于内容的事且不说，即以文章论，就比先前不通得多，连成语也用不清楚，如"每下愈况"[5]之类。尤其害事的是他似乎后来又念了几篇骈文，没有融化，而急于挦撦[6]，所以弄得文字庞杂，有如泥浆混着沙砾一样。即如他那《停办北京女子师范大学呈文》中有云，"钊念儿女乃家家所有良用痛心为政而人人悦之亦无是理"，旁加密圈，想是得意之笔了。但比起何栻[7]《齐姜醉遣晋公子赋》的"公子固翩翩绝世未免有情少年而碌碌因人安能成事"来，就显得字句和声调都怎样陋弱可哂。何栻比他高明得多，尚且不能入作者之林，章士钊的文章更于何处讨生活呢？况且，前载公文，接着就是通信，精神虽然是自己广告性的半官报，形式却成了公报尺牍合璧了，我中国自有文字以

至20世纪九十年代，知识界仍有人特别地赞誉《甲寅》，亦莫名其妙也。

抨击复古派，杀贼擒王，以实力胜，非阵前一味鼓噪也。

来，实在没有过这样滑稽体式的著作。这种东西，用处只有一种，就是可以借此看看社会的暗角落里，有着怎样灰色的人们，以为现在是攀附显现的时候了，也都吞吞吐吐的来开口。至于别的用处，我委实至今还想不出来。倘说这是复古运动的代表，那可是只见得复古派的可怜，不过以此当作讣闻，公布文言文的气绝罢了。

所以，即使真如你所说，将有文言白话之争，我以为也该是争的终结，而非争的开头，因为《甲寅》不足称为敌手，也无所谓战斗。倘要开头，他们还得有一个更通古学，更长古文的人，才能胜对垒之任，单是现在似的每周印一回公牍和游谈的堆积，纸张虽白，圈点虽多，是毫无用处的。

至今学界仍有人高度评价《甲寅》，可谓一代不如一代。

鲁迅。八月二十日。

注　释

1　发表于1925年8月28日《莽原》周刊第19期。后编入《华盖集》。

2　章士钊（1881—1973），字行严，笔名孤桐，湖南长沙人。曾先后留学日本和德国。1903年任上海《苏报》主笔，参加反清革命活动。五四运动后，他是一个复古主义者。1924年到1926年间，他参加北洋军阀段祺瑞政治集团，曾任段祺瑞执政府司法总长兼教育总长，参与镇压学生爱国运动和人民群众的爱国斗争，提倡尊孔读经，反对新文化运动。1931年起在上海从事律师事务。抗日战争期间，任国民参政员。1947年，为南京国民党政府和平谈判代表团成员。1949年以后，任全国人大常委，全国政协常委，中央文史馆馆长，1973年病逝于香港。著有《逻辑指要》《柳文指要》等。在1925年女师大风潮中，由于鲁迅支持学生，反对章士钊对学生的迫害，章士钊便于8月12日呈请段祺瑞罢免鲁迅的教育部佥事职务。8月22日，鲁迅在平政院控诉章士钊，结果胜诉，1926年1月17日复职。

3 《甲寅周刊》 章士钊主编的杂志，1914年5月在日本东京创刊。该刊主要刊载政论，在政治上支持孙中山。1925年7月在北京复刊，改为周刊，至1927年2月停刊。封面印有黄斑老虎标记，杂载政论、诗词、公报、呈文、通信等，提倡古文，反对白话，宣传封建复古思想；其中还刊有不少诬蔑青年学生，吹捧执政段祺瑞以及吹嘘自己的文章。

4 唐宋八大家 指唐代的韩愈、柳宗元和宋代的欧阳修、苏洵、苏轼、苏辙、王安石、曾巩等八个散文家。明代茅坤把他们的作品编成《唐宋八大家文钞》行世，故有此称。

5 “每下愈况” 语出《庄子·知北游》。章太炎《新方言·释词》：“愈况，犹愈甚也。”章士钊在《甲寅》发表的《孤桐杂记》中，将这个成语错用为“每况愈下”。但因约定俗成故，今已通用。

6 挦撦 拔取、撕扯。一般用指剽窃别人的词句。撦，扯的异体字。

7 何栻（1816—1872）字廉昉，号悔馀。江苏江阴人。清道光时进士，曾任吉安府知府。著有《悔馀庵文稿》《悔馀庵诗稿》等。

我还不能“带住”[1]

一月三十日《晨报副刊》上满载着一些东西，现在有人称它为“攻周专号”[2]，真是些有趣的玩意儿，倒可以看见绅士的本色。不知怎的，今天的《晨副》忽然将这事结束，照例用通信，李四光[3]教授开场白，徐志摩“诗哲”接后段，一唱一和，甩道“带住！让我们对着混斗的双方猛喝一声，带住！”[4]了。还“声明一句，本刊此后不登载对人攻击的文字”云。

他们的什么“闲话……闲话”问题，本与我没有什么鸟相干，“带住”也好，放开也好，拉拢也好，自然大可以随便玩把戏。但是，前几天不是因为“令兄”关系，连我的“面孔”都攻击过了么？我本没有去“混斗”，倒是株连了我。现在我还没有怎样开口呢，怎么忽然又要“带住”了？从绅士们看来，这自然不过是“侵犯”了我“一言半语”，正无须“跳到半天空”，然而我其实也并没有“跳到半天空”，只是还不能这样地谨听指挥，你要“带住”了，我也就

杂文中的叙事艺术。

“带住”。

对不起，那些文字我无心细看，“诗哲”所说的要点，似乎是这样闹下去，要失了大学教授的体统，丢了“负有指导青年重责的前辈”的丑，使学生不相信，青年不耐烦了。可怜可怜，有臭赶紧遮起来。“负有指导青年重责的前辈”，有这么多的丑可丢，有那么多的丑怕丢么？用绅士服将“丑”层层包裹，装着好面孔，就是教授，就是青年的导师么？中国的青年不要高帽皮袍，装腔作势的导师；要并无伪饰，——倘没有，也得少有伪饰的导师。倘有戴着假面，以导师自居的，就得叫他除下来，否则，便将它撕下来，互相撕下来。撕得鲜血淋漓，臭架子打得粉碎，然后可以谈后话。这时候，即使只值半文钱，却是真价值；即使丑得要使人“恶心”，却是真面目。略一揭开，便又赶忙装进缎子盒里去，虽然可以使人疑是钻石，也可以猜作粪土，纵使外面满贴着好招牌，法兰斯呀，萧伯讷呀[5]，……毫不中用的！

痛快！

李四光教授先劝我“十年读书十年养气”。还一句绅士话罢：盛意可感。书是读过的，不止十年，气也养过的，不到十年，可是读也读不好，养也养不好。我是李教授所早认为应当“投畀豺虎”者之一[6]，此时本已不必温言劝谕，说什么“弄到人家无故受累”，难道真以为自己是“公理”的化身，判我以这样巨罚之后，还要我叩谢天恩么？还有，李教授以为我“东

鲁迅被目为“褊狭”“刻毒”“好斗”，源头可远溯“现代评论派”，且看他个人对此如何解说。

方文学家的风味，似乎格外的充足，……所以总要写到露骨到底，才尽他的兴会。”我自己的意见却绝不同。我正因为生在东方，而且生在中国，所以“中庸”“稳妥”的余毒，还沦肌浃髓，比起法国的勃罗亚[7]——他简直称大报的记者为“蛆虫”——来，真是“小巫见大巫”，使我自惭究竟不及白人之毒辣勇猛。即以李教授的事为例罢：一，因为我知道李教授是科学家，不很“打笔墨官司”的，所以只要可以不提，便不提；只因为要回敬贵会友[8]一杯酒，这才说出“兼差”的事来。二，关于兼差和薪水一节，已在《语丝》（六五）[9]上答复了，但也还没有“写到露骨到底”。

我自己也知道，在中国，我的笔要算较为尖刻的，说话有时也不留情面。但我又知道人们怎样地用了公理正义的美名，正人君子的徽号，温良敦厚的假脸，流言公论的武器，吞吐曲折的文字，行私利己，使无刀无笔的弱者不得喘息。倘使我没有这笔，也就是被欺侮到赴诉无门的一个；我觉悟了，所以要常用，尤其是用于使麒麟皮下露出马脚。万一那些虚伪者居然觉得一点痛苦，有些省悟，知道技俩也有穷时，少装些假面目，则用了陈源教授的话来说，就是一个“教训”。只要谁露出真价值来，即使只值半文，我决不敢轻薄半句。但是，想用了串戏的方法来哄骗，那是不行的；我知道的，不和你们来敷衍。

从材料看，鲁迅的论敌“现代派”其实并不“宽容”。对北师大学生如此，对支持学生的所谓“某派”“某系”教授亦如此。奇怪的是至今说到这段公案时，却并没有人说过这些欧美学者——新标签为“自由主义知识分子”——的不宽容。

"诗哲"[10]为援助陈源教授起见，似乎引过罗曼·罗兰的话，大意是各人的身上都有鬼，但人却只知道打别人身上的鬼。没有细看，说不清了，要是差不多，那就是一并承认了陈源教授的身上也有鬼，李四光教授自然也难逃。他们先前是自以为没有鬼的。假使真知道了自己身上也有鬼，"带住"的事可就容易办了。只要不再串戏，不再摆臭架子，忘却了你们的教授的头衔，且不做指导青年的前辈，将你们的"公理"的旗插到"粪车"上去，将你们的绅士衣装抛到"臭毛厕"里去，除下假面具，赤条条地站出来说几句真话就够了！

二月三日。

注 释

1 发表于1926年2月7日北京《京报副刊》。后编入《华盖集续编》。

2 "攻周专号" 1926年1月31日《晨报副刊》用全部篇幅刊载徐志摩的《关于下面一束通信告读者们》和陈源的《闲话的闲话之闲话引出来的几封信》，所以2月2日《京报副刊》发表署名杨丹初的《问陈源》一文，称它是"陈源同徐志摩两个人凑成的攻周的专号"。

徐志摩（1896—1931），浙江省海宁县人。先后留学英美，新月派诗人，现代评论派主要成员之一，曾任《晨报·诗刊》主编、《新月》月刊编辑。作品有诗集《志摩的诗》《翡冷翠的一夜》《猛虎集》和散文《落叶》等。

陈源（1896—1970），笔名西滢，字通伯，江苏无锡人。现代评论派重要成员。1912年留学英国，获博士学位。回国后，参加编辑《现代评论》杂志，先后任北京大学英文系主任，武汉大学教授、文学院院长。1946 年受国民党政府委派，赴巴黎出任常驻联合国教科文组织代表。著有《西滢闲话》等。

3 李四光（1889—1971）湖北黄冈县人，地质学家。1913 年赴英学采矿，后改学地质。1919 年冬应蔡元培电聘回国，先后任北京大学地质系主任、教授，北京图书馆第一副馆长等职。1948 年应邀参加伦敦国际地质学会，1950 年 4 月返回北京，先后任地质部长、全国科协主席等职。1958 年加入中国共产党。曾被选为中共九大代表及中央委员，并当选为全国政协副主席。

4 1926 年 2 月 30 日《晨报副刊》以“结束闲话，结束废话！”为题，发表李四光和徐志摩的通信。李四光说鲁迅“东方文学家的风味，他似乎格外的充足，所以他拿起笔来，总要写到露骨到底，才尽他的兴会，弄到人家无故受累，他也管不着”。他主张说：“只要我们能尽力的容忍，天下想无不了之事；况且现在我们这个中国，已经给洋人、军阀、政客弄到不成局面，指导青年的人，还要彼此辱骂，制成一个恶劣的社会，这还不是自杀，什么叫做自杀？”徐志摩则回应说：“我们一致认为这场恶斗有从此结束的切要。不但此以后大家应分引为前鉴，临到意气冲动时不要因为发表方便就此造下笔孽。这不仅是绅士不绅士的问题，这是像受教育人不像的问题。……何况多少有经验的人；更何况大学的教授们；更何况负有指导青年重责的前辈！”所以他说要“对着混斗的双方猛喝一声，带住！”

5 这里是对陈源的讽刺。陈源在《现代评论》发表文章，重复提到 1921 年夏天他在伦敦访问萧伯纳的事。萧伯讷，即萧伯纳。

6 李四光于 1926 年 2 月 1 日《晨报副刊》又发表一封给徐志摩的信，是关于京师图书馆副馆长月薪一事的声明，末尾说：“我听说鲁迅先生是当代比较有希望的文士……暗中有一天他自己查清事实，知道天下人不尽像鲁迅先生的镜子里照出来的模样。到那个时候，也许这个小小的动机，可以促鲁迅先生作十年读书，十年养气的工夫。也许中国因此可以产生一个真正的文士。”

7　勃罗亚（L. Bloy，1846—1917）通译布洛瓦，法国作家，著有《一个专事拆毁的工程师的话》《失望者》等。

8　指王世杰，因他与李四光同为“教育界公理维持会”（后改为“国立女子大学后援会”）的成员，故这里称“贵会友”。他曾针对支持女师大学生的教授说：“北大教授在女师大兼充主任者已有五人，实属违法，应加以否认。”对此，鲁迅写《“公理”的把戏》一文反驳说：“北大教授兼国立京师图书馆副馆长月薪至少五六百元的李四光，不也是正在坐中‘维持公理’，而且演说的么？使之何以为情？”

王世杰（1891—1981），湖北崇阳人，宪法学家。英国伦敦大学毕业，法国巴黎大学法学博士。1920年起历任北京大学教授、武汉大学校长、国民党政府法制局局长、教育部长、外交部长、总统府秘书长、中央研究院院长，以及国民党中央宣传部长等职。著有《比较宪法》（与钱端升合著）。

9　指发表在《语丝》上的《不是信》一文，可参见《华盖集续编》。

10　“诗哲”　指徐志摩。这里说的徐志摩引用罗曼·罗兰的话的文章，见发表于1926年1月20日的《晨报副刊》的《再添几句闲话的闲话乘便妄图解围》：“我真的觉得没有一件事情你可以除外你自己专骂旁人的。……引申这个意义，我们就可以懂得罗曼·罗兰‘Above the Battle Field’的喊声。鬼是可怕的；也不仅附在你敌人的身上，那是你瞅得见的，他也附在你自己的身上，这你往往看不到，要打鬼的话，你就得连你自己身上的一起打了去，才是公平。”罗曼·罗兰（Romain Rolland，1866—1944），法国作家、音乐家、社会活动家。1915年诺贝尔文学奖获得者，著有长篇小说《约翰·克利斯朵夫》、剧本《爱与死的搏斗》以及《莫斯科日记》等。

无花的蔷薇之二[1]

1

英国勃尔根[2]贵族曰："中国学生只知阅英文报纸，而忘却孔子之教。英国之大敌，即此种极力诅咒帝国而幸灾乐祸之学生。……中国为过激党之最好活动场……。"（一九二五年六月三十日伦敦路透电。）

南京通信云："基督教城中会堂聘金大教授某神学博士讲演，中有谓孔子乃耶稣之信徒，因孔子吃睡时皆祷告上帝。当有听众……质问何所据而云然；博士语塞。时乃有教徒数人，突紧闭大门，声言'发问者，乃苏俄卢布买收来者'。当呼警捕之。……"（三月十一日《国民公报》。）

苏俄的神通真是广大，竟能买收叔梁纥[3]，使生孔子于耶稣之前，则"忘却孔子之教"和"质问何所据而云然"者，当然都受着卢布的驱使无疑了。

2

西滢教授曰："听说在'联合战线'中，关于我的流言特别多，并且据说我一个人每月可以领到三千元。'流言'是在口上流的，在纸上到也不大见。"[4]（《现代》六十五）

该教授去年是只听到关于别人的流言的，却由他在纸上发表；据说今年却听到关于自己的流言了，也由他在纸上发表。"一个人每月可以领到三千元"，实在特别荒唐，可见关于自己的"流言"都不可信。但我以为关于别人的似乎倒是近理者居多。

3

据说"孤桐先生"下台之后，他的什么《甲寅》居然渐渐的有了活气了。可见官是做不得的。[5]

然而他又做了临时执政府秘书长了，不知《甲寅》可仍然还有活气？如果还有，官也还是做得的……。

从第四节开始，突然插入"三一八"惨案的内容，毫不顾及文思的延续与结构的统一。目睹了有为的生命的中断，这个敬畏生命的人，遂视自己所有的

4

已不是写什么"无花的蔷薇"的时候了。

虽然写的多是刺，也还要些和平的心。

现在，听说北京城中，已经施行了大杀戮了。[6]

当我写出上面这些无聊的文字的时候，正是许多青年受弹饮刃的时候。呜呼，人和人的魂灵，是不相通的。

文字为“无聊”。一种愤激之辞。

5

中华民国十五年三月十八日，段祺瑞政府使卫兵用步枪大刀，在国务院门前包围虐杀徒手请愿，意在援助外交之青年男女，至数百人之多。还要下令，诬之曰“暴徒”！

“清党”杀人时，鲁迅也感叹过灵魂之不能相通。

如此残虐险狠的行为，不但在禽兽中所未曾见，便是在人类中也极少有的，除却俄皇尼古拉二世使可萨克兵击杀民众的事[7]，仅有一点相像。

6

中国只任虎狼侵食，谁也不管。管的只有几个年青的学生，他们本应该安心读书的，而时局漂摇得他们安心不下。假如当局者稍有良心，应如何反躬自责，激发一点天良？

然而竟将他们虐杀了！

7

假如这样的青年一杀就完，要知道屠杀者也决不是胜利者。

中国要和爱国者的灭亡一同灭亡。屠杀者虽然因为积有金资，可以比较长久地养育子孙，然而必至的结果是一定要到的。“子孙绳绳”[8]又何足喜呢？灭亡自然较迟，但他们要住最不适于居住的不毛之地，要做最深的矿洞的矿工，要操最下贱的生业……。

8

如果中国还不至于灭亡，则已往的史实示教过我们，将来的事便要大出于屠杀者的意料之外——

这不是一件事的结束，是一件事的开头。

墨写的谎说，决掩不住血写的事实。

血债必须用同物偿还。拖欠得愈久，就要付更大的利息！

鲁迅一方面赞颂血的“骗不过，打不死”的力量，但是，另一方面又痛感血的易于黯淡和消亡。事实证明，流血未必一定有结果，它完全有可能为时间淡忘。

9

以上都是空话。笔写的，有什么相干？

实弹打出来的却是青年的血。血不但不掩于墨写的谎语，不醉于墨写的挽歌；威力也压它不住，因为它已经骗不过，打不死了。

三月十八日，民国以来最黑暗的一天，写。

注　释

1 发表于1926年3月29日《语丝》周刊第72期。后编入《华盖集续编》。

2 勃尔根　当时英国的印度内务部部长。文中引用的是他在伦敦中央亚洲协会的演说词。

3 叔梁纥　春秋时鲁国人，孔子的父亲。按，孔子生于公元前551年，比耶稣出生早五百多年。

4 这里指《现代评论》收受津贴一事。《猛进》周刊第31期（1925年10月2日）发表署名蔚麟的通信，其中说："《现代评论》因为受了段祺瑞、章士钊的几千块钱，吃着人的嘴软，拿着人的手软，对于段祺瑞、章士钊的一切胡作非为，绝对不敢说半个不字。"章川岛在《语丝》第68期（1926年3月）的一篇通信里也有类似的议论："据说现代评论社开办时，确曾由章士钊经手弄到一千元，大概不是章士钊自己掏腰包的，来路我也不明。……然而这也许是流言，正如西滢之捧章士钊是否由于大洋，我概不确知。"对于这两篇通信，陈西滢在《闲话》里辩解说他个人并未"每月领到三千元"，还说只要有人能够证明他"领受过三百元，三十元，三元，三毛，甚而至于三个铜子"，那他"就不再说话"。文中并未正面否定《现代评论》收受到段祺瑞津贴的事实。"联合战线"一语，最初出于《莽原》周刊第20期（1925年9月4日）署名霉江致鲁迅的信："我今天上午着手草《联合战线》一文，致猛进社、语丝社、莽原社同人及全国的叛徒们的，目的是将三社同人及其他同志联合起来，印行一种刊物，注全力进攻我们本阶级的恶势力的代表：一系反动派的章士钊的《甲寅》，一系与反动派朋比为奸的《现代评论》。”

5 指陈西滢在《现代评论》第3卷第59期（1926年1月23日）的《闲话》中，对章士钊及他主办的《甲寅》周刊发表评论说：“自从孤桐先生下台之后，《甲寅》虽然还没有恢复十年前的精神，也渐渐的有了生气了。可见做时事文章的人，官实在是做不得的。”

6 大杀戮　指“三一八”惨案。1926年3月，奉系军阀张作霖等进兵关内，遭到冯玉祥率领的国民军的打击，接连失利。日本帝国主义见势公开出面援助奉军，派出两艘军舰，驶入大沽口，炮击国民党。国民军被迫还击。于是日本帝国主义以此向段祺瑞执政府提出抗议，并联合驻北京各国公使，借口维护《辛丑条约》，于3月16日提出最后通牒，要求中国停止军事活动，撤除津沽防务，并限于四十八小时内答复，否则，“决采所认为必要之手段”云。北京各界人民为反对日本帝国主义侵犯我国主权，于3月18日在天安门前集会抗议，会后游行示威，赴执政府前请愿。段祺瑞竟下令卫队开枪射击，并用大刀铁棍木棒砍杀追打，死四十余人，重伤二百余人，造成反动政府与帝国主义互相勾结，屠杀中国人民的大惨案。

7 1905年1月22日（俄历1月9日），彼得堡工人为反对开除工人和要求改善生活，带同家属到冬宫门外请愿，俄皇尼古拉二世命令士兵开枪，致使死一千多人，伤两千多人。这天是星期日，史称“流血的星期日”。

8 “子孙绳绳”　语见《诗经·大雅·抑》。绳绳，相承不绝的样子。

“死　地”[1]

从一般人，尤其是久受异族及其奴仆鹰犬的蹂躏的中国人看来，杀人者常是胜利者，被杀者常是劣败者。而眼前的事实也确是这样。

三月十八日段政府惨杀徒手请愿的市民和学生的事，本已言语道断[2]，只使我们觉得所住的并非人间。但北京的所谓言论界，总算还有评论，虽然纸笔喉舌，不能使洒满府前的青年的热血逆流入体，仍复苏生转来。无非空口的呼号，和被杀的事实一同逐渐冷落。

但各种评论中，我觉得有一些比刀枪更可以惊心动魄者在。这就是几个论客，以为学生们本不应当自蹈死地[3]，前去送死的。倘以为徒手请愿是送死，本国的政府门前是死地，那就中国人真将死无葬身之所，除非是心悦诚服地充当奴子，“没齿而无怨言”[4]。不过我还不知道中国人的大多数人的意见究竟如何。假使也这样，则岂但执政府前，便是全中国，也无一处不是死地了。

不能说杀人者所制造的“死

人们的苦痛是不容易相通的。因为不易相通，杀亡恐怖”没有一点效力；不过，说“请愿”可以从此停止，倒是的确的。

因为知道死尸的沉重，所以鲁迅坚决反对和平请愿，他对专制政府是从来不抱幻想的。一些满嘴“宽容”而又具有“建设性”的论客，据说是反对一切暴力的，结果如何呢？学生手无寸铁，可谓是恪守此道的了，却只好在政府门前喋血，而且死后还得了“暴徒”的恶谥，遭到御用文人的讨伐。由此看来，这些论客倘不是卑怯，就是别有居心，因为他们实际上并无能力阻止官方的合法的暴

人者便以杀人为唯一要道，甚至于还当作快乐。然而也因为不容易相通，所以杀人者所显示的“死之恐怖”，仍然不能够儆戒后来，使人民永远变作牛马。历史上所记的关于改革的事，总是先仆后继者，大部分自然是由于公义，但人们的未经“死之恐怖”，即不容易为“死之恐怖”所慑，我以为也是一个很大的原因。

但我却恳切地希望：“请愿”的事，从此可以停止了。倘用了这许多血，竟换得一个这样的觉悟和决心，而且永远纪念着，则似乎还不算是很大的折本。

世界的进步，当然大抵是从流血得来。但这和血的数量，是没有关系的，因为世上也尽有流血很多，而民族反而渐就灭亡的先例。即如这一回，以这许多生命的损失，仅博得“自蹈死地”的批判，便已将一部分人心的机微示给我们，知道在中国的死地是极其广博。

现在恰有一本罗曼·罗兰的《Le Jeu de L’Amour et de La Mort》[5]在我面前，其中说：加尔是主张人类为进步计，即不妨有少许污点，万不得已，也不妨有一点罪恶的；但他们却不愿意杀库尔跋齐，因为共和国不喜欢在臂膊上抱着他的死尸，因为这过于沉重。

会觉得死尸的沉重，不愿抱持的民族里，先烈的“死”是后人的“生”的唯一的灵药，但倘在不再觉得沉重的民族里，却不过是压得一同沦灭的东西。

中国的有志于改革的青年，是知道死尸的沉重的，

所以总是“请愿”。殊不知别有不觉得死尸的沉重的人们在，而且一并屠杀了“知道死尸的沉重”的心。

死地确乎已在前面。为中国计，觉悟的青年应该不肯轻死了罢。

三月二十五日。

力，惟是一味反对小民的暴力，革命的暴力，不合法的暴力而已。

注　释

1　发表于 1926 年 3 月 30 日《国民新报副刊》。后编入《华盖集续编》。

2　言语道断　不可言说，无活可说。《璎珞经》：“言语道断，心行处灭。”

3　死地　“三一八”惨案发生后，研究系机关报《晨报》3 月 20 日发表林学衡的《为青年流血问题敬告全国国民》一文，指爱国青年“激于意气，挺（铤）而走险，乃陷入奸人居间利用之彀中”，又指徐谦等“驱千百珍贵青年为孤注一掷……必欲置千百珍贵青年于死地”，还指“共产派诸君故杀青年，希图利已”。3 月 22 日，又发表陈渊泉写的题作《群众领袖安在》的社论说是“纯洁爱国之百数十青年即间接死于若辈（按，即所谓‘群众领袖’）之手。”

4　“没齿而无怨言”　语见《论语・宪问》。没齿，终身之意。

5　《Le Jeu de L’Amour et de La Mort》《爱与死的搏斗》，罗曼・罗兰的一部以法国大革命为题材的剧本。其中写道：国约议会议员库尔跋齐反对罗伯斯庇尔捕杀丹东，在议会投票判决丹东死刑时，他放弃投票，中途退场。而他的妻子在家中接待她的情人，一个被通缉的吉隆德派分子，正遭人告发。他的朋友加尔来到他家，告以政治委员会要他公开宣布对被通缉者的态度，被他加以拒绝；这时，加尔便给予两张事先准备好的护照，告诉他已得到罗伯斯庇尔的默许，要他带同妻子一起逃走。文中叙说的就是加尔对库尔跋齐说的话。

空　谈[1]

一

请愿的事，我一向就不以为然的，但并非因为怕有三月十八日那样的惨杀。那样的惨杀，我实在没有梦想到，虽然我向来常以“刀笔吏”的意思来窥测我们中国人。我只知道他们麻木，没有良心，不足与言，而况是请愿，而况又是徒手，却没有料到有这么阴毒与凶残。能逆料的，大概只有段祺瑞，贾德耀[2]，章士钊和他们的同类罢。四十七个男女青年的生命，完全是被骗去的，简直是诱杀。

有些东西——我称之为什么呢，我想不出——说：群众领袖应负道义上的责任[3]。这些东西仿佛就承认了对徒手群众应该开枪，执政府前原是“死地”，死者就如自投罗网一般。群众领袖本没有和段祺瑞等辈心心相印，也未曾互相钩通，怎么能够料到这阴险的辣手。这样的辣手，只要略有人气者，是万万豫想不到的。

我以为倘要锻炼[4]群众领袖的错处，只有两点：一是还以请愿为有用；二是将对手看得太好了。

二

但以上也仍然是事后的话。我想，当这事实没有发生以前，恐怕谁也不会料到要演这般的惨剧，至多，也不过获得照例的徒劳罢了。只有有学问的聪明人能够先料到，承认凡请愿就是送死。

“有学问的聪明人”不问对手是否为“英雄”，惟一味要求“正规的战法”。

陈源教授的《闲话》说：“我们要是劝告女志士们，以后少加入群众运动，她们一定要说我们轻视她们，所以我们也不敢来多嘴。可是对于未成年的男女孩童，我们不能不希望他们以后不再参加任何运动。”（《现代评论》六十八）为什么呢？因为参加各种运动，是甚至于像这次一样，要“冒枪林弹雨的险，受践踏死伤之苦”的。

这次用了四十七条性命，只购得一种见识：本国的执政府前是“枪林弹雨”的地方，要去送死，应该待到成年，出于自愿的才是。

我以为“女志士”和“未成年的男女孩童”，参加学校运动会，大概倒还不至于有很大的危险的。至于“枪林弹雨”中的请愿，则虽是成年的男志士们，也应该切切记住，从此罢休！

看现在竟如何。不过多了几篇诗文，多了若干谈助。几个名人和什么当局者在接洽葬地，由大请愿改为小请愿了。埋葬自然是最妥当的收场。然而很奇怪，仿佛这四十七个死者，是因为怕老来死后无处埋葬，特来挣一点官地似的。万生园多么近，而四烈士坟前还有三块墓碑不镌一字，更何况僻远如圆明园。

死者倘不埋在活人的心中，那就真真死掉了。

三

改革自然常不免于流血，但流血非即等于改革。血的应用，正如金钱一般，吝啬固然是不行的，浪费也大大的失算。我对于这回的牺牲者，非常觉得哀伤。

但愿这样的请愿，从此停止就好。

请愿虽然是无论那一国度里常有的事，不至于死的事，但我们已经知道中国是例外，除非你能将“枪林弹雨”消除。正规的战法，也必须对手是英雄才适用。汉末总算还是人心很古的时候罢，恕我引一个小说上的典故：许褚赤体上阵，也就很中了好几箭。而金圣叹还笑他道：“谁叫你赤膊？”[5]

至于现在似的发明了许多火器的时代，交兵就都用壕堑战。这并非吝惜生命，乃是不肯虚掷生命，因为战士的生命是宝贵的。在战士不多的地方，这生命就愈宝贵。所谓宝贵者，并非“珍藏于家”，乃是要以小本钱换得极大的利息，至少，也必须卖买相当。以血的洪流淹死一个敌人，以同胞的尸体填满一个缺陷，已经是陈腐的话了。从最新的战术的眼光看起来，这是多么大的损失。

这里说的战斗的“别种方法”，当然不排除暴力革命在内，用鲁迅自己的比方说，就是对手是凶兽时就如凶兽。虽然他认为“流血非即等于改革”，但是，这并不等于说绝对的反对流血；他反对的，只是血的“浪费”，为流血而流血，本意是“要以小本钱换得极大的利息”；然而，“吝啬固然是不行的”，这也是他的明白的主张。

这回死者的遗给后来的功德，是在撕去了许多东西的人相，露出那出于意料之外的阴毒的心，教给继续战斗者以别种方法的战斗。

四月二日。

注 释

1 发表于1926年4月10日《国民新报副刊》。后编入《华盖集续编》。

2 贾德耀 字焜庭，安徽合肥人。毕业于保定军官学堂及日本士官学校，曾任北洋政府陆军总长。“三一八”惨案的凶手之一，当时为段祺瑞执政府的国务总理，4月去职。1932年任国民政府军事参议院参议、行政院冀察政务委员会委员等职。

3 群众领袖应负道义上的责任 这是当时一种为反动当局开脱的舆论。陈渊泉在为《晨报》写的《群众领袖安在》的社论中，即公然说：“吾人在纠弹政府之余，又不能不诘问所谓‘群众领袖’之责任。”陈源在《闲话》中评论“三一八”惨案时，称他“遇见好些人”，都说“那天在天安门开会后，他们本来不打算再到执政府。因为他们听见主席宣布执政府的卫队已经解除了武装……所以又到执政府门前去瞧热闹。……我们不能不相信，至少有一部分人的死，是由主席的那几句话。要是主席明明知道卫队没有解除武器，他故意那样说，他的罪孽当然不下于开枪杀人者；要是他误听流言，不思索调查，便信以为真，公然宣布，也未免太不负民众领袖的责任。”

4 锻炼 罗织罪名。

5 许褚 三国时曹操部下名将。“赤膊上阵”的故事，详见《三国演义》第五十九回《许褚裸衣斗马超》。

黄花节的杂感[1]

黄花节[2]将近了，必须做一点所谓文章。但对于这一个题目的文章，教我做起来，实在近于先前的在考场里“对空策”[3]。因为，——说出来自己也惭愧，——黄花节这三个字，我自然明白它是什么意思的；然而战死在黄花冈头的战士们呢，不但姓名，连人数也不知道。

为寻些材料，好发议论起见，只得查《辞源》。书里面有是有的，可不过是：

“黄花冈。地名，在广东省城北门外白云山之麓。清宣统三年三月二十九日，革命党数十人，攻袭督署，不成而死，丛葬于此。”

轻描淡写，和我所知道的差不多，于我并不能有所裨益。

我又愿意知道一点十七年前的三月二十九日的情形，但一时也找不到目击耳闻的耆老。从别的地方——如北京，南京，我的故乡——的例子推想起来，当时大概有若干人痛惜，若干人快意，若干人没有什么意见，若干人当作酒后茶余的谈助的罢。接着便将被人们忘却。久受压制的人们，被压制时只能忍苦，幸而解放了便只知道作乐，悲壮剧是不能久留在记忆里的。

但是三月二十九日的事却特别，当时虽然失败，十月就是武昌起义，第二年，中华民国便出现了。于是这些失败的战士，当时也就成为革命成功的先驱，悲壮剧刚要收场，又添上一个团圆剧的结束。这于我们是很可庆幸的，我想，在纪念黄花节的时候便可以看出。

历史的悲壮剧不能久留，此即所以"躲避崇高"的缘故欤？

我还没有亲自遇见过黄花节的纪念，因为久在北方。不过，中山先生[4]的纪念日却遇见过了：在学校里，晚上来看演剧的特别多，连凳子也踏破了几条，非常热闹。用这例子来推断，那么，黄花节也一定该是极其热闹的罢。

当三月十二日那天的晚上，我在热闹场中，便深深地更感得革命家的伟大。我想，恋爱成功的时候，一个爱人死掉了，只能给生存的那一个以悲哀。然而革命成功的时候，革命家死掉了，却能每年给生存的大家以热闹，甚而至于欢欣鼓舞。惟独革命家，无论他生或死，都能给大家以幸福。同是爱，结果却有这样地不同，正无怪现在的青年，很有许多感到恋爱和革命的冲突的苦闷。

这里说的革命家的伟大，全在于悲剧性的存在。

以上的所谓"革命成功"，是指暂时的事而言；其实是"革命尚未成功"[5]的。革命无止境，倘使世上真有什么"止于至善"[6]，这人间世便同时变了凝固的东西了。不过，中国经了许多战士的精神和血肉的培养，却的确长出了一点先前所没有的幸福的花果来，也还有逐渐生长的希望。倘若不像有，那是因为继续培养的人们少，而赏玩，攀折这花，摘食这果实

鲁迅的"不断革命论"。

的人们倒是太多的缘故。

我并非说，大家都须天天去痛哭流涕，以凭吊先烈的“在天之灵”，一年中有一天记起他们也就可以了。但就广东的现在而论，我却觉得大家对于节日的办法，还须改良一点。黄花节很热闹，热闹一天自然也好；热闹得疲劳了，回去就好好地睡一觉。然而第二天，元气恢复了，就该加工做一天自己该做的工作。这当然是劳苦的，但总比枪弹从致命的地方穿过去要好得远；何况这也算是在培养幸福的花果，为着后来的人们呢。

工作是对先行者最好的纪念，也是为了后来的人们。鲁迅十分看重工作的意义，甚至表示说，即使像尼禄这样的暴君，如果能够工作，也是可以接受的。

三月二十四日夜。

注 释

1 发表于1927年3月29日广州中山大学政治训育部编印的《政治训育》第7期“黄花节特号”。后编入《而已集》。

2 **黄花节** 1911年4月27日（农历三月二十九日），同盟会黄兴等人在广州发动武装起义，率敢死队攻打两广总督衙门，分路与清军展开巷战，终至失败。起义中，牺牲一百多人，后收殓遗体七十二具，合葬于广州市郊黄花冈，史称“黄花冈七十二烈士”。民国成立后，将 3 月 29 日定为革命先烈纪念日，通称黄花节。

3 **“对空策”** 汉代以后科举考试时，命应试者根据有关政事、经义的题目做出书面答卷，这叫对策。“对空策”是说回答策问时毫无具体意见，只是做一番空洞的议论。

4 **中山先生** 孙中山（1866—1925），名文，字逸仙，广东香山（今中山）人，中国伟大的民主革命家。早年学医，曾一度行医，后从事革命活动。先后组织兴中会和同盟会，创立“民族、民权、民生”三民主义学说，创办《民报》，多次发动反清武装起义。1911 年 10 月 10 日发动并领导辛亥革命，推翻帝制。中华民国成立时，被推选为临时大总统，后被迫去职。1912 年 8 月同盟会改组为国民党，被选为理事长，次年起兵讨袁。1921 年在广州就任非常大总统。1924 年召开中国国民党“一大”，实行国共合作。同年 11 月应邀北上讨论国是，发表《北上宣言》，坚持同帝国主义和北洋军阀作斗争。1925 年 3 月 12 日病逝于北京。著有《孙中山文集》。

5 **“革命尚未成功”** 原为孙中山在《国民党周刊》第 1 期上的题词：“革命尚未成功，同志仍须努力。”后由汪精卫为孙中山草拟遗嘱时采用。

6 **“止于至善”** 意谓到达尽善尽美的境界。语见《大学》。

庆祝沪宁克复的那一边[1]

在广州，我觉得纪念和庆祝的盛典似乎特别多。这是当革命的进行和胜利中，一定要有的现象。沪宁的克复[2]，在看见电报的那天，我已经一个人私自高兴过两回了。这“别人出力我高兴”的报应之一，是搜索枯肠，硬做文章的苦差使。其实，我于做这等事，是不大合宜的，因为动起笔来，总是离题有千里之远。即如现在，何尝不想写得切题一些呢，然而还是胡思乱想，像样点的好意思总像断线风筝似的收不回来。忽然想到昨天在黄埔[3]看见的几个来投学生军的青年，才知道在前线上拚命的原来是这样的人；自己在讲堂上胡说了几句[4]便骗得听众拍手，真是应该羞愧。忽而想到十六年前也曾克复过南京，还给捐躯的战士立了一块碑[5]，民国二年后，便被张勋毁掉了，今年顷又可以重立。忽而又想到香港《循环日报》上所载李守常[6]在北京被捕的消息，他的圆圆的脸和中国式的下垂的黑胡子便浮在眼前，不知道他现在怎么样。

黑暗的区域里，反革命者的工作也正在默默地进行，虽然留在后方的是呻吟，但也有一部分人们高兴。后方的呻吟与高兴固然大不相同，然而无裨于事是一样的。最后的胜利，不在高兴的人们的多少，而在永远进击的人们的多少，记得一种期刊[7]上，曾经引有列宁[8]的话：

> “第一要事是，不要因胜利而使脑筋昏乱，自高自满；第二要事是，要巩固我们的胜利，使他长久是属于我们的；第三要事是，准备消灭敌人，因为现在敌人只是被征服了，而距消灭的程度还远得很。”

俄国究竟是革命的世家，列宁究竟是革命的老手，不是深知道历来革命成败的原因，自己又积有许多经验，是说不出来的。先前，中国革命者的屡屡挫折，我以为就因为忽略了这一点。小有胜利，便陶醉在凯歌中，肌肉松懈，忘却进击了，于是敌人便又乘隙而起。

“永远进击”，是“革命无止境”的观点的合理的延伸，而一贯主张韧战的精神也在这里。

前年，我作了一篇短文[9]，主张“落水狗”还是非打不可，就有老实人以为苛酷，太欠大度和宽容；况且我以此施之人，人又以报诸我，报施将永无了结的时候。但是，外国我不知，在中国，历来的胜利者，有谁不苛酷的呢。取近例，则如清初的几个皇帝，民国二年后的袁世凯[10]，对于异己者何尝不赶尽杀绝。只是他嘴上却说着什么大度和宽容，还有什么慈悲和仁厚；也并不像列宁似的简单明了，列宁究竟是俄国人，怎么想便怎么说，比我们中国人直爽得多了。但

论宽容。

便是中国，在事实上，到现在为止，凡有大度，宽容，慈悲，仁厚等等美名，也大抵是名实并用者失败，只用其名者成功的。然而竟瞒过了一群大傻子，还会相信他。

庆祝和革命没有什么相干，至多不过是一种点缀。庆祝，讴歌，陶醉着革命的人们多，好自然是好的，但有时也会使革命精神转成浮滑。革命的势力一扩大，革命的人们一定会多起来。统一以后，我恐怕研究系[11]也要讲革命。去年年底，《现代评论》[12]，不就变了论调了么？和“三一八惨案”时候的议论一比照，我真疑心他们都得了一种仙丹，忽然脱胎换骨。我对于佛教先有一种偏见，以为坚苦的小乘教倒是佛教，待到饮酒食肉的阔人富翁，只要吃一餐素，便可以称为居士[13]，算作信徒，虽然美其名曰大乘[14]，流播也更广远，然而这教却因为容易信奉，因而变为浮滑，或者竟等于零了。革命也如此的，坚苦的进击者向前进行，遗下广大的已经革命的地方，使我们可以放心歌呼，也显出革命者的色彩，其实是和革命毫不相干。这样的人们一多，革命的精神反而会从浮滑，稀薄，以至于消亡，再下去是复旧。

提出一个革命精神随着革命的发展和队伍的壮大而相反浮滑化（熵过程）的问题，极有创见。

广东是革命的策源地，因此也先成为革命的后方，因此也先有上面所说的危机。

当盛大的庆典的这一天，我敢以这些杂乱无章的话献给在广州的革命民众，我深望不至于因这几句出轨的话而扫兴，因为将来可以补救的日子还很多。倘使因此扫兴了，那就是革命精神已经浮滑的证据。

四月十日。

注 释

1 发表于1927年5月5日广州《国民新闻》副刊《新出路》第11号。后编入《集外集拾遗补编》。

2 沪宁的克复 指1927年3月22日上海工人第三次武装起义胜利和3月24日北伐军攻克南京。

3 黄埔 指黄埔军校，孙中山在国民党改组后创办的陆军军官学校。该校成立于1924年5月，校址在广州黄埔。

4 指1927年4月8日作的题为《革命时代的文学》的讲演，后收入《而已集》。

5 一块碑 指辛亥革命时，革命军攻克南京，临时政府在莫愁湖畔建立的“粤军阵亡将士纪念碑”。

6 李守常（1889—1927）名大钊，字守常，河北乐亭人。中国最早的马克思主义传播者，中国共产党的创始人之一。1913年留学日本，就读于东京早稻田大学，积极参加留日学生总会的爱国斗争。1916年回国，1918年担任北京大学图书馆主任，后兼任经济学教授，参加《新青年》杂志编辑部工作，与陈独秀共同创办《每周评论》，次年主编《晨报副刊》，还协助北大学生创办了《国民》和《新潮》。在新文化运动中，他热情宣传俄国革命和马克思主义，所起的作用是十分突出的；其中由他引发的“问题与主义”的论战，在思想界反响强烈。中国共产党成立后，曾任北方区书记，1924 年 6 月曾代表中共到莫斯科出席共产国际第五次代表大会。1927 年 4 月被军阀张作霖逮捕，同月遇害。先后出版过《守常文集》和《李大钊选集》。

7 一种期刊　指《少年先锋》，旬刊，李求实（伟森）主编，中国共产主义青年团广东区委会的机关刊物。

8 列宁（1870—1924）　苏联共产党的创始人，第一个社会主义国家的缔造者。大学时代即参加革命活动，曾被流放；后在彼得堡从事马克思主义政党和工人斗争团体的组织工作，一度被捕。1900 年在国外创办《火星报》。1903 年在俄国社会民主工党“二大”上制定了国际共运史上第一个具有无产阶级专政思想的党纲，并形成了以他为首的布尔什维克（多数派）。1905 年领导了第一次俄国革命，1907 年出国，1917 年二月革命后回国，11 月 7 日（俄历 10 月 25 日）亲自领导十月社会主义革命并取得胜利，当选为第一届苏维埃主席。1918 年 8 月遇刺受伤，次年主持成立并领导第三国际，1924 年 1 月病逝。

9 一篇短文　指《论“费厄泼赖”应该缓行》，后收入《坟》。

10 袁世凯（1859—1916）　字慰亭，河南项城人，北洋军阀首领。李鸿章死后，他继任直隶总督，以后任军机大臣，执掌清政府军政大权。辛亥革命后，他以促使清帝逊位为交换条件，窃取中华民国第一任大总统职位。1915 年 12 月宣布接受中华帝国的皇位，下令改 1916 年为洪宪元年，1916 年 6 月病死。

11 研究系　1916 年袁世凯死后，在黎元洪继任总统、段祺瑞任国务总理期间，原进步党首领梁启超、汤化龙等组织“宪法研究会”。该会以研究宪法相标榜，依附段祺瑞政府，又勾结西南军阀，进行政治投机活动，被称为“研究系”。

12《现代评论》　综合性周刊，1924 年 12 月在北京创刊，1927 年移至上海出版。围绕该刊的人物，在现代文学史上被称作“现代评论派”。

13 居士　这里指在家的佛教徒。

14 小乘和大乘是佛教的两大派别。小乘教派强调苦行修炼，重在自我解脱，在更大程度上保持了原始教义。大乘教派则宣扬尽人皆能成佛，一切修行以利他为主，戒律不严，主张不必摆脱俗念如娶妻、荤食等，可以在家修行，“救度一切众生”。

答有恒先生[1]

有恒[2]先生：

你的许多话，今天在《北新》[3]上看见了。我感谢你对于我的希望和好意，这是我看得出来的。现在我想简略地奉答几句，并以寄和你意见相仿的诸位。

我很闲，决不至于连写字工夫都没有。但我的不发议论，是很久了，还是去年夏天决定的，我豫定的沉默期间是两年。我看得时光不大重要，有时往往将它当作儿戏。

但现在沉默的原因，却不是先前决定的原因，因为我离开厦门的时候，思想已经有些改变。这种变迁的径路，说起来太烦，姑且略掉罢，我希望自己将来或者会发表。单就近时而言，则大原因之一，是：我恐怖了。而且这种恐怖，我觉得从来没有经验过。

指出“进化论”的偏颇，而以“阶级论”补正之。

我至今还没有将这“恐怖”仔细分析。姑且说一两种我自己已经诊察明白的，则：

一，我的一种妄想破灭了。我至今为止，时时有一种乐观，以为压迫，杀戮青年的，大概是老人。这种老人渐渐死去，中国总可比较地有生气。现在我知道不然了，杀戮青年的，似乎倒大概是青年，而且对于别个的不能再造的生命和青春，更无顾惜。如果对于动物，也要算“暴殄天物”[4]。我尤其怕看的是胜利者的得意之笔：“用斧劈死”呀，……。“乱枪刺死”呀……我其实并不是急进的改革论者，我没有反对过死刑。但对于凌迟和灭族，我曾表示过十分的憎恶和悲痛，我以为二十世纪的人群中是不应该有的。斧劈枪刺，自然不说是凌迟，但我们不能用一粒子弹打在他后脑上么？结果是一样的，对方的死亡。但事实是事实，血的游戏已经开头，而角色又是青年，并且有得意之色。我现在已经看不见这出戏的收场。

二，我发见了我自己是一个……。是什么呢？我一时定不出名目来。我曾经说过：中国历来是排着吃人的筵宴，有吃的，有被吃的。被吃的也曾吃人，正吃的也会被吃。[5]但我现在发见了，我自己也帮助着排筵宴。先生，你是看我的作品的，我现在发一个问题：看了之后，使你麻木，还是使你清楚；使你昏沉，还是使你活泼？倘所觉的是后者，那我的自己裁判，便证实大半了。中国的筵席上有一种“醉虾”[6]，虾越鲜活，吃的人便越高兴，越畅快。我就是做这醉虾的帮手，弄清了老实而不幸的青年的脑子和弄敏了他的感觉，使他万一遭灾时来尝加倍的苦痛，同时给憎

做“醉虾”的帮手：通过个人与社会的关系认识自己，质疑自己，解剖自己。

“智识即罪恶”。

恶他的人们赏玩这较灵的苦痛，得到格外的享乐。我有一种设想，以为无论讨赤军，讨革军，倘捕到敌党的有智识的如学生之类，一定特别加刑，甚于对工人或其他无智识者。为什么呢，因为他可以看见更锐敏微细的痛苦的表情，得到特别的愉快。倘我的假设是不错的，那么，我的自己裁判，便完全证实了。

所以，我终于觉得无话可说。

倘若再和陈源教授之流开玩笑罢，那是容易的，我昨天就写了一点[7]。然而无聊，我觉得他们不成什么问题。他们其实至多也不过吃半只虾或呷几口醉虾的醋。况且听说他们已经别离了最佩服的“孤桐先生”，而到青天白日旗下来革命了。我想，只要青天白日旗插远去，恐怕“孤桐先生”也会来革命的。不成问题了，都革命了，浩浩荡荡。

问题倒在我自己的落伍。还有一点小事情。就是，我先前的弄“刀笔”的罚，现在似乎降下来了。种牡丹者得花，种蒺藜者得刺，这是应该的，我毫无怨恨。但不平的是这罚仿佛太重一点，还有悲哀的是带累了几个同事和学生。

他们什么罪孽呢，就因为常常和我往来，并不说我坏。凡如此的，现在就要被称为“鲁迅党”或“语丝派”，这是“研究系”和“现代派”宣传的一个大成功[8]。所以近一年来，鲁迅已以被“投诸四裔”[9]为原则了。不说不知道，我在厦门的时候，后来是被搬在一所四无邻居的大洋楼上了，陪我的都是书，深夜还听到楼下野兽“唔唔”地叫。但我是不怕冷静的，况且还有学生来谈谈。然而来了第二下的打击：三个椅子要搬去两个，说是什么先生的少爷已到，要去用了。这时我实在很气愤，便问他：倘若他的孙少爷也到，我就得坐在楼板上么?不行！没有搬去，然而来了第三下的打击，一个教授[10]微笑道：又发名士脾气了。厦门的天条，似乎是名士才能有多于一个的椅子的。“又”者，所以形容我常发名士脾气也，《春秋》笔法[11]，先生，你大概明白的罢。还有第四下的打击，那是我临走的时候了，有人说我之所以走，一因为没有酒喝，二因为看见别人的家眷来了，心里不舒服。这还是根据那一次的“名士脾气”的。

这不过随便想到一件小事。但，即此一端，你也就可以原谅我吓得不敢开口之情有可原了罢。我知道你是不希望我做醉虾的。我再斗下去，也许会“身心交病”。然而“身心交病”，又会被人嘲笑的。自然，这些都不要紧。但我何苦呢，做醉虾？

不过我这回最侥幸的是终于没有被做成为共产党。曾经有一位青年，想以独秀办《新青年》，而我在那里做过文章这一件事，来证成我是共产党。但即被别一位青年推翻了，他知道那时连独秀也还未讲共产。退一步，“亲共派”罢，终于也没有弄成功。倘我一出中山大学即离广州，我想，是要被排进去的；但我不走，所以报上“逃走了”“到汉口去了”的闹了一通之后，倒也没有事了。天下究竟还有光明，没有人说我有“分身法”。现在是，似乎没有什么头衔了，但据“现代派”说，我是“语丝派的首领”。这和生命大约并无什么直接关系，或者倒不大要紧的，只要他们没有第二下。倘如“主角”唐有壬[12]似的又说什么“墨斯科的命令”，那可就又有些不妙了。

真正的思想者，不会脱离社会现实而陷于抽象的玄谈。

笔一滑，话说远了，赶紧回到“落伍”问题去。我想，先生，你大约看见的，我曾经叹息中国没有敢“抚哭叛徒的吊客”[13]。而今何如？你也看见，在这半年中，我何尝说过一句话？虽然我曾在讲堂上公表过我的意思，虽然我的文章那时也无处发表，虽然我是早已不说话，但这都不足以作我的辩解。总而言之，现在倘再发那些四平八稳的“救救孩子”似的议论，连我自己听去，也觉得空空洞洞了。

还有，我先前的攻击社会，其实也是无聊的。社会没有知道我在攻击，倘一知道，我早已死无葬身之所了。试一攻击社会的一分子的陈源之类，看如何？而况四万万也哉？我之得以偷生者，因为他们大多数不识字，不知道，并且我的话也无效力，如一箭之入大海。否则，几条杂感，就可以送命的。民众的罚恶之心，并不下于学者和军阀。近来我悟到凡带一点改革性的主张，倘于社会无涉，才可以作为“废话”而存留，万一见效，提倡者即大概不免吃苦或杀身之祸。古今中外，其揆一也。即如目前的事，吴稚晖[14]先生不也有一种主义的么？而他不但不被普天同愤，且可以大呼“打倒……严办”者，即因为赤党要实行共产主义于二十年之后，而他的主义却须数百年之后或者才行，由此观之，近于废话故也。人那有遥管十余代以后的灰孙子时代的世界的闲情别致也哉？

鲁迅寄希望于民魂的发扬，又对民众的罚恶之心怀有警惕，这就是同时作为一个个人主义者和民主主义者的内在矛盾性。

话已经说得不少，我想收梢了。我感于先生的毫无冷笑和恶意的态度，所以也诚实的奉答，自然，一半也借此发些牢骚。但我要声明，上面的说话中，我并不含有谦虚，我知道我自己，我解剖自己并不比解剖别人留情面。好几个满肚子恶意的所谓批评家，竭力搜索，都寻不出我的真症候。所以我这回自己说一点，当然不过一部分，有许多还是隐藏着的。

知识分子在批判社会的时候，往往以精英自居，难得的是与此同时，能够一样严酷地批判自己。

我觉得我也许从此不再有什么话要说，恐怖一去，来的是什么呢，我还不得而知，恐怕不见得是好东西罢。但我也在救助我自己，还是老法子：一是麻痹，二是忘却。一面挣扎着，还想从以后淡下去的"淡淡的血痕中"[15]看见一点东西，誊在纸片上。

鲁迅知道有救助的"老法子"，却偏不能麻痹和忘却。

鲁迅。九，四。

注 释

1 发表于1927年10月1日上海《北新》周刊第49、50期合刊。后编入《而已集》。

2 有恒 时有恒，江苏徐州人。他在1927年8月16日《北新》周刊发表一篇题作《这时节》的文章，其中写道："久不见鲁迅先生等的对盲目的思想行为下攻击的文字了"，"在现在的国民革命正沸腾的时候……我们恳切地祈望鲁迅先生出马。……因为救救孩子要紧呀"。

3《北新》 综合性杂志，上海北新书局发行，1926年7月创刊。初为周刊，后改半月刊，1930年12月停刊。

4 **“暴殄天物”** 残害灭绝天生之物。语出《尚书·武成》：“今商王受无道，暴殄天物，害虐蒸民。”孔颖达疏：“则天物之言，除人外，普为天下百物，鸟兽草木，皆暴绝之。”

5 参看《坟·灯下漫笔》。

6 **“醉虾”** 江浙等地把活虾放进酒、醋、酱油等拌成的配料里生吃，谓之“醉虾”。

7 即《辞“大义”》，见《而已集》。

8 当时北京的《晨报》，上海的《时事新报》，是研究系的机关报。《时事新报》副刊《学灯》曾发表文章，称“与‘现代派’抗衡者是‘语丝派’”，又说“语丝派”以鲁迅“为主”。“现代派”即现代评论派，曾称鲁迅为“语丝派首领”。

9 **“投诸四裔”** 流放到边远的地方。语见《左传·文公十八年》：“舜臣尧，宾于四门；流四凶族：浑敦、穷奇、梼杌、饕餮，投诸四裔，以御螭魅。”

10 **教授** 指顾颉刚。可参看《两地书·四十八》。

11 **《春秋》笔法** 《春秋》是春秋时期鲁国的史书，相传为孔子编修。古代学者评论说是“笔则笔，削则削”(《史记·孔子世家》)，“以一字为褒贬”(杜预《左传》)，含有“微言大义”(《汉书·艺文志》)，后人因称文笔曲折而意含褒贬的文字为“春秋笔法”。

12 **唐有壬**（1893—1935）湖南浏阳人，曾任国民党政府外交部次长。当时是《现代评论》的经常撰稿人。关于《现代评论》收受段祺瑞津贴一事，经《语丝》揭发后，上海《晶报》继而载有《现代评论被收买？》一文，唐有壬为此致函《晶报》，《晶报》以《现代评论主角唐有壬致本报书》为题加以发表。信中说：“《现代评论》被收买的消息，起源于俄国莫斯科。在去年春间，我有个朋友由莫斯科写信来告诉我，说此间的中国人盛传《现代评论》是段祺瑞办的，由章士钊经手每月津贴三千块钱。当时我们听了，以为这不过是共产党造谣的惯技，不足为奇。”

13 “抚哭叛徒的吊客” 可参看《华盖集·这个与那个·最先与最后》。“叛徒”，这里指现社会的叛逆者。

14 吴稚晖（1866—1953） 名敬恒，江苏武进人。1902年留学日本，后被驱逐出境。回国后与章太炎等创办《苏报》，抨击清廷。“苏报案”发生后，被疑为告密，远走法国。1905年加入同盟会，发刊《新世纪》，宣传无政府主义。武昌起义后回国。“二次革命”失败后再赴西欧，1915年与李石曾等发起组织留法勤工俭学会，创办《中华新报》，曾任里昂中法大学校长。1927年国民党改组后，历任国民党中央监察委员、执行委员和常务委员等职。1926年2月，他还曾致信邵飘萍说：“赤化就是所谓共产，这实在是三百年以后的事；犹之乎还有比他更进步的，叫做无政府，他更是三千年以后的事。”1927年4月初即向国民党中央监察委员会提出“弹劾”共产党。此后历任南京国民党政府国防最高委员会委员，“中研院”院士，总统府资政，国民党中央评议委员等职。1953年病死于台北。台湾曾出版《吴稚晖先生全集》。

15 “淡淡的血痕中” “三一八”惨案后，作者曾作《淡淡的血痕中》一文，后收入《野草》。

扣丝杂感[1]

但看当时“只要一个‘俄’字，已够惊心动魄”，可知苏俄的存在，反映在中国，乃至鲁迅个人方面的别一种意义。因此，

以下这些话，是因为见了《语丝》（一四七期）的《随感录》（二八）[2]而写的。

这半年来，凡我所看的期刊，除《北新》外，没有一种完全的：《莽原》，《新生》[3]，《沉钟》[4]。甚至于日本文的《斯文》[5]，里面所讲的都是汉学，末尾附有《西游记传奇》，我想和演义来比较一下，所以很切用，但第二本即缺少，第四本起便杳然了。至于《语丝》，我所没有收到的统共有六期，后来多从市上的书铺里补得，惟有一二六和一四三终于买不到，至今还不知道内容究竟是怎样。

这些收不到的期刊，是遗失，还是没收的呢？我以为两者都有。没收的地方，是北京，天津，还是上海，广州呢？我以为大约也各处都有。至于没收的缘故，那可是不得而知了。

我所确切知道的，有这样几件事。是《莽原》也被扣留过一期，不过这还可以说，因为里面有俄国作

品的翻译。那时只要一个“俄”字，已够惊心动魄，自然无暇顾及时代和内容。但韦丛芜的《君山》[6]，也被扣留。这一本诗，不但说不到“赤”，并且也说不到“白”，正和作者的年纪一样，是“青”的，而竟被禁锢在邮局里。黎锦明[7]先生早有来信，说送我《烈火集》，一本是托书局寄的，怕他们忘记，自己又寄了一本。但至今已将半年，一本也没有到。我想，十之九都被没收了，因为火色既“赤”，而况又“烈”乎，当然通不过的。

《语丝》一三二期寄到我这里的时候是出版后约六星期，封皮上写着两个绿色大字道：“扣留”，另外还有检查机关的印记和封条。打开看时，里面是《猓猓人的创世记》，《无题》，《寂寞札记》，《撒园荽》，《苏曼殊及其友人》，都不像会犯禁。我便看《来函照登》，是讲“情死”“情杀”的，不要紧，目下还不管这些事。只有《闲话拾遗》了。这一期特别少，共只两条。一是讲日本的，大约也还不至于犯禁。一是说来信告诉“清党”的残暴手段的，《语丝》此刻不想登。莫非因为这一条么？但不登何以又不行呢？莫明其妙。然而何以“扣留”而又放行了呢？也莫明其妙。

这莫明其妙的根源，我以为在于检查的人员。

中国近来一有事，首先就检查邮电。这检查的人员，有的是团长或区长，关于论文诗歌之类，我觉得我们不必和他多谈。但即使是读书人，其实还是一

反观这段历史，是不可以简单地把客观存在的苏联与主观意识中的苏联完全等同起来。鲁迅对苏联的拥护态度，是他坚持个人观念中固有的草根性、反抗性、民主性，通过苏联——一个不能见容于帝国列强和中国政府的“异端”国家——的一种折射和反映。

“革命训练”可以将所有革命精神提起而使之表浅化、浮滑化、虚假化，实际上是革命的异化。

样的说不明白，尤其是在所谓革命的地方。直截痛快的革命训练弄惯了，将所有革命精神提起，如油的浮在水面一般，然而顾不及增加营养。所以，先前是刊物的封面上画一个工人，手捏铁铲或鹤嘴锹，文中有“革命！革命！”“打倒！打倒！”者，一帆风顺，算是好的。现在是要画一个少年军人拿旗骑在马上，里面“严办！严办！”这才庶几免于罪戾。至于什么“讽刺”，“幽默”，“反语”，“闲谈”等类，实在还是格不相入。从格不相入，而成为视之懵然，结果即不免有些弄得乱七八糟，谁也莫明其妙。

还有一层，是终日检查刊物，不久就会头昏眼花，于是讨厌，于是生气，于是觉得刊物大抵可恶——尤其是不容易了然的——而非严办不可。我记得书籍不切边，我也是作俑者之一，当时实在是没有什么恶意的。后来看见方传宗先生的通信（见本《丝》一二九），竟说得要毛边装订的人有如此可恶[8]，不觉满肚子冤屈。但仔细一想，方先生似乎是图书馆员，那么，要他老是裁那并不感到兴趣的毛边书，终于不免生气而大骂毛边党，正是毫不足怪的事。检查员也同此例，久而久之，就要发火，开初或者看得详细点，但后来总不免《烈火集》也可怕，《君山》也可疑，——只剩了一条最稳当的路：扣留。

两个月前罢，看见报上记着某邮局因为扣下的刊物太多，无处存放了，一律焚毁。我那时实在感到心痛，仿佛内中很有几本是我的东西似的。呜呼哀哉！我的《烈火集》呵。我的《西游记传奇》呵。我的……。

附带还要说几句关于毛边的牢骚。我先前在北京参与印书的时候，自己暗暗地定下了三样无关紧要的小改革，来试一试。一，是首页的书名和著者的题字，打破对称式；二，是每篇的第一行之前，留下几行空白；三，就是毛边。现在的结果，第一件已经有恢复香炉烛台式的了；第二件有时无论怎样叮嘱，而临印的时候，工人终于将第一行的字移到纸边，用“迅雷不及掩耳的手段”，使你无可挽救；第三件被攻击最早，不久我便有条件的降伏了。与李老板[9]约：别的不管，只是我的译著，必须坚持毛边到底！但是，今竟如何？老板送给我的五部或十部，至今还确是毛边。不过在书铺里，我却发见了毫无“毛”气，四面光滑的《彷徨》之类。归根结蒂，他们都将彻底的胜利。所以说我想改革社会，或者和改革社会有关，那是完全冤枉的，我早已瘟头瘟脑，躺在板床上吸烟卷——彩凤牌——了。

言归正传。刊物的暂时要碰钉子，也不但遇到检查员，我恐怕便是读书的青年，也还是一样。先已说过，革命地方的文字，是要直截痛快，“革命！革命！”的，这才是“革命文学”。我曾经看见一种期刊上登载一篇文章，后有作者的附白，说这一篇没有

对“革命文学”作家的“胆小而要革命”的心理状态的反讽。

谈及革命，对不起读者，对不起对不起。但自从“清党”以后，这“直截痛快”以外，却又增添了一种神经过敏。“命”自然还是要革的，然而又不宜太革，太革便近于过激，过激便近于共产党，变了“反革命”了。所以现在的“革命文学”，是在顽固这一种反革命和共产党这一种反革命之间。

于是又发生了问题，便是“革命文学”站在这两种危险物之间，如何保持她的纯正——正宗。这势必至于必须防止近于赤化的思想和文字，以及将来有趋于赤化之虑的思想和文字。例如，攻击礼教和白话，即有趋于赤化之忧。因为共产派无视一切旧物，而白话则始于《新青年》，而《新青年》乃独秀所办。今天看见北京教育部禁止白话[10]的消息，我逆料《语丝》必将有几句感慨，但我实在是无动于中。我觉得连思想文字，也到处都将窒息，几句白话黑话，已经没有什么大关系了。

那么，谈谈风月，讲讲女人，怎样呢？也不行。这是“不革命”。“不革命”虽然无罪，然而是不对的！

对于专制主义者的戏仿。

现在在南边，只剩了一条“革命文学”的独木小桥，所以外来的许多刊物，便通不过，扑通！扑通！都掉下去了。

但这直捷痛快和神经过敏的状态，其实大半也还是视指挥刀的指挥而转移的。而此时刀尖的挥动，还是横七竖八。方向有个一定之后，或者可以好些罢。然而也不过是“好些”，内中的骨子，恐怕还不外乎窒息，因为这是先天性的遗传。

先前偶然看见一种报上骂郁达夫先生，说他《洪水》上的一篇文章[11]，是不怀好意，恭维汉口。我就去买《洪水》来看，则无非说旧式的崇拜一个英雄，已和现代潮流不合，倒也看不出什么恶意来。这就证明着眼光的钝锐，我和现在的青年文学家已很不同了。所以《语丝》的莫明其妙的失踪，大约也许只是我们自己莫明其妙，而上面的检查员云云，倒是假设的恕词。

至于一四五期以后，这里是全都收到的，大约惟在上海者被押。假如真的被押，我却以为大约也与吴老先生无关。“打倒……打倒……严办……严办……”，固然是他老先生亲笔的话，未免有些责任，但有许多动作却并非他的手脚了。在中国，凡是猛人（这是广州常用的话，其中可以包括名人，能人，阔人三种），都有这种的运命。

无论是何等样人，一成为猛人，则不问其“猛”之大小，我觉得他的身边便总有几个包围的人们，围得水泄不透。那结果，在内，是使该猛人逐渐变成昏庸，有近乎傀儡的趋势。在外，是使别人所看见的并非该猛人的本相，而是经过了包围者的曲折而显现的幻形。至于幻得怎样，则当视包围者是三棱镜呢，还是凸面或凹面而异。假如我们能有一种机会，偶然走到一个猛人的近旁，便可以看见这时包围者的脸面和言动，和对付别的人们的时候有怎样地不同。我们在外面看见一个猛人的亲信，谬妄骄恣，很容易以为该猛人所爱的是这样的人物。殊不知其实是大谬不然的。猛人所看见的他是娇嫩老实，非常可爱，简直说话会口吃，谈天要脸红。老实说一句罢，虽是“世故的老人”如不佞者，有时从旁看来也觉得倒也并不坏。

但同时也就发生了胡乱的矫诏和过度的巴结，而晦气的人物呀，刊物呀，植物呀，矿物呀，则于是乎遭灾。但猛人大抵是不知道的。凡知道一点北京掌故的，该还记得袁世凯做皇帝时候的事罢。要看日报，包围者连报纸都会特印了给他看，民意全部拥戴，舆论一致赞成。[12] 直要待到蔡松坡[13]云南起义，这才阿呀一声，连一连吃了二十多个馒头都自己不知道。但这一出戏也就闭幕，袁公的龙驭上宾于天[14]了。

包围者便离开了这一株已倒的大树，去寻求别一个新猛人。

中国权力学："包围新论"。

我曾经想做过一篇《包围新论》，先述包围之方法，次论中国之所以永是走老路，原因即在包围，因为猛人虽有起仆兴亡，而包围者永是这一伙。次更论猛人倘能脱离包围，中国就有五成得救。结末是包围脱离法。——然而终于想不出好的方法来，所以这新论也还没有敢动笔。

爱国志士和革命青年幸勿以我为懒于筹画，只开目录而没有文章。我思索是也在思索的，曾经想到了两样法子，但反复一想，都无用。一，是猛人自己出去看看外面的情形，不要先"清道"[15]。然而虽不"清道"，大家一遇猛人，大抵也会先就改变了本然的情形，再也看不出真模样。二，是广接各样的人物，不为一定的若干人所包围。然而久而久之，也终于有一群制胜，而这最后胜利者的包围力则最强大，归根结蒂，也还是古已有之的运命：龙驭上宾于天。

世事也还是像螺旋。但《语丝》今年特别碰钉子于南方，仿佛得了新境遇，这又是什么缘故呢？这一点，我自以为是容易解答的。

“革命尚未成功”，是这里常见的标语。但由我看来，这仿佛已经成了一句谦虚话，在后方的一大部分的人们的心里，是“革命已经成功”或“将近成功”了。既然已经成功或将近成功，自己又是革命家，也就是中国的主人翁，则对于一切，当然有管理的权利和义务。刊物虽小事，自然也在看管之列。有近于赤化之虑者无论矣，而要说不吉利语，即可以说是颇有近于“反革命”的气息了，至少，也很令人不欢。而《语丝》，是每有不肯凑趣的坏脾气的，则其不免于有时失踪也，盖犹其小焉者耳。

九月十五日。

注释

1 发表于1927年10月22日《语丝》周刊第154期。后收入《而已集》。

2 《语丝》 147期所载《随感录》（二八）是岂明作的《光荣》，其中说到《语丝》第141期登载《吴公如何》一文，指斥吴稚晖提议“清党”，赞扬“那种‘割鸡似地’杀人的残虐手段”，从此该刊在南方被扣一事。

3 《新生》 文艺周刊，北京大学新生社编辑发行，1926年12月创刊，次年7月停刊。

4 《沉钟》 文艺刊物，沉钟社编，1925年10月10日在北京创刊。初为周刊，后为半月刊，其间几度停刊，终刊在 1934 年 2 月。主要作者有林如稷、冯至、陈炜谟、陈翔鹤、杨晦等。

5 《斯文》 月刊，日本出版的汉学杂志，佐久节编，1919 年 1 月创刊于东京。该刊从 1927 年 1 月第 9 编第 1 号起连载《西游记杂剧》，文中作传奇，乃系误记。

6 韦丛芜（1905—1978） 翻译家。名立人，笔名蓼南，安徽霍丘人，未名社成员。1933 年后，投靠国民党，曾任霍丘县县长等职。译著有陀思妥耶夫斯基的《穷人》《罪与罚》，斯威夫特的《格列佛游记》等。《君山》是他所著的一部长诗，未名社 1927 年 3 月出版。

7 黎锦明（1905—1999） 小说家。号均亮，笔名锡朋、锡明，湖南湘潭人，所著短篇小说集《烈火》，上海开明书店 1926 年出版。另著有《尘影》《新文艺批评讲话》《文艺批评概说》等。

8 方传宗关于毛边装订的通信，载《语丝》第 129 期。其中说毛边装订的书在作者是“内容浅薄的掩丑”，在读者则是“两百多页的书要受十多分钟裁剖的损失”，所以加以反对。

9 李老板 即北新书局负责人李小峰。

10 北京教育部禁止白话 1927 年 9 月，北京北洋政府教育部发布禁止白话文令，规定国文一课的所有讲义及课本均不准使用白话文，“以昭划一而重国学”。

11 郁达夫的一篇文章 指郁达夫在《洪水》半月刊第 3 卷第 29 期发表的《在方向转换的途中》。该文指出革命运动面临的最大危险是“封建时代的英雄主义”，警告说：若有一二位英雄，不是“服从民众的命令”，相反实行“个人独裁的高压政策”，是万万办不到的事情。《这样做》第 7、8 期合刊随即发表孔圣裔的《郁达夫先生休矣！》，攻击郁达夫“是中国共产党攻击我们劳苦功高的蒋介石同志的论调”，“做了共产党的工具”。《洪水》，创造社刊物之一，1924 年创刊于上海，1927 年 12 月停刊。

12 袁世凯做皇帝时候看特印报纸事，见戈公振著《中国报学史》引《虎庵杂记》:“项城（按，指袁世凯）在京取阅上海各报，皆由梁士诒、袁乃宽辈先行过目，凡载有反对帝制文电，皆易以拥戴字样，重制一版，每日如是，然后始进呈。”

13 蔡松坡（1882—1916） 名锷，字松坡，湖南邵阳人，辛亥革命时任云南都督，1913 年 10 月被袁世凯骗到北京，委以参政院参政等虚衔而加以监视。1915 年潜回昆明，宣布云南独立，通电讨袁，在云南组织“护国军”讨伐袁世凯，不久因病逝世。

14 龙驭上宾于天 旧称皇帝之死。

15 “清道” 旧时帝王或官员出入，先命清扫道路和禁止行人，叫“清道”。

文学和出汗[1]

上海的教授[2]对人讲文学，以为文学当描写永远不变的人性，否则便不久长。例如英国，莎士比亚和别的一两个人所写的是永久不变的人性，所以至今流传，其余的不这样，就都消灭了云。

这真是所谓“你不说我倒还明白，你越说我越胡涂”了。英国有许多先前的文章不流传，我想，这是总会有的，但竟没有想到它们的消灭，乃因为不写永久不变的人性。现在既然知道了这一层，却更不解它们既已消灭，现在的教授何从看见，却居然断定它们所写的都不是永久不变的人性了。

文学观念与社会观念的汇通。

只要流传的便是好文学，只要消灭的便是坏文学；抢得天下的便是王，抢不到天下的便是贼。莫非中国式的历史论，也将沟通了中国人的文学论欤？

鲁迅从来憎厌“永恒”——“永远不变”——之说。

而且，人性是永久不变的么？

类人猿，类猿人，原人，古人，今人，未来的人……如果生物真会进化，人性就不能永久不变。不说类猿人，就是原人的脾气，我们大约就很难猜得着的，则我们的脾气，恐怕未来的人也未必会明白。要写永久不变的人性，实在难哪。

譬如出汗罢，我想，似乎于古有之，于今也有，将来一定暂时也还有，该可以算得较为“永久不变的人性”了。然而“弱不禁风”的小姐出的是香汗，“蠢笨如牛”的工人出的是臭汗。不知道倘要做长留世上的文字，要充长留世上的文学家，是描写香汗好呢，还是描写臭汗好？这问题倘不先行解决，则在将来文学史上的位置，委实是“岌岌乎殆哉”[3]。

暗含对梁实秋一流贱视普罗大众的“精英意识”的反讽。

听说，例如英国，那小说，先前是大抵写给太太小姐们看的，其中自然是香汗多；到十九世纪后半，受了俄国文学的影响，就很有些臭汗气了。那一种的命长，现在似乎还在不可知之数。

在中国，从道士听论道，从批评家听谈文，都令人毛孔痉挛，汗不敢出[4]。然而这也许倒是中国的“永久不变的人性”罢。

二七，一二，二三。

注 释

1 发表于1928年1月《语丝》周刊第4卷第5期。后编入《而已集》。

2 **上海的教授** 指梁实秋（1902—1997），散文家、文学评论家、翻译家。浙江杭县（今余杭）人。1923年留学美国，回国后，先后任教于东南大学、暨南大学、青岛大学、北京大学等校，主编《时事新报》《中央日报》多家报纸副刊。曾与徐志摩、闻一多创办新月书店，主编《新月》月刊，为新月派文艺理论家。著有散文家《雅舍小品》，文学评论集《浪漫的与古典的》《文学的纪律》，译著《莎士比亚全集》等。

梁实秋在《文学批评辩》（载1926年10月27、28日《晨报副刊》）中表述了“人性的质素是普遍的，文学的品味是固定的”，“普遍的人性是一切伟大的作品之基础”的观点。

3 **“岌岌乎殆哉”** 危险不安的样子。语出《孟子·万章》。

4 **汗不敢出** 见《世说新语·言语》：“战战栗栗，汗不敢出。”

文艺与革命[1]

来　信

鲁迅先生：

在《新闻报》[2]的《学海》栏内，读到你底一篇《文学和政治的歧途》的讲演，解释文学者和政治者之背离不合，其原因在政治者以得到目前的安宁为满足，这满足，在感觉锐敏的文学者看去，一样是胡涂不彻底，表示失望，终于遭政治家之忌，潦倒一生，站不住脚。我觉得这是世界各国成为定例的事实。最近又在《语丝》上读到《民众主义和天才》[3]和你底《"醉眼"中的朦胧》两篇文字，确实提醒了此刻现在做着似是而非的平凡主义和革命文学的迷梦的人们之朦胧不少，至少在我是这样。

我相信文艺思潮无论变到怎样，而艺术本身有无限的价值等级存在，这是不得否认的。这是说，文艺之流，从最初的什么主义到现在的什么主义，所写着的内容，如何不同，而要有精刻熟练的才技，造成一篇优美无媲的文艺作品，终是一样。一条长江，上流和下流所呈现的形相，虽然不同，而长江还是一条长江。我们看它那下流的广大深缓，足以灌田亩，驶巨舶，便忘记了给它形成这广大深缓的来源，已觉糊涂到透顶。若再断章取义，说：此刻现在，我们所要的是长江的下流，因为可以利用，增加我们的财富，上流的长江可以不要，有着简直无用。这是完全以经济价值去评断长江本身整个的价值了。这种评断，出于着眼在经济价值的商人之口，不足为怪；出于着眼在艺术价值的文艺家之口，未免昏乱至于无可救药了。因为拿艺术价值去评断长江之上流，未始没有意义，或竟比之下流较为自然奇伟，也未可知。

真与美是构成一件成功的艺术品的两大要素。而构成这真与美至于最高等级，便是造成一件艺术品，使它含有最高级的艺术价值，那便非赖最高级的天才不可了。如果这个论断可以否认，那末我们为什么称颂荷马，但丁，沙士比亚和歌德[4]呢？我们为什么不能创造和他们同等的文艺作品呢，我们也有观察现象的眼，有运用文思的脑，有握管伸纸的手？

在现在，离开人生说艺术，固然有躲在象牙塔[5]里忘记时代之嫌；而离开艺术说人生，那便是政治家和社会运动家的本相，他们无须谈艺术了。由此说，热心革命的人，尽可投入革命的群众里去，冲锋也好，做后方的工作也好，何必拿文艺作那既稳当又革命的勾当？

我觉得许多提倡革命文学的所谓革命文艺家，也许是把表现人生这句话误解了。他们也许以为十九世纪以来的文艺，所表现的都是现实的人生，在那里面，含有显著的时代精神。文艺家自惊醒了所谓“象牙之塔”的梦以后，都应该跟着时代环境奔走；离开时代而创造文艺，便是独善主义或贵族主义的文艺了。他们看到易卜生之伟大，看到陀斯妥以夫斯基[6]的深刻，尤其看到俄国革命时期内的作家叶遂宁[7]和戈理基[8]们的热切动人；便以为现在此后的文艺家都须拿当时的生活现象来诅咒，刻划，予社会以改造革命的机会，使文艺变为民众的和革命的文艺。生在所谓“世纪末”的现代社会里面的人，除非是神经麻木了的，未始不会感到苦闷和悲哀。文艺家终比一般人感觉锐敏一点。摆在他们眼前的既是这么一个社会，蕴在他们心中的当有怎么一种情绪呢！他们有表现或刻划的才技，他们便要如实地写了出来，便无意地成为这时代的社会的呼声了。然而他们还是忠于自己，忠于自己的艺术，忠于自己的情知。易卜生被称颂为改革社会的先驱，陀思妥以夫斯基被称为人道主义的极致者，还须赖他们自己特有的精妙的才技，经几个真知灼见的批评者为之阐扬而后可。然而，真能懂得他们的艺术的，究竟还是少数。至于叶遂宁是碰死在自己的希望碑上不必说了，戈理基呢，听人说，已有点灰色了。这且不说。便是以艺术本身而论，他何常不崇尚真切精到的才技？我曾看到他的一首讥笑那不切实的诗人的诗。况且我们以艺术价值去衡量他的作品，是否他已是了不得的作家了，究竟还是疑问呵。

实在说，文艺家是不会抛弃社会的，他们是站在民众里面的。有一位否认有条件的文艺批评者，对于泰奴（Taine）[9]的时间条件，认为不确，其理由是：文艺家是看前五十年。我想，看前五十年的文艺家，还是站在那时候，以那时候的生活环境做地盘而出发，所以他毕竟是那时候的民众之一员，而能在朦胧平安中看出残缺和破败。他们便以熟练的才技，写出这种残缺和破败，于艺术上达到高级的价值为止，在他们自己的能力范围之内。在创造时，他们也许只顾到艺术的精细微妙，并没想到如何激动民众，予民众以强烈的刺激，使他们血脉偾张[10]，而从事于革命。

我们如果承认艺术有独立的无限的价值，艺术家有完成艺术本身最终目的之必要，那末我们便不能而且不应该撇开艺术价值去指摘艺术家的态度，这和拿艺术家的现实行为去评断他的艺术作品者一样可笑。波特来耳[11]的诗并不因他的狂放而稍减其价值。浅薄者许要咒他为人群的蛇蝎，却不知道他底厌弃人生，正是他的渴慕人生之反一面的表白。我们平常讥刺一个人，还须观察到他的深处，否则便见得浮薄可鄙。至于拿了自己的似是而非的标准，既没有看到他的深处，又抛弃了衡量艺术价值的尺度，便无的放矢地攻刺一个忠于艺术的人，真的糊涂呢还是别有用意！这不过使我们觉到此刻现在的中国文艺界真不值一谈，因为以批评成名而又是创造自许的所谓文艺家者，还是这样地崇奉功利主义呵！

我——自然不是什么文艺家——喜欢读些高级的文艺作品，颇多古旧的东西，很有人说这是迷旧的时代摈弃者。他们告诉我，现在是民众文艺当世了，崭新的专为第四阶级玩味的文艺当世了。我为之愕然者久之，便问他们：民众文艺怎样写法？文艺家用什么手段，使民众都能玩味？现在民众文艺已产生了若干部？革了命之后的民众能够赏识所谓民众文艺者已有几分之几？莫非现在有许多新《三字经》，或新《神童诗》出版了么？我真不知民众化的文艺如何化法，化在内容呢，那我们本有表现民众生活的文艺了的；化在技艺上吧，那末一首国民革命歌尽够充数了，你听："国民革命成功……齐欢唱……"多么宏壮而明白呵！我们为什么还要别的文艺？他们不能明确地回答，而我也糊涂到而今。此刻现在，才从《民众主义与天才》一文里得了答案，是：

“无论民众艺术如何地主张艺术的普遍性或平等性，但艺术作品无论如何自有无限的价值等差，这个事实是不可否认的。所谓普遍性啦，平等性啦这一类话，意思不外乎是说艺术的内容是关于广众的民间生活或关于人生的普遍事象，而有这种内容的艺术，始可以供给一般民众的玩味。艺术备有像这种意味的普遍性和平等性不待说是不可以否认的，然而艺术作品既有无限的价值等级存在。以上，那些比较高级的艺术品，好，就可以说多少能够供给一般民众的玩味，若要说一切人都能够一样的精细，一样的深刻，一样的微妙——换句话说，绝对平等的来玩味它，那无论如何是不得有的事实。”

记得有人说过这样的话：最先进的思想只有站在最高层的先进的少数人能够了解，等到这种思想透入群众里去的时候，已经不是先进的思想了。这些话，是告诉我们芸芸众生，到底有一大部分感觉不敏的。世界上有这样的不平等，除了诅咒造物的不公，我们还能怨谁呢？这是事实。如果不是事实，人类的演进史，可以一笔抹杀，而革命也不能发生了。世界文化的推进，全赖少数先觉之冲锋陷阵，如果各个人的聪明才智，都是相等，文化也早就发达到极致了，世界也就大同了，所谓“螺旋式进行”一句话，还不是等于废话？艺术是文化的一部，文化有进退，艺术自不能除外。民众化的艺术，以艺术本身有无限的价值等差来说，简直不能成立。自然，借文艺以革命这梦呓，也终究是一种梦呓罢了！

以上是我的意思，未知先生以为如何？

一九二八，三，二五，冬芬[12]。

回 信

冬芬先生：

文学的行帮化由来已久，不妨看作是现代文化媒介勃兴以后的现象。

我不是批评家，因此也不是艺术家，因为现在要做一个什么家，总非自己或熟人兼做批评不可，没有一伙，是不行的，至少，在现在的上海滩上。因为并非艺术家，所以并不以为艺术特别崇高，正如自己不卖膏药，便不来打拳赞药一样。我以为这不过是一种社会现象，是时代的人生记录，人类如果进步，则无论他所写的是外表，是内心，总要陈旧，以至灭亡的。不过近来的批评家，似乎很怕这两个字，只想在文学上成仙。

各种主义的名称的勃兴，也是必然的现象。世界上时时有革命，自然会有革命文学。世界上的民众很有些觉醒了，虽然有许多在受难，但也有多少占权，那自然也会有民众文学——说得彻底一点，则第四阶级文学。

中国的批评界怎样的趋势，我却不大了然，也不很注意。就耳目所及，只觉得各专家所用的尺度非常多，有英国美国尺，有德国尺，有俄国尺，有日本尺，自然又有中国尺，或者兼用各种尺。有的说要真正，有的说要斗争，有的说要超时代[13]，有的躲在人背后说几句短短的冷话。还有，是自己摆着文艺批评家的架子，而憎恶别人的鼓吹了创作。倘无创作，将批评什么呢，这是我最所不能懂得他的心肠的。

别的此刻不谈。现在所号称革命文学家者，是斗争和所谓超时代。超时代其实就是逃避，倘自己没有正视现实的勇气，又要挂革命的招牌，便自觉地或不自觉地必然地要走入那一条路的。身在现世，怎么离去？这是和说自己用手提着耳朵，就可以离开地球者一样地欺人。社会停滞着，文艺决不能独自飞跃，若在这停滞的社会里居然滋长了，那倒是为这社会所容，已经离开革命，其结果，不过多卖几本刊物，或在大商店的刊物上挣得揭载稿子的机会罢了。

五十年代后期盛行的所谓“革命浪漫主义”，其要害，即在于鲁迅所批评的“革命文学”的“超时代”。

斗争呢，我倒以为是对的。人被压迫了，为什么不斗争？正人君子者流[14]深怕这一着，于是大骂“偏激”之可恶，以为人人应该相爱，现在被一班坏东西教坏了。他们饱人大约是爱饿人的，但饿人却不爱饱人，黄巢时候，人相食[15]，饿人尚且不爱饿人，这实在无须斗争文学作怪。我是不相信文艺的旋乾转坤的力量的，但倘有人要在别方面应用他，我以为也可以。譬如“宣传”就是。

由此看来，文艺繁荣一时未必便是好事。

否定斗争的所谓“自由主义者”，多属“饱人”一类，最大的特点是没有压迫感。

美国的辛克来儿说：一切文艺是宣传。[16]我们的革命的文学者曾经当作宝贝，用大字印出过；而严肃的批评家又说他是“浅薄的社会主义者”。但我——也浅薄——相信辛克来儿的话。一切文艺，是宣传，只要你一给人看。即使个人主义的作品，一写出，就有宣传的可能，除非你不作文，不开口。那么，用于

不相信文艺的旋转乾坤的力量，表明作者一者抛弃了梁启超的小说界革命

理论，二者抛弃了自身在弃医从文时期对文艺的“疗救”作用所抱持的幻想；切实地从集体返回个人，从宣传返回文本。在这里，意含着一种文化批判和自我批判。

既坚持反对“为艺术而艺术”，又极力维护艺术（技巧）本身。

革命，作为工具的一种，自然也可以的。

但我以为当先求内容的充实和技巧的上达，不必忙于挂招牌。“稻香村”“陆稿荐”[17]，已经不能打动人心了，“皇太后鞋店”的顾客，我看见也并不比“皇后鞋店”里的多。一说“技巧”，革命文学家是又要讨厌的。但我以为一切文艺固是宣传，而一切宣传却并非全是文艺，这正如一切花皆有色（我将白也算作色），而凡颜色未必都是花一样。革命之所以于口号，标语，布告，电报，教科书……之外，要用文艺者，就因为它是文艺。

但中国之所谓革命文学，似乎又作别论。招牌是挂了，却只在吹嘘同伙的文章，而对于目前的暴力和黑暗不敢正视。作品虽然也有些发表了，但往往是拙劣到连报章记事都不如；或则将剧本的动作辞句都推到演员的“昨日的文学家”[18]身上去。那么，剩下来的思想的内容一定是很革命底了罢？我给你看两句冯乃超的剧本的结末的警句：

“野雉：我再不怕黑暗了。

偷儿：我们反抗去！”

四月四日。鲁迅。

注　释

1 发表于 1928 年 4 月 16 日《语丝》第 4 卷第 16 期。后编入《三闲集》。

2《新闻报》 日报，1893 年 2 月创刊于上海，1949 年 5 月停刊。该报于 1928 年 1 月 29 日、30 日连载鲁迅在上海暨南大学的讲演《文艺与政治的歧途》。

3《民众主义和天才》 日本作家金子筑水作。YS 的译文载 1928 年 3 月《语丝》第 4 卷第 10 期。

4 荷马（约前九—前八世纪） 古希腊诗人，专事行吟的盲歌手。相传著名史诗《伊利亚特》和《奥德赛》为他所作。但丁（1265—1321） 意大利诗人，欧洲从中世纪向文艺复兴过渡时期的代表性人物。青年时期热心政治，同时写诗，著有抒情诗集《新生》。1300 年，被选为佛罗伦萨市的最高行政长官“长老”。1302 年，遭到放逐，终身过着流亡生活。放逐期间，写成《神曲》。沙士比亚 通作莎士比亚。歌德（1749—1832） 德国诗人、作家。生于法兰克福富裕市民家庭，曾在法国获法学博士学位。青年时为狂飙运动的主要人物。政治上反对封建割据，渴望德意志统一，主张自上而下的社会改革。著有小说《少年维特之烦恼》、诗剧《浮士德》以及自传《诗与真》等。

5 象牙塔 原是法国十九世纪文艺评论家圣佩韦评论同时代浪漫主义诗人维尼的用语，后来用以比喻脱离现实生活的艺术天地。

6 陀斯妥以夫斯基（1821—1881） 通译陀思妥耶夫斯基，俄国作家。著名作品有《穷人》《被欺凌与被侮辱的》《死屋手记》《罪与罚》《白痴》《卡拉马佐夫兄弟》等。

7 叶遂宁（1895—1925） 通译叶赛宁，苏联诗人。生于农民家庭。诗作多歌咏自然景物和乡村生活，十月革命后自杀亡故。

8 戈理基（1868—1936） 通译高尔基，苏联作家。幼年丧父，继而丧母，小学三年级便因贫穷辍学。十岁起开始独立谋生，做过学徒，对俄国苦难底层有深切的了解。早期参加革命，十月革命后被选为苏联作家协会主席。这时，思想表现出一定的复杂性和矛盾性，既对苏联的反人道主义的做法表示异议，在某种程度上又屈从于斯大林的个人意志，是"社会主义现实主义"的积极倡导者。著有长篇小说《母亲》《克里姆·萨姆金的一生》，戏剧《在底层》等。评论集《不合时宜的思想》则延至作者逝世后大半个世纪才出版。

9 泰奴（1828—1893） 通译泰纳，法国文艺理论家。著有《艺术哲学》《英国文学史》《拉封丹及其寓言》等。他的理论强调民族、环境、时代对文学艺术的决定性影响。

10 血脉偾张 形容激动的样子。偾，紧张、兴奋。

11 波特来耳（Charles Baudelaire，1821—1867）通译波德莱尔，法国诗人。1848年革命期间，曾参加街垒战斗，并一度创办刊物进行革命宣传；后脱离革命，表现出颓废主义倾向。著有《恶之花》《巴黎的忧郁》等。

12 冬芬 即董秋芳（1897—1977），浙江绍兴人，《语丝》投稿者，当时是北京大学英文系学生。

13 超时代 当时革命文学运动中的一种带代表性的文学主张。如钱杏邨在《死去了的阿Q时代》一文中说："超越时代的这一点精神就是时代作家的唯一生命！"并批评鲁迅"没有超越时代；不但不曾超越时代，而且没有抓住时代；不但没有抓住时代，而且不曾追随时代"。

14 正人君子者流 指新月社中人。此前，作者也曾以此称呼"现代评论派"。在《新月》月刊创刊号的发刊词《"新月"的态度》中，即声明"任何的偏颇"是为他们的"态度所不容的"。

15 黄巢（？—884）曹州冤句（今山东菏泽）人，唐末农民起义军首领。曾建立大齐政权。据《唐书·黄巢传》记载，中和三年（883），黄巢率军退出长安后，途中被围，粮草断绝，曾"俘人而食"。

16 辛克来儿（Upton Sinclair，1878—1968） 通译辛克莱，美国小说家，"社会

丑恶揭发派”作家。曾加入美国社会党，后退出。以个人稿费创建“赫利康家庭公社”，进行社会改革试验。著有《屠宰场》《石炭王》等小说以及杜会研究著作共八十余部。文中引用的辛克莱在《拜金艺术（艺术之经济学的研究）》一书中的话——“一切的艺术是宣传”，由革命文学家冯乃超译出，在1928年2月《文化批判》第2号刊出时使用大号字标出。

17 “稻香村”“陆稿荐” 过去上海等大城市有名的食品店和肉食店的牌号。

18 “昨日的文学家” 冯乃超在独幕剧《同在黑暗的路上走》(1928年1月《文化批判》第1号)的“附识”中说：“戏曲的本质应该在人物的动作上面去求，洗练的会话，深刻的事实，那些工作让给昨日的文学家去努力吧。”篇末所引即该剧本中的台词。

新月社批评家的任务

不满于不满，可见新月派的批评家并不如后来的批评家所说的那么“宽容”。

新月社中的批评家[2]，是很憎恶嘲骂的，但只嘲骂一种人，是做嘲骂文章者。新月社中的批评家，是很不以不满于现状的人为然的，但只不满于一种现状，是现在竟有不满于现状者。

这大约就是“即以其人之道，还治其人之身”[3]，挥泪以维持治安的意思。

譬如，杀人，是不行的。但杀掉“杀人犯”的人，虽然同是杀人，又谁能说他错？打人，也不行的。但大老爷要打斗殴犯人的屁股时，皂隶来一五一十的打，难道也算犯罪么？新月社批评家虽然也有嘲骂，也有不满，而独能超然于嘲骂和不满的罪恶之外者，我以为就是这一个道理。

但老例，刽子手和皂隶既然做了这样维持治安的任务，在社会上自然要得到几分的敬畏，甚至于还不妨随意说几句话，在小百姓面前显显威风，只要不大妨害治安，长官向来也就装作不知道了。

现在新月社的批评家这样尽力地维持了治安，所要的却不过是“思想自由”[4]，想想而已，决不实现的思想。而不料遇到了别一种维持治安法[5]，竟连想也不准想了。从此以后，恐怕要不满于两种现状了罢。

注 释

1 发表于1930年1月《萌芽》月刊第1卷第1期。后编入《三闲集》。

2 新月社中的批评家 这里指梁实秋。

3 “即以其人之道，还治其人之身” 详见《中庸》第十三章朱熹注。

4 “思想自由” 梁实秋在1929年5月《新月》月刊第2卷第3号《论思想统一》中说：“我们反对思想统一，我们要求思想自由。”

5 别一种维持治安法 指国民党在思想言论自由方面的控制。1929年，胡适、罗隆基、梁实秋等在《新月》月刊上发表鼓吹“人权”的文章，国民党当局指为“反党义”，即将罗隆基拘押，对胡适加以“警戒”，销毁《新月》月刊，查禁在《新月》发表的关于人权问题的三人文章的结集《人权论集》。

“好政府主义”[1]

梁实秋先生这回在《新月》的“零星”上，也赞成“不满于现状”[2]了，但他以为“现在有智识的人（尤其是夙来有‘前驱者’‘权威’‘先进’的徽号的人），他们的责任不仅仅是冷讥热嘲地发表一点‘不满于现状’的杂感而已，他们应该更进一步的诚诚恳恳地去求一个积极医治‘现状’的药方”。

为什么呢？因为有病就须下药，“三民主义是一副药，——梁先生说，——共产主义也是一副药，国家主义[3]也是一副药，无政府主义[4]也是一副药，好政府主义[5]也是一副药”，现在你“把所有的药方都褒贬得一文不值，都挖苦得不留余地，……这可是什么心理呢？”

这种心理，实在是应该责难的。但在实际上，我却还未曾见过这样的杂感，譬如说，同一作者，而以为三民主义者是违背了英美的自由，共产主义者又收受了俄国的卢布，国家主义太狭，无政府主义又太空……，所以梁先生的“零星”，是将他所见的杂感的罪状夸大了。

其实是，指摘一种主义的理由的缺点，或因此而生的弊病，虽是并非某一主义者，原也无所不可的。有如被压榨得痛了，就要叫喊，原不必在想出更好的主义之前，就定要咬住牙关。但自然，能有更好的主张，便更成一个样子。

不过我以为梁先生所谦逊地放在末尾的“好政府主义”，却还得更谦逊地放在例外的，因为自三民主义以至无政府主义，无论它性质的寒温如何，所开的究竟还是药名，如石膏，肉桂之类，——至于服后的利弊，那是另一个问题。独有“好政府主义”这“一副药”，他在药方上所开的却不是药名，而是“好药料”三个大字，以及一些唠唠叨叨的名医架子的“主张”。不错，谁也不能说医病应该用坏药料，但这张药方，是不必医生才配摇头，谁也会将他“褒贬得一文不值”（“褒”是“称赞”之意，用在这里，不但“不通”，也证明了不识“褒”字，但这是梁先生的原文，所以姑仍其旧）的。

倘这医生羞恼成怒，喝道“你嘲笑我的好药料主义，就开出你的药方来！”那就更是大可笑的“现状”之一，即使并不根据什么主义，也会生出杂感来的。杂感之无穷无尽，正因为这样的“现状”太多的缘故。

一九三〇，四，十七。

被压迫阶级的苦痛既不为学者辈所感知，他们的道德和主张，在学者那里自然不可能得到正确的阐释。

“自由主义”这名词太笼统，简直成了一个大口袋，今天的学者即以它去套当年的胡适，或以胡适为代表的主张“好政府主义”的欧美派学者，殊不知所用的仍旧是“好药料”，摆的仍旧是“名医架子”。

时至今日，仍然有人以鲁迅的嘲笑“好药料主义”，而未曾开得救治国家——其实应当读作“政府”——的“药方”，而责之以“有破坏而无建设”，更是大大可笑也。

注 释

1 发表于1930年5月《萌芽》月刊第1卷第5期。后编入《二心集》。

2 这里的“不满于现状”及以下所引用的梁实秋的话，均见于梁实秋于1929年10月《新月》第2卷第8期《“不满于现状”，便怎样呢？》一文。

3 国家主义 十九世纪开始在欧洲流行的一种思潮。对内以“国家至上”的口号掩盖阶级矛盾，保护统治集团的利益；对外，宣传民族优越论，鼓吹扩张主义。中国的国家主义派在1923年成立“中国国家主义青年团”，后改为“中国青年党”。

4 无政府主义 源出于法文Anarchisme，一译为“安那其主义”，十九世纪上半叶兴起于欧洲。否定一切国家政权和一切有组织有领导的斗争活动，宣称一切权力是“屠杀人类智慧与心灵”的罪恶，国家是产生一切罪恶的根源。代表人物有德国的施蒂纳、法国的蒲鲁东、俄国的巴枯宁和克鲁泡特金等。我国辛亥革命到五四运动前后，无政府思潮亦颇流行。

5 好政府主义 胡适等人于1922年5月在《努力周报》第2期发表《我们的政治主张》一文，宣称：“我们以为现在不谈政治则已，若谈政治，应该有一个切实的、明了的、人人都能了解的目标。我们以为国内的优秀分子，无论他们理想中的政治组织是什么……现在都应该平心降格的公认‘好政府’一个目标，作为现在改革中国政治的最低限度的要求。”这里“好政府”而“主义”，是对胡适等人“改革中国政治”的主张的一种讽刺性概括。

知难行难[1]

中国向来的老例，做皇帝做牢靠和做倒霉的时候，总要和文人学士扳一下子相好。做牢靠的时候是“偃武修文”[2]，粉饰粉饰；做倒霉的时候是又以为他们真有“治国平天下”[3]的大道，再问问看，要说得直白一点，就是见于《红楼梦》上的所谓“病笃乱投医”了。

当“宣统皇帝”逊位逊到坐得无聊的时候，我们的胡适之博士曾经尽过这样的任务。[4]

见过以后，也奇怪，人们不知怎的先问他们怎样的称呼，博士曰：

“他叫我先生，我叫他皇上。”

那时似乎并不谈什么国家大计，因为这“皇上”后来不过做了几首打油白话诗，终于无聊，而且还落得一个赶出金銮殿。现在可要阔了，听说想到东三省再去做皇帝呢[5]。而在上海，又以“蒋召见胡适之丁文江”[6]闻：

叙说“宣统皇帝”接见胡适的故事在前，称引“蒋召见胡适之丁文江”的电文在后；“我叫他皇上”在前，“我称他主席”在后，表明一个好政府主义者的政治道德的前后一贯性。

事出刘文典：身为大学校长兼教授，惟因不称“主席”而被关押，即便交保出外也颇费周章。对“老同乡，旧同事”的事，文章说“博士（胡适）当然是知道的”，但接着突兀地总结道——“所以，‘我称他主席’！”明显地把其间的逻辑推理的过程给省略掉了，悬念是：

“南京专电：丁文江，胡适，来京谒蒋，此来系奉蒋召，对大局有所垂询。……”（十月十四日《申报》）

现在没有人问他怎样的称呼。

为什么呢？因为是知道的，这回是“我称他主席……”！

安徽大学校长刘文典[7]教授，因为不称“主席”而关了好多天，好容易才交保出外，老同乡，旧同事，博士当然是知道的，所以，“我称他主席”！

也没有人问他“垂询”些什么。

为什么呢？因为这也是知道的，是“大局”。而且这“大局”也并无“国民党专政”和“英国式自由”的争论[8]的麻烦，也没有“知难行易”和“知易行难”的争论[9]的麻烦，所以，博士就出来了。

“新月派”的罗隆基[10]博士曰：“根本改组政府，……容纳全国各项人才代表各种政见的政府，……政治的意见，是可以牺牲的，是应该牺牲的。”（《沈阳事件》。）

代表各种政见的人才，组成政府，又牺牲掉政治的意见，这种“政府”实在是神妙极了。但“知难行易”竟“垂询”于“知难，行亦不易”，倒也是一个先兆。

为何校长教授可以不称“主席”，而博士偏爱称“主席”？不称“主席”便吃苦果子，称“主席”的是否有好果子吃？这就把胡适的自由知识分子的面具给剥下来了，毕露了奴才的形相。

这里说没有“争论的麻烦”，“大局”之下，自然大家都是一家子。

特别点出新月派的“人权”论者在主张参政的同时而又要求“牺牲”掉“政治的意见”，暗示其实质在于染指权力。

这个“先兆”，乃回到文章开头的“病笃乱投医”：一是预告未来政府内部从知到行的彼此矛盾；二是最终无改于“病笃”，结果可想而知。

注 释

1 发表于1931年12月《十字街头》第1期，署名佩韦。后编入《二心集》。

2 “偃武修文” 语见《尚书·武成》。偃，停。

3 “治国平天下” 语出《礼记·大学》：“国治而后天下平。”

4 1912年1月1日南京临时政府成立后，清帝溥仪（宣统）被迫退位，留居故宫。关于胡适见溥仪事，见1922年7月《努力周报》第12期所载胡适的《宣统与胡适》一文。文中说：“阳历5月17日清室宣统帝打电话来邀我进宫去谈谈。当时约定了5月30日（阴历端午前一日）去看他。30日上午，他派了一个太监来我家中接我。我们从神武门进宫，在养心殿见着清帝，我对他行了鞠躬礼，他请我坐，我就坐了。……他称我‘先生’，我称他‘皇上’。我们谈的大概都是文学的事……他说他很赞成白话，他做旧诗，近来也试作新诗。”

5 1924年冯玉祥率国民军进驻北京后，溥仪即被赶出清宫，搬进天津日本租界。1931年九一八事变后，日本帝国主义又把他当作傀儡，从天津送往东北。1932年成立伪满洲国，他充当“执政”，1934年3月改称“康德皇帝”。

6 丁文江（1887—1936） 字在君，江苏泰兴人，地质学家。1906年留学英国，1911年回国。后任北洋军阀政府工商部矿政司地质科科长、中英庚款顾问委员会委员。与胡适等先后创办《努力周报》和《独立评论》。后任北京大学教授、中央研究院总干事。1936年1月5日，在衡阳因煤气中毒去世。

7 刘文典（1889—1958） 字叔雅，安徽合肥人。曾任北京大学、清华大学教授，安徽大学文学院院长兼预科主任等职。1928年11月，因安徽大学学潮被蒋介石召见时，称蒋为“先生”而不称“主席”，蒋以“治学不严”为由，当场拘押，同年12月获释。

8 “国民党专政”和“英国式自由”的争论 指新月社批评家在关于“人权”问

题上，以英国民主政体及法律作为依据批评国民党政府的情况。

9 **“知难行易”** 孙中山提倡的一种学说。他认为“行先知后”，“不知亦能行”，以“知难行易”说批评当时革命党人中的畏难退缩的思想。胡适在1929年6月《新月》第2卷第4号发表《知难，行亦不易》一文，对此提出批评，相应提出“专家政治”的主张，声言“此说（按，即“知难行易”）不修正，专家政治决不会实现”。

10 **罗隆基**（1897—1965） 江西安福人。早年留学美国。参加新月派，曾主编《新月》杂志。1931年与张君劢等组织“再生社”，翌年改组为“中国国家社会党”，出版《再生》杂志。曾任光华、南开、西南联大等大学教授，北京《晨报》社社长及天津《益世报》主笔等职。1941年参与组织中国民主同盟。1949年后，曾任政务院政务委员、森林工业部部长、政协委员、民盟副主席等职。

“光明所到……”[1]

中国监狱里的拷打，是公然的秘密。上月里，民权保障同盟[2]曾经提起了这问题。

但外国人办的《字林西报》就揭载了二月十五日的《北京通信》，详述胡适博士曾经亲自看过几个监狱，“很亲爱的”告诉这位记者，说“据他的慎重调查，实在不能得最轻微的证据，……他们很容易和犯人谈话，有一次胡适博士还能够用英国话和他们会谈。监狱的情形，他（胡适博士——干注）说，是不能满意的，但是，虽然他们很自由的（哦，很自由的——干注）诉说待遇的恶劣侮辱，然而关于严刑拷打，他们却连一点儿暗示也没有。……”

我虽然没有随从这回的“慎重调查”的光荣，但在十年以前，是参观过北京的模范监狱的。虽是模范监狱，而访问犯人，谈话却很不“自由”，中隔一窗，彼此相距约三尺，旁边站一狱卒，时间既有限制，谈话也不准用暗号，更何况外国话。

国民党靠“清党”——意识形态加暴力——上台，实行“一党专政”。此时，牢狱遍布国中，拷打是公开的秘密；其中，对政治犯、思想犯的虐待尤甚。在这种条件下，胡适居然声明说经他“慎重调查”，中国的监狱是“自由”的。从事实到推理，都不可能得出这样的结论的。然而，正是这种以权威的身份粉饰专制政治的学者，至上世纪九十年代竟然被称为中国的“自由主义之父”，真是匪夷所思。

而这回胡适博士却“能够用英国话和他们会谈”，真是特别之极了。莫非中国的监狱竟已经改良到这地步，“自由”到这地步；还是狱卒给“英国话”吓倒了，以为胡适博士是李顿爵士的同乡，很有来历的缘故呢？

幸而我这回看见了《招商局三大案》[3]上的胡适博士的题辞：

“公开检举，是打倒黑暗政治的唯一武器，光明所到，黑暗自消。”（原无新式标点，这是我僭加的——干注。）

我于是大彻大悟。监狱里是不准用外国话和犯人会谈的，但胡适博士一到，就开了特例，因为他能够“公开检举”，他能够和外国人“很亲爱的”谈话，他就是“光明”，所以“光明”所到，“黑暗”就“自消”了。他于是向外国人“公开检举”了民权保障同盟，“黑暗”倒在这一面。

但不知这位“光明”回府以后，监狱里可从此也永远允许别人用“英国话”和犯人会谈否？

如果不准，那就是“光明一去，黑暗又来”了也。

而这位“光明”又因为大学和庚款委员会[4]的事务忙，不能常跑到“黑暗”里面去，在第二次“慎重调查”监狱之前，犯人们恐怕未必有“很自由的”再说“英国话”的幸福了罢。呜呼，光明只跟着“光明”

“公开检举”，这在“一党专政”、全面控制、黑箱操作的环境中是可能的吗？在无改于既存的政治体制的前提下，提出一些类似的不着边际或根本无法实施的“光明”方案，正是当今学者所以称道胡适之为自由民主的建设者也。

走，监狱里的光明世界真是暂时得很！

但是，这是怨不了谁的，他们千不该万不该是自己犯了"法"。"好人"[5]就决不至于犯"法"。倘有不信，看这"光明"！

三月十五日。

在专制政体下，所谓"法治"并非什么好事情，因为这"法"与"治"是联系密切的，目的在于保护统治者的利益最大化。

注　释

1　发表于1933年3月22日《申报·自由谈》，署名何家干。后编入《伪自由书》。

2　**民权保障同盟**　全称为"中国民权保障同盟"，由宋庆龄、蔡元培、杨铨等发起组织的进步团体。1932年12月30日在上海正式成立，继而在上海、北平设立分会，会员多为文教、科学、新闻、法律界知名人士。该盟以反对压制人权，援助和营救政治犯，争取言论、出版、结社、集会等自由权利为宗旨，曾对国民党监狱的黑暗实况进行调查和揭露，因而遭到政府方面的忌恨和迫害。1933年6月，总干事杨铨被暗杀，该盟被迫停止活动。

3　**《招商局三大案》**　李孤帆著，1933年2月上海现代书局出版。作者曾任招商局监督处秘书，总管理处赴外稽核；1928年参加稽查天津、汉口招商局舞弊案，1930年参加调查招商局附设的积余公司独立案，后将三案内容编成此书。招商局，即轮船招商局，由李鸿章于1872年创办，后经盛宣怀改为官督商办，1930年改为国营，是当时官僚资本垄断的中国最大的航运公司。

4 庚款委员会　1900 年（庚子）八国联军入侵，于次年强迫清政府订立《辛丑条约》，其中规定付给各国“偿款”海关银四亿五千万两，分三十九年还清，连利息在内共九亿八千二百多万两，通称“庚子赔款”。后来，美、英、法、日等国先后退还赔款，声言以此资助中国教育事业，并分别成立管理这项款务的机构。胡适曾任中英庚款顾问委员会的中国委员及管理美国庚款的中华教育文化基金董事会董事兼秘书。

5 “好人”　1922 年 5 月 14 日，蔡元培、梁漱溟、李大钊、胡适等人在《努力周报》第 2 期发表《我们的政治主张》，提出由几个“好人”“社会上的优秀分子”，“加入政治运动”，组成一个“好政府”，是中国政治改革的途径。

言论自由的界限[1]

看《红楼梦》[2]，觉得贾府上是言论颇不自由的地方。焦大以奴才的身分，仗着酒醉，从主子骂起，直到别的一切奴才，说只有两个石狮子干净。结果怎样呢？结果是主子深恶，奴才痛嫉，给他塞了一嘴马粪。

其实是，焦大的骂，并非要打倒贾府，倒是要贾府好，不过说主奴如此，贾府就要弄不下去罢了。然而得到的报酬是马粪。所以这焦大，实在是贾府的屈原[3]，假使他能做文章，我想，恐怕也会有一篇《离骚》之类。

三年前的新月社诸君子，不幸和焦大有了相类的境遇。他们引经据典，对于党国有了一点微词，虽然引的大抵是英国经典，但何尝有丝毫不利于党国的恶意，不过说，："老爷，人家的衣服多么干净，您老人家的可有些儿脏，

焦大是"贾府的屈原"，胡适及新月社批评家则是"'党国'的屈原"。上世纪九十年代有学者标榜胡适为"自由主义之父"时，每每以1929年由《新月》杂志发起的"人权运动"，即本文说的"《新月》受难时代"为例。其实那不过是对"党国"的"一点微词"，竟然遭了大祸，亦"荃不察余之中情"而已。

鲁迅在1932年1月1日答《中学生》杂志社问时明确声明说："第一步要努力争取言论的自由。"这里鲁迅与胡适倡言"言论自由"的区

应该洗它一洗”罢了。不料“荃不察余之中情兮”[4]，来了一嘴的马粪：国报同声致讨，连《新月》杂志也遭殃。但新月社究竟是文人学士的团体，这时就也来了一大堆引据三民主义，辨明心迹的“离骚经”。现在好了，吐出马粪，换塞甜头，有的顾问，有的教授，有的秘书，有的大学院长，言论自由，《新月》也满是所谓“为文艺的文艺”了。

这就是文人学士究竟比不识字的奴才聪明，党国究竟比贾府高明，现在究竟比乾隆时候光明：三明主义。

然而竟还有人在嚷着要求言论自由。世界上没有这许多甜头，我想，该是明白的罢，这误解，大约是在没有悟到现在的言论自由，只以能够表示主人的宽宏大度的说些“老爷，你的衣服……”为限，而还想说开去。这是断乎不行的。前一种，是和《新月》受难时代不同，现在好像已有的了，这《自由谈》也就是一个证据，虽然有时还有几位拿着马粪，前来探头探脑的英雄。至于想说开去，那就足以破坏言论自由的保障。要知道现在虽比先前光明，但也比先前利害，一说开去，是连性命都要送掉的。即使有了言论自由的明令，也千万大意不

别，仅在于：鲁迅以立人（个人）为本位，胡适则以拥护“好政府”为目标；鲁迅要从根本上打倒专制政府，改变旧有的主奴关系，恢复个人做人（“生存”、“温饱”、“发展”）的权利，胡适则要做“王者师”，在不改变主奴关系的基础上，指导权力者为民作主。

“三明主义”，为国家意识形态——“三民主义”——的谐音，含讽刺意味。

所谓“言论自由”，以无损于“党国”的安全为限。由于安全的概念很难界定，这言路自然也就有限得很，不能“说开去”的。

屈原与其他奴才的区别，惟在做奴才而“不自觉”。贾府的屈原如此，“党国”的屈原亦如此。

得。这我是亲眼见过好几回的，非“卖老”也，不自觉其做奴才之君子，幸想一想而垂鉴焉。

四月十七日。

注 释

1 发表于1933年4月22日《申报·自由谈》，署名何家干。后编入《伪自由书》。

2 《红楼梦》 长篇小说。原名《石头记》，清代曹雪芹著。通行本为一百二十回，一般认为后四十回为高鹗续作。全书以贾、史、王、薛四大家族为背景，以贾宝玉、林黛玉的爱情悲剧为主线，着重描写荣、宁二府中的贵族生活及兴衰变化，暴露家族制度的罪恶和统治阶级的腐朽；与此同时，表现了作者的一种绝望与虚无的思想。全书规模宏大，结构严谨，尤善于描绘日常生活，堪称中国封建专制社会的一部史诗。焦大是小说中贾家的一个老仆，酒醉骂人被塞马粪事，详见第七回；“只有两个石狮子干净”的话，则是另一人物柳湘莲所说，详见第六十六回。

3 屈原（约前340—约前278） 名平，字灵均，战国时楚国三闾大夫，诗人。楚怀王时，由于他的政见不能见容于贵族集团而遭到迫害，后被顷襄王流放到沅、湘流域，因作《离骚》，相传沉江而死。

4 “荃不察佘之中情兮” 语见屈原《离骚》：“荃不察余之中情兮，反信谗而齌怒。”王逸注：“荃，香草，以喻君也。”

辱骂和恐吓决不是战斗[1]

——致《文学月报》编辑的一封信

起应[2]兄：

前天收到《文学月报》第四期，看了一下。我所觉得不足的，并非因为它不及别种杂志的五花八门，乃是总还不能比先前充实。但这回提出了几位新的作家来，是极好的，作品的好坏我且不论，最近几年的刊物上，倘不是姓名曾经排印过了的作家，就很有不能登载的趋势，这么下去，新的作者要没有发表作品的机会了。现在打破了这局面，虽然不过是一种月刊的一期，但究竟也扫去一些沉闷，所以我以为是一种好事情。但是，我对于芸生[3]先生的一篇诗，却非常失望。

这诗，一目了然，是看了前一期的别德纳衣的讽刺诗[4]而作的。然而我们来比一比罢，别德纳衣的诗虽然自认为“恶毒”，但其中最甚的也不过是笑骂。这诗怎么样？有辱骂，有恐吓，还有无聊的攻击：其实是大可以不必作的。

例如罢，开首就是对于姓的开玩笑[5]。一个作者自取的别名，自然可以窥见他的思想，譬如“铁血”，“病鹃”之类，固不妨由此开一点小玩笑。但姓氏籍贯，却不能决定本人的功罪，因为这是从上代传下来的，不能由他自主。我说这话还在四年之前，当时曾有人评我为“封建余孽”[6]，其实是捧住了这样的题材，欣欣然自以为得计者，倒是十分“封建的”的。不过，这种风气近几年颇少见了，不料现在竟又复活起来，这确不能不说是一个退步。

尤其不堪的是结末的辱骂。现在有些作品，往往并非必要而偏在对话里写上许多骂语去，好像以为非此便不是无产者作品，骂詈愈多，就愈是无产者作品似的。其实好的工农之中，并不随口骂人的多得很。作者不应该将上海流氓的行为，涂在他们身上的。即使有喜欢骂人的无产者，也只是一种坏脾气，作者应该由文艺加以纠正，万不可再来展开，使将来的无阶级社会中，一言不合，便祖宗三代的闹得不可开交。况且即是笔战，就也如别的兵战或拳斗一样，不妨伺隙乘虚，以一击制敌人的死命，如果一味鼓噪，已是《三国志演义》式战法。至于骂一句爹娘，扬长而去，还自以为胜利，那简直是“阿Q”式的战法了。

指出辱骂和恐吓是“流氓的行为”。

接着又是什么“剖西瓜”[7]之类的恐吓，这也是极不对的，我想。无产者的革命，乃是为了自己的解放和消灭阶级，并非因为要杀人，即使是正面的敌人，倘不死于战场，就有大众的裁判，决不是一个诗人所能提笔判定生死的。现在虽然很有什么“杀人放火”的传闻，但这只是一种诬陷。中国的报纸上看不出实话，然而只要一看别国的例子也就可以恍然。德国的

论革命。杀人与革命是两回事。

无产阶级革命[8]（虽然没有成功），并没有乱杀人；俄国不是连皇帝的宫殿都没有烧掉么？而我们的作者，却将革命的工农用笔涂成一个吓人的鬼脸，由我看来，真是卤莽之极了。

自然，中国历来的文坛上，常见的是诬陷，造谣，恐吓，辱骂，翻一翻大部的历史，就往往可以遇见这样的文章，直到现在，还在应用，而且更加厉害。但我想，这一份遗产，还是都让给叭儿狗文艺家去承受罢，我们的作者倘不竭力的抛弃了它，是会和他们成为“一丘之貉”的。

不过我并非主张要对敌人陪笑脸，三鞠躬。我只是说，战斗的作者，应该注重于“论争”；倘在诗人，则因为情不可遏而愤怒，而笑骂，自然也无不可。但必须止于嘲笑，止于热骂，而且要“喜笑怒骂，皆成文章”[9]，使敌人因此受伤或致死，而自己并无卑劣的行为，观者也不以为污秽，这才是战斗的作者的本领。

注重论争，即注重理性的灌输，斗争而无卑劣的行为。

刚才想到了以上的一些，便写出寄上，也许于编辑上可供参考。总之，我是极希望此后的《文学月报》上不再有那样的作品的。

专此布达，并问

好。

鲁迅。十二月十日。

注　释

1 发表于1932年12月《文学月报》第1卷第5、6号合刊。后编入《南腔北调集》。

2 起应　即周扬（1908—1989），湖南益阳人。1928年冬留学日本，1930年回国，在上海参加左联，任党团书记，中共上海局文委书记及文化总同盟书记，左联机关刊物《文学月报》主编。1937年赴延安，任鲁迅艺术文学院（“鲁艺”）校长、延安大学校长等。1949年后，任中共中央宣传部副部长，文化部副部长及党组书记，中国文联副主席、主席、党组书记等。著有《周扬文集》，共五卷。

3 芸生　原名邱九如，浙江宁波人，左翼作家。他的诗《汉奸的供状》，载1932年11月《文学月报》第1卷第4期，用意在讽刺自称“自由人”的胡秋原。该诗发表后返回宁波，不久为国民党政府杀害。

4 别德纳衣的讽刺诗　别德纳衣，通译别德内依，苏联诗人。他的讽刺诗，是指讽刺托洛茨基的长诗《没工夫唾骂》，《文学月报》第1卷第3期曾发表瞿秋白译作。

5 对于姓的开玩笑　指原诗开头：“现在我来写汉奸的供状，据说他也姓胡，可不叫立夫。”按，胡立夫，浙江永嘉人，1932年日军侵占上海闸北时，任敌伪组织“上海北市人民地方维持会”会长，著名汉奸。

6 评我为“封建余孽”　1928年关于“革命文学”论争时，郭沫若化名杜荃，作《文艺战线上的封建余孽》一文，说鲁迅“是资本主义以前的一个封建余孽”，又因此是“二重的反革命”。

7 “剖西瓜”　当时上海一带的流氓语言。原诗为：“当心，你的脑袋一下就要变做剖开的西瓜！”

8 德国的无产阶级革命　1918年11月3日，德国基尔军港的水兵起义；9日继而爆发工人和水兵更大规模的起义，一举推翻了霍亨索伦王朝，建立了工农兵代表苏维埃。但是，领导权落在社会民主党手中；德国共产党于1919年1月又举行武装起义，4月成立巴伐利亚苏维埃共和国，革命达至高潮，接着被镇压，失败。

9 **“喜笑怒骂，皆成文章”** 语见宋代黄庭坚《东坡先生真赞》。喜，原作嬉。

论“赴难”和“逃难”[1]

——寄《涛声》编辑的一封信

编辑先生：

我常常看《涛声》，也常常叫“快哉！”但这回见了周木斋先生那篇《骂人与自骂》[2]，其中说北平的大学生“即使不能赴难，最低最低的限度也应不逃难”，而致慨于五四运动时代式锋芒之销尽，却使我如骨鲠在喉，不能不说几句话。因为我是和周先生的主张正相反，以为“倘不能赴难，就应该逃难”，属于“逃难党”的。

自认为“逃难党”，分明为弱势者辩护。

周先生在文章的末尾，“疑心是北京改为北平的应验”，我想，一半是对的。那时的北京，还挂着“共和”的假面，学生嚷嚷还不妨事；那时的执政，是昨天上海市十八团体为他开了“上海各界欢迎段公芝老大会”[3]的段祺瑞先生，他虽然是武人，却还没有看过《莫索理尼传》。然而，你瞧，来了呀。有一回，对着请愿的学生毕毕剥剥的开枪了[4]，兵们最爱瞄准

假“共和”，真专制。

的是女学生，这用精神分析学来解释，是说得过去的，尤其是剪发的女学生，这用整顿风俗[5]的学说来解说，也是说得过去的。总之是死了一些“莘莘学子”。然而还可以开追悼会；还可以游行过执政府之门，大叫“打倒段祺瑞”。为什么呢？因为这时又还挂着“共和”的假面。然而，你瞧，又来了呀。现为党国大教授的陈源先生，在《现代评论》上哀悼死掉的学生，说可惜他们为几个卢布送了性命；《语丝》反对了几句，现为党国要人的唐有壬先生在《晶报》上发表一封信，说这些言动是受墨斯科的命令的。这实在已经有了北平气味了。

“五四式是不对了”，不料至上世纪九十年代仍然有这种打着反对“激进主义”而否定五四的貌似公正的论调，而且论者据说都是“自由主义者”。

后来，北伐成功了，北京属于党国，学生们就都到了进研究室的时代，五四式是不对了。为什么呢？因为这是很容易为“反动派”所利用的。为了矫正这种坏脾气，我们的政府，军人，学者，文豪，警察，侦探，实在费了不少的苦心。用诰谕，用刀枪，用书报，用煅炼，用逮捕，用拷问，直到去年请愿之徒，死的都是“自行失足落水”，连追悼会也不开的时候为止，这才显出了新教育的效果。

倘使日本人不再攻榆关，我想，天下是太平了的，“必先安内而后可以攘外”[6]。但可恨的是外患来得太快一点，太繁一点，日本人太不为中国诸公设想之故也，而且也因此引起了周先生的责难。

看周先生的主张，似乎最好是“赴难”。不过，这是难的。倘使早先有了组织，经过训练，前线的军人力战之后，人员缺少了，副司令[7]下令召集，那自然应该去的。无奈据去年的事实，则连火车也不能白坐，而况乎日所学的又是债权论，土耳其文学史，最小公倍数之类。去打日本，一定打不过的。大学生们曾经和中国的兵警打过架，但是“自行失足落水”了，现在中国的兵警尚且不抵抗，大学生能抵抗么？我们虽然也看见过许多慷慨激昂的诗，什么用死尸堵住敌人的炮口呀，用热血胶住倭奴的刀枪呀，但是，先生，这是“诗”呵！事实并不这样的，死得比蚂蚁还不如，炮口也堵不住，刀枪也胶不住。孔子曰：“以不教民战，是谓弃之。”[8]我并不全拜服孔老夫子，不过觉得这话是对的，我也正是反对大学生“赴难”的一个。

那么，“不逃难”怎样呢？我也是完全反对。自然，现在是“敌人未到”的，但假使一到，大学生们将赤手空拳，骂贼而死呢，还是躲在屋里，以图幸免呢？我想，还是前一着堂皇些，将来也可以有一本烈士传。不过于大局依然无补，无论是一个或十万个，至多，也只能又向“国联”报告一声罢了。去年十九路军[9]的某某英雄怎样杀敌，大家说得眉飞色舞，因此忘却了全线退出一百里的大事情，可是中国其实还是输了的。而况大学生们连武器也没有。现在中国的新闻上大登“满洲国”[10]的虐政，说是不准私藏军器，但我们大中华民国人民来藏一件护身的东西试试看，也会家破人亡，——先生，这是很容易“为反动派所利用”的呵。

中国教育惟是“牛羊式的教育”。

施以狮虎式的教育，他们就能用爪牙，施以牛羊式的教育，他们到万分危急时还会用一对可怜的角。然而我们所施的是什么式的教育呢，连小小的角也不能有，则大难临头，惟有兔子似的逃跑而已。自然，就是逃也不见得安稳，谁都说不出那里是安稳之处来，因为到处繁殖了猎狗，诗曰：“趯趯毚兔，遇犬获之”[11]，此之谓也。然则三十六计，固仍以“走”为上计耳。

总之，我的意见是：我们不可看得大学生太高，也不可责备他们太重，中国是不能专靠大学生的；大学生逃了之后，却应该想想此后怎样才可以不至于单是逃，脱出诗境，踏上实地去。

但不知先生以为何如？能给在《涛声》上发表，以备一说否？谨听裁择，并请

文安。

罗怃顿首。一月二十八夜。

再：顷闻十来天之前，北平有学生五十多人因开会被捕，可见不逃的还有，然而罪名是“借口抗日，意图反动”，又可见虽“敌人未到”，也大以“逃难”为是也。

二十九日补记。

注　释

1 发表于 1933 年 2 月上海《涛声》第 2 卷第 5 期，署名罗怃。原题为《三十六计走为上计》。后编入《南腔北调集》。

2 周木斋（1910—1941） 江苏武进人，作家，当时任上海大东书局编辑，著有杂文集《消长集》等。他的《骂人与自骂》原载《涛声》第 2 卷第 4 期，文中说：“最近日军侵占榆关，北平的大学生竟至要求提前放假，所愿未遂，于是纷纷自动离校。敌人来到，闻风远逸，这是绝顶离奇的了。……论理日军侵榆……即使不能赴难，最低最低的限度也不应逃难。”又说：“写到这里，陡然的想起五四运动时期北京学生的锋芒，转眼之间，学风民气，两俱丕变，我要疑心是‘北京’改为‘北平’的应验了。”

3 “上海各界欢迎段公芝老大会” 九一八事变后，段祺瑞（字芝泉）被聘为国难会议委员，1933 年 1 月应蒋介石之邀南下，24 日到上海探女，上海市商会等十八个团体于 27 日为他举行欢迎会。

4 对着请愿的学生开枪，指“三一八”惨案。

5 整顿风俗 段祺瑞政府实行专制教育的借口之一，为此颁行不少相关的政令。

6 “必先安内而后可以攘外” 蒋介石于 1931 年 11 月 30 日在国民党政府外长顾维钧宣誓就职会上的《亲书训词》中说：“攘外必先安内，统一方能御侮。”从此成为官方意识形态的主导倾向。

7 副司令 指张学良。时任国民党政府陆海空军副司令。

8 “以不教民战，是谓弃之” 语见《论语・子路》。

9 十九路军 原为国民革命军第十一军，1930 年改编为十九路军，1932 年一・二八事变时驻守上海。在总指挥蒋光鼐和副总指挥兼军长蔡廷锴的率领下，英勇抵抗日本侵略者，一时备受赞颂。同年 5 月 5 日签订《淞沪停战协定》，规定十九路军调离上海，中国不在浦东和苏州河南部及龙华对岸若干地区驻军。

10 **“满洲国”** 日本帝国主义侵占我国东北后制造的傀儡政权，1932 年 3 月在长春成立。

11 **“趯趯毚兔，遇犬获之”** 跳跃奔跑的狡兔，一遇上猎狗就被逮住了。语见《诗 · 小雅 · 巧言》。趯趯，跳跃状；毚兔，狡兔。

听说梦[1]

做梦，是自由的，说梦，就不自由。做梦，是做真梦的，说梦，就难免说谎。

大年初一，就得到一本《东方杂志》新年特大号，临末有“新年的梦想”[2]，问的是“梦想中的未来中国”和“个人生活”，答的有一百四十多人。记者的苦心，我是明白的，想必以为言论不自由，不如来说梦，而且与其说所谓真话之假，不如来谈谈梦话之真，我高兴的翻了一下，知道记者先生却大大的失败了。

当我还未得到这本特大号之前，就遇到过一位投稿者，他比我先看见印本，自说他的答案已被资本家删改了，他所说的梦其实并不如此。这可见资本家虽然还没法禁止人们做梦，而说了出来，倘为权力所及，却要干涉的，决不给你自由。这一点，已是记者的大失败。

但我们且不去管这改梦案子，只来看写着的梦境罢，诚如记者所说，来答复的几乎全部是智识分子。首先，是谁也觉得生活不安定，其次，是许多人梦想着将来的好社会，“各尽所能”呀，“大同世界”呀，很有些“越轨”气息了（末三句是我添的，记者并没有说）。

但他后来就有点“痴”起来，他不知从那里拾来了一种学说，将一百多个梦分为两大类，说那些梦想好社会的都是“载道”之梦，是“异端”，正宗的梦应该是“言志”的，硬把“志”弄成一个空洞无物的东西。[3]然而，孔子曰，“盍各言尔志”，而终于赞成曾点者[4]，就因为其“志”合于孔子之“道”的缘故也。

其实是记者的所以为“载道”的梦，那里面少得很。文章是醒着的时候写的，问题又近于“心理测验”，遂致对答者不能不做出各各适宜于目下自己的职业，地位，身分的梦来（已被删改者自然不在此例），即使看去好像怎样“载道”，但为将来的好社会“宣传”的意思，是没有的。所以，虽然梦“大家有饭吃”者有人，梦“无阶级社会”者有人，梦“大同世界”者有人，而很少有人梦见建设这样社会以前的阶级斗争，白色恐怖，轰炸，虐杀，鼻子里灌辣椒水，电刑……倘不梦见这些，好社会是不会来的，无论怎么写得光明，终究是一个梦，空头的梦，说了出来，也无非教人都进这空头的梦境里面去。

一贯地反对超现实，超时代。

然而要实现这“梦”境的人们是有的，他们不是说，而是做，梦着将来，而致力于达到这一种将来的现在。因为有这事实，这才使许多智识分子不能不说好像“载道”的梦，但其实并非“载道”，乃是给“道”载了一下，倘要简洁，应该说是“道载”的。

说梦与做梦的不同：说梦教人都进空头的梦境里去，做梦虽然也梦着将来，却致力达到这一种将来的现在的改造。

为什么会给“道载”呢？曰：为目前和将来的吃饭问题而已。

我们还受着旧思想的束缚，一说到吃，就觉得近乎鄙俗。但我是毫没有轻视对答者诸公的意思的。《东方杂志》记者在《读后感》里，也曾引佛洛伊特[5]的意见，以为"正宗"的梦，是"表现各人的心底的秘密而不带着社会作用的"。但佛洛伊特以被压抑为梦的根柢——人为什么被压抑的呢？这就和社会制度，习惯之类连结了起来，单是做梦不打紧，一说，一问，一分析，可就不妥当了。记者没有想到这一层，于是就一头撞在资本家的朱笔上。但引"压抑说"来释梦，我想，大家必已经不以为忤了罢。

不过，佛洛伊特恐怕是有几文钱，吃得饱饱的罢，所以没有感到吃饭之难，只注意于性欲。有许多人正和他在同一境遇上，就也轰然的拍起手来。诚然，他也告诉过我们，女儿多爱父亲，儿子多爱母亲，即因为异性的缘故。然而婴孩出生不多久，无论男女，就尖起嘴唇，将头转来转去。莫非它想和异性接吻么？不，谁都知道：是要吃东西！

弗洛伊德批判。

食欲的根柢，实在比性欲还要深，在目下开口爱人，闭口情书，并不以为肉麻的时候，我们也大可以不必讳言要吃饭。因为是醒着做的梦，所以不免有些不真，因为题目究竟是"梦想"，而且如记者先生所说，我们是"物质的需要远过于精神的追求"了，所以乘着 Censors[6]（也引用佛洛伊特语）的监护好像解除了之际，便公开了一部分。其实也是在"梦中贴标语，喊口号”，不过不是积极的罢了，而且有些也许倒和表面的“标语”正相反。

时代是这么变化，饭碗是这样艰难，想想现在和将来，有些人也只能如此说梦，同是小资产阶级（虽然也有人定我为“封建余孽”或“土著资产阶级”，但我自己姑且定为属于这阶级），很能够彼此心照，然而也无须秘而不宣的。

至于另有些梦为隐士，梦为渔樵，和本相全不相同的名人[7]，其实也只是豫感饭碗之脆，而却想将吃饭范围扩大起来，从朝廷而至园林，由洋场及于山泽，比上面说过的那些志向要大得远，不过这里不来多说了。

一月一日。

注　释

1　发表于1933年4月上海《文学杂志》第1号。后编入《南腔北调集》。

2《东方杂志》　大型综合性杂志，1904年3月在上海创刊，商务印书馆出版。徐珂、杜亚泉、陶惺存、钱智修、胡愈之等先后担任主编。1948年12月停刊。1933年出版“新年特大号”，辟有《新年的梦想》专栏。当时主编为胡愈之。

3《东方杂志》记者在《新年的梦想》专栏的《读后感》中说：“近来有些批评家把文学分为‘载道’的文学和‘言志’的文学这两类。我们的‘梦’也可以同样的方法来分类：就是‘载道’的梦和‘言志’的梦。”又说：“‘载道’的梦只是‘异端’，而‘言志’的梦才是梦的‘正宗’，因为我们相信‘梦’

是个人的，而不是社会的。依据佛洛伊特的解释，梦只是白天受遏抑的意识，于睡眠中解放出来。……所以梦只是代表了意识的‘不公开’的部分，在梦中说教，在梦中讲道，在梦中贴标语，喊口号，这到底是不常有的梦，至少这是白日梦而不是夜梦，所以不能算作梦的正宗。只有个人的梦，表现各人心底的秘密而不带着社会作用的，那才是正宗的梦。”

4 “盍各言尔志” 语见《论语·公冶长》：“颜渊、季路侍。子曰：‘盍各言尔志’？”盍，何不。孔子赞成曾点的话，见《论语·先进》：“子路、曾皙（名点）、冉有、公西华侍坐。……子曰：‘何伤乎，亦各言其志也。’（曾点）曰：‘莫（暮）春者，春服既成，冠者五六人，童子六七人，浴乎沂，风乎舞雩，咏而归。’夫子喟然叹曰：‘吾与点也。’”朱熹注：“孔子之志，在于老者安之，朋友信之，少者怀之，使万物莫不遂其性。曾点知之，故孔子喟然叹曰：吾与点也。”

5 佛洛伊特（S. Freud，1856—1939） 通译弗洛伊德，奥地利精神病学家，精神分析学说的创立者。他把人的心理分为意识和潜意识两大部分，认为潜意识中的性本能是心理的基本动力，并把人格分为自我、本我和超我三个部分。主要著作有《梦的解释》《精神分析引论》《艺术的分析》等。

6 Censors 英语，原意为监察官，弗洛伊德精神分析学说用以指代“前意识”，即防止“潜意识”内容进入“意识”阈域的压抑力。

7 名人 指在《东方杂志》“新年特大号”上“说梦”的一些国民党官僚。如铁道部次长曾仲鸣说：“何处是修竹，吾庐三径”；中国银行副总裁俞寰澄说：“我只想做一个略具知识的自耕农，我最酷爱田园生活”，等等。

“蜜蜂”与“蜜”[1]

陈思先生：

看了《涛声》上批评《蜜蜂》[2]的文章后，发生了两个意见，要写出来，听听专家的判定。但我不再来辩论，因为《涛声》并不是打这类官司的地方。

村人火烧蜂群，另有缘故，并非阶级斗争的表现，我想，这是可能的。但蜜蜂是否会于虫媒花有害，或去害风媒花呢，我想，这也是可能的。

昆虫有助于虫媒花的受精，非徒无害，而且有益，就是极简略的生物学上也都这样说，确是不错的。但这是在常态时候的事。假使蜂多花少，情形可就不同了，蜜蜂为了采粉或者救饥，在一花上，可以有数匹甚至十余匹一涌而入，因为争，将花瓣弄伤，因为饿，将花心咬掉，听说日本的果园，就有遭了这种伤害的。它的到风媒花上去，也还是因为饥饿的缘故。这时酿蜜已成次要，它们是吃花粉去了。

论“反动”：从生物学到社会学。

所以，我以为倘花的多少，足供蜜蜂的需求，就天下太平，否则，便会"反动"。譬如蚁是养护蚜虫的，但倘将它们关在一处，又不另给食物，蚁就会将蚜虫吃掉；人是吃米或麦的，然而遇着饥馑，便吃草根树皮了。

中国向来也养蜂，何以并无此弊呢？那是极容易回答的：因为少。近来以养蜂为生财之大道，干这事的愈多。然而中国的蜜价，远逊欧美，与其卖蜜，不如卖蜂。又因报章鼓吹，思养蜂以获利者辈出，故买蜂者也多于买蜜。因这缘故，就使养蜂者的目的，不在于使酿蜜而在于使繁殖了。但种植之业，却并不与之俱进，遂成蜂多花少的现象，闹出上述的乱子来了。

总之，中国倘不设法扩张蜂蜜的用途，及同时开辟果园农场之类，而一味出卖蜂种以图目前之利，养蜂事业是不久就要到了绝路的。此信甚希发表，以冀有心者留意也。专此，顺请

种植业。养蜂业。生态平衡问题。

著安。

罗怃。六月十一日。

注　释

1　发表于 1933 年 6 月 17 日《涛声》第 2 卷第 23 期，署名罗怃。后编入《南腔北调集》。

2 《蜜蜂》 张天翼所作短篇小说。写一个养蜂场因蜂多花少，致使蜂群伤害了农民的庄稼，引起群众反抗的故事。小说发表后，陈思（曹聚仁）写了《“蜜蜂”》一文批评说：“张天翼先生写《蜜蜂》的原起，也许由于听到无锡乡村人火烧华绎之蜂群的故事。那是土豪劣绅地痞流氓敲诈不遂的报复举动，和无锡农民全无关系；并且那一回正当苜蓿花开，蜂群采蜜，更有利于农事，农民决不反对的。乡村间的斗争，决不是单纯的劳资斗争，若不仔细分析斗争的成分，也要陷于错误的。”“希望张天翼先生看了我的话，实际去研究调查一下。”

偶　成[1]

九月二十日的《申报》上，有一则嘉善地方的新闻，摘录起来，就是——

“本县大窑乡沈和声与子林生，被著匪石塘小弟绑架而去，勒索三万元。沈姓家以中人之产，迁延未决。讵料该帮股匪乃将沈和声父子及苏境方面绑来肉票，在丁棚北，北荡滩地方，大施酷刑。法以布条遍贴背上，另用生漆涂敷，俟其稍干，将布之一端，连皮揭起，则痛彻心肺，哀号呼救，惨不忍闻。时为该处居民目睹，恻然心伤，尽将惨状报告沈姓，速即往赎，否则恐无生还。帮匪手段之酷，洵属骇闻。”

“酷刑”的记载，在各地方的报纸上是时时可以看到的，但我们只在看见时觉得“酷”，不久就忘记了，而实在也真是记不胜记。然而酷刑的方法，却决不是突然就会发明，一定都有它的师承或祖传，例如这石塘小弟所采用的，便是一个古法，见于士大夫未必肯看，而下等人却大抵知道的《说岳全传》一名《精忠传》上，是秦桧要岳飞自认“汉奸”，逼供之际所用的方法，但使用的材料，却是麻条和鱼鳔。[2]我以为生漆之说，是未必的确的，因为这东西很不容易干燥。

“酷刑”的发明和改良者，倒是虎吏和暴君，这是他们唯一的事业，而且也有工夫来考究。这是所以威民，也所以除奸的，然而《老子》说得好，“为之斗斛以量之，则并与斗斛而窃之，……”[3]有被刑的资格的也就来玩一个“剪窃”。张献忠的剥人皮[4]，不是一种骇闻么？但他之前已有一位剥了“逆臣”景清的皮的永乐皇帝[5]在。

奴隶们受惯了“酷刑”的教育，他只知道对人应该用酷刑。

但是，对于酷刑的效果的意见，主人和奴隶们是不一样的。主人及其帮闲们，多是智识者，他能推测，知道酷刑施之于敌对，能够给与怎样的痛苦，所以他会精心结撰，进步起来。奴才们却一定是愚人，他不能“推己及人”，更不能推想一下，就“感同身受”。只要他有权，会采用成法自然也难说，然而他的主意，是没有智识者所测度的那么惨厉的。绥拉菲摩维支在《铁流》[6]里，写农民杀掉了一个贵人的小女儿，那母亲哭得很凄惨，他却诧异道，哭什么呢，我们死掉多少小孩子，一点也没哭过。他不是残酷，他一向不知道人命会这么宝贵，他觉得奇怪了。

主人与奴隶：酷刑。生命。道德观。

奴隶们受惯了猪狗的待遇，他只知道人们无异于猪狗。

民众的酷来源于酷的教育。论客每每将酷归

用奴隶或半奴隶的幸福者，向来只怕“奴隶造反”，真是无怪的。

要防“奴隶造反”，就更加用“酷刑”，而“酷刑”却因此更到了末路。在现代，枪毙是早已不足为奇了，枭首陈尸，也只能博得民众暂时的鉴赏，而抢劫，绑架，作乱的还是不减少，并且连绑匪也对于别人用起酷刑来了。酷的教育，使人们见酷而不再觉其酷，例如无端杀死几个民众，先前是大家就会嚷起来的，现在却只如见了日常茶饭事。人民真被治得好像厚皮的，没有感觉的癞象一样了，但正因为成了癞皮，所以又会踏着残酷前进，这也是虎吏和暴君所不及料，而即使料及，也还是毫无办法的。

因于国民素质的低劣，却少有责以虎吏、暴君及享用奴隶半奴隶的幸福者。

由此看革命暴力之所由来。

九月二十日。

注 释

1 发表于1933年10月《申报月刊》第2卷第10号，署名洛文。后编入《南腔北调集》。

2 **秦桧**（1090—1155） 字会之，江宁（今南京）人，宋高宗时任宰相，力主降金，为诬杀岳飞的主谋。**岳飞**（1103—1142） 字鹏举，相州汤阴（今属河南）人，南宋抗金名将。绍兴九年（1139），高宗、秦桧与金议和，他上表反对；次年出兵收复郑州、洛阳等地，大败金军。时高宗、秦桧以十二道金牌下令退兵。回临安后，被解除兵权，不久被诬谋反下狱。绍兴十二年十二月以“莫须有”罪名，与子岳云及部将张宪同被杀害。这里说的用麻条、鱼鳔逼供的事，见《说岳全传》第六十回。

3 “为之斗斛以量之，则并以斗斛而窃之” 语见《庄子·胠箧》，文中作《老子》有误。

4 张献忠的剥人皮 见清代彭遵泗著《蜀碧》一书。

5 永乐皇帝 即明成祖朱棣。他原封燕王，起兵推翻建文帝朱允炆后称帝，建文帝时御史大夫景清不肯归顺，朱棣命“剥其皮，草椟之，械系长安门，碟其骨肉”。见《明史记事本末·壬午殉难》。

6 《铁流》 长篇小说，苏联作家绥拉菲摩维支著，描写苏联国内战争时期一支游击队的斗争故事。文中所引的情节，见书中第33章。

推背图[1]

我这里所用的“推背”的意思，是说：从反面来推测未来的情形。

上月的《自由谈》里，就有一篇《正面文章反看法》[2]，这是令人毛骨悚然的文字。因为得到这一个结论的时候，先前一定经过许多苦楚的经验，见过许多可怜的牺牲。本草家[3]提起笔来，写道：砒霜，大毒。字不过四个，但他却确切知道了这东西曾经毒死过若干性命的了。

里巷间有一个笑话：某甲将银子三十两埋在地里面，怕人知道，就在上面竖一块木板，写道：“此地无银三十两。”隔壁的阿二因此却将这掘去了，也怕人发觉，就在木板的那一面添上一句道，“隔壁阿二勿曾偷。”这就是在教人“正面文章反看法”。

揭露“党国”的专制统治的两面性。

但我们日日所见的文章，却不能这么简单。有明说要做，其实不做的；有明说不做，其实要做的；有明说做这样，其实做那样的；有其实自己要这么做，倒说别人要这么做的；有一声不响，而其实倒做了的。然而也有说这样，竟这样的。难就在这地方。

例如近几天报章上记载着的要闻罢：

一，××军在××血战，杀敌××××人。

二，××谈话：决不与日本直接交涉，仍然不改初衷，抵抗到底。

三，芳泽来华[4]，据云系私人事件。

四，共党联日，该伪中央已派干部××赴日接洽。

五，××××……

倘使都当反面文章看，可就太骇人了。但报上也有“莫干山路草棚船百余只大火”，“××××廉价只有四天了”等大概无须“推背”的记载，于是乎我们就又胡涂起来。

听说，《推背图》[5]本是灵验的，某朝某帝怕他淆惑人心，就添了些假造的在里面，因此弄得不能豫知了，必待事实证明之后，人们这才恍然大悟。

我们也只好等着看事实，幸而大概是不很久的，总出不了今年。

四月二日。

在重大新闻中夹进一些杂闻，意在分散审查官的注意力，这也当算得“钻网”的法子之一。

“推背法”，也即“正面文章反看法”，是在特定的政治文化环境中的一种特殊的认识方法。

事实的力量大于宣传。

注 释

1 发表于1933年4月6日《申报·自由谈》，署名何家干。后编入《伪自由书》。

2《正面文章反看法》 陈子展作。其中说到当时的喊“航空救国”，其实是不敢炸日军只是炸“匪”，“长期抵抗”等于长期不抵抗，“收回失地”等于不收回失地，等等。

3 本草家 指中药药物学家。

4 芳泽来华 1933年3月31日，曾做过日本驻华公使、外务大臣的芳泽谦吉从日本到上海，游说中国政府投靠日本。1933年4月1日《申报》载中央社消息：据记者采访，芳泽声称，“此次来华，纯系漫游性质，并无含有外交及政治等使命”。

5《推背图》 一种民间流传的迷信的图册。《宋史·艺文志》列为五行家的著作，南宋岳珂《桯史》以为唐代李淳风所撰。

《杀错了人》异议[1]

看了曹聚仁[2]先生的一篇《杀错了人》，觉得很痛快，但往回一想，又觉得有些还不免是愤激之谈了，所以想提出几句异议——

袁世凯在辛亥革命之后，大杀党人，从袁世凯那方面看来，是一点没有杀错的，因为他正是一个假革命的反革命者。

错的是革命者受了骗，以为他真是一个筋斗，从北洋大臣变了革命家了，于是引为同调，流了大家的血，将他浮上总统的宝位去。到二次革命[4]时，表面上好像他又是一个筋斗，从“国民公仆”[5]变了吸血魔王似的。其实不然，他不过又显了本相。

于是杀，杀，杀。北京城里，连饭店客栈中，都满布了侦探；还有“军政执法处”[6]，只见受了嫌疑而被捕的青年送进去，却从不见他们活着走出来；还有，《政府公报》上，是天天看见党人脱党的广告，说是先前为友人所拉，误入该党，现在自知迷谬，从此脱离，要洗心革面的做好人了。

不久就证明了袁世凯杀人的没有杀错，他要做皇帝了。

这事情，一转眼竟已经是二十年，现在二十来岁的青年，那时还在吸奶，时光是多么飞快呵。

但是，袁世凯自己要做皇帝，为什么留下他真正对头的旧皇帝[7]呢？这无须多议论，只要看现在的军阀混战就知道。他们打得你死我活，好像不共戴天似的，但到后来，只要一个“下野”了，也就会客客气气的，然而对于革命者呢，即使没有打过仗，也决不肯放过一个。他们知道得很清楚。

所以我想，中国革命的闹成这模样，并不是因为他们“杀错了人”，倒是因为我们看错了人。

临末，对于“多杀中年以上的人”的主张，我也有一点异议，但因为自己早在“中年以上”了，为避免嫌疑起见，只将眼睛看着地面罢。

对于权力者，以至大独裁者，我们往往在承认其作为政治家的地位的前提底下进行批评，故容易流于现象的批评，形式的批评，而不是本质的批评；换言之，只能作局部的否定，而非根本的否定。

四月十日。

记得原稿在“客客气气的”之下，尚有“说不定在出洋的时候，还要大开欢送会”这类意思的句子，后被删去了。

四月十二日记

〔备考〕：

杀错了人

曹聚仁

前日某报载某君述长春归客的谈话，说：日人在伪国已经完成

“专卖鸦片”和“统一币制”的两大政策。这两件事，从前在老张小张时代，大家认为无法整理，现在他们一举手之间，办得有头有绪。所以某君叹息道：“愚尝与东北人士论币制紊乱之害，咸以积重难返，诿为难办；何以日人一刹那间，即毕乃事？‘是不为也，非不能也。’此为国人一大病根！”

岂独“病根”而已哉！中华民族的灭亡和中华民国的颠覆，也就在这肺痨病上。一个社会，一个民族，到了衰老期，什么都“积重难返”，所以非“革命”不可。革命是社会的突变过程；在过程中，好人，坏人，与不好不坏的人，总要杀了一些。杀了一些人，并不是没有代价的：于社会起了隔离作用，旧的社会和新的社会截然分成两段，恶的势力不会传染到新的组织中来。所以革命杀人应该有标准，应该多杀中年以上的人，多杀代表旧势力的人。法国大革命的成功，即在大恐慌时期的扫荡旧势力。

可是中国每一回的革命，总是反了常态。许多青年因为参加革命运动，做了牺牲；革命进程中，旧势力一时躲开去，一些也不曾铲除掉；革命成功以后，旧势力重复涌了出来，又把青年来做牺牲品，杀了一大批。孙中山先生辛辛苦苦做了十来年革命工作，辛亥革命成功了，袁世凯拿大权，天天杀党人，甚至连十五六岁的孩子都要杀；这样的革命，不但不起隔离作用，简直替旧势力作保镖；因此民国以来，只有暮气，没有朝气，任何事业，都不必谈改革，一谈改革，必“积重难返，诿为难办”。其恶势力一直注到现在。

这种反常状态，我名之曰“杀错了人”。我常和朋友说：“不流血的革命是没有的，但‘流血’不可流错了人。早杀溥仪，多杀郑孝胥之流，方是邦国之大幸。若乱杀二十五岁以下的青年，倒行逆施，斫丧社会元气，就可以得‘亡国灭种’的‘眼前报’。”

《自由谈》，四月十日。

注 释

1 发表于1933年4月12日《申报·自由谈》，署名何家干。后编入《伪自由书》。

2 曹聚仁（1900—1972）字挺岫，号听涛，浙江兰溪人。散文家，学者。时任暨南大学教授，主编《涛声》周刊。抗战时，任国民党中央通讯社战地记者，抗战胜利后回到上海。1950年移居香港，多次返回大陆参观访问，回港后即为报纸写稿，成《北行小语》《北行二语》《北行三语》等书。一生著述颇丰，计五十余种。

3 二次革命 袁世凯篡权后，蓄谋复辟，加紧迫害革命党人。1913年7月，孙中山发动讨袁战争，称为“二次革命”，不久即为袁世凯所打败。

4 “国民公仆” 袁世凯窃取中华民国总统职位后，曾自称为“国民一分子”，并说过“总统向称公仆”之类的话。

5 “军政执法处” 袁世凯于1913年5月设立的特务机关。

6 旧皇帝 指清朝宣统皇帝溥仪（1906—1967）。辛亥革命后，南京临时政府颁布《关于清帝逊位后优待之条件》，保留退位后清帝的尊号及财产。1916年初，袁世凯称帝，“申令清室优待条件永不变更”。

文章与题目[1]

一个题目，做来做去，文章是要做完的，如果再要出新花样，那就使人会觉得不是人话。然而只要一步一步的做下去，每天又有帮闲的敲边鼓，给人们听惯了，就不但做得出，而且也行得通。

譬如近来最主要的题目，是“安内与攘外”[2]罢，做的也着实不少了。有说安内必先攘外的，有说安内同时攘外的，有说不攘外无以安内的，有说攘外即所以安内的，有说安内即所以攘外的，有说安内急于攘外的。

做到这里，文章似乎已经无可翻腾了，看起来，大约总可以算是做到了绝顶。

所以再要出新花样，就使人会觉得不是人话，用现在最流行的谥法来说，就是大有“汉奸”的嫌疑。为什么呢？就因为新花样的文章，只剩了“安内而不必攘外”，“不如迎外以安内”，“外就是内，本无可攘”这三种了。

这三种意思，做起文章来，虽然实在希奇，但事实却有的，而且不必远征晋宋，只要看看明朝就够。满洲人早在窥伺了，国内却是草菅民命，杀戮清流[3]，做了第一种。李自成[4]进北京了，阔人们不甘给奴子做皇帝，索性请“大清兵”来打掉他，做了第二种。至于第三种，我没有看过《清史》，不得而知，但据老例，则应说是爱新觉罗[5]氏之先，原是轩辕[6]黄帝第几子之苗裔，遯于朔方，厚泽深仁，遂有天下，总而言之，咱们原是一家子云。

以古论今，洞若观火。

后来的史论家，自然是力斥其非的，就是现在的名人，也正痛恨流寇。但这是后来和现在的话，当时可不然，鹰犬塞途，干儿当道，魏忠贤[7]不是活着就配享了孔庙么？他们那种办法，那时都有人来说得头头是道的。

前清末年，满人出死力以镇压革命，有“宁赠友邦，不给家奴”[8]的口号，汉人一知道，更恨得切齿。其实汉人何尝不如此？吴三桂[9]之请清兵入关，便是一想到自身的利害，即“人同此心”的实例了。……

四月二十九日。

附记：原题是《安内与攘外》

五月五日。

“附记”在这里有两层意思：一层是说文章发表时，被编辑或审查官换了题目；二层是把“原题”与发表的题目做比较，意在说明“安内”是“文章”，“攘外”是“题目”，揭露政府对外宣传的虚伪性，是一种互文手法。

注　释

1 发表于1933年5月5日《申报·自由谈》，署名何家干。后编入《伪自由书》。

2 **“安内与攘外”**　九一八事变后，全国要求抗日的呼声高涨。1931年11月31日，蒋介石在国民党外长顾维钧宣誓就职会的《亲书训词》中，提出“攘外必先安内”的施政方针；次年4月，在南昌对国民党将领演讲时，又提到“安内始能攘外”。这样，“安内攘外”一时成为报刊界关注的热点。

3 **草菅民命，杀戮清流**　指明末宦官魏忠贤等，通过特务机构东厂、锦衣卫、镇抚司迫害以东林党人为主的士大夫，即所谓“清流”。魏忠贤的阉党把东林党人及其同情者编成“天鉴录”“点将录”等名册，按名杀害。

4 **李自成**（1606—1645）　陕西米脂人，明末农民起义领袖。崇祯二年（1629）起义，十七年一月在西安建立大顺国，同年三月攻克北京，推翻明朝。后清兵入关，李自成兵败退出。清顺治二年（1645）在湖北通山县九宫山为地主武装所杀。

5 **爱新觉罗**　清朝皇室的姓。满语称金为“爱新”，“觉罗”是族。

6 **轩辕**　即黄帝，传说中汉民族的始祖。

7 **魏忠贤**（1568—1627）　河间肃宁（今属河北）人，明末天启时的宦官。曾掌管特务机关东厂，从中央内阁、六部直至地方遍置死党，有“五虎”“五彪”“十狗”“十孩儿”“四十孙”等。以专权骄横著名。据《明史·魏忠贤传》记载：“群小益求媚”，“相率归忠贤，称义儿”，“监生陆万龄至请以忠贤配孔子”；势盛时，地方阉党爪牙争相为之立祠，其生祠遍布全国。天启七年（1627），崇祯皇帝即位，魏忠贤被黜，安置凤阳，途中畏罪自杀。

8 **“宁赠友邦，不给家奴”**　据梁启超《戊戌政变记》卷四所记，刚毅常对人说：“我家之产业，宁可以赠之于朋友，而必不畀诸家奴。”刚毅（1834—1900），字子良，满洲镶蓝旗人。曾任军机大臣、兵部尚书、协办大学士等职。清朝王公大臣中的顽固分子，反对变法维新。1900年被任命为统帅京津义和团大臣，主张义和团围攻各国使馆。

9 吴三桂（1612—1678） 字长伯，江苏高邮人。明末任辽东总兵，封平西伯。李自成入京后，他率精兵驻山海关，观望不降，后引清兵入关，合力击败李自成，受清封平西王。康熙十二年（1673），他在云南起兵反清，自称“天下都招讨兵马大元帅”，次年称周王，1678年在湖南衡阳称帝，国号大周，后因屡败，忧忿而死。

从盛宣怀说到有理的压迫[1]

盛氏家族两次“收复失地”，这是以前者（民国政府）暗射后者（国民政府），仍用互文手法。

盛氏的祖宗积德很厚，他们的子孙就举行了两次“收复失地”的盛典：一次还是在袁世凯的民国政府治下，一次就在当今国民政府治下了。

民元的时候，说盛宣怀[2]是第一名的卖国贼，将他的家产没收了。不久，似乎是二次革命之后，就发还了。那是没有什么奇怪的，因为袁世凯是“物伤其类”，他自己也是卖国贼。不是年年都在纪念五七和五九[3]么？袁世凯签订过二十一条，卖国是有真凭实据的。

最近又在报上发见这么一段消息，大致是说：“盛氏家产早已奉命归还，如苏州之留园，江阴无锡之典当等，正在办理发还手续。”这却叫我吃了一惊。打听起来，说是民国十六年国民革命军初到沪宁的时候，又没收了一次盛氏家产：那次的罪名大概是“土豪劣绅”，绅而至于“劣”，再加上卖国的旧罪，自然又该没收了。可是为什么又发还了呢？

第一，不应当疑心现在有卖国贼，因为并无真凭实据——现在的人早就誓不签订辱国条约[4]，他们不比盛宣怀和袁世凯。第二，现在正在募航空捐[5]，足见政府财政并不宽裕。那末，为什么呢？

学理上研究的结果是——压迫本来有两种：一种是有理的，而且永久有理的，一种是无理的。有理的，就像逼小百姓还高利贷，交田租之类；这种压迫的“理”写在布告上：“借债还钱本中外所同之定理，租田纳税乃千古不易之成规。”无理的，就是没收盛宣怀的家产等等了；这种“压迫”巨绅的手法，在当时也许有理，现在早已变成无理的了。

初初看见报上登载的《五一告工友书》[6]上说：“反抗本国资本家无理的压迫”，我也是吃了一惊的。这不是提倡阶级斗争么？后来想想也就明白了。这是说，无理的压迫要反对，有理的不在此例。至于怎样有理，看下去就懂得了，下文是说：“必须克苦耐劳，加紧生产……尤应共体时艰，力谋劳资间之真诚合作，消弭劳资间之一切纠纷。”还有说“中国工人没有外国工人那么苦”[7]等等的。

我心上想，幸而没有大惊小怪地叫起来，天下的事情总是有道理的，一切压迫也是如此。何况对付盛宣怀等的理由虽然很少，而对付工人总不会没有的。

五月六日。

取俗谚“此地无银三百两”的句法进行讽刺，“不应当疑心”即“应当疑心”。

世易时移，革命蜕变。

有理无理，如同有法无法一样，在权力者那里，什么道理和法律都不足为据。对付盛宣怀等如此，而对付工人亦如此。

注 释

1 发表于1933年5月10日《申报·自由谈》，署名丁萌。后编入《伪自由书》。

2 **盛宣怀**（1844—1916） 字杏荪，江苏武进人，清末大官僚，大企业家。1870年入李鸿章幕办洋务，1872年参与创办轮船招商局，任督办。1880年后以官督商办形式先后兴办电报总局、华盛纺织总厂、汉阳铁厂、大冶铁矿、萍乡煤矿，并督办中国铁路总公司，创办中国通商银行。在清政府中，历任天津海关道、工部左侍郎、会办商约大臣、邮传部大臣等职。任职期间，出卖中国铁路和矿山等利权，滥借外债，以维持清朝统治。辛亥革命后，他的财产曾两次查封，又先后两次发还。

3 **五七和五九** 1915年1月18日，日本帝国主义向袁世凯政府提出“二十一条”要求，于5月7日发出最后通牒，限四十八小时内作出“满足之答复”，袁世凯政府5月9日表示接受，后曾以每年5月7日和9日为国耻纪念日。

4 **誓不签订辱国条约** 1931年九一八事变后，蒋介石于9月29日接见前来南京请愿的各地学生代表时说：“国民政府决非军阀时代之卖国政府……决不签订任何辱国丧权条约。”1932年一·二八战事后，行政院长汪精卫在上海发表谈话时也说：“国民党政府坚决不肯签字于丧权辱国条约。”

5 **募航空捐** 1933年初，国民党政府决定举办航空救国飞机捐，组织中华航空救国会（后改为中国航空协会）在全国发行航空奖券，进行募捐活动。

6 **《五一告工友书》** 指上海市总工会于1933年五一节发布的《告全国工友书》。

7 在1933年上海五一节纪念会上，上海市总工会代表李永祥做报告说：“中国资本主义之势力，尚极幼稚，中国工人，目前所受资本家之压迫不如当时欧美工人所受压迫之严重。”见同年5月3日《申报》。

华德焚书异同论[1]

德国的希特拉先生们一烧书[2]，中国和日本的论者们都比之于秦始皇。然而秦始皇实在冤枉得很，他的吃亏是在二世而亡，一班帮闲们都替新主子去讲他的坏话了。

不错，秦始皇烧过书[3]，烧书是为了统一思想。但他没有烧掉农书和医书；他收罗许多别国的"客卿"[4]，并不专重"秦的思想"，倒是博采各种的思想的。秦人重小儿；始皇之母，赵女也，赵重妇人[5]，所以我们从"剧秦"[6]的遗文中，也看不见轻贱女人的痕迹。

希特拉先生们却不同了，他所烧的首先是"非德国思想"的书，没有容纳客卿的魄力；其次是关于性的书，这就是毁灭以科学来研究性道德的解放，结果必将使妇人和小儿沉沦在往古的地位，见不到光明。而可比于秦始皇的车同轨，书同文[7]……之类的大事业，他们一点也做不到。

这里，说秦始皇"冤枉"得很，却是一种讽刺，意在反衬希特勒的专制野蛮之甚。

阿刺伯人攻陷亚历山德府[8]的时候，就烧掉了那里的图书馆，那理论是：如果那些书籍所讲的道理，和《可兰经》[9]相同，则已有《可兰经》，无须留了；倘使不同，则是异端，不该留了。这才是希特拉先生们的嫡派祖师——虽然阿刺伯人也是"非德国的"——和秦的烧书，是不能比较的。

但是结果往往和英雄们的豫算不同。始皇想皇帝传至万世，而偏偏二世而亡，赦免了农书和医书，而秦以前的这一类书，现在却偏偏一部也不剩。希特拉先生一上台，烧书，打犹太人，不可一世，连这里的黄脸干儿们，也听得兴高彩烈，向被压迫者大加嘲笑，对讽刺文字放出讽刺的冷箭来[10]——到底还明白的冷冷的讯问道：你们究竟要自由不要？不自由，无宁死。现在你们为什么不去拚死呢？

一代不如一代，希特勒的"黄脸干儿们"更何消说得！

这回是不必二世，只有半年，希特拉先生的门徒们在奥国一被禁止，连党徽也改成三色玫瑰了。最有趣的是因为不准叫口号，大家就以手遮嘴，用了"掩口式"。[11]

说到专制政体的末路，作者拈出"有趣"二字，其鞭挞之力，远胜于严辞十万言。

这真是一个大讽刺。刺的是谁，不问也罢，但可见讽刺也还不是"梦呓"，质之黄脸干儿们，不知以为何如？

六月二十八日

注 释

1 发表于1933年7月11日《申报·自由谈》，署名孺牛。后编入《准风月谈》。

2 **烧书** 希特勒于1933年上台后，即实行文化专制政策，组织了大规模的焚书运动。5月10日晚，柏林的一些大学生组织和“希特勒青年团”便烧毁了两万册书籍。政府当局还曾组织全国三十多所大学举行“焚书日”。下文说的中国的论者，当指1933年6月23日《申报》副刊《春秋》发表的署名瞻庐的《焚书》一文，其中说，“秦始皇的政策现在流传到外国去了”，“善学嬴秦的莫如德国”。

3 **秦始皇烧过书** 据《史记·秦始皇本纪》，始皇三十四年（前213），丞相李斯向秦始皇建议：“史官非秦记，皆烧之。非博士官所职，天下敢有藏《诗》、《书》、百家语者，悉诣守尉杂烧之。有敢偶语《诗》《书》者，弃市。以古非今者，族。吏见知不举者，与同罪。令下三十日，不烧，黥为城旦。所不去者，医药、卜筮、种树之书。若欲有学法令，以吏为师。”建议为秦始皇所采纳，是为著名的“焚书坑儒”的由来。

4 **“客卿”** 战国时，任用他国人担任官职，称为客卿。

5 关于秦人重儿童，赵人重妇女，可参见《史记·扁鹊列传》。

6 **“剧秦”** 短促的秦朝。

7 **车同轨，书同文** 秦始皇统一中国后，规定车轨一致，又把秦国的小篆作为标准字体推行。此外，他还统一了货币和度量衡。

8 **亚历山德府** 即亚历山大，埃及最大的港口城市，因亚历山大大帝兴建而得名。曾为托勒密王国（前305—前30）的首都，是地中海东部政治、经济和文化的中心。公元前48年罗马人入侵，焚毁该城图书馆藏书；其残存部分，据传在641年又被阿拉伯人烧毁。

9 **《可兰经》** 即《古兰经》，伊斯兰教经典。该教创立者穆罕默德在二十三年传教过程中，作为真主安拉的启示陆续颁布的经文，生前有零星记录，经后人整理成书行世为《古兰经》。“古兰”为阿拉伯语“诵读”之意。

10 **对讽刺文字放出讽刺的冷箭** 指1933年6月11日《大晚报·火炬》发表的法鲁的《到底要不要自由》一类文字，该文对没有写作自由而被迫使用“弯弯曲曲”的笔法的作者进行嘲讽。可参看《伪自由书·后记》。

11 希特勒执政后，策划德奥合并，奥地利的法西斯政党国社党也希望合并于德国。奥总理陶尔斐斯对此表示反对，下令除国旗外禁止悬挂一切政党旗帜，随后又解散国社党，禁止佩戴该党党徽，禁呼该党口号。于是，一些国社党员改用黑红白三色玫瑰花代替该党的卐标志；或直立举右手，用左手掩口，作为呼口号的象征性表示。

小品文的危机[1]

仿佛记得一两月之前，曾在一种日报上见到记载着一个人的死去的文章，说他是收集“小摆设”的名人，临末还有依稀的感喟，以为此人一死，“小摆设”的收集者在中国怕要绝迹了。

但可惜我那时不很留心，竟忘记了那日报和那收集家的名字。

现在的新的青年恐怕也大抵不知道什么是“小摆设”了。但如果他出身旧家，先前曾有玩弄翰墨的人，则只要不很破落，未将觉得没用的东西卖给旧货担，就也许还能在尘封的废物之中，寻出一个小小的镜屏，玲珑剔透的石块，竹根刻成的人像，古玉雕出的动物，锈得发绿的铜铸的三脚癞虾蟆：这就是所谓“小摆设”。先前，它们陈列在书房里的时候，是各有其雅号的，譬如那三脚癞虾蟆，应该称为“蟾蜍砚滴”之类，最末的收集家一定都知道，现在呢，可要和它的光荣一同消失了。

那些物品，自然决不是穷人的东西，但也不是达官富翁家的陈设，他们所要的，是珠玉扎成的盆景，五彩绘画的磁瓶。那只是所谓士大夫的“清玩”。在外，至少必须有几十亩膏腴的田地，在家，必须有几间幽雅的书斋；就是流寓上海，也一定得生活较为安闲，在客栈里有文学是时代环境的产物。文学倘若脱离环境，甚至走向时代要求的反面，那么它是畸变的，反动的。要评价作家和作品，必先评估其所处的时代。

一间长包的房子，书桌一顶，烟榻一张，瘾足心闲，摩挲赏鉴。然而这境地，现在却已经被世界的险恶的潮流冲得七颠八倒，像狂涛中的小船似的了。

然而就是在所谓“太平盛世”罢，这“小摆设”原也不是什么重要的物品。在方寸的象牙版上刻一篇《兰亭序》[2]，至今还有“艺术品”之称，但倘将这挂在万里长城的墙头，或供在云冈[3]的丈八佛像的足下，它就渺小得看不见了，即使热心者竭力指点，也不过令观者生一种滑稽之感。何况在风沙扑面，狼虎成群的时候，谁还有这许多闲工夫，来赏玩琥珀扇坠，翡翠戒指呢。他们即使要悦目，所要的也是耸立于风沙中的大建筑，要坚固而伟大，不必怎样精；即使要满意，所要的也是匕首和投枪，要锋利而切实，用不着什么雅。

大时代——按鲁迅对于大时代的可生可死的定义，一个转型的时代就是大时代——需要粗犷美。

美术上的“小摆设”的要求，这幻梦是已经破掉了，那日报上的文章的作者，就直觉的地知道。然而对于文学上的“小摆设”——“小品文”的要求，却正在越加旺盛起来，要求者以为可以靠着低诉或微吟，将粗犷的人心，磨得渐渐的平滑。这就是想别人一心看着《六朝文絜》[4]，而忘记了自己是抱在黄河决口之后，淹得仅仅露出水面的树梢头。

但这时却只用得着挣扎和战斗。

在中国，挣扎和战斗是一种历史性要求。

而小品文的生存，也只仗着挣扎和战斗的。晋朝的清言[5]，早和它的朝代一同消歇了。唐末诗风衰落，而小品放了光辉。但罗隐[6]的《谗书》，几乎全部是抗争和愤激之谈；皮日休和陆龟蒙[7]自以为隐士，别人也称之为隐士，而看他们在《皮子文薮》和《笠泽丛书》中的小品文，并没有忘记天下，正是一榻胡涂的泥塘里的光彩和锋铓。明末的小品[8]虽然比较的颓放，却并非全是吟风弄月，其中有不平，有讽刺，有攻击，有破坏。这种作风，也触着了满洲君臣的心病，费去许多助虐的武将的刀锋，帮闲的文臣的笔锋，直到乾隆年间，这才压制下去了。以后呢，就来了“小摆设”。

中国小品文史。

“小摆设”当然不会有大发展。到五四运动的时候，才又来了一个展开，散文小品的成功，几乎在小说戏曲和诗歌之上。这之中，自然含着挣扎和战斗，但因为常常取法于英国的随笔（Essay），所以也带一点幽默和雍容；写法也有漂亮和缜密的，这是为了对于旧文学的示威，在表示旧文学之自以为特长者，白话文学也并非做不到。以后的路，本来明明是更分明的挣扎和战斗，因为这原是萌芽于“文学革命”以至“思想革命”的。但现在的趋势，却在特别提倡那和旧文章相合之点，雍容，漂亮，缜密，就是要它成为“小摆设”，供雅人的摩挲，并且想青年摩挲了这“小摆设”，由粗暴而变为风雅了。

然而现在已经更没有书桌；雅片虽然已经公卖，烟具是禁止的，吸起来还是十分不容易。想在战地或灾区里的人们来鉴赏罢——谁都知道是更奇怪的幻梦。这种小品，上海虽正在盛行，茶话酒谈，遍满小报的摊子上，但其实是正如烟花女子，已经不能在弄堂里拉扯她的生意，只好涂脂抹粉，在夜里躄到马路上来了。

对于杂文，在鲁迅看来，除却“匕首”“投枪”的作用，并不排斥“愉快和休息”之类，而且认为是必须的（因为可作“劳作和战斗之前的准备”）；但是与此同时，他又强调与“小摆设”的区别。

小品文就这样的走到了危机。但我所谓危机，也如医学上的所谓“极期”（Krisis）一般，是生死的分歧，能一直得到死亡，也能由此至于恢复。麻醉性的作品，是将与麻醉者和被麻醉者同归于尽的。生存的小品文，必须是匕首，是投枪，能和读者一同杀出一条生存的血路的东西；但自然，它也能给人愉快和休息，然而这并不是“小摆设”，更不是抚慰和麻痹，它给人的愉快和休息是休养，是劳作和战斗之前的准备。

八月二十七日。

注　释

1　发表于1933年10月《现代》第3卷第6号。后编入《南腔北调集》。

2《兰亭序》　行书法帖。又名《兰亭集序》，晋代王羲之作并书。王羲之（321—379），东晋书法家。

3　云冈　指云冈石窟，在山西大同武周山南麓，建于北魏时期。现存洞窟五十三个，造像五万一千余尊，洞窟中最大的佛像高达十七米。

4 《六朝文絜》 六朝骈体文选集，清代许梿编选。

5 清言 犹“清谈”，也称“玄言”、“玄谈”或“谈玄”。魏晋时期崇尚虚无、空谈名理的一种风气。始于三国时魏国何晏、夏侯玄、王弼等，上承汉末清议，从品评人物到以谈玄为主，即以《周易》《老子》《庄子》等“三玄”内容解释儒家经义，摒弃世务，专谈本末、体用、有无、性命等抽象玄理；晋代因有王衍等人倡行，此风更盛。东晋佛学兴起，及后渐衰。

6 罗隐（833—909） 唐文学家，字昭谏，杭州新城（今浙江富阳）人。所著诗文，多讽刺现实，笔锋犀利。著有诗集《甲乙集》及《谗书》等，清人辑有《罗昭谏集》。

7 皮日休（838—约883） 唐文学家。字袭美，襄阳（今湖北襄樊）人，曾参加黄巢起义军。诗文与陆龟蒙齐名，并称“皮陆”。著有《皮子文薮》。陆龟蒙（？—约881） 唐文学家。字鲁望，姑苏（今江苏苏州）人。著有《笠泽丛书》《甫里集》。

8 明末的小品 指晚明公安派作家袁宏道三兄弟及竟陵派钟惺、谭元春、张岱等人的小品文。

文摊秘诀十条[1]

作者在《辩“文人无行”》一文中指出，这些被称为无行文人者的卑劣阴险的来源，乃在于“文人无文”。

这类文人的种子，至今不绝，“文摊秘诀”亦可再行补充若干条。所谓“文人”也者，其实是“一群‘商人与贼’的混血儿”。

一，须竭力巴结书坊老板，受得住气。

二，须多谈胡适之之流，但上面应加“我的朋友”四字，但仍须讥笑他几句。

三，须设法办一份小报或期刊，竭力将自己的作品登在第一篇，目录用二号字。

四，须设法将自己的照片登载杂志上，但片上须看见玻璃书箱一排，里面都是洋装书，而自己则作伏案看书，或默想之状。

五，须设法证明墨翟是一只黑野鸡，或杨朱是澳洲人[2]，并且出一本“专号”。

六，须编《世界文学家辞典》一部，将自己和老婆儿子，悉数详细编入。

七，须取《史记》或《汉书》中文章一篇，略改字句，用自己的名字出版，同时又编《世界史学家辞典》一部，办法同上。

八，须常常透露目空一切的口气。

九，须常常透露游欧或游美的消息。

十，倘有人作文攻击，可说明此人曾来投稿，不予登载，所以挟嫌报复。

注　释

1　发表于1933年3月20日上海《申报·自由谈》，署名孺牛。后编入《集外集拾遗补编》。

2　**墨翟**（前468—前376）　即墨子，鲁国人，春秋战国之际思想家，墨家学派的创始者。**杨朱**　即杨子，魏国人，战国初期思想家。因无著作传世，生平事迹已不可考。胡怀琛曾于1928年先后在《东方杂志》发表《墨翟为印度人辨》和《墨翟续辨》两文，据墨字本义为黑，“翟”“狄”同音，便断言墨翟为印度人。这里所说，是对此类“考据学”的讽刺。

“中国文坛的悲观”[1]

文雅书生中也真有特别善于下泪的人物，说是因为近来中国文坛的混乱[2]，好像军阀割据，便不禁“呜呼”起来了，但尤其痛心诬陷。

斗争是一种客观存在。否定斗争，对于政客式人物来说，很可能出于麻痹对方的策略；而对学者一流来说，倘不是因为昏庸，便是借此摆绅士架子，装出一副“宽容”模样。

其实是作文“藏之名山”的时代一去，而有一个“坛”，便不免有斗争，甚而至于谩骂，诬陷的。明末太远，不必提了；清朝的章实斋和袁子才[3]，李莼客和赵扮叔[4]，就如水火之不可调和；再近些，则有《民报》和《新民丛报》之争[5]，《新青年》派和某某派之争[6]，也都非常猛烈。当初又何尝不使局外人摇头叹气呢，然而胜负一明，时代渐远，战血为雨露洗得干干净净，后人便以为先前的文坛是太平了。在外国也一样，我们现在大抵只知道嚣俄和霍普德曼[7]是卓卓的文人，但当时他们的剧本开演的时候，就在戏场里捉人，打架，较详的文学史上，还载着打架之类的图。

所以，无论中外古今，文坛上是总归有些混乱，使文雅书生看得要“悲观”的。但也总归有许多所谓文人和文章也者一定灭亡，只有配存在者终于存在，以证明文坛也总归还是干净的处所。增加混乱的倒是有些悲观论者，不施考察，不加批判，但用“彼亦一是非，此亦一是非”[8]的论调，将一切作者，诋为“一丘之貉”。这样子，扰乱是永远不会收场的。然而世间却并不都这样，一定会有明明白白的是非之别，我们试想一想，林琴南[9]攻击文学革命的小说，为时并不久，现在那里去了？

只有近来的诬陷，倒像是颇为出色的花样，但其实也并不比古时候更厉害，证据是清初大兴文字之狱的遗闻。况且闹这样玩意的，其实并不完全是文人，十中之九，乃是挂了招牌，而无货色，只好化为黑店，出卖人肉馒头的小盗；即使其中偶然有曾经弄过笔墨的人，然而这时却正是露出原形，在告白他自己的没落，文坛决不因此混乱，倒是反而越加清楚，越加分明起来了。

历史决不倒退，文坛是无须悲观的。悲观的由来，是在置身事外不辨是非，而偏要关心于文坛，或者竟是自己坐在没落的营盘里。

八月十日。

注　释

1　发表于1933年8月14日《申报·自由谈》，原题为《悲观无用论》，署名旅隼。后编入《准风月谈》。

2　中国文坛的混乱　1933年8月9日《大晚报·火炬》载有署名小仲的《中国文坛的悲观》一文，其中说：“中国近几年来的文坛，处处都呈现着混乱，处处都是政治军阀割据式的小缩影”，“文雅的书生，都变成狰狞面目的凶手”，“把不相干的帽子硬套在你的头上……直冤屈到你死！”还慨叹道：“呜呼！中国的文坛！”

3 **章实斋**（1738—1801） 清代史学家。名学诚，字实斋，浙江会稽（今绍兴）人。所著《文史通义》，为史学理论名著；1922年有《章氏遗书》刊行。**袁子才**（1716—1798） 清代诗人。名枚，字子才，浙江钱塘（今杭县）人。曾任江宁等地知县，乾隆十三年（1748）辞官，定居江宁（今南京市）。辞官后筑园林于小仓山，号随园。论诗主张性灵，对汉儒和程朱理学也有所抨击。著有《小仓山房集》《随园诗话》《子不语》等。袁枚死后，章学诚在《丁巳札记》内攻击他为“无耻妄人，以风流自命，蛊惑士女”。此外，《妇学》《妇学篇书后》《书坊刻诗话后》等等，也都是攻击袁枚的。

4 **李莼客**（1830—1894） 清末学者、文学家。名慈铭，号莼客，浙江会稽人。著述中以《越缦堂日记》为著名。**赵㧑叔**（1829—1884） 清末篆刻家、书画家、文学家。名之谦，字撝叔，浙江会稽人。李慈铭在《越缦堂日记》中常称赵之谦为“妄人”，“亡赖险诈，素不知书”，“鬼蜮之面而狗彘之心”。

5 **《民报》和《新民丛报》之争** 指清末同盟会机关报《民报》同梁启超主办的《新民丛报》关于民主革命与君主立宪，以及“土地国有”等重大问题展开的论争。

6 **《新青年》派和某某派之争** 指《新青年》派和反对新文化运动的其他派别的论争。

7 **嚣俄** 通译雨果（Victor Hugo，1802—1885），法国作家。著有长篇小说《巴黎圣母院》《悲惨世界》《九三年》等。他的剧作《欧那尼》于1830年2月25日在巴黎法兰西剧院上演时，剧场充满支持者的鼓掌声、喝彩声和反对者的嘘声、吵闹声，演出最后取得成功。**霍普德曼**（G.Hauptmann，1862—1946） 通译霍普特曼，德国剧作家，获1912年诺贝尔文学奖。他一生写作剧本共三十余部，其中以《织工》最为著名，是德国自然主义文学的代表性人物。1889 年 10 月 20 日，他的剧作《日出之前》在柏林自由剧院首演时，拥护者和反对者发生严重对立和冲突，并由此引发关于自然主义的争论。

8 “彼亦一是非，此亦一是非” 语见《庄子·齐物论》。

9 林琴南（1852—1924） 翻译家。名纾，字琴南，福建闽县（今属福州市）人。清光绪八年（1882）举人，早年参加维新运动，曾为京师大学堂教习，推崇桐城派古文，也写过一些通俗文学作品。根据他人口述，他用文言翻译欧美文学作品一百八十余种，影响极大。在五四新文化运动中，他采取复古主义立场，是有名的反对派人物。他攻击以白话文为标志的新文化运动，撰有小说《荆生》《妖梦》二篇，发表在上海《新申报》上，影射、攻击白话文学的倡导者，用语十分恶毒。

“京派”与“海派”[1]

“京派”与“海派”虽然是地域文化的划分，但亦可以读作“官派”与“商派”，或“传统派”与“现代派”。在现代社会里，“官的帮闲”与“商的帮忙”实在很难判然区分，却是常常混杂在一起。

对被学者戴上“激进主义”恶谥的五四运动，鲁迅多次予以肯定，这里称之为“好好的一场恶斗”，在《出了象牙之塔》的《后记》中，鲁迅有一段

自从北平某先生[2]在某报上有扬“京派”而抑“海派”之言，颇引起了一番议论。最先是上海某先生[3]在某杂志上的不平，且引别一某先生的陈言，以为作者的籍贯，与作品并无关系，要给北平某先生一个打击。

其实，这是不足以服北平某先生之心的。所谓“京派”与“海派”，本不指作者的本籍而言，所指的乃是一群人所聚的地域，故“京派”非皆北平人，“海派”亦非皆上海人。梅兰芳[4]博士，戏中之真正京派也，而其本贯，则为吴下。但是，籍贯之都鄙，固不能定本人之功罪，居处的文陋，却也影响于作家的神情，孟子曰：“居移气，养移体”[5]，此之谓也。北京是明清的帝都，上海乃各国之租界，帝都多官，租界多商，所以文人之在京者近官，没海者近商，近官者在使官得名，近商者在使商获利，而自己也赖以糊口。要而言之，不过“京派”是官的帮闲，“海派”则是商的帮忙而已。但从官得食者其情状隐，对外尚能傲

然，从商得食者其情状显，到处难于掩饰，于是忘其所以者，遂据以有清浊之分。而官之鄙商，固亦中国旧习，就更使“海派”在“京派”的眼中跌落了。

而北京学界，前此固亦有其光荣，这就是五四运动的策动。现在虽然还有历史上的光辉，但当时的战士，却“功成，名遂，身退”者有之，“身稳”者有之，“身升”者更有之，好好的一场恶斗，几乎令人有“若要官，杀人放火受招安”[6]之感。“昔人已乘黄鹤去，此地空余黄鹤楼”[7]，前年大难临头，北平的学者们所想援以掩护自己的是古文化，而惟一大事，则是古物的南迁，这不是自己彻底的说明了北平所有的是什么了吗？

但北平究竟还有古物，且有古书，且有古都的人民。在北平的学者文人们，又大抵有着讲师或教授的本业，论理，研究或创作的环境，实在是比“海派”来得优越的，我希望着能够看见学术上，或文艺上的大著作。

一月三十日。

话，简直预言了上世纪九十年代海内外，一些学者旨在颠覆五四的“胡说”，极为精警，却长时间被忽略了。他说：“说到中国的改革，第一著自然是扫荡废物，以造成一个使新革命得能诞生的机运。五四运动，本也是这机运的开端罢，可惜来摧折它的很不少。那事后的批评，本国人大抵不冷不热地，或者胡乱地说一通，外国人当初倒颇以为有意义。然而也有攻击的，据云是不顾及国民性和历史，所以无价值。这和中国多数的胡说大致相同，因为他们自身都不是改革者。”五四精神的丧失，本文指出，始于先觉的知识者，也即改革者本身。

注　释

1　发表于1934年2月3日《申报·自由谈》，署名栾廷石。后收入《花边文学》。

2 **北平某先生** 指沈从文（1902—1988），作家、文物研究家。湖南凤凰人。苗族。1928 年在上海与胡也频、丁玲编辑《红与黑》杂志，并参加新月社。1930 年在青岛大学任教。1934 年起先后在北京、天津主编《大公报》文艺副刊。抗战爆发后任教于西南联大。抗战胜利后，在北京大学任教。1949 年后，改从历史文物及工艺美术图案等研究，曾任六、七届全国政协常委。著有《沈从文文集》十二卷及《中国古代服饰研究》等。文中说有扬“京派”而抑“海派”之言，是指他 1933 年 10 月 18 日在《大公报·文艺副刊》发表的《文学者的态度》一文。文中批评一些文人缺乏“认真严肃”的作风，并说这类人“在上海寄生于书店，报馆，官办的杂志，在北京则寄生于大学，中学，以及种种教育机关中”。

3 **上海某先生** 指苏汶（1906—1964），原名戴克崇，笔名杜衡，浙江杭县（今余杭）人。曾任《现代》主编，还参与创办编辑过《星火》《新文艺》杂志等。二十世纪三十年代，发表文章自称“第三种人”，批评左翼文学运动。鲁迅多次著文批评“第三种人”理论。本文所说，是指苏汶回应沈从文的文章《文人在上海》，发表于 1933 年 12 月《现代》月刊第 4 卷第 2 期，文中为上海文人辩护，不满于沈从文“不问一切情由而用‘海派文人’这名词把所有居留在上海的文人一笔抹杀”。文中还提到鲁迅，说：“仿佛记得鲁迅先生说过，连个人的极偶然而且往往不由自主的姓名和籍贯，都似乎也可以构成罪状而被人所讥笑，嘲讽。”

4 **梅兰芳**（1894—1961） 京剧表演艺术家。名澜，字畹华，江苏泰州人。1930 年赴美国演出时，美国波摩那大学及南加州大学曾授予文学博士的荣誉学位。代表作有《宇宙锋》《贵妃醉酒》《霸王别姬》等，著有《梅兰芳文集》《舞台生活四十年》。

5 **“居移气，养移体”** 语见《孟子·尽心》。

6 **“若要官，杀人放火受招安”** 语出宋代庄季裕《鸡肋编》。

7 语出唐代诗人崔颢《黄鹤楼》诗。全诗云：“昔人已乘黄鹤去，此地空余黄鹤楼。黄鹤一去不复返，白云千载空悠悠。晴川历历汉阳树，芳草萋萋鹦鹉洲。日暮乡关何处是，烟波江上使人愁。”

北人与南人[1]

这是看了“京派”与“海派”的议论之后，牵连想到的——

北人的卑视南人，已经是一种传统。这也并非因为风俗习惯的不同，我想，那大原因，是在历来的侵入者多从北方来，先征服中国之北部，又携了北人南征，所以南人在北人的眼中，也是被征服者。

二陆[2]入晋，北方人士在欢欣之中，分明带着轻薄，举证太烦，姑且不谈罢。容易看的是，羊衒之[3]的《洛阳伽蓝记》中，就常诋南人，并不视为同类。至于元，则人民截然分为四等，一蒙古人，二色目人，三汉人即北人，第四等才是南人，因为他是最后投降的一伙。最后投降，从这边说，是矢尽援绝，这才罢战的南方之强[4]，从那边说，却是不识顺逆，久梗王师的贼。孑遗[5]自然还是投降的，然而为奴隶的资格因此就最浅，因为浅，所以班次就最下，谁都不妨加以卑视了。到清朝，又重理了这一篇账，至今还流衍着余波；如果此后的历史是不再回旋的，那真不独是南人的如天之福。

当然，南人是有缺点的。权贵南迁[6]，就带了腐败颓废的风气来，北方倒反而干净。性情也不同，有缺点，也有特长，正如北人的兼具二者一样。据我所见，北人的优点是厚重，南人的优点是机灵。但厚重之弊也愚，机灵之弊也狡，所以某先生[7]曾经指出缺点道：北方人是“饱食终日，无所用心”；南方人是“群居终日，言不及义”。就有闲阶级而言，我以为大体是的确的。

文化可以互补。

缺点可以改正，优点可以相师。相书上有一条说，北人南相，南人北相者贵。我看这并不是妄语。北人南相者，是厚重而又机灵，南人北相者，不消说是机灵而又能厚重。昔人之所谓“贵”，不过是当时的成功，在现在，那就是做成有益的事业了。这是中国人的一种小小的自新之路。

地域文化的遗传基因与国民素质的根本改造问题。

不过做文章的是南人多，北方却受了影响。北京的报纸上，油嘴滑舌，吞吞吐吐，顾影自怜的文字不是比六七年前多了吗？这倘和北方固有的“贫嘴”一结婚，产生出来的一定是一种不祥的新劣种！

一月三十日。

注　释

1　发表于1934年2月4日《申报·自由谈》，署名栾廷石。后编入《花边文学》。

2　二陆　指西晋文学家陆机、陆云兄弟。陆机（261—303），字士衡；陆云（262—303），字士龙，吴郡华亭（今上海市松江）人。祖父陆逊、父亲陆抗，皆三国时吴国名将。吴国为晋灭后，二人至晋都洛阳，颇受轻慢。《世说新语·方正》载："卢志（按，北方士族）于众坐，问陆士衡：'陆逊陆抗，是君何物？'"《世说新语·简傲》又载二陆拜访刘道真的情形说："礼毕，初无他言，惟问：'东吴有长柄壶卢，卿得种来不？'陆兄弟殊失望，乃悔往。"

3 **羊衒之** 羊，一作杨，北魏北平（河北满城）人。所著《洛阳伽蓝记》，分城内及四门之外共五篇，追叙北魏盛时洛阳城内外佛寺（伽蓝）的兴隆景象，兼叙尔朱荣乱事及有关的古迹、艺文等。对当时豪门贵族、僧侣地主的骄奢淫逸的生活，也有所讥讽。

4 **南方之强** 语见《中庸》："南方之强也，君子居之。"

5 **孑遗** 指前朝遗民。语出《诗经·大雅·云汉》："周余黎民，靡有孑遗。"

6 **权贵南迁** 指汉族统治者不能抵御北方少数民族的入侵，将都城转移到南方，大批权贵亦随之南迁。如东晋迁都建康（今南京），南宋迁都临安（今杭州），都属于这种现象。

7 **某先生** 指顾炎武（1613—1682），明清之际思想家、学者。字宁人，别号亭林，江苏昆山人。少年时曾参加反对宦官权贵的斗争，清兵入关后，先后参加过南明福王的抗清和昆山人民自发的武装自卫斗争，失败后，仍进行反清活动。晚年卜居华阴，死于曲沃。著有《日知录》《亭林文集》等。文中所引，见于《日知录》卷十三。

论秦理斋夫人事[1]

这几年来，报章上常见有因经济的压迫，礼教的制裁而自杀的记事，但为了这些，便来开口或动笔的人是很少的。只有新近秦理斋夫人[2]及其子女一家四口的自杀，却起过不少的回声，后来还出了一个怀着这一段新闻记事的自杀者[3]，更可见其影响之大了。我想，这是因为人数多。单独的自杀，盖已不足以招大家的青睐了。

一切回声中，对于这自杀的主谋者——秦夫人，虽然也加以恕辞；但归结却无非是诛伐。因为——评论家说——社会虽然黑暗，但人生的第一责任是生存，倘自杀，便是失职，第二责任是受苦，倘自杀，便是偷安。进步的评论家则说人生是战斗，自杀者就是逃兵，虽死也不足以蔽其罪。这自然也说得下去的，然而未免太笼统。

批评家每以“责任”杀人。

反对唱“战斗”高调的批评家。

人间有犯罪学者，一派说，由于环境；一派说，由于个人。现在盛行的是后一说，因为倘信前一派，则消灭罪犯，便得改造环境，事情就麻烦，可怕了。而秦夫人自杀的批判者，则是大抵属于后一派。

诚然，既然自杀了，这就证明了她是一个弱者。但是，怎么会弱的呢？要紧的是我们须看看她的尊翁的信札[4]，为了要她回去，既耸之以两家的名声，又动之以亡人的乩语。我们还得看看她的令弟的挽联："妻殉夫，子殉母……"不是大有视为千古美谈之意吗？以生长及陶冶在这样的家庭中的人，又怎么能不成为弱者？我们固然未始不可责以奋斗，但黑暗的吞噬之力，往往胜于孤军，况且自杀的批判者未必就是战斗的应援者，当他人奋斗时，挣扎时，败绩时，也许倒是鸦雀无声了。穷乡僻壤或都会中，孤儿寡妇，贫女劳人之顺命而死，或虽然抗命，而终于不得不死者何限，但曾经上谁的口，动谁的心呢？真是"自经于沟渎而莫之知也"[5]！

为弱势者鸣不平。

人固然应该生存，但为的是进化；也不妨受苦，但为的是解除将来的一切苦；更应该战斗，但为的是改革。责别人的自杀者，一面责人，一面正也应该向驱人于自杀之途的环境挑战，进攻。倘使对于黑暗的主力，不置一辞，不发一矢，而但向"弱者"唠叨不已，则纵使他如何义形于色，我也不能不说——我真也忍不住了——他其实乃是杀人者的帮凶而已。

境遇伦理学。

五月二十四日。

注　释

1 发表于1934年6月1日《申报·自由谈》，署名公汗。后编入《花边文学》。

2 **秦理斋夫人** 姓龚，名尹霞，《申报》馆英文译员秦理斋之妻。1934年2月25日秦理斋在上海病逝，住在无锡的秦父要她回乡，她因子女在沪读书未能从命，受到秦父严词催迫，便于5月5日同一女二子四人一起服毒自杀。

3 据《申报》1934年5月22日载，上海福华药房店员陈同福于5月20日因经济困难自杀，在他身边发现关于秦理斋夫人自杀的新闻剪报。

4 **她的尊翁的信札** 秦理斋的父亲秦平甫，在4月11日写给龚尹霞的信上说："汝叔翁在申扶乩，理斋降临，要金钱要棉衣；并云眷属不必居沪，当立时回锡。"又说，"尊府家法之美，同里称颂……即令堂太夫人之德冠女宗，而无非以含弘为宗旨：施诸已而不愿亦勿施于人。汝望善体此意，为贤妇为佳女；沪事及早收束，遵理斋之冥示，早日回锡。"

5 **"自经于沟渎而莫之知也"** 语见《论语·宪问》。自经，即自缢。

趋时和复古[1]

半农[2]先生一去世，也如朱湘庐隐[3]两位作家一样，很使有些刊物热闹了一番。这情形，会延得多么长久呢，现在也无从推测。但这一死，作用却好像比那两位大得多：他已经快要被封为复古的先贤，可用他的神主来打“趋时”[4]的人们了。

这一打是有力的，因为他既是作古的名人，又是先前的新党，以新打新，就如以毒攻毒，胜于搬出生锈的古董来。然而笑话也就埋伏在这里面。为什么呢？就为了半农先生先就是一位以“趋时”而出名的人。

古之青年，心目中有了刘半农三个字，原因并不在他擅长音韵学，或是常做打油诗，是在他跳出鸳蝴派[5]，骂倒王敬轩[6]，为一个“文学革命”阵中的战斗者。然而那时有一部分人，却毁之为“趋时”。时代到底好像有些前进，光阴流过去，渐渐将这谥号洗掉了，自己爬上了一点，也就随和一些，于是终于成为干干净净的名人。但是，“人怕出名猪怕壮”，他这时也要成为包起来作为医治新的“趋时”病的药料了。

这并不是半农先生独个的苦境，旧例着实有。广东举人多得很，为什么康有为独独那么有名呢，因为他是公车上书的头儿，戊戌政变的主角，趋时；留英学生也不希罕，严复[7]的姓名还没有消失，就在他先前认真的译过好几部鬼子书，趋时；清末，治朴学[8]的不止太炎[9]先生一个人，而他的声名，远在孙诒让[10]之上者，其实是为了他提倡种族革命，趋时，而且还“造反”。后来“时”也“趋”了过来，他们就成为活的纯正的先贤。但是，晦气也夹屁股跟到，康有为永定为复辟的祖师，袁皇帝要严复劝进，孙传芳[11]大帅也来请太炎先生投壶[12]了。原是拉车前进的好身手，腿肚大，臂膊也粗，这回还是请他拉，拉还是拉，然而是拉车屁股向后，这里只好用古文，“呜呼哀哉，尚飨”[13]了。

我并不在讥刺半农先生曾经“趋时”，我这里所用的是普通所谓“趋时”中的一部分：“前驱”的意思。他虽然自认“没落”[14]，其实是战斗过来的，只要敬爱他的人，多发挥这一点，不要七手八脚，专门把他拖进自己所喜欢的油或泥里去做金字招牌就好了。

八月十三日。

中国近代的革命家往往一到了晚年便“拉车屁股向后”，趋于保守和倒退；能保持早年革命的锐气者，世所罕见。

“趋时”本贬词，这里作褒词，主张投身于时代变革之中，以积极的姿态推动社会进步，也即“前驱”之意。但说这是词义的“一部分”者，盖因作者反对一味迎合时尚；作为启蒙思想家，一样常有类似后来德国法兰克福学派的“大众文化批判”的思想。

注 释

1 发表于1934年8月15日《申报·自由谈》，署名康伯度。后编入《花边文学》。

2 **半农** 刘半农（1891—1934），诗人，语言学家。名复，江苏省江阴县人。新文化运动期间，为《新青年》积极撰稿人，后参加编辑工作。1920年春赴法留学，专攻语音学，获文学博士学位。1925年回国，任北京大学教授。著有《半农杂文》《扬鞭集》以及《中国文法通论》等。

3 **朱湘**（1904—1933） 诗人。字子沅，安徽太湖人。曾在清华大学读书，1927年留学美国，回国后任安徽大学英语文学系主任。1932年辞职赴沪，生活穷困，后投江自杀。著有诗集《草莽集》等。**庐隐**（1898—1934） 小说家。原名黄英，福建闽侯人。1919年入读北京女子高等师范学校，毕业后曾在安徽、上海、北京等地中学执教。1921年开始创作，多表现青年的爱情追求和精神苦闷，文笔凄婉。死于难产。著有《海滨故人》《归雁》等。

4 **"趋时"** 林语堂于1934年7月21日《人间世》第8期发表《时代与人》一文，讥笑进步人士说："所以趋时虽然要紧，保持人的本性也一样要紧。"

5 **鸳蝴派** 即鸳鸯蝴蝶派，兴起于清末民初，叙说才子佳人故事以迎合小市民趣味。因《礼拜六》周刊多载这类作品，故也称礼拜六派。

6 **骂倒王敬轩** 1918年初，《新青年》为推动文学革命运动，由编辑钱玄同化名王敬轩，摹仿复古派的口吻写信给《新青年》编辑部，再由刘半农写回信加以批驳。两信同时发表于《新青年》第4卷第3号。

7 **严复**（1853—1921） 字又陵，启蒙思想家、翻译家。福建侯官（今福州市）人。清光绪三年（1877）留学英国海军学校，回国后任教于福建船政学堂和天津北洋水师学堂。翻译系列西方自然科学和社会科学名著，以赫胥黎的《天演论》最为著名，鼓吹变法维新。戊戌变法后，思想日趋保守。辛亥革命后任京师大学堂校长，主张尊孔复辟；1915 年参加筹安会，拥护袁世凯称帝。

8 朴学　本谓质朴之学，后世以此称考据训诂之学，也称汉学。语出《汉书·儒林传》。

9 太炎　章炳麟（1869—1936），近代革命家、学者。号太炎，浙江余杭人。早年因参加维新运动遭通缉，流亡台湾、日本等地，后发起成立反清革命团体光复会，又参加同盟会，主编《民报》，积极投入反对清王朝的斗争。辛亥革命以后，思想变动较大，晚年日趋消沉。早年从师俞樾学习经史，一生坚持学术研究，著有《章氏丛书》《章氏丛书续编》《章氏丛书三编》等。

10 孙诒让（1848—1908）　清末朴学家。字仲容，浙江瑞安人，著有《周礼正义》《墨子闲诂》等。

11 孙传芳（1885—1935）　北洋直系军阀。字馨远，山东历城（今济南市）人。留学日本，入陆军士官学校。历任北洋军营长、团长、旅长等职，后发展为直系军阀中最有实力的首领。后被北伐军击败，迁居天津，1935 年被刺死。

12 投壶　古代宴会的一种礼制，也是一种游戏，宾主依次把箭投入壶中，负者饮酒。

13 “呜呼哀哉，尚飨”　旧时祭文中常用的结束语，这里表示完结之意。

14 刘半农自认“没落”的话，见发表于 1934 年 6 月 5 日《人间世》第 5 期的《半农杂文自序》：“要是有人根据了我文章中的某某数点而斥我为‘落伍’，为‘没落’，我是乐于承受的。”

论“人言可畏”[1]

鲁迅文中常有关于人类灵魂不能相通的感慨。

“人言可畏”是电影明星阮玲玉[2]自杀之后，发见于她的遗书中的话。这哄动一时的事件，经过了一通空论，已经渐渐冷落了，只要《玲玉香消记》一停演，就如去年的艾霞[3]自杀事件一样，完全烟消火灭。她们的死，不过像在无边的人海里添了几粒盐，虽然使扯淡的嘴巴们觉得有些味道，但不久也还是淡，淡，淡。

这句话，开初是也曾惹起一点小风波的。有评论者，说是使她自杀之咎，可见也在日报记事对于她的诉讼事件的张扬；不久就有一位记者公开的反驳，以为现在的报纸的地位，舆论的威信，可怜极了，那里还有丝毫主宰谁的运命的力量，况且那些记载，大抵采自经官的事实，绝非捏造的谣言，旧报具在，可以复按。所以阮玲玉的死，和新闻记者是毫无关系的。

这都可以算是真实话。然而——也不尽然。

现在的报章之不能像个报章，是真的；评论的不能逞心而谈，失了威力，也是真的，明眼人决不会过分的责备新闻记者。但是，新闻的威力其实是并未全盘坠地的，它对甲无损，对乙却会有伤；对强者它是弱者，但对更弱者它却还是强者，所以有时虽然吞声忍气，有时仍可以耀武扬威。于是阮玲玉之流，就成了发扬余威的好材料了，因为她颇有名，却无力。小市民总爱听人们的丑闻，尤其是有些熟识的人的丑闻。上海的街头巷尾的老虔婆，一知道近邻的阿二嫂家有野男人出入，津津乐道，但如果对她讲甘肃的谁在偷汉，新疆的谁在再嫁，她就不要听了。阮玲玉正在现身银幕，是一个大家认识的人，因此她更是给报章凑热闹的好材料，至少也可以增加一点销场。读者看了这些，有的想："我虽然没有阮玲玉那么漂亮，却比她正经"；有的想："我虽然不及阮玲玉的有本领，却比她出身高"；连自杀了之后，也还可以给人想："我虽然没有阮玲玉的技艺，却比她有勇气，因为我没有自杀"。化几个铜元就发见了自己的优胜，那当然是很上算的。但靠演艺为生的人，一遇到公众发生了上述的前两种的感想，她就够走到末路了。所以我们且不要高谈什么连自己也并不了然的社会组织或意志强弱的滥调，先来设身处地的想一想罢，那么，大概就会知道阮玲玉的以为"人言可畏"，是真的，或人的以为她的自杀，和新闻记事有关，也是真的。

但新闻记者的辩解，以为记载大抵采自经官的事

本文的锋芒正对新闻舆论界，偏锋所向，却是书报检查制度。

阿Q式的"优胜"：事实上的弱者仍可成为精神的强者。

敢于正视并勇于承认事实是最基本的，倘置事实于不顾而专一高谈精确的"学理"，得其反往往陷于谬误。

实，却也是真的。上海的有些介乎大报和小报之间的报章，那社会新闻，几乎大半是官司已经吃到公安局或工部局去了的案件。但有一点坏习气，是偏要加上些描写，对于女性，尤喜欢加上些描写；这种案件，是不会有名公巨卿在内的，因此也更不妨加上些描写。案中的男人的年纪和相貌，是大抵写得老实的，一遇到女人，可就要发挥才藻了，不是“徐娘半老，风韵犹存”，就是“豆蔻年华，玲珑可爱”。一个女孩儿跑掉了，自奔或被诱还不可知，才子就断定道，“小姑独宿，不惯无郎”，你怎么知道？一个村妇再醮了两回，原是穷乡僻壤的常事，一到才子的笔下，就又赐以大字的题目道，“奇淫不减武则天”[4]，这程度你又怎么知道？这些轻薄句子，加之村姑，大约是并无什么影响的，她不识字，她的关系人也未必看报。但对于一个智识者，尤其是对于一个出到社会上了的女性，却足够使她受伤，更不必说故意张扬，特别渲染的文字了。然而中国的习惯，这些句子是摇笔即来，不假思索的，这时不但不会想到这也是玩弄着女性，并且也不会想到自己乃是人民的喉舌。但是，无论你怎么描写，在强者是毫不要紧的，只消一封信，就会有正误或道歉接着登出来，不过无拳无勇如阮玲玉，可就正做了吃苦的材料了，她被额外的画上一脸花，没法洗刷。叫她奋斗吗？她没有机关报，怎么奋斗；有冤无头，有怨无主，和谁奋斗呢？我们又可以设身处地

从来不曾有人如此指出智识者玩弄女性的特殊手段。

“人民的喉舌”一说，强调智识者，包括新闻记者的社会责任和职业道德。

有意重复此句，突出“人言”或“新闻记事”的杀伤力。

的想一想，那么，大概就又知她的以为“人言可畏”，是真的，或人的以为她的自杀，和新闻记事有关，也是真的。

然而，先前已经说过，现在的报章的失了力量，却也是真的，不过我以为还没有到达如记者先生所自谦，竟至一钱不值，毫无责任的时候。因为它对于更弱者如阮玲玉一流人，也还有左右她命运的若干力量的，这也就是说，它还能为恶，自然也还能为善。“有闻必录”或“并无能力”的话，都不是向上的负责的记者所该采用的口头禅，因为在实际上，并不如此，——它是有选择的，有作用的。

至于阮玲玉的自杀，我并不想为她辩护。我是不赞成自杀，自己也不豫备自杀的。但我的不豫备自杀，不是不屑，却因为不能。凡有谁自杀了，现在是总要受一通强毅的评论家的呵斥，阮玲玉当然也不在例外。然而我想，自杀其实是不很容易，决没有我们不豫备自杀的人们所渺视的那么轻而易举的。倘有谁以为容易么，那么，你倒试试看！

问题是：在强者和弱者之间，智识者当作何种选择？

自然，能试的勇者恐怕也多得很，不过他不屑，因为他有对于社会的伟大的任务。那不消说，更加是好极了，但我希望大家都有一本笔记簿，写下所尽的伟大的任务来，到得有了曾孙的时候，拿出来算一算，看看怎么样。

五月五日。

注 释

1 发表于1935年5月《太白》半月刊第2卷第5期，署名赵令仪。后编入《且介亭杂文二集》。

2 阮玲玉（1910—1935）电影演员。广东中山人。因婚姻问题，受到一些报纸的谤议，结果自杀。

3 艾霞　电影演员，于1934年2月间自杀。

4 武则天（624—705）中国历史上唯一的女皇帝。并州文水（今山西文水县）人。名曌，唐高宗皇后。683年，高宗死，七年后改国号为周，自称皇帝。至705年让位中宗，复唐国号，退位后称“则天大圣皇帝”。

不知肉味和不知水味[1]

今年的尊孔，是民国以来第二次的盛典[2]，凡是可以施展出来的，几乎全都施展出来了。上海的华界虽然接近夷（亦作彝）场[3]，也听到了当年孔子听得“三月不知肉味”的“韶乐”[4]。八月三十日的《申报》报告我们说——

> “廿七日本市各界在文庙举行孔诞纪念会，到党政机关，及各界代表一千余人。有大同乐会演奏中和韶乐二章，所用乐器因欲扩大音量起见，不分古今，凡属国乐器，一律配入，共四十种。其谱一仍旧贯，并未变动。聆其节奏，庄严肃穆，不同凡响，令人悠然起敬，如亲三代以上之承平雅颂，亦即我国民族性酷爱和平之表示也。……”

乐器不分古今，一律配入，盖和周朝的韶乐，该已很有不同。但为“扩大音量起见”，也只能这么办，而且和现在的尊孔的精神，也似乎十分合拍的。“孔子，圣之时者也”[5]，“亦即圣之摩登者也”，要三月不知鱼翅燕窝味，乐器大约决非“共四十种”不可；况且那时候，中国虽然已有外患，却还没有夷场。

不过因此也可见时势究竟有些不同了，纵使“扩大音量”，终于还扩不到乡间，同日的《中华日报》上，就记着一则颇伤“承平雅颂，亦即我国民族性酷爱和平之表示”的体面的新闻，最不凑巧的是事情也出在二十七——

“(宁波通讯)余姚入夏以来，因天时亢旱，河水干涸，住民饮料，大半均在河畔开凿土井，借以汲取，故往往因争先后，而起冲突。廿七日上午，距姚城四十里之朗霞镇后方屋地方，居民杨厚坤与姚士莲，又因争井水，发生冲突，互相加殴。姚士莲以烟筒头猛击杨头部，杨当即昏倒在地。继姚又以木棍石块击杨中要害，竟遭殴毙。迨邻近闻声施救，杨早已气绝。而姚士莲见已闯祸，知必不能免，即乘机逃避……”

闻韶，是一个世界，口渴，是一个世界。食肉而不知味，是一个世界，口渴而争水，又是一个世界。自然，这中间大有君子小人之分，但“非小人无以养君子”[6]，到底还不可任凭他们互相打死，渴死的。

听说在阿拉伯，有些地方，水已经是宝贝，为了喝水，要用血去换。“我国民族性”是“酷爱和平”的，想必不至于如此。但余姚的实例却未免有点怕人，所以我们除食肉者听了而不知肉味的“韶乐”之外，还要不知水味者听了而不想水喝的“韶乐”。

八月二十九日。[7]

两个世界。

“非小人无以养君子”，似乎颇为君子计，故而文末说是两种韶乐都要：一种是食肉者（君子）听了而不知肉味的韶乐，一种是不知水味者（小人）听了而不想水喝的韶乐。实际上，这样的韶乐不可能存在于世间，所谓的“承平雅颂”，自然成了伟大的空话。

注 释

1 发表于1934年9月上海《太白》半月刊第1卷第1期，署名公汗。后编入《且介亭杂文》。

2 **民国以来第二次的盛典** 1934年7月，国民党政府根据蒋介石提议，下令以8月27日孔子诞辰为“国定纪念日”。当时南京、上海等地都曾举行盛大的“孔诞纪念会”。北洋政府时期，袁世凯首次颁布祀孔令，并于1914年9月28日在北京主持祭礼，是为第一次盛典。

3 **夷场** 租界。夷，中国古代称东方各族，后泛指四方少数民族，亦用以称外国人。清朝讳言夷狄，夷场亦作彝场。

4 **“韶乐”** 虞舜时乐曲名。《论语·述而》有“子在齐闻韶，三月不知肉味”的记载。

5 **“孔子，圣之时者也”** 语出《孟子·万章》。

6 **“非小人无以养君子”** 语出《孟子·滕文公》。

7 本文发表时未署写作日期，据《鲁迅日记》1934年8月31日记，此处所记有误。

写于深夜里[1]

一　珂勒惠支[2]教授的版画之入中国

沉默的意义。

野地上有一堆烧过的纸灰，旧墙上有几个划出的图画，经过的人是大抵未必注意的，然而这些里面，各各藏着一些意义，是爱，是悲哀，是愤怒，……而且往往比叫了出来的更猛烈。也有几个人懂得这意义。

一九三一年——我忘了月份了——创刊不久便被禁止的杂志《北斗》[3]第一本上，有一幅木刻画，是一个母亲，悲哀的闭了眼睛，交出她的孩子去。这是珂勒惠支教授（Prof. Kaethe Kollwitz）的木刻连续画《战争》的第一幅，题目叫作《牺牲》；也是她的版画绍介进中国来的第一幅。

这幅木刻是我寄去的，算是柔石[4]遇害的纪念。他是我的学生和朋友，一同绍介外国文艺的人，尤喜欢木刻，曾经编印过三本欧美作家的作品，虽然印得不大好。然而不知道为了什么，突然被捕了，不久就在龙华和别的五个青年作家[5]同时枪毙。当时的报章上毫无记载，大约是不敢，也不能记载，然而许多人都明白他不在人间了，因为这是常有的事。只有他那双目失明的母亲，我知道她一定还以为她的爱子仍在上海翻译和校对。偶然看到德国书店的目录上有这幅《牺牲》，便将它投寄《北斗》了，算是我的无言的纪念。然而，后来知道，很有一些人是觉得所含的意义的，不过他们大抵以为纪念的是被害的全群。

平淡道来，尤觉沉痛。

这时珂勒惠支教授的版画集正在由欧洲走向中国的路上，但到得上海，勤恳的绍介者却早已睡在土里了，我们连地点也不知道。好的，我一个人来看。这里面是穷困，疾病，饥饿，死亡……自然也有挣扎和争斗，但比较的少；这正如作者的自画像，脸上虽有憎恶和愤怒，而更多的是慈爱和悲悯的相同。这是一切“被侮辱和被损害的”[6]的母亲的心的图像。这类母亲，在中国的指甲还未染红的乡下，也常有的，然而人往往嗤笑她，说做母亲的只爱不中用的儿子。但我想，她是也爱中用的儿子的，只因为既然强壮而有能力，她便放了心，去注意“被侮辱的和被损害的”孩子去了。

现在就有她的作品的复印二十一幅，来作证明；并且对于中国的青年艺术学徒，又有这样的益处的——

一，近五年来，木刻已颇流行了，虽然时时受着迫害。但别的版画，较成片段的，却只有一本关于卓伦（Anders Zorn）[7] 的书。现在所绍介的全是铜刻和石刻，使读者知道版画之中，又有这样的作品，也可以比油画之类更加普遍，而且看见和卓伦截然不同的技法和内容。

鲁迅的阶级论。

二，没有到过外国的人，往往以为白种人都是对人来讲耶稣道理或开洋行的，鲜衣美食，一不高兴就用皮鞋向人乱踢。有了这画集，就明白世界上其实许多地方都还存在着“被侮辱和被损害的”人，是和我们一气的朋友，而且还有为这些人们悲哀，叫喊和战斗的艺术家。

鲁迅的平民性。

三，现在中国的报纸上多喜欢登载张口大叫着的希特拉像，当时是暂时的，照相上却永久是这姿势，多看就令人觉得疲劳。现在由德国艺术家的画集，却看见了别一种人，虽然并非英雄，却可以亲近，同情，而且愈看，也愈觉得美，愈觉得有动人之力。

鲁迅的艺术观。

四，今年是柔石被害后的满五年，也是作者的木刻第一次在中国出现后的第五年；而作者，用中国式计算起来，她是七十岁了，这也可以算作一个纪念。作者虽然现在也只能守着沉默，但她的作品，却更多的在远东的天下出现了。是的，为人类的艺术，别的力量是阻挡不住的。

二　略论暗暗的死

这几天才悟到，暗暗的死，在一个人是极其惨苦的事。

中国在革命以前，死囚临刑，先在大街上通过，于是他或呼冤，或骂官，或自述英雄行为，或说不怕死。到壮美时，随着观看的人们，便喝一声采，后来还传述开去。在我年青的时候，常听到这种事，我总以为这情形是野蛮的，这办法是残酷的。

新近在林语堂[8]博士编辑的《宇宙风》里，看到一篇铢堂[9]先生的文章，却是别一种见解。他认为这种对死囚喝采，是崇拜失败的英雄，是扶弱，“理想是不能不算崇高。然而在人群的组织上实在要不得。抑强扶弱，便是永远不愿意有强。崇拜失败英雄，便是不承认成功的英雄。”所以使“凡是古来成功的帝王，欲维持几百年的威力，不定得残害几万几十万无辜的人，方才能博得一时的慑服”。

残害了几万几十万人，还只“能博得一时的慑服”，为“成功的帝王”设想，实在是大可悲哀的：没有好法子。不过我并不想替他们划策，我所由此悟到的，乃是给死囚在临刑前可以当众说话，倒是“成功的帝王”的恩惠，也是他自信还有力量的证据，所以他有胆放死囚开口，给他在临死之前，得到一个自夸的陶醉，大家也明白他的收场。我先前只以为“残

独自咬嚼死者的寂寞：一种“暗暗的死”。

酷”，还不是确切的判断，其中是含有一点恩惠的。我每当朋友或学生的死，倘不知时日，不知地点，不知死法，总比知道的更悲哀和不安；由此推想那一边，在暗室中毕命于几个屠夫的手里，也一定比当众而死的更寂寞。

然而“成功的帝王”是不秘密杀人的，他只秘密一件事：和他那些妻妾的调笑。到得就要失败了，才又增加一件秘密：他的财产的数目和安放的处所；再下去，这才加到第三件：秘密的杀人。这时他也如铢堂先生一样，觉得民众自有好恶，不论成败的可怕了。

暗指沦为秘密杀人的政府的末日。

所以第三种秘密法，是即使没有策士的献议，也总有一时要采用的，也许有些地方还已经采用。这时街道文明了，民众安静了，但我们试一推测死者的心，却一定比明明白白而死的更加惨苦。我先前读但丁的《神曲》，到《地狱》篇，就惊异于这作者设想的残酷，但到现在，阅历加多，才知道他还是仁厚的了：他还没有想出一个现在已极平常的惨苦到谁也看不见的地狱来。

如此愤苦之辞，实在为中国作家所不能道。

三　一个童话

看到二月十七日的《DZZ》[10]，有为纪念海涅（H. Heine）[11]死后八十年，勃莱兑勒（Willi Bredel）[12]所作的《一个童话》，很爱这个题目，也来写一篇。

有一个时候，有一个这样的国度。权力者压服了人民，但觉得他们倒都是强敌了，拼音字好像机关枪，木刻好像坦克车；取得了土地，但规定的车站上不能下车。地面上也不能走了，总得在空中飞来飞去；而且皮肤的抵抗力也衰弱起来，一有紧要的事情，就伤风，同时还传染给大臣们，一齐生病。

专制统治者往往得神经衰弱症。

出版有大部的字典，还不止一部，然而是都不合于实用的，倘要明白真情，必须查考向来没有印过的字典。这里面很有新奇的解释，例如："解放"就是"枪毙"；"托尔斯泰主义"就是"逃走"；"官"字下注云："大官的亲戚朋友和奴才"；"城"字下注云："为防学生出入而造的高而坚固的砖墙"；"道德"条下注云："不准女人露出臂膊"；"革命"条下注云："放大水入田地里，用飞机载炸弹向'匪贼'头上掷之也。"

出版有大部的法律，是派遣学者，往各国采访了现行律，摘取精华，编纂而成的，所以没有一国，能有这部法律的完全和精密。但卷头有一页白纸，只有见过没有印出的字典的人，才能够看出字来，首先计三条：一，或从宽办理；二，或从严办理；三，或有时全不适用之。

奥威尔著《1984》中的"新词"。

自然有法院，但曾在白纸上看出字来的犯人，在开庭时候是决不抗辩的，因为坏人才爱抗辩，一辩即不免"从严办理"；自然也有高等法院，但曾在白纸上看出字来的人，是决不上诉的，因为坏人才爱上诉，一上诉即不免“从严办理”。

有一天的早晨，许多军警围住了一个美术学校。校里有几个中装和西装的人在跳着，翻着，寻找着，跟随他们的也是警察，一律拿着手枪。不多久，一位西装朋友就在寄宿舍里抓住了一个十八岁的学生的肩头。

“现在政府派我们到你们这里来检查，请你……”

“你查罢！”那青年立刻从床底下拖出自己的柳条箱来。

这里的青年是积多年的经验，已颇聪明了的，什么也不敢有。但那学生究竟只有十八岁，终于被在抽屉里，搜出几封信来了，也许是因为那些信里面说到他的母亲的困苦而死，一时不忍烧掉罢。西装朋友便子子细细的一字一字的读着，当读到“……世界是一台吃人的筵席，你的母亲被吃去了，天下无数无数的母亲也会被吃去的……”的时候，就把眉头一扬，摸出一枝铅笔来，在那些字上打着曲线，问道：

“这是怎么讲的？”

“…………”

“谁吃你的母亲？世上有人吃人的事情吗？我们吃你的母亲？好！”他凸出眼珠，好像要化为枪弹，打了过去的样子。

“那里！……这……那里！……这……”青年发急了。

但他并不把眼珠射出去，只将信一折，塞在衣袋里；又把那学生的木版，木刻刀和拓片，《铁流》，《静静的顿河》[13]，剪贴的报，都放在一处，对一个警察说：

“我把这些交给你！”

“这些东西里有什么呢，你拿去？”青年知道这并不是好事情。

但西装朋友只向他瞥了一眼，立刻顺手一指，对别一个警察命令道：

“我把这个交给你！”

警察的一跳好像老虎，一把抓住了这青年的背脊上的衣服，提出寄宿舍的大门口去了。门外还有两个年纪相仿的学生，背脊上都有一只勇壮巨大的手在抓着。旁边围着一大层教员和学生。

四　又是一个童话

有一天的早晨的二十一天之后，拘留所里开审了。一间阴暗的小屋子里，上面坐着两位老爷，一东一西。东边的一个是马褂，西边的一个是西装，不相信世上有人吃人的事情的乐天派，录口供的。警察吆喝着连抓带拖的弄进一个十八岁的学生来，苍白脸，脏衣服，站在下面。马褂问过他的姓名，年龄，籍贯之后，就又问道：

“你是木刻研究会的会员么？”

“是的。”

“谁是会长呢？”

“Ch……正的，H……副的。”

“他们现在在那里？”

“他们都被学校开除了，我不晓得。”

“你为什么要鼓动风潮呢，在学校里？”

“阿！……”青年只惊叫了一声。

“哼。”马褂随手拿出一张木刻的肖像来给他看，“这是你刻的吗？”

“是的。”

“刻的是谁呢？”

“是一个文学家。”

“他叫什么名字？”

“他叫卢那却尔斯基[14]。”

“他是文学家？——他是那一国人？”

“我不知道！”这青年想逃命，说谎了。

“不知道？你不要骗我！这不是露西亚[15]人吗？这不是明明白白的露西亚红军军官吗？我在露西亚的革命史上亲眼看见他的照片的呀！你还想赖？”

“那里！”青年好像头上受到了铁椎的一击，绝望的叫了一声。

“这是应该的，你是普罗艺术家，刻起来自然要刻红军军官呀！”

“那里……这完全不是……”

“不要强辩了，你总是‘执迷不悟’！我们很知道你在拘留所里的生活很苦。但你得从实说来，好使我们早些把你送给法院判决。——监狱里的生活比这里好得多。”

青年不说话——他十分明白了说和不说一样。

“你说，”马褂又冷笑了一声，“你是CP，还是CY？”

“都不是的。这些我什么也不懂！”

“红军军官会刻，CP，CY就不懂了？人这么小，却这样的刁顽！去！”于是一只手顺势向前一摆，一个警察很聪明而熟练的提着那青年就走了。

我抱歉得很，写到这里，似乎有些不像童话了。但如果不称它为童话，我将称它为什么呢？特别的只在我说得出这事的年代，是一九三二年。

“童话”即荒诞。

五　一封真实的信

“敬爱的先生：

你问我出了拘留所以后的事情么，我现在大略叙述在下面——

在当年的最后一月的最后一天，我们三个被××省政府解到了高等法院。一到就开检查庭。这检察官的审问很特别，只问了三句：

‘你叫什么名字？’——第一句；

‘今年你几岁？’——第二句；

‘你是那里人？’——第三句。

开完了这样特别的庭，我们又被法院解到了军人监狱。有谁要看统治者的统治艺术的全般的么？那只要到军人监狱里去。他的虐杀异己，屠戮人民，不惨酷是不快意的。时局一紧张，就拉出一批所谓重要的政治犯来枪毙，无所谓刑期不刑期的。例如南昌陷于危急的时候[16]，曾在三刻钟之内，打死了二十二个；福建人民政府[17]成立时，也枪毙了不少。刑场就是狱里的五亩大的菜园，囚犯的尸体，就靠泥埋在菜园里，上面栽起菜来，当作肥料用。

约莫隔了两个半月的样子，起诉书来了。法官只问我们三句话，怎么可以做起诉书的呢？可以的！原文虽然不在手头，但是我背得出，可惜的是法律的条目已经忘记了——

‘……Ch……H……所组织之木刻研究会，系受共党指挥，研究普罗艺术之团体也。被告等皆为该会会员，……核其所刻，皆为红军军官及劳动饥饿者之景象，借以鼓动阶级斗争而示无产阶级必有专政之一日。……’

之后，没有多久，就开审判庭。庭上一字儿坐着老爷五位，威严得很。然而我倒并不怎样的手足无措，因为这时我的脑子里浮出了一幅图画，那是陀密埃（Honoré Daumier）的《法官》[18]，真使我赞叹！

审判庭开后的第八日，开最后的判决庭，宣判了。判决书上所开的罪状，也还是起诉书上的那么几句，只在它的后半段里，有——

‘核其所为，当依危害民国紧急治罪法第×条，刑法第×百×十×条第×款，各处有期徒刑五年。……然被告等皆年幼无知，误入歧途，不无可悯，特依××法第×千×百×十×条第×款之规定，减处有期徒刑二年六个月。于判决书送到后十日以内，不服上诉……’云云。

我还用得到“上诉”么？“服”得很！反正这是他们的法律！

总结起来，我从被捕到放出，竟游历了三处残杀人民的屠场。现在，我除了感激他们不砍我的头之外，更感激的是增加了我不知几多的知识。单在刑罚一方面，我才晓得现在的中国有：一，抽藤条，二，老虎凳，都还是轻的；三，踏杠，是叫犯人脆下，把铁杠放在他的腿弯上，两头站上彪形大汉去，起先两个，逐渐加到八人；四，跪火链，是把烧红的铁链盘在地上，使犯人跪上去；五，还有一种叫‘吃’的，是从鼻孔里灌辣椒水、火油、醋、烧酒……；六，还有反绑着犯人的手，另用细麻绳缚住他的两个大拇指，高悬起来，吊着打，我叫不出这刑罚的名目。

我认为最惨的还是在拘留所里和我同栊的一个年青的农民。老爷硬说他是红军军长，但他死不承认。呵，来了，他们用缝衣针插在他的指甲缝里，用榔头敲进去。敲进去了一只，不承认，敲第二只，仍不承认，又敲第三只……第四只……终于十只指头都敲满了。直到现在，那青年的惨白的脸，凹下的眼睛，两只满是鲜血的手，还时常浮在我的眼前，使我难于忘却！使我苦痛！……

“真实”亦荒诞。

然而，入狱的原因，直到我出来之后才查明白。祸根是在我们学生对于学校有不满之处，尤其是对于训育主任，而他却是省党部的政治情报员。他为了要镇压全体学生的不满，就把仅存的三个木刻研究会会员，抓了去做示威的牺牲了。而那个硬派卢那却尔斯基为红军军官的马褂老爷，又是他的姐夫，多么便利呵！

权力者的两面性：一面是暴力、压制、强横无理；一面是欺骗、恫吓、神经过敏。于是，社会也就如他们的面影一般的分裂，变态，随处呈现出荒诞的现象。

写完了大略，抬头看看窗外，一地惨白的月色，心里不禁渐渐地冰凉了起来。然而我自信自己还并不怎样的怯弱，然而，我的心冰凉起来了……

愿你的身体康健！

人凡。四月四日，后半夜。”

（附记：从《一个童话》后半起至篇末止，均据人凡君信及《坐牢略记》[19]。四月七日。）

注　释

1 本文原为上海出版的英文期刊《中国呼声》(*The Voice of China*)而作，英文稿发表于1936年6月1日该刊第1卷第6期。原文发表于同年5月上海《夜莺》月刊第1卷第3期。后编入《且介亭杂文末编》。

2 **珂勒惠支**(1867—1945) 德国女版画家。作品多反映被压迫者的困苦、饥饿、疾苦和死亡，以及他们的挣扎和斗争，希特勒执政后，被剥夺出版和展览作品的自由。中国左联作家遇害时，曾和世界进步文艺家联名提出抗议。

3 **《北斗》** 文艺月刊。左联机关刊物之一，丁玲主编。

4 **柔石**(1902—1931) 作家。原名赵平复，浙江宁海人。曾任《语丝》编辑，并与鲁迅等创办朝花社。曾与鲁迅一起发起成立自由运动大同盟，后加入左联。1930年加入中国共产党，次年被捕，未久遇害。著有小说《二月》《为奴隶的母亲》等。

5 **五个青年作家** 柔石之外，应为“四个”，即李伟森、胡也频、冯铿和白莽(殷夫)。1931的1月17日，他们为反对王明等人召集的中共六届四中全会，在上海东方旅社参加集会时被捕，同年2月7日被国民党秘密杀害于上海龙华。

6 **“被侮辱和被损害的”** 原为俄国作家陀思妥耶夫斯基的长篇小说的书名，这里是一种借用。

7 **卓伦**(1860—1920) 瑞典版画家。

8 **林语堂**(1895—1976) 作家，翻译家。福建漳州人，出生于教会家庭。1919年赴美，入哈佛大学，后转赴德国，入莱比锡大学，获博士学位。1923年回国后，在北京清华大学、北京大学任教，后因支持学生运动遭北洋政府通缉返闽，任厦门大学文科主任兼国学院秘书，1927年去上海。三十年代，先后主编《论语》、《人间世》和《宇宙风》，自称“言志派”，反对“载道派”，提倡“以自我为中心，以闲适为格调”的小品文。1936 年 8 月去美国，1976 年病逝于香港。主要著作有《剪拂集》《大荒集》《京华烟云》《语堂随笔》《吾国与吾民》等。

9 铢堂 原作铢庵，本名瞿宣颖（1894—？），字兑之，湖南长沙人。北洋政府官僚，抗战时期曾任伪华北编译馆馆长。他有文章题作《不以成败论英雄》，发表于 1936 年 3 月《宇宙风》第 13 期。其中说：“我们的民族乃是向来不以成败论英雄的。……近人有一句流行话，说中国民族富于同化力，所以辽金元清都并不曾征服中国。其实无非是一种惰性，对于新制度不容易接收罢了。这种惰性与上面所说的不论成败的精神，最有关系。中国人对于失败者过于哀怜，所以对于旧的过于恋惜。对于成功者常怀轻蔑，所以对于新的不容易接收。凡是古来成功的帝王，欲维持几百年的威力，不定得残害几万几十万无辜的人，方才能博得一时的慑服。……这些话好像都是老生常谈。然而我要藉此点明的意思，乃是中国的社会不树威是难得服帖的。……总而言之，中国人理想是不能不算崇高。然而在人群的组织上实在要不得。抑强扶弱，便是永远不愿意有强。崇拜失败英雄，便是不承认成功的英雄。”

10 《DZZ》 德文《Deutsche Zentral Zeitung》（《德意志中央新闻》）的缩写，当时在苏联印行的一种德文日报。

11 海涅（1797—1856） 德国诗人、政论家。因受国内反动势力迫害，1831 年移居巴黎。作品一度在德国被禁止出版。著有《诗歌集》《哈尔茨山游记》《德国——一个冬天的童话》《德意志论》《浪漫派》等。

12 勃莱兑勒（1901—1964） 德国作家。通译布莱德尔，著有长篇小说《考验》和三部曲《亲戚和朋友们》等。1955 年曾来我国访问。

13 《静静的顿河》 长篇小说，作者萧洛霍夫（1905—1984），苏联作家。著名的作品还有《被开垦的处女地》。1965 年获诺贝尔文学奖。他顺应政治需要，提出“文学应联系生活”的要求，但在认为必要时又在作品中修改生活，曾两次获社会主义劳动奖。在与勃列日涅夫的一次谈话之后，他烧掉了已部分发表的长篇小说《他们为祖国而战》。在他的身上，体现了一代苏联作家的矛盾性和悲剧性。

14 **卢那卻尔斯基**（А. В. Луначарский, 1875—1933） 通译为卢那察尔斯基，苏联政治家、文艺理论家。十月革命后至 1929 年任教育人民委员。1929 年起任苏联中央执行委员会学术委员会主席，次年当选为苏联科学院院士。1933 年任苏联驻西班牙第一任全权代表。著有《实证美学纲要》《艺术与革命》《艺术和宗教》，以及系列历史剧。

15 **露西亚** 俄罗斯的日文译名。

16 **南昌陷于危急的时候** 指 1933 年 4 月初国民党对中央苏区的第四次“围剿”失败后，红军部队攻克江西新淦、金溪，进逼南昌、抚州的时候。

17 **福建人民政府** 1932 年 1 月 28 日在上海抗击日军的十九路军后被蒋介石调往福建。次年 11 月，十九路军将领联合国民党内一部分势力，在福建省成立“中华共和国人民革命政府”，不久独立失败。

18 **陀密埃**（1808—1879） 通译杜米埃，法国画家，晚年曾参加巴黎公社革命运动。《法官》是他的一幅人物画。

19 **人凡** 即曹白。原名刘平若，江苏武进人。1933 年在杭州国立艺术专门学校肄业，后被捕入狱，出狱后曾任小学教师。作者 1936 年 5 月 4 日致曹白信中说：“你的那一篇文章（按，指《坐牢略记》)，尚找不着适当的发表之处。我只抄了一段，连一封信（略有删去及改易），收在《写在深夜里》的里面。”

再论雷峰塔的倒掉[1]

从崇轩先生的通信[2]（二月份《京报副刊》）里，知道他在轮船上听到两个旅客谈话，说是杭州雷峰塔之所以倒掉，是因为乡下人迷信那塔砖放在自己的家中，凡事都必平安，如意，逢凶化吉，于是这个也挖，那个也挖，挖之久久，便倒了。一个旅客并且再三叹息道：西湖十景这可缺了呵！

这消息，可又使我有点畅快了，虽然明知道幸灾乐祸，不像一个绅士，但本来不是绅士的，也没有法子来装潢。

我们中国的许多人，——我在此特别郑重声明：并不包括四万万同胞全部！——大抵患有一种“十景病”，至少是“八景病”，沉重起来的时候大概在清朝。凡看一部县志，这一县往往有十景或八景，如“远村明月”“萧寺清钟”“古池好水”之类。而且，“十”字形的病菌，似乎已经侵入血管，流布全身，其势力早不在“！”形惊叹亡国病菌[3]之下了。点心有十样

中国人的“十景病”。

锦，菜有十碗，音乐有十番[4]，阎罗有十殿，药有十全大补，猜拳有全福手福手全，连人的劣迹或罪状，宣布起来也大抵是十条，仿佛犯了九条的时候总不肯歇手。现在西湖十景可缺了呵！“凡为天下国家有九经”[5]，九经固古已有之，而九景却颇不习见，所以正是对于十景病的一个针砭，至少也可以使患者感到一种不平常，知道自己的可爱的老病，忽而跑掉了十分之一了。

但仍有悲哀在里面。

其实，这一种势所必至的破坏，也还是徒然的，畅快不过是无聊的自欺。雅人和信士和传统大家，定要苦心孤诣巧语花言地再来补足了十景而后已。

西方“轨道破坏者”礼赞。

无破坏即无新建设，大致是的；但有破坏却未必即有新建设。卢梭，斯谛纳尔，尼采，托尔斯泰，伊孛生等辈，若用勃兰兑斯的话来说，乃是“轨道破坏者”。其实他们不单是破坏，而且是扫除，是大呼猛进，将碍脚的旧轨道不论整条或碎片，一扫而空，并非想挖一块废铁古砖挟回家去，预备卖给旧货店。中国很少这一类人，即使有之，也会被大众的唾沫淹死。孔丘先生确是伟大，生在巫鬼势力如此旺盛的时代，偏不肯随俗谈鬼神[6]；但可惜太聪明了，“祭如在祭神如神在”，只用他修《春秋》的照例手段以两个“如”字略寓“俏皮刻薄”之意，使人一时莫明其妙，看不出他肚皮里的反对来。他肯对子路赌咒，却不肯对鬼神宣战，因为一宣战就不和平，易犯骂人——虽然不过骂鬼——之罪，即不免有《衡论》（见一月份《晨报副镌》）作家TY先生似的好人，会替鬼神来奚落他道：为名乎？骂人不能得名。为利乎？骂人不能得利。想引诱女人乎？又不能将蚩尤的脸子印在文章上。[7]何乐而为之也欤？

孔丘先生是深通世故的老先生，大约除脸子付印问题以外，还有深心，犯不上来做明目张胆的破坏者，所以只是不谈，而决不骂，于是乎严然成为中国的圣人，道大，无所不包故也。否则，现在供在圣庙里的，也许不姓孔。

按中国老例，敢于反对和破坏者，实不易为。

不过在戏台上罢了，悲剧将人生的有价值的东西毁灭给人看，喜剧将那无价值的撕破给人看。讥讽又不过是喜剧的变简的一支流。但悲壮滑稽，却都是十景病的仇敌，因为都有破坏性，虽然所破坏的方面各不同。中国如十景病尚存，则不但卢梭他们似的疯子决不产生，并且也决不产生一个悲剧作家或喜剧作家或讽刺诗人。所有的，只是喜剧底人物或非喜剧非悲剧底人物，在互相模造的十景中生存，一面各各带了十景病。

论悲剧与喜剧。

然而十全停滞的生活，世界上是很不多见的事，于是破坏者到了，但并非自己的先觉的破坏者，却是狂暴的强盗，或外来的蛮夷。猃狁[8]早到过中原，五胡[9]来过了，蒙古也来过了；同胞张献忠杀人如草，

破坏性，是十景病的仇敌。

对于蛮族入侵可以遏制中国自身的腐败一说，鲁迅虽然说是“极刻毒的恶谑”，却并未予以否定。

而满州兵的一箭，就钻进树丛中死掉了。有人论中国说，倘使没有带着新鲜的血液的野蛮的侵入，真不知自身会腐败到如何！这当然是极刻毒的恶谑，但我们一翻历史，怕不免要有汗流浃背的时候罢。外寇来了，暂一震动，终于请他做主子，在他的刀斧下修补老例；内寇来了，也暂一震动，终于请他做主子，或者别拜一个主子，在自己的瓦砾中修补老例。再来翻县志，就看见每一次兵燹之后，所添上的是许多烈妇烈女的氏名。看近来的兵祸，怕又要大举表扬节烈了罢。许多男人们都那里去了？

凡这一种寇盗式的破坏，结果只能留下一片瓦砾，与建设无关。

三种破坏：革命者的、寇盗的、奴才的。而奴才式的破坏，在中国是最常见、最持久（“常川”）的破坏。

但当太平时候，就是正在修补老例，并无寇盗时候，即国中暂时没有破坏么？也不然的，其时有奴才式的破坏作用常川活动着。

雷峰塔砖的挖去，不过是极近的一条小小的例。龙门的石佛[10]，大半肢体不全，图书馆中的书籍，插图须谨防撕去，凡公物或无主的东西，倘难于移动，能够完全的即很不多。但其毁坏的原因，则非如革除者的志在扫除，也非如寇盗的志在掠夺或单是破坏，仅因目前极小的自利，也肯对于完整的大物暗暗的加一个创伤。人数既多，创伤自然极大，而倒败之后，却难于知道加害的究竟是谁。正如雷峰塔倒掉以后，我们单知道由于乡下人的迷信。共有的塔失去了，乡下人的所得，却不过一块砖，这砖，将来又将为别一自利者所藏，终究至于灭尽。倘在民康物阜时候，因为十景病的发作，新的雷峰塔也会再造的罢。但将来的运命，不也就可以推想而知么？如果乡下人还是这样的乡下人，老例还是这样的老例。

这一种奴才式的破坏，结果也只能留下一片瓦砾，与建设无关。

岂但乡下人之于雷峰塔，日日偷挖中华民国的柱石的奴才们，现在正不知有多少！

瓦砾场上还不足悲，在瓦砾场上修补老例是可悲的。我们要革新的破坏者，因为他内心有理想的光。我们应该知道他和寇盗奴才的分别；应该留心自己堕入后两种。这区别并不烦难，只要观人，省己，凡言动中，思想中，含有借此据为己有的朕兆者是寇盗，含有借此占些目前的小便宜的朕兆者是奴才，无论在前面打着的是怎样鲜明好看的旗子。

革新的破坏者，内心须有理想的光，这是与寇盗奴才的根本性区别。有论客单指鲁迅为“破坏”，却不辨为何种破坏；其实，此种意在把水搅浑的宏论，才是对于社会改革与进步的真正的破坏。

一九二五年二月六日。

注　释

1　发表于1925年2月《语丝》周刊第15期。后编入《坟》。

2　崇轩先生的通信　指1925年2月2日《京报副刊》第49号登载的胡崇轩给编

者孙伏园的信《雷峰塔倒掉的原因》。信中说："那雷峰塔不知在何时已倒掉了一半，只剩着下半截，很破烂的，可是我们那里的乡下人差不多都有这样的迷信，说是能够把雷峰塔的砖拿一块放在家里必定平安，如意，无论什么凶事都能够化吉，所以一到雷峰塔去观瞻的乡下人，都要偷偷的把塔砖挖一块带回家去，——我的表兄曾这样做过的，——你想，一人一块，久而久之，那雷峰塔里的砖都给人家挖空了，塔岂有不倒掉的道理？现在雷峰塔是已经倒掉了，唉，西湖十景这可缺了啊！"胡崇轩，即胡也频（1903—1931），为遇害的左联五作家之一，著有小说《圣徒》《往何处去》《光明在我们前面》，诗集《也频诗选》等。当时与荆有麟合编《京报》副刊《民众文艺》周刊。

3 **亡国病菌** 1924年4月，《心理》杂志发表北京师范大学心理学教授张耀翔的《新诗人的情绪》一文，把当时出版的一些新诗集的惊叹号做了统计，说是这种符号"缩小看像许多细菌，放大看像几排弹丸"，认为这是消极、悲观、厌世的情绪的表示，所以说这些多用惊叹号的白话诗是"亡国之音"。

4 **十番** 又称"十番鼓""十番锣鼓"，由若干曲牌与锣鼓段连缀成的一种套曲，流行于福建江浙一带。

5 **"凡为天下国家有九经"** 意即治理天下国家的九项基本原则。语见《中庸》："凡为天下国家有九经，曰：修身也，尊贤也，亲亲也，敬大臣也，体群臣也，子庶民也，来百工也，柔远人也，怀诸侯也。"经，常道，规范，原则。

6 关于孔子"不肯随俗谈鬼神"，见《论语·述而》："子不语怪力乱神。""祭如在祭神如神在"，语见《论语·八佾》。他对弟子子路赌咒的事，见《论语·雍也》："子见南子，子路不说（悦）。夫子矢之曰：予所否者，天厌之！天厌之！"按，南子是卫灵公的夫人。

7 1925年1月18日《晨报副刊》第12号发表一篇署名TY的文章，反对批评性的文字，其中说："这种人（按，写批评文章的人），真不知其心何居。说是想赚钱吧，有时还要赔子儿去出版。说是想引诱女人吧，他那朱元璋的脸子也没有印在文章上。说是想邀名吧，别人看见他那尖刻的文章就够了，谁还敢相信他？”文中顺带对该文进行了讽刺。

8 猃狁　北方民族之一，周代称猃狁，秦汉时称匈奴。

9 五胡　历史上对匈奴、羯、鲜卑、氐、羌五个少数民族的合称。

10 龙门的石佛　龙门，山名，在河南洛阳南部。从北魏至唐，在这里崖壁间镌刻的石佛约九万余尊。

看镜有感[1]

因为翻衣箱，翻出几面古铜镜子来，大概是民国初年初到北京时候买在那里的，“情随事迁”，全然忘却，宛如见了隔世的东西了。

一面圆径不过二寸，很厚重，背面满刻蒲陶[2]，还有跳跃的鼯鼠，沿边是一圈小飞禽。古董店家都称为“海马葡萄镜”。但我的一面并无海马，其实和名称不相当。记得曾见过别一面，是有海马的，但贵极，没有买。这些都是汉代的镜子；后来也有模造或翻沙者，花纹可造粗拙得多了。汉武通大宛安息[3]，以致天马[4]蒲萄，大概当时是视为盛事的，所以便取作什器的装饰。古时，于外来物品，每加海字，如海榴，海红花，海棠之类。海即现在之所谓洋，海马译成今文，当然就是洋马。镜鼻是一个虾蟆，则因为镜如满月，月中有蟾蜍[5]之故，和汉事不相干了。

遥想汉人多少闳放，新来的动植物，即毫不拘忌，来充装饰的花纹。唐人也还不算弱，例如汉人的墓前石兽，多是羊，虎，天禄，辟邪[6]，而长安的昭陵[7]上，却刻着带箭的骏马，还有一匹驼鸟，则办法简直前无古人。现今在坟墓上不待言，即平常的绘画，可有人敢用一朵洋花一只洋鸟，即私人的印章，可有人肯用一个草书一个俗字么？

许多雅人，连记年月也必是甲子，怕用民国纪元。不知道是没有如此大胆的艺术家；还是虽有而民众都加迫害，他于是乎只得萎缩，死掉了？

宋的文艺，现在似的国粹气味就熏人。然而辽金元陆续进来了，这消息很耐寻味。汉唐虽然也有边患，但魄力究竟雄大，人民具有不至于为异族奴隶的自信心，或者竟毫未想到，凡取用外来事物的时候，就如将彼俘来一样，自由驱使，绝不介怀。一到衰弊陵夷之际，神经可就衰弱过敏了，每遇外国东西，便觉得仿佛彼来俘我一样，推拒，惶恐，退缩，逃避，抖成一团，又必想一篇道理来掩饰，而国粹遂成为孱王和孱奴的宝贝。

所谓汉唐气象，就是充分释放一个民族的创造力。

无论从那里来的，只要是食物，壮健者大抵就无需思索，承认是吃的东西。惟有衰病的，却总常想到害胃，伤身，特有许多禁条，许多避忌；还有一大套比较利害而终于不得要领的理由，例如吃固无妨，而不吃尤稳，食之或当有益，然究以不吃为宜云云之类。但这一类人物总要日见其衰弱的，因为他终日战战兢兢，自己先已失了活气了。

不知道南宋比现今如何，但对外敌，却明明已经称臣，惟独在国内特多繁文缛节以及唠叨的碎话。正如倒霉人物，偏多忌讳一般，豁达闳大之风消歇净尽了。直到后来，都没有什么大变化。我曾在古物陈列所所陈列的古画上看见一颗印文，是几个罗马字母。

一部中国文艺史。

但那是所谓“我圣祖仁皇帝”[8]的印，是征服了汉族的主人，所以他敢；汉族的奴才是不敢的。便是现在，便是艺术家，可有敢用洋文的印的么？

清顺治中，时宪书[9]上印有“依西洋新法”五个字，痛哭流涕来劾洋人汤若望的偏是汉人杨光先[10]。直到康熙初，争胜了，就教他做钦天监正去，则又叩阍以“但知推步之理不知推步之数”辞。不准辞，则又痛哭流涕地来做《不得已》，说道“宁可使中夏无好历法，不可使中夏有西洋人”。然而终于连闰月都算错了，他大约以为好历法专属于西洋人，中夏人自己是学不得，也学不好的。但他竟论了大辟，可是没有杀，放归，死于途中了。汤若望入中国还在明崇祯初，其法终未见用；后来阮元[11]论之曰：明季君臣以大统寖疏，开局修正，既知新法之密，而讫未施行。圣朝定鼎，以其法造时宪书，颁行天下。彼十余年辩论翻译之劳，若以备我朝之采用者，斯亦奇矣！……我国家圣圣相传，用人行政，惟求其是，而不先设成心。即是一端，可以仰见如天之度量矣！（《畴人传》四十五）

历法与制度。

现在流传的古镜们，出自冢中者居多，原是殉葬品。但我也有一面日用镜，薄而且大，规抚汉制，也许是唐代的东西。那证据是：一，镜鼻已多磨损；二，镜面的沙眼都用别的铜来补好了。当时在妆阁中，曾照唐人的额黄和眉绿[12]，现在却监禁在我的衣箱里，它或者大有今昔之感罢。

但铜镜的供用，大约道光咸丰时候还与玻璃镜并行；至于穷乡僻壤，也许至今还用着。我们那里，则除了婚丧仪式之外，全被玻璃镜驱逐了。然而也还有余烈可寻，倘街头遇见一位老翁，肩了长凳似的东西，上面缚着一块猪肝色石和一块青色石，试伫听他的叫喊，就是“磨镜，磨剪刀！”

宋镜我没有见过好的，什九并无藻饰，只有店号或“正其衣冠”等类的迂铭词，真是“世风日下”。但是要进步或不退步，总须时时自出新裁，至少也必取材异域，倘若各种顾忌，各种小心，各种唠叨，这么做即违了祖宗，那么做又像了夷狄，终生惴惴如在薄冰上，发抖尚且来不及，怎么会做出好东西来。所以事实上“今不如古”者，正因为有许多唠叨着“今不如古”的诸位先生们之故。现在情形还如此。倘再不放开度量，大胆地，无畏地，将新文化尽量地吸收，则杨光先似的向西洋主人沥陈中夏的精神文明的时候，大概是不劳久待的罢。

创造来源于开放的态度和广泛的吸收。

但我向来没有遇见过一个排斥玻璃镜子的人。单知道咸丰年间，汪曰桢[13]先生却在他的大著《湖雅》里攻击过的。他加以比较研究之后，终于决定还是铜镜好。最不可解的是：他说，照起面貌来，玻璃镜不如铜镜之准确。莫非那时的玻璃镜当真坏到如此，还是因为他老先生又带上了国粹眼镜之故呢？我没有见过古玻璃镜。这一点终于猜不透。

一九二五年二月九日。

注　释

1　发表于1925年3月《语丝》周刊第16期。后编入《坟》。

2　**蒲陶**　即葡萄。

3　**汉武通大宛安息**　汉武帝刘彻拟联合西域诸部对抗匈奴，从建元三年（前138）起，多次派遣张骞、李广利等人出使西域，直至大宛、安息等地，开辟了通往中亚、西亚的贸易和文化交流的道路。大宛、安息，古国名。

4　**天马**　汉朝对来自西域的良马的称呼，犹神马。

5　**月中有蟾蜍**　神话传说，见《淮南子·精神训》："日中有踆乌，而月中有蟾蜍。"

6　**天禄，辟邪**　据《汉书·西域传》，及孟康注　释，是产于西域的两种动物，"似鹿，长尾，一角者或为天鹿（禄），两角者或为辟邪"。

7　**昭陵**　唐太宗李世民墓，在陕西醴泉东北九嵕山。昭陵内北阙祭坛东西两庑原有六块浮雕石刻，是唐太宗为纪念随他出征阵亡的六匹骏马而下诏雕刻的，世称"昭陵六骏"。"六骏"是："飒露紫""拳毛䯄""白蹄乌""特勒骠""青骓""什伐赤"。带箭的骏马，当是"什伐赤"和"飒露紫"。六骏浮雕中，"飒露紫"和"拳毛䯄"已于1914年被盗运出国，现藏美国费城宾夕法尼亚大学博物馆。其余四者，现存陕西历史博物馆。

8 “我圣祖仁皇帝” 指清朝康熙皇帝玄烨。

9 时宪书 即历书。清代为避高宗弘历的名讳，改称历书为时宪书。

10 汤若望（1591—1666），德国天主教耶稣会传教士、天文学家。明末来华传教，崇祯三年（1630）被召至北京历局参与修订历法，编成《崇祯历书》。入清后任钦天监监正，制《大清时宪历》。康熙初年为杨光先所参劾，以图谋颠覆罪入狱。次年释放，移居广东，后返北京。杨光先（1595—1669）字长公，安徽歙县人。顺治时上书礼部，反对“依西洋新法”的提法；在汤若望被判罪后，接任钦天监监正，复用旧历。康熙七年（1668）因推闰失实下狱，初定死罪，后从宽发配充军，遇赦放归。下文的《不得已》，是杨光先指控汤若望的呈文汇编。

11 阮元（1764—1849） 清代学者。字伯元，号芸台，江苏仪征人。乾隆进士。曾任湖广、两广、云贵总督，官至体仁阁大学士。著有《揅经室集》。曾主编《经籍籑诂》，校刻《十三经注疏》;《畴人传》亦系他辑纂，收入上古至清代历算学家二百四十三人，附西洋三十七人，计四十六卷。

12 额黄和眉绿 古代妇女在额间和眉上所作的涂饰。

13 汪曰桢（1813—1881） 字刚木，号谢城，浙江吴兴（今湖州）人。清咸丰时任会稽教谕。著有《湖雅》《历代长术辑要》等。《湖雅》是一部笔记杂著。

春末闲谈[1]

北京正是春末，也许我过于性急之故罢，觉着夏意了，于是突然记起故乡的细腰蜂[2]。那时候大约是盛夏，青蝇密集在凉棚索子上，铁黑色的细腰蜂就在桑树间或墙角的蛛网左近往来飞行，有时衔一支小青虫去了，有时拉一个蜘蛛。青虫或蜘蛛先是抵抗着不肯去，但终于乏力，被衔着腾空面去了，坐了飞机似的。

老前辈们开导我，那细腰蜂就是书上所说的果蠃，纯雌无雄，必须捉螟蛉去做继子的。她将小青虫封在窠里，自己在外面日日夜夜敲打着，祝道"像我像我"，经过若干日，——我记不清了，大约七七四十九日罢，——那青虫也就成了细腰蜂了，所以《诗经》里说："螟蛉有子，果蠃负之。"螟蛉就是桑上小青虫。蜘蛛呢？他们没有提。我记得有几个考据家曾经立过异说，以为她其实自能生卵；其捉青虫，乃是填在窠里，给孵化出来的幼蜂做食料的。但我所遇见的前辈们都不采用此说，还道是拉去做女儿。我们为存留天地间的美谈起见，倒不如这样好。当长夏无事，遣暑林阴，瞥见二虫一拉一拒的时候，便如睹慈母教女，满怀好意，而青虫的宛转抗拒，则活像一个不识好歹的毛鸦头。

但究竟是夷人可恶，偏要讲什么科学。科学虽然给我们许多惊奇，但也搅坏了我们许多好梦。自从法国的昆虫学大家发勃耳（Fabre）[3]仔细观察之后，给幼蜂做食料的事可就证实了。而且，这细腰蜂不但是普通的凶手，还是一种很残忍的凶手，又是一个学识技术都极高明的解剖学家。她知道青虫的神经构造和作用，用了神奇的毒针，向那运动神经球上只一螫，它便麻痹为不死不活状态，这才在它身上生下蜂卵，封入窠中。青虫因为不死不活，所以不动，但也因为不活不死，所以不烂，直到她的子女孵化出来的时候，这食料还和被捕当日一样的新鲜。

细腰蜂式的精神统治。

三年前，我遇见神经过敏的俄国的E君[4]，有一天他忽然发愁道，不知道将来的科学家，是否不至于发明一种奇妙的药品，将这注射在谁的身上，则这人即甘心永远去做服役和战争的机器了？那时我也就皱眉叹息，装作一齐发愁的模样，以示“所见略同”之至意，殊不知我国的圣君，贤臣，圣贤，圣贤之徒，却早已有过这一种黄金世界的理想了。不是“唯辟作福，唯辟作威，唯辟玉食”[5]么？不是“君子劳心，小人劳力”[6]么？不是“治于人者食（去声）人，治人者食于人”[7]么？可惜理论虽已卓然，而终于没有发明十全的好方法。要服从作威就须不活，要贡献玉食就须不死；要被治就须不活，要供养治人者又须不死。人类升为万物之灵，自然是可贺的，但没有了

中国古代的圣君，贤臣，圣贤，圣贤之徒，以至现代的阔人，学者，教育家，徒有一种“黄金世界的理想”，却没有发明十全的好方法；虽则施行种种愚民政策，结果并不如细腰蜂的毒针一般奏效，可以使人民永远处于不死不活的被奴役状态。

细腰蜂的毒针，却很使圣君，贤臣，圣贤，圣贤之徒，以至现在的阔人，学者，教育家觉得棘手。将来未可知，若已往，则治人者虽然尽力施行过各种麻痹术，也还不能十分奏效，与果赢并驱争先。即以皇帝一伦而言，便难免时常改姓易代，终没有“万年有道之长”；“二十四史”而多至二十四，就是可悲的铁证。现在又似乎有些别开生面了，世上挺生了一种所谓“特殊知识阶级”[8]的留学生，在研究室中研究之结果，说医学不发达是有益于人种改良的，中国妇女的境遇是极其平等的，一切道理都已不错，一切状态都已够好。E君的发愁，或者也不为无因罢，然而俄国是不要紧的，因为他们不像我们中国，有所谓“特别国情”[9]，还有所谓“特殊知识阶级”。

中国的“特别国情”——强调本土特色——以及“特殊知识阶级”——抛弃知识的公共性以维护阔人的特权。

但这种工作，也怕终于像古人那样，不能十分奏效的罢，因为这实在比细腰蜂所做的要难得多。她于青虫，只须不动，所以仅在运动神经球上一螫，即告成功。而我们的工作，却求其能运动，无知觉，该在知觉神经中枢，加以完全的麻醉的。但知觉一失，运动也就随之失却主宰，不能贡献玉食，恭请上自“极峰”[10]下至“特殊知识阶级”的赏收享用了。就现在而言，窃以为除了遗老的圣经贤传法，学者的进研究室主义[11]，文学家和茶摊老板的莫谈国事[12]律，教育家的勿视勿听勿言勿动[13]论之外，委实还没有更好，更完全，更无流弊的方法。便是留学生的特别发见，其实也并未轶出了前贤的范围。

那么，又要“礼失而求诸野”[14]了。夷人，现在因为想去取法，姑且称之为外国，他那里，可有较好的法子么？可惜，也没有。所有者，仍不外乎不准集会，不许开口之类，和我们中华并没有什么很不同。然亦可见至道嘉猷，人同此心，心同此理，固无华夷之限也。猛兽是单独的，牛羊则结队；野牛的大队，就会排角成城以御强敌了，但拉开一匹，定只能牟牟地叫。人民与牛马同流，——此就中国而言，夷人别有分类法云，——治之之道，自然应该禁止集合：这方法是对的。其次要防说话。人能说话，已经是祸胎了，而况有时还要做文章。所以苍颉造字，夜有鬼哭[15]。鬼且反对，而况于官？猴子不会说话，猴界即向无风潮，——可是猴界中也没有官，但这又作别论，——确应该虚心取法，反朴归真，则口且不开，文章自灭：这方法也是对的。然而上文也不过就理论而言，至于实效，却依然是难说。最显著的例，是连那么专制的俄国，而尼古拉二世“龙御上宾”[16]之后，罗马诺夫氏竟已“覆宗绝祀”了。要而言之，那大缺点就在虽有二大良法，而还缺其一，便是：无法禁止人们的思想。

专制统治者出于统治的需要，一律禁止人民集会结社和言论出版的自由，此即下文总结说的“二大良法”。

思想自由是永远无法禁止的。

于是我们的造物主——假如天空真有这样的一位“主子”——就可恨了：一恨其没有永远分清“治者”与“被治者”；二恨其不给治者生一枝细腰蜂那样的

毒针；三恨其不将被治者造得即使砍去了藏着的思想中枢的脑袋而还能动作——服役。三者得一，阔人的地位即永久稳固，统御也永久省了气力，而天下于是乎太平。今也不然，所以即使单想高高在上，暂时维持阔气，也还得日施手段，夜费心机，实在不胜其委屈劳神之至……。

假使没有了头颅，却还能做服役和战争的机械，世上的情形就何等地醒目呵！这时再不必用什么制帽勋章来表明阔人和窄人了，只要一看头之有无，便知道主奴，官民，上下，贵贱的区别。并且也不至于再闹什么革命，共和，会议等等的乱子了，单是电报，就要省下许多许多来。古人毕竟聪明，仿佛早想到过这样的东西，《山海经》上就记载着一种名叫“刑天”的怪物[17]。他没有了能想的头，却还活着，“以乳为目，以脐为口”，——这一点想得很周到，否则他怎么看，怎么吃呢，——实在是很值得奉为师法的。假使我们的国民都能这样，阔人又何等安全快乐？但他又“执干戚而舞”，则似乎还是死也不肯安分，和我那专为阔人图便利而设的理想底好国民又不同。陶潜[18]先生又有诗道：“刑天舞干戚，猛志固常在。”连这位貌似旷达的老隐士也这么说，可见无头也会仍有猛志，阔人的天下一时总怕难得太平的了。但有了太多的“特殊知识阶级”的国民，也许有特在例外的希

文章迂回挺进，目标正在于攻击本土的“精神文明”。

望；况且精神文明太高了之后，精神的头就会提前飞去，区区物质的头的有无也算不得什么难问题。

一九二五年四月二十二日。

注　释

1 发表于1925年4月北京《莽原》周刊第1期，署名冥昭。后编入《坟》。

2 **细腰蜂** 昆虫纲，膜翅目，泥蜂科。头部球形，复眼卵形，有单眼三个，腹部七节，腰细。成虫以花蜜或发酵物作食料，幼虫以各种昆虫的幼虫体内物质为养料。关于它的延种方法，我国古书中有多种不同的记载。

3 **发勃耳（1823—1915）** 通译法布尔，法国昆虫学家，著有《昆虫记》《自然科学编年史》，以及关于物理、化学方面的著作。

4 **E君** 爱罗先珂。

5 **“唯辟作福，唯辟作威，唯辟玉食”** 语见《尚书·洪范》。辟，国君。

6 **“君子劳心，小人劳力”** 语见《左传》襄公九年。两周、春秋时称贵族为“君子”，称被统治的生产者为“小人”。

7 **“治于人者食人，治人者食于人”** 语见《孟子·滕文公》。

8 **“特殊知识阶级”** 1925年2月，段祺瑞政府召开“善后会议”，以抵制孙中山提出的公开国民会议的主张，这时，一批曾经在外国留学的人在北京组织“国外大学毕业参加国民会议同志会”，向“善后会议”提交请愿书，要求在未来的国民会议中给他们保留一定名额，其中称：“查国民代表会议之最大任务为规定中华民国宪法，留学者为一特殊知识阶级，无庸讳言，其应参加此项会议，多多益善。”这里的所谓“特殊知识阶级”，即指这类留学生。

9 “特别国情” 1915年袁世凯预谋恢复帝制，他的宪法顾问，美国人古德诺（F. J. Goodnow，1859—1939），于1915年8月10日在北京《亚细亚日报》发表题为《共和与君主论》的文章，称中国自有“特别国情”，不宜实行民主政治，应当恢复君主政体。其中说：“从其国之历史习惯、社会经济之状况，与夫列强之关系观之，则中国之立宪，以君主制之为易，以共和制行则较难也。”其时，杨度也撰有《君宪救国论》，以“共和不适国情”为由，提倡君主立宪。他还与孙毓筠等人发起成立“筹安会”，讨论所谓“国体”问题，为袁世凯称帝制造舆论。

10 “极峰” 旧时称上级长官为“上峰”，极峰为最高统治者。

11 进研究室主义 1919年7月，胡适在《每周评论》上发表《多研究些问题，少谈些“主义”》的文章，继而又发表学者应“进研究室”“整理国故”的主张。

12 莫谈国事 北洋军阀统治时期，实行政治恐怖政策，北京茶楼酒肆里多贴有“莫谈国事”的字条。

13 勿视勿听勿言勿动 语出《论语·颜渊》。

14 “礼失而求诸野” 语见《汉书·艺文志》。

15 苍颉造字，夜有鬼哭 《淮南子·本经训》：“昔者仓颉作书而天雨粟，鬼夜哭。”

16 尼古拉二世（1868—1918）帝俄罗曼诺夫王朝最后一个皇帝，政权为1917年二月革命所推翻，次年7月被处死。“龙御上宾” 旧时指皇帝逝世，典出《史记·封禅书》。

17 《山海经》 古代地理著作。作者不详。十八篇，各篇著作时代当无定论，近代学者多数认为并非出于一时一人之手，其中十四篇为战国时作品，其余为西汉初年所作。内容主要是传说中的地理知识，其间保存了不少上古神话和宗教内容。刑天，一作形天，与天帝相争的神人。见该书《海外西经》："形天与帝至此争神，帝断其首，葬之常羊之山。乃以乳为目，以脐为口，操干戚以舞。' 干，盾牌；戚，斧头。

18 **陶潜**（约372—427） 东晋诗人。一名渊明，字元亮，浔阳柴桑（今江西九江）人。曾为州祭酒、彭泽令。因不能"为五斗米折腰"，弃官归田。著有《陶渊明集》。"刑天舞干戚"二句，见《读山海经十三首》之十。

灯下漫笔[1]

一

有一时，就是民国二三年时候，北京的几个国家银行的钞票，信用日见其好了，真所谓蒸蒸日上。听说连一向执迷于现银的乡下人，也知道这既便当，又可靠，很乐意收受，行使了。至于稍明事理的人，则不必是“特殊知识阶级”，也早不将沉重累坠的银元装在怀中，来自讨无谓的苦吃。想来，除了多少对于银子有特别嗜好和爱情的人物之外，所有的怕大都是钞票了罢，而且多是本国的。但可惜后来忽然受了一个不小的打击。

就是袁世凯想做皇帝的那一年，蔡松坡[2]先生溜出北京，到云南去起义。这边所受的影响之一，是中国和交通银行的停止兑现。虽然停止兑现，政府勒令商民照旧行用的威力却还有的；商民也自有商民的老本领，不说不要，却道找不出零钱。假如拿几十几百的钞票去买东西，我不知道怎样，但倘使只要买一枝笔，一盒烟卷呢，难道就付给一元钞票么？不但不甘心，也没有这许多票。那么，换铜元，少换几个罢，又都说没有铜元。那么，到亲戚朋友那里借现钱去罢，怎么会有？于是降格以求，不讲爱国了，要外国银行的钞票。但外国银行的钞票这时就等于现银，他如果借给你这钞票，也就借给你真的银元了。

我还记得那时我怀中还有三四十元的中交票[3]，可是忽而变了一个穷人，几乎要绝食，很有些恐慌。俄国革命以后的藏着纸卢布的富翁的心情，恐怕也就这样的罢；至多，不过更深更大罢了。我只得探听，钞票可能折价换到现银呢？说是没有行市。幸而终于，暗暗地有了行市了：六折几。我非常高兴，赶紧去卖了一半。后来又涨到七折了，我更非常高兴，全去换了现银，沉垫垫地坠在怀中，似乎这就是我的性命的斤两。倘在平时，钱铺子如果少给我一个铜元，我是决不答应的。

但我当一包现银塞在怀中，沉垫垫地觉得安心，喜欢的时候，却突然起了另一思想，就是：我们极容易变成奴隶，而且变了之后，还万分喜欢。

假如有一种暴力，“将人不当人”，不但不当人，还不及牛马，不算什么东西；待到人们羡慕牛马，发生“乱离人，不及太平犬”的叹息的时候，然后给与他略等于牛马的价格，有如元朝定律，打死别人的奴隶，赔一头牛[4]，则人们便要心悦诚服，恭颂太平的盛世。为什么呢？因为他虽不算人，究竟已等于牛马了。

使人变成奴隶而又万分喜欢，这就是中国历代统治者闹的一个“小玩艺”。

我们不必恭读《钦定二十四史》，或者入研究室，审察精神文明的高超。只要一翻孩子所读的《鉴中国人的奴隶性可谓根深蒂固。

略》[5]，——还嫌烦重，则看《历代纪元编》[6]，就知道"三千余年古国古"[7]的中华，历来所闹的就不过是这一个小玩艺。但在新近编纂的所谓"历史教科书"一流东西里，却不大看得明白了，只仿佛说：咱们向来就很好的。

但实际上，中国人向来就没有争到过"人"的价格，至多不过是奴隶，到现在还如此，然而下于奴隶的时候，却是数见不鲜的。中国的百姓是中立的，战时连自己也不知道属于那一面，但又属于无论那一面。强盗来了，就属于官，当然该被杀掠；官兵既到，该是自家人了罢，但仍然要被杀掠，仿佛又属于强盗似的。这时候，百姓就希望有一个一定的主子，拿他们去做百姓，——不敢，是拿他们去做牛马，情愿自己寻草吃，只求他决定他们怎样跑。

假使真有谁能够替他们决定，定下什么奴隶规则来，自然就"皇恩浩荡"了。可惜的是往往暂时没有谁能定。举其大者，则如五胡十六国[8]的时候，黄巢[9]的时候，五代[10]时候，宋末元末时候，除了老例的服役纳粮以外，都还要受意外的灾殃。张献忠的脾气更古怪了，不服役纳粮的要杀，服役纳粮的也要杀，敌他的要杀，降他的也要杀：将奴隶规则毁得粉碎。这时候，百姓就希望来一个另外的主子，较为顾及他们的奴隶规则的，无论仍旧，或者新颁，总之是有一种规则，使他们可上奴隶的轨道。

"时日曷丧，予及汝偕亡！"[11]愤言而已，决心实行的不多见。实际上大概是群盗如麻，纷乱至极之后，就有一个较强，或较聪明，或较狡滑，或是外族的人物出来，较有秩序地收拾了天下。厘定规则：怎样服役，怎样纳粮，怎样磕头，怎样颂圣。而且这规则是不像现在那样朝三暮四的。于是便"万姓胪欢"了；用成语来说，就叫作"天下太平"。

专制政体下的所谓"法治"，就是按仍旧或新颁的奴隶规则，强迫和诱使百姓上奴隶的轨道而且习惯。

任凭你爱排场的学者们怎样铺张，修史时候设些什么"汉族发祥时代""汉族发达时代""汉族中兴时代"的好题目，好意诚然是可感的，但措辞太绕湾子了。有更其直捷了当的说法在这里——

一，想做奴隶而不得的时代；

二，暂时做稳了奴隶的时代。

所列两条（两个时代的循环），堪称中国历史提要。

这一种循环，也就是"先儒"之所谓"一治一乱"[12]；那些作乱人物，从后日的"臣民"看来，是给"主子"清道辟路的，所以说："为圣天子驱除云尔。"[13]

现在入了那一时代，我也不了然。但看国学家的崇奉国粹，文学家的赞叹固有文明，道学家的热心复古，可见于现状都已不满了。然而我们究竟正向着那一条路走呢？百姓是一遇到莫名其妙的战争，稍富的迁进租界，妇孺则避入教堂里去了，因为那些地方都比较的"稳"，暂不至于想做奴隶而不得。总而言之，复古的，避难的，无智愚贤不肖，似乎都已神往于三百年前的太平盛世，就是“暂时做稳了奴隶的时代”了。

但我们也就都像古人一样，永久满足于“古已有之”的时代么？都像复古家一样，不满于现在，就神往于三百年前的太平盛世么？

创造“第三样时代”。

自然，也不满于现在的，但是，无须反顾，因为前面还有道路在。而创造这中国历史上未曾有过的第三样时代，则是现在的青年的使命！

二

反“爱国主义”。

但是赞颂中国固有文明的人们多起来了，加之以外国人。我常常想，凡有来到中国的，倘能疾首蹙额而憎恶中国，我敢诚意地捧献我的感谢，因为他一定是不愿意吃中国人的肉的！

鹤见祐辅[14]氏在《北京的魅力》中，记一个白人将到中国，预定的暂住时候是一年，但五年之后，还在北京，而且不想回去了。有一天，他们两人一同吃晚饭——

“在圆的桃花心木的食桌前坐定，川流不息地献着出海的珍味，谈话就从古董，画，政治这些开头。电灯上罩着支那式的灯罩，淡淡的光洋溢于古物罗列的屋子中。什么无产阶级呀，Proletariat[15]呀那些事，就像不过在什么地方刮风。

“我一面陶醉在支那生活的空气中，一面深

思着对于外人有着'魅力'的这东西。元人也曾征服支那，而被征服于汉人种的生活美了；满人也征服支那，而被征服于汉人种的生活美了。现在西洋人也一样，嘴里虽然说着 Democracy[16] 呀，什么什么呀，而却被魅于支那人费六千年而建筑起来的生活的美。一经住过北京，就忘不掉那生活的味道。大风时候的万丈的沙尘，每三月一回的督军们的开战游戏，都不能抹去这支那生活的魅力。"

这些话我现在还无力否认他。我们的古圣先贤既给与我们保古守旧的格言，但同时也排好了用子女玉帛所做的奉献于征服者的大宴。中国人的耐劳，中国人的多子，都就是办酒的材料，到现在还为我们的爱国者所自诩的。西洋人初入中国时，被称为蛮夷，自不免个个蹙额，但是，现在则时机已至，到了我们将曾经献于北魏，献于金，献于元，献于清的盛宴，来献给他们的时候了。出则汽车，行则保护：虽遇清道，然而通行自由的；虽或被劫，然而必得赔偿的；孙美瑶[17]掳去他们站在军前，还使官兵不敢开火。何况在华屋中享用盛宴呢？待到享受盛宴的时候，自然也就是赞颂中国固有文明的时候；但是我们的有些乐观的爱国者，也许反而欣然色喜，以为他们将要开始被中国同化了罢。古人曾以女人作苟安的城堡，美其名以自欺曰"和亲"，今人还用子女玉帛为作奴的贽敬，又美其名曰"同化"。所以倘有外国的谁，到了已有赴宴的资格的现在，而还替我们诅咒中国的现状者，这才是真有良心的真可佩服的人！

但我们自己是早已布置妥帖了，有贵贱，有大小，有上下。自己被人凌虐，但也可以凌虐别人；自己被人吃，但也可以吃别人。一级一级的制驭着，不能动弹，也不想动弹了。因为倘一动弹，虽或有利，然而也有弊。我们且看古人的良法美意罢——

“天有十日，人有十等。下所以事上，上所以共神也。故王臣公，公臣大夫，大夫臣士，士臣皁，皁臣舆，舆臣隶，隶臣僚，僚臣仆，仆臣台。[18]”(《左传》昭公七年)

但是“台”没有臣，不是太苦了么？无须担心的，有比他更卑的妻，更弱的子在。而且其子也很有希望，他日长大，升而为“台”，便又有更卑更弱的妻子，供他驱使了。如此连环，各得其所，有敢非议者，其罪名曰不安分！

集权统治也一定是等级统治。

虽然那是古事，昭公七年离现在也太辽远了，但“复古家”尽可不必悲观的。太平的景象还在：常有兵燹，常有水旱，可有谁听到大叫唤么？打的打，革的革，可有处士来横议么？对国民如何专横，向外人如何柔媚，不犹是差等的遗风么？中国固有的精神文明，其实并未为共和二字所埋没，只有满人已经退席，和先前稍不同。

因此我们在目前，还可以亲见各式各样的筵宴，有烧烤，有翅席，有便饭，有西餐。但茅檐下也有淡饭，路傍也有残羹，野上也有饿莩；有吃烧烤的身价不资的阔人，也有饿得垂死的每斤八文的孩子（见《现代评论》二十一期）。所谓中国的文明者，其实不过是安排给阔人享用的人肉的筵宴。所谓中国者，其实不过是安排这人肉的筵宴的厨房。不知道而赞颂者是可恕的，否则，此辈当得永远的诅咒！

外国人中，不知道而赞颂者，是可恕的；占了高位，养尊处优，因此受了蛊惑，昧却灵性而赞叹者，也还可恕的。可是还有两种，其一是以中国人为劣种，只配悉照原来模样，因而故意称赞中国的旧物。其一是愿世间人各不相同以增自己旅行的兴趣，到中国看辫子，到日本看木屐，到高丽看笠子，倘若服饰一样，便索然无味了，因而来反对亚洲的欧化。这些都可憎恶。至于罗素[19]在西湖见轿夫含笑，便赞美中国人，则也许别有意思罢。但是，轿夫如果能对坐轿的人不含笑，中国也早不是现在似的中国了。

肯定“亚洲的欧化”，这里的“欧化”，即现代化的替代词。

这文明，不但使外国人陶醉，也早使中国一切人们无不陶醉而且至于含笑。因为古代传来而至今还在的许多差别，使人们各各分离，遂不能再感到别人的痛苦；并且因为自己各有奴使别人，吃掉别人的希望，便也就忘却自己同有被奴使被吃掉的将来。于是大小无数的人肉的筵宴，即从有文明以来一直排到现在，人们就在这会场中吃人，被吃，以凶人的愚妄的欢呼，将悲惨的弱者的呼号遮掩，更不消说女人和小儿。

响应《狂人日记》而更趋激烈。

这人肉的筵宴现在还排着，有许多人还想一直排下去。扫荡这些食人者，掀掉这筵席，毁坏这厨房，则是现在的青年的使命！

一九二五年四月二十九日。

注　释

1 本文分两次先后发表于 1925 年 5 月 1 日、22 日《莽原》周刊第 2 期和第 5 期。后编入《坟》。

2 **蔡松坡**（1882—1916） 名锷，字松坡，湖南邵阳人，辛亥革命时任云南都督，1913 年 10 月被袁世凯骗到北京，任以参政院参政等职，而实际上加以监视。1915 年潜回昆明，宣布云南独立，通电讨袁，各省纷纷响应。1916 年 1 月至 3 月，率军攻打北洋军，先后攻击贵州等地，11 月 8 日因病逝世。

3 **中交票**　中国银行和交通银行发行的纸币。

4 **打死别人的奴隶，赔一头牛**　见于多桑《蒙古史》。元陶宗仪《南村辍耕录》也有类似的记载，如卷十七“奴婢”条：“刑律，私宰牛马，杖一百。殴死驱口，比常人减死一等，杖一百七。所以视奴婢与马牛无异。”按，宋元时金军、蒙古军在战争中所俘汉族人户称“驱户”，此类人口称“驱口”。

5 **《鉴略》**　清代王仕云著。内容上起盘古，下至明末，是一种用四言韵语写成的启蒙历史读物。

6 **《历代纪元编》**　中国历史的干支年表。清代李兆洛门人六承如编。全书分三卷，上卷纪元总载；中卷纪元甲子表，载各朝帝号、年号；下卷纪元编韵。

7 **“三千余年古国古”**　语出黄遵宪《出军歌》：“四千余岁古国古，是我完全土。”

8 **五胡十六国**　公元 304 年至 439 年间，匈奴、羯、鲜卑、氐、羌五个少数民族先后在北方和西蜀立国，计有前赵、后赵、前燕、后燕、南燕、后凉、南凉、北凉、前秦、后秦、西秦、夏、成汉，加上汉族建立的前凉、西凉、北燕，史称“五胡十六国”。

9 **黄巢**（？—884） 曹州冤句（今山东曹县）人。唐末农民军领袖。乾符二年（875）参加王仙芝的起义军。王阵亡后，汇集余部，转战江、浙、赣、闽间，六年破广州，后率百万之众北伐，入中原，克洛阳，破长安，称大齐皇帝。不久为官军所困，中和四年（884）败于泰山狼虎谷，结果自杀。

10 五代 即公元 907 年至 960 年间的梁、唐、晋、汉、周五个朝代。

11 “时日曷丧，予及汝偕亡” 语见《尚书·汤誓》。时，此，这；日，太阳，比喻夏桀；曷，何时；予，我；汝，你。

12 “一治一乱” 语见《孟子·滕文公》：“天下之生久矣，一治一乱。”

13 “为圣天子驱除云尔” 语出《汉书·王莽传赞》：“圣王之驱除云尔。”苏林注：“圣王，光武也。为光武驱除也。”颜师古注：“言驱逐蠲除以待圣人也。”

14 鹤见祐辅（1885—1972） 日本政治家、著作家。主要作品有《母》《子》《英雄待望论》等。

15 Proletariat 英语，无产阶级。

16 Democracy 英语，民主政体。

17 孙美瑶 当时占领山东抱犊崮的土匪首领。1923 年 5 月 5 日，他在津浦铁路临城站劫车，掳走二百多名中外旅客，成为轰动一时的新闻事件。

18 王、公、大夫、士、皁、舆、隶、僚、仆、台，中国古代社会等级的名称。

19 罗素（Bertrnad Russell，1872—1970） 英国哲学家、数学家、逻辑学家，同时也是散文作家，曾获 1950 年诺贝尔文学奖。主要著作有《数学原理》《哲学问题》《西方哲学史》等。1920 年前来中国讲学，回国后著有《中国问题》一书。这里说的“在西湖见轿夫含笑”事，见于该书。其中记述说：“我记得一个大夏天，我们几个人坐轿过山，道路崎岖难行，轿夫非常的辛苦；我们到了山顶，停十分钟，让他们休息一会。立刻他们就并排的坐下来了，抽出他们的烟袋来，谈着笑着，好像一点忧虑都没有似的。”

杂　忆[1]

1

有人说 G. Byron[2] 的诗多为青年所爱读，我觉得这话很有几分真。就自己而论，也还记得怎样读了他的诗而心神俱旺；尤其是看见他那花布裹头，去助希腊独立时候的肖像。这像，去年才从《小说月报》[3]传入中国了。可惜我不懂英文，所看的都是译本。听近今的议论，译诗是已经不值一文钱，即使译得并不错。但那时大家的眼界还没有这样高，所以我看了译本，倒也觉得好，或者就因为不懂原文之故，于是便将臭草当作芳兰。《新罗马传奇》[4]中的译文也曾传诵一时，虽然用的是词调，又译 Sappho 为“萨芷波”，证明着是根据日文译本的重译。

苏曼殊[5]先生也译过几首，那时他还没有做诗“寄弹筝人”，因此与 Byron 也还有缘。但译文古奥得很，也许曾经章太炎先生的润色的罢，所以真像古诗，可是流传倒并不广。后来收入他自印的绿面金签的《文学因缘》中，现在连这《文学因缘》也少见了。

其实，那时 Byron 之所以比较的为中国人所知，还有别一原因，就是他的助希腊独立。时当清的末年，在一部分中国青年的心中，革命思潮正盛，凡有叫喊复仇和反抗的，便容易惹起感应。那时我所记得的人，还有波兰的复仇诗人 Adam Mickiewicz[6]；匈牙利的爱国诗人 Petöfi Sándor[7]；飞猎滨的文人而为西班牙政府所杀的厘沙路[8]，——他的祖父还是中国人，中国也曾译过他的绝命诗。Hauptmann，Sudermann，Ibsen[9] 这些人虽然正负盛名，我们却不大注意。别有一部分人，则专意搜集明末遗民的著作，满人残暴的记录，钻在东京或其他的图书馆里，抄写出来，印了，输入中国，希望使忘却的旧恨复活，助革命成功。于是《扬州十日记》[10]，《嘉定屠城记略》[11]，《朱舜水集》[12]，《张苍水集》[13] 都翻印了，还有《黄萧养回头》[14] 及其他单篇的汇集，我现在已经举不出那些名目来。别有一部分人，则改名"扑满""打清"之类，算是英雄。这些大号，自然和实际的革命不甚相关，但也可见那时对于光复的渴望之心，是怎样的旺盛。

不独英雄式的名号而已，便是悲壮淋漓的诗文，也不过是纸片上的东西，于后来的武昌起义怕没有什么大关系。倘说影响，则别的千言万语，大概都抵不过浅近直截的"革命军马前卒邹容"所做的《革命军》。[15]

用作者在另一处的比喻，《革命军》可谓是从血管里流出来的血，是革命者所作的体现了近代革命（而不是中国式"造反"）观念的战斗的檄文。

2

辛亥革命前后的“洋文明”。

待到革命起来，就大体而言，复仇思想可是减退了。我想，这大半是因为大家已经抱着成功的希望，又服了“文明”的药，想给汉人挣一点面子，所以不再有残酷的报复。但那时的所谓文明，却确是洋文明，并不是国粹；所谓共和，也是美国法国式的共和，不是周召共和[16]的共和。革命党人也大概竭力想给本族增光，所以兵队倒不大抢掠。南京的土匪兵小有劫掠，黄兴[17]先生便勃然大怒，枪毙了许多，后来因为知道土匪是不怕枪毙而怕枭首的，就从死尸上割下头来，草绳络住了挂在树上。从此也不再有什么变故了，虽然我所住的一个机关的卫兵，当我外出时举枪立正之后，就从窗门洞爬进去取了我的衣服，但究竟手段已经平和得多，也客气得多了。

南京是革命政府所在地，当然格外文明。但我去一看先前的满人的驻在处，却是一片瓦砾；只有方孝孺血迹石[18]的亭子总算还在。这里本是明的故宫，我做学生时骑马经过，曾很被顽童骂詈和投石，——犹言你们不配这样，听说向来是如此的。现在却面目全非了，居民寥寥；即使偶有几间破屋，也无门窗；若有门，则是烂洋铁做的。总之，是毫无一点木料。

那么，城破之时，汉人大大的发挥了复仇手段了么？并不然。知道情形的人告诉我：战争时候自然有些损坏；革命军一进城，旗人[19]中间便有些人定要按古法殉难，在明的冷宫的遗址的屋子里使火药炸裂，以炸杀自己，恰巧一同炸死了几个适从近旁经过的骑兵。革命军以为埋藏地雷反抗了，便烧了一回，可是爇余的房子还不少。此后是他们自己动手，拆屋材出卖，先拆自己的，次拆较多的别人的，待到屋无尺材寸椽，这才大家流散，还给我们一片瓦砾场。——但这是我耳闻的，保不定可是真话。

看到这样的情形，即使你将《扬州十日记》挂在眼前，也不至于怎样愤怒了罢。据我感得，民国成立以后，汉满的恶感仿佛很是消除了，各省的界限也比先前更其轻淡了。然而"罪孽深重不自殒灭"[20]的中国人，不到一年，情形便又逆转：有宗社党[21]的活动和遗老的谬举而两族的旧史又令人忆起，有袁世凯的手段而南北的交恶[22]加甚，有阴谋家的狡计而省界又被利用[23]，并且此后还要增长起来！

3

不知道我的性质特别坏，还是脱不出往昔的环境的影响之故，我总觉得复仇是不足为奇的，虽然也并不想诬无抵抗主义者为无人格。但有时也想：报复，谁来裁判，怎能公平呢？便又立刻自答：自己裁判，自己执行；既没有上帝来主持，人便不妨以目偿头，

个人主义的政治哲学。

复仇与宽恕（二十世纪九十年代学者习惯称作“宽容”）。

也不妨以头偿目。有时也觉得宽恕是美德，但立刻也疑心这话是怯汉所发明，因为他没有报复的勇气；或者倒是卑怯的坏人所创造，因为他贻害于人而怕人来报复，便骗以宽恕的美名。

因此我常常欣慕现在的青年，虽然生于清末，而大抵长于民国，吐纳共和的空气，该不至于再有什么异族轭下的不平之气，和被压迫民族的合辙[24]之悲罢。果然，连大学教授[25]，也已经不解何以小说要描写下等社会的缘故了，我和现代人要相距一世纪的话，似乎有些确凿。但我也不想湔洗，——虽然很觉得惭惶。

当爱罗先珂君在日本未被驱逐之前，我并不知道他的姓名。直到已被放逐，这才看起他的作品来；所以知道那迫辱放逐的情形的，是由于登在《读卖新闻》[26]上的一篇江口涣[27]氏的文字。于是将这译出，还译他的童话，还译他的剧本《桃色的云》。其实，我当时的意思，不过要传播被虐待者的苦痛的呼声和激发国人对于强权者的憎恶和愤怒而已，并不是从什么“艺术之宫”里伸出手来，拔了海外的奇花瑶草，来移植在华国的艺苑。

其实，鲁迅的全部文字遗产，都在于“传播被虐待者的苦痛的呼声和激发国人对于强权者的憎恶和愤怒”。

日文的《桃色的云》出版时，江口氏的文章也在，可是已被检查机关（警察厅？）删节得很多。我的译文是完全的，但当这剧本印成本子时，却没有印上去。因为其时我又见了别一种情形，起了别一种意见，不想在中国人的愤火上，再添薪炭了。

4

孔老先生说："毋友不如己者。"[28] 其实这样的势利眼睛，现在的世界上还多得很。我们自己看看本国的模样，就可知道不会有什么友人的了，岂但没有友人，简直大半都曾经做过仇敌。不过仇甲的时候，向乙等候公论，后来仇乙的时候，又向甲期待同情，所以片段的看起来，倒也似乎并不是全世界都是怨敌。但怨敌总常有一个，因此每一两年，爱国者总要鼓舞一番对于敌人的怨恨与愤怒。

这也是现在极普通的事情，此国将与彼国为敌的时候，总得先用了手段，煽起国民的敌忾心来，使他们一同去扞御或攻击。但有一个必要的条件，就是：国民是勇敢的。因为勇敢，这才能勇往直前，肉搏强敌，以报仇雪恨。假使是怯弱的人民，则即使如何鼓舞，也不会有面临强敌的决心；然而引起的愤火却在，仍不能不寻一个发泄的地方，这地方，就是眼见得比他们更弱的人民，无论是同胞或是异族。

我觉得中国人所蕴蓄的怨愤已经够多了，自然是受强者的蹂躏所致的。但她们却不很向强者反抗，而反在弱者身上发泄，兵和匪不相争，无枪的百姓却并受兵匪之苦，就是最近便的证据。再露骨地说，怕还可以证明这些人的卑怯。卑怯的人，即使有万丈的愤

阿Q相。

火，除弱草以外，又能烧掉甚么呢？

或者要说，我们现在所要使人愤恨的是外敌，和国人不相干，无从受害。可是这转移是极容易的，虽曰国人，要借以泄愤的时候，只要给与一种特异的名称，即可放心剸刃。先前则有异端，妖人，奸党，逆徒等类名目，现在就可用国贼，汉奸，二毛子，洋狗或洋奴。庚子年的义和团捉住路人，可以任意指为教徒，据云这铁证是他的神通眼已在那人的额上看出一个“十”字。

然而我们在“毋友不如已者”的世上，除了激发自己的国民，使他们发些火花，聊以应景之外，又有什么良法呢。可是我根据上述的理由，更进一步而希望于点火的青年的，是对于群众，在引起他们的公愤之余，还须设法注入深沉的勇气，当鼓舞他们的感情的时候，还须竭力启发明白的理性；而且还得偏重于勇气和理性，从此继续地训练许多年。这声音，自然断乎不及大叫宣战杀贼的大而闳，但我以为却是更紧要而更艰难伟大的工作。

正义感，勇气，热情和理性，对此作的不间断的训练，都是国民所需要的。

否则，历史指示过我们，遭殃的不是什么敌手而是自己的同胞和子孙。那结果，是反为敌人先驱，而敌人就做了这一国的所谓强者的胜利者，同时也就做了弱者的恩人。因为自己先已互相残杀过了，所蕴蓄的怨愤都已消除，天下也就成为太平的盛世。

总之，我以为国民倘没有智，没有勇，而单靠一种所谓“气”，实在是非常危险的。现在，应该更进而着手于较为坚实的工作了。

一九二五年六月十六日。

注释

1 发表于1925年6月19日《莽原》周刊第9期。后编入《坟》。

2 G. Byron 拜伦（1788—1824），英国诗人。因受英国政府和社会的迫害，于1816年出国。在意大利，积极参加烧炭党人的革命活动。烧炭党运动失败后，于1823年到希腊，随后即投入希腊解放运动，参加军事领导和组织工作。1824年4月，突然患病辞世。著名的作品有《哈尔德·哈罗尔德游记》《唐·璜》等。

3 《小说月报》 商务印书馆出版的刊物。1910年在上海创刊，初由恽铁樵主编。二十年代前主要刊登鸳鸯蝴蝶派作品。1921年起改由文学研究会主办，先后由沈雁冰（茅盾）、郑振铎主编，大量发表新文学创作和外国文学作品。1932年1月停刊。

4 《新罗马传奇》 梁启超根据自著的《意大利建国三杰传》改编的戏曲作品，但其中并没有拜伦诗的译文。这里可能出于作者误记。梁启超在他的小说《新中国未来论》中则以戏曲形式介绍过拜伦长诗《唐·璜》的个别片断：“（沉醉东风）咳！希腊啊！希腊啊！……你本是平和时代的爱娇。你本是战争时代的天骄。撒芷波歌声高，女诗人热情好。”Sappho，通译萨福，古希腊女诗人，梁启超译为“撒芷波”，当是误译。

5 苏曼殊（1884—1918） 文学家。原名玄瑛，字子谷，二十岁为僧，号曼殊，广东中山人。留学日本，漫游南洋各地，能诗文，善绘画，通英、法、日、梵诸文。曾任教师及报刊翻译。加入南社。著有《断鸿零雁记》《碎簪记》等。还翻译过拜伦、雨果等人的作品。今有《苏曼殊文集》行世。

6 Adam Mickiewicz 密茨凯维支（1798—1855），波兰革命家、诗人。大学时积极参加波兰复国运动，并开始诗歌创作，因参加秘密革命组织被捕，后流放俄国。在俄国，结识普希金和十二月党人，并继续写作，长诗《康拉德·华伦洛德》出版后被逐。随后辗转到巴黎大学任教。1848 年，到罗马组织波兰军团，争取意大利和波兰的独立，未获成功。1849 年在巴黎创办法文报纸《国际论坛》，抨击专制制度，宣传民族解放思想。1855 年，试图到土耳其建立军队，以推翻沙俄的殖民统治，不幸病逝。

7 Petöfi Sándor 裴多菲（1823—1849），匈牙利诗人，革命家。生于屠户家庭，十五岁失学，当过兵，做过流浪艺人，后定居佩斯。在佩斯，积极从事政治活动，领导该地区工人和学生举行起义。1848 年，奥地利进攻匈牙利，次年投入卫国战争，后死于战场。除诗歌外，还著有小说《绞吏之绳》等。

8 厘沙路（J. Rizal，1861—1896） 通译李萨尔，菲律宾民族独立运动领袖，作家。出生于农民家庭，在马德里中央大学先后学习医科和文学，毕业后在国外旅游。政府的专制和暴力，使他由一个和平改良主义者转变为一个革命者，建立秘密的革命组织“菲律宾联盟”，从事民主解放运动和反对西班牙殖民者的斗争，后被捕遇害，留下绝命诗。著有小说《不许犯我》《起义者》等。他的绝命诗《我的最后的告别》，曾由梁启超译出，题为《墓中呼声》。

9 Hauptmann，霍普德曼。Sudermann，苏德曼（1857—1928），德国作家，著有剧本《故乡》、小说《忧愁夫人》等。Ibsen，易卜生。

10 《扬州十日记》 清代王秀楚著，记叙清兵攻入扬州时屠杀汉人的实况。

11 《嘉定屠城记略》 清代朱子素著，记叙清兵攻入嘉定（今属上海）时三次屠戮汉人的实况。

12 《朱舜水集》 朱之瑜著。朱之瑜（1600—1682），明末思想家。字鲁屿，号舜水，浙江余姚人。明亡后致力于抗清复明的斗争，失败后亡命日本，客死水户。

13 《张苍水集》 张煌言著。张煌言（1620—1664），文学家。字玄著，号苍水，浙江鄞县人。南明大臣。清顺治二年（1645）起兵抗清，兵败被俘，不屈而死。

14 《黄萧养回头》 粤剧剧目。署名“新广东武生”，原载1902年梁启超主编的《新小说》杂志，后由上海广智书局出版。黄萧养是明末广东农民起义领袖，正统十三年（1448）发动囚徒反叛，后部众扩至十余万，自称顺天王。景泰元年（1450）战死。剧本以反清革命为主题，说黄帝命黄萧养的灵魂投生，从事救国活动，使中国成为“富强之邦”。

15 邹容（1885—1905） 清末革命家。原名绍陶，字蔚丹，四川巴县（今重庆巴南区）人。1902年留学日本，次年返回上海，撰成《革命军》，号召推翻清朝统治，建立中华共和国。章太炎为之作序，在《苏报》发表，称为“雷霆之声”，影响甚大。《苏报》案发生后，章太炎被捕，他主动承当责任，愤而投案，被判徒刑两年，死于狱中。“革命军马前卒邹容”，系《革命军》自序署款。

16 周召共和 据《史记·周本纪》，西周厉王政权遭到颠覆后，由召公、周公二相共同行政，史称“共和”，历时十四年。

17 黄兴（1874—1916） 革命家。原名轸，字克强，湖南长沙人。1902年留学日本，组织华兴会，1905年和孙中山组织同盟会，时人以“孙黄”并称；多次领导武装起义，武昌起义时亲赴前线督师。1912年1月南京临时政府成立，任陆军总长。1914年去美国，在美期间，进行反对袁世凯的宣传活动，曾为护国军筹集军饷，两年后抵日本，袁死后回国，病逝于上海。

18 方孝孺（1357—1402） 字希直，浙江宁海人。明惠帝建文时召为翰林博士，任侍读学士。建文四年（1402），惠帝的叔父燕王朱棣起兵攻入南京，自立为帝（永乐帝），命起草即位诏书，坚决不从，遂遭杀害，凡灭十族，坐死者八百七十三人。著有《逊志斋集》。血迹石 相传是方孝孺被钩舌敲齿时血染的石块。

19 旗人 八旗是满族的军队组织和户口编制，故称编入八旗的人为旗人，后来也称满族人为旗人。

20 “罪孽深重不自殒灭” 宋代之后，习惯在父母死后的讣文中写入“不孝某某罪孽深重，不自殒灭，祸延显考（妣）”一类套语。

21 宗社党 清朝贵族良弼、毓朗、铁良等为保全清室政权，于1911年成立的一个组织。

22 南北的交恶 指1913年7月发生的袁世凯与南方国民党讨袁军之间的战争。

23 省界又被利用 1916年初，袁世凯称帝后，南北各省军阀利用反袁的名义宣告独立，复以自治或联合的名义，旨在保存军事实力，维持以省为单位的封建割据的现状。

24 合辙 指被强制服从适应异族统治者的制度和政策。辙，戏曲、歌词的韵脚。

25 大学教授 这里指吴宓，时任东南大学教授。作者在《上海文艺之一瞥》一文中曾说：“那时吴宓先生就曾发表过文章，说是真不懂为什么有些人竟喜欢描写下流社会。”

26 《读卖新闻》 日本的一家具有全国性影响的报纸。明治七年（1874）在东京创刊。

27 江口涣（1887—1975） 日本作家。著有《火山下》《一个女人的犯罪》等。这里说的一篇关于爱罗先珂的文字，题名为《忆爱罗先珂华西理君》，后由鲁迅译出，刊于《晨报副刊》。

28 “毋友不如己者” 语见《论语·学而》。

论睁了眼看[1]

虚生[2]先生所做的时事短评中，曾有一个这样的题目：《我们应该有正眼看各方面的勇气》（《猛进》十九期）。诚然，必须敢于正视，这才可望敢想，敢说，敢作，敢当。倘使并正视而不敢，此外还能成什么气候。然而，不幸这一种勇气，是我们中国人最所缺乏的。

但现在我所想到的是别一方面——

中国的文人，对于人生，——至少是对于社会现象，向来就多没有正视的勇气。我们的圣贤，本来早已教人“非礼勿视”的了；而这“礼”又非常之严，不但“正视”，连“平视”“斜视”也不许。现在青年的精神未可知，在体质，却大半还是弯腰曲背，低眉顺眼，表示着老牌的老成的子弟，驯良的百姓。——至于说对外却有大力量，乃是近一月来的新说，还不知道究竟是如何。

中国文人最所缺乏的是正视社会现实的勇气。

再回到“正视”问题去：先既不敢，后便不能，再后，就自然不视，不见了。一辆汽车坏了，停在马路上，一群人围着呆看，所得的结果是一团乌油油的东西。然而，由本身的矛盾或社会的缺陷所生的苦痛，虽不正视，却要身受的。文人究竟是敏感人物，从他们的作品上看来，有些人确也早已感到不满，可是一到快要显露缺陷的危机一髮之际，他们总即刻连说“并无其事”，同时便闭上了眼睛。这闭着的眼睛便看见一切圆满，当前的苦痛不过是“天之将降大任于是人也，必先苦其心志，劳其筋骨，饿其体肤，空乏其身，行拂乱其所为。”[3]于是无问题，无缺陷，无不平，也就无解决，无改革，无反抗。因为凡事总要“团圆”，正无须我们焦躁；放心喝茶，睡觉大吉。再说费话，就有“不合时宜”之咎，免不了要受大学教授的纠正了。呸！

我并未实验过，但有时候想：倘将一位久蛰洞房的老太爷抛在夏天正午的烈日底下，或将不出闺门的千金小姐拖到旷野的黑夜里，大概只好闭了眼睛，暂续他们残存的旧梦，总算并没有遇到暗或光，虽然已经是绝不相同的现实。中国的文人也一样，万事闭眼睛，聊以自欺，而且欺人，那方法是：瞒和骗。

中国文人惯用的方法是：瞒和骗。

中国婚姻方法的缺陷，才子佳人小说作家早就感到了，他于是使一个才子在壁上题诗，一个佳人便来和，由倾慕——现在就得称恋爱——而至于有“终身之约”。但约定之后，也就有了难关。我们都知道，

“私订终身”在诗和戏曲或小说上尚不失为美谈（自然只以与终于中状元的男人私订为限），实际却不容于天下的，仍然免不了要离异。明末的作家便闭上眼睛，并这一层也加以补救了，说是：才子及第，奉旨成婚。“父母之命媒妁之言”[4]经这大帽子来一压，便成了半个铅钱也不值，问题也一点没有了。假使有之，也只在才子的能否中状元，而决不在婚姻制度的良否。

（近来有人以为新诗人的做诗发表，是在出风头，引异性；且迁怒于报章杂志之滥登。殊不知即使无报，墙壁实“古已有之”，早做过发表机关了；据《封神演义》[5]，纣王已曾在女娲庙壁上题诗，那起源实在非常之早。报章可以不取白话，或排斥小诗，墙壁却拆不完，管不及的；倘一律刷成黑色，也还有破磁可划，粉笔可书，真是穷于应付。做诗不刻木板，去藏之名山，却要随时发表，虽然很有流弊，但大概是难以杜绝的罢。）

《红楼梦》中的小悲剧，是社会上常有的事，作者又是比较的敢于实写的，而那结果也并不坏。无论贾氏家业再振，兰桂齐芳，即宝玉自己也成了个披大红猩猩毡斗篷的和尚。和尚多矣，但披这样阔斗篷的能有几个，已经是“入圣超凡”无疑了。至于别的人们，则早在册子里一一注定，末路不过是一个归结：是问题的结束，不是问题的开头。读者即小有不安，

论《红楼梦》。

也终于奈何不得。然而后或续或改，非借尸还魂，即冥中另配，必令“生旦当场团圆”，才肯放手者，乃是自欺欺人的瘾太大，所以看了小小骗局，还不甘心，定须闭眼胡说一通而后快。赫克尔（E. Haeckel）[6]说过：人和人之差，有时比类人猿和原人之差还远。我们将《红楼梦》的续作者和原作者一比较，就会承认这话大概是确实的。

“作善降祥”[7]的古训，六朝人本已有些怀疑了，他们作墓志，竟会说“积善不报，终自欺人”[8]的话。但后来的昏人，却又瞒起来。元刘信将三岁痴儿抛入醮纸火盆，妄希福祐，是见于《元典章》[9]的；剧本《小张屠焚儿救母》[10]却道是为母延命，命得延，儿亦不死了。一女愿侍痼疾之夫，《醒世恒言》[11]中还说终于一同自杀的；后来改作的却道是有蛇坠入药罐里，丈夫服后便全愈了。凡有缺陷，一经作者粉饰，后半便大抵改观，使读者落诬妄中，以为世间委实尽够光明，谁有不幸，便是自作，自受。

有时遇到彰明的史实，瞒不下，如关羽岳飞的被杀，便只好别设骗局了。一是前世已造夙因，如岳飞；一是死后使他成神，如关羽。定命不可逃，成神的善报更满人意。所以，杀人者不足责，被杀者也不足悲，冥冥中自有安排，使他们各得其所，正不必别人来费力了。

中国人的不敢正视各方面，用瞒和骗，造出奇妙的逃路来，而自以为正路。在这路上，就证明着国民性的怯弱，懒惰，而又巧滑。一天一天的满足着，即一天一天的堕落着，但却又觉得日见其光荣。在事实上，亡国一次，即添加几个殉难的忠臣，后来每不想光复旧物，而只去赞美那几个忠臣；遭劫一次，即造成一群不辱的烈女，事过之后，也每每不思惩凶，自卫，却只顾歌咏那一群烈女。彷佛亡国遭劫的事，反而给中国人发挥"两间正气"的机会，增高价值，即在此一举，应该一任其至，不足忧悲似的。自然，此上也无可为，因为我们已经借死人获得最上的光荣了。沪汉烈士的追悼会[12]中，活的人们在一块很可景仰的高大的木主下互相打骂，也就是和我们的先辈走着同一的路。

"瞒和骗"的国民性根源。

文艺是国民精神所发的火光，同时也是引导国民精神的前途的灯火。这是互为因果的，正如麻油从芝麻榨出，但以浸芝麻，就使它更油。倘以油为上，就不必说；否则，当参入别的东西，或水或硷去。中国人向来因为不敢正视人生，只好瞒和骗，由此也生出瞒和骗的文艺来，由这文艺，更令中国人更深地陷入瞒和骗的大泽中，甚而至于已经自己不觉得。世界日日改变，我们的作家取下假面，真诚地，深入地，大胆地看取人生，并且写出他的血和肉来的时候早到

由于不敢正视人生，中国的文艺只能是"瞒和骗的文艺"。

中国要有“真的新文艺”，就必先获得“睁了眼看”的勇气。

了；早就应该有一片崭新的文场，早就应该有几个凶猛的闯将！

现在，气象似乎一变，到处听不见歌吟花月的声音了，代之而起的是铁和血的赞颂。然而倘以欺瞒的心，用欺瞒的嘴，则无论说A和O，或Y和Z，一样是虚假的；只可以吓哑了先前鄙薄花月的所谓批评家的嘴，满足地以为中国就要中兴。可怜他在“爱国”大帽子底下又闭上了眼睛了——或者本来就闭着。

没有冲破一切传统思想和手法的闯将，中国是不会有真的新文艺的。

一九二五年七月二十二日。

注　释

1　发表于1925年8月3日《语丝》周刊第38期。后编入《坟》。

2　**虚生**　《猛进》周刊主编徐炳昶的笔名。徐炳昶（1886—1976），字旭生，河南唐河人，教育家。1922年任北京大学教务长，后为哲学系教授、系主任，二十世纪三十年代任北京师范大学校长，抗战时期为西南联大教授。《猛进》，政论性刊物，1925年3月6日创刊，次年停刊。

3　“天之将降大任于是人也”等语，见《孟子·告子》。

4　“父母之命媒妁之言”　语见《孟子·滕文公》。

5　《封神演义》　神魔小说，明代许仲琳编著。共一百回，前三十回叙殷纣王的暴虐和周武王伐纣事，后七十回演述商周战争，助纣和助周两个神仙集团之间的斗法。小说以姜子牙登坛封神作法，故名。

6 **赫克尔**（Ernst Heinrich Haeckel，1834—1919） 通译海克尔，德国博物学家。长期担任耶拿大学比较解剖学教授兼动物学研究所所长，在《有机体的普通形态学》一书中提出生物发生律，为生物进化论提供有力的证据。主要著作有《宇宙之谜》《人类发展史》等。

7 **“作善降祥”** 语出《尚书·伊训》。

8 **“积善不报，终自欺人”** 语见东魏《元湛墓志铭》。

9 **《元典章》** 元代政书，全名《大元圣政国朝典章》，为元世祖中统元年（1260）至英宗至治二年（1322）间的法令文牍汇编。

10 **《小张屠焚儿救母》** 元代杂剧，载《古今杂剧》。

11 **《醒世恒言》** 小说集，共四十篇；明末冯梦龙纂辑。除少数为宋元旧作外，绝大部分属明人作品，也有部分疑为冯氏拟作。**一女愿侍痼疾之夫** 见《醒世恒言》中《陈多寿生死夫妻》一篇。

12 **沪汉烈士的追悼会** 1925年上海五卅惨案发生后，6月11日汉口民众的反帝斗争也遭到英帝国主义及湖北督军萧耀南的镇压。6月25日，北京各界数十万人游行示威，在天安门召开沪汉烈士追悼会。

通　讯[1]

一

旭生[2]先生：

前天收到《猛进》第一期，我想是先生寄来的，或者是玄伯[3]先生寄来的。无论是谁寄的，总之：我谢谢。

那一期里有论市政的话，使我忽然想起一件不相干的事来。我现在住在一条小胡同里，这里有所谓土车者，每月收几吊钱，将煤灰之类搬出去。搬出去怎么办呢？就堆在街道上，这街就每日增高。有几所老房子，只有一半露出在街上的，就正在豫告着别的房屋的将来。我不知道什么缘故，见了这些人家，就像看见了中国人的历史。

姓名我忘记了，总之是一个明末的遗民[4]，他曾将自己的书斋题作"活埋庵"。谁料现在的北京的人家，都在建造"活埋庵"，还要自己拿出建造费。看看报章上的论坛，"反改革"的空气浓厚透顶了，满车的"祖传"，"老例"，"国粹"等等，都想来堆在道路上，将所有的人家完全活埋下去，"强聒不舍"[5]，也许是一个药方罢，但据我所见，则有些人们——甚至于竟是青年——的论调，简直和"戊戌政变"[6]时候的反对改革者的论调一模一样。你想，二十七年了，还是这样，岂不可怕。大约国民如此，是决不会有好的政府的；好的政府，或者反而容易倒。也不会有好议员的；现在常有人骂议员，说他们收贿，无特操，趋炎附势，自私自利，但大多数的国民，岂非正是如此的么？这类的议员，其实确是国民的代表。

有什么样的国民，就有什么样的政府。

我想，现在的办法，首先还得用那几年以前《新青年》[7]上已经说过的“思想革命”。还是这一句话，虽然未免可悲，但我以为除此没有别的法。而且还是准备“思想革命”的战士，和目下的社会无关。待到战士养成了，于是再决胜负。我这种迂远而且渺茫的意见，自己也觉得是可叹的，但我希望于《猛进》的，也终于还是“思想革命”。

鲁迅终其一生，一直坚持他这一“迂远而且渺茫的意见”：“思想革命”。正由于迂远而且渺茫，所以当今的学者可以视而不见，一笔抹杀，以为没有“建设性”。

鲁迅。三月十二日。

鲁迅先生：

你所说底“二十七年了，还是这样”，诚哉是一件极“可怕”的事情。人类思想里面，本来有一种惰性的东西，我们中国人的惰性更深。惰性表现的形式不一，而最普通的，第一就是听天任命，第二就是中庸。听天任命和中庸的空气打不破，我国人的思想，永远没有进步的希望。

你所说底“讲话和写文章，似乎都是失败者的征象。正在和运命恶战的人，顾不到这些”，实在是最痛心的话。但是我觉得从另外一方面看，还有许多人讲话和写文章，还可以证明人心的没有全死。可是这里需要有分别，必需要是一种不平的呼声，不管是冷嘲或热骂，才是人心未全死的证验。如果不是这样，换句话说，如果他的文章里面，不用很多的“！”，不管他说的写的怎么样好听，那人心已经全死，亡国不亡国，倒是第二个问题。

“思想革命”，诚哉是现在最重要不过的事情，但是我总觉得《语丝》,《现代评论》和我们的《猛进》，就是合起来，还负不起这样的使命。我有两种希望：第一希望大家集合起来，办一个专讲文学思想的月刊。里面的内容，水平线并无庸过高，破坏者居其六七，介绍新者居其三四。这样一来，大学或中学的学生有一种消闲的良友，与思想的进步上，总有很大的裨益。我今天给适之先生略谈几句，他说现在我们办月刊很难，大约每月出八万字，还属可能，如若想出十一二万字，就几乎不可能。我说你又何必拘定十一二万字才出，有七八万就出七八万，即使再少一点，也未尝不可，要之有它总比没有它好的多。这是我第一个希望。第二我希望有一种通俗的小日报。现在的《第一小报》，似乎就是这一类的。这个报我只看见三两期，当然无从批评起，但是我们的印象：第一，是篇幅太小，至少总要再加一半才敷用；第二，这种小报总要记清是为民众和小学校的学生看的。所以思想虽需要极新，话却要写得极浅显。所有专门术语和新名词，能躲避到什么步田地躲到什么步田他。《第一小报》对于这一点，似还不很注意。这样良好的通俗小日报，是我第二种的希望。

拉拉杂杂写来，漫无伦叙。你的意思以为何如？

徐炳昶。三月十六日。

二

旭生先生：

给我的信早看见了，但因为琐琐的事情太多，所以到现在才能作答。

有一个专讲文学思想的月刊，确是极好的事，字数的多少，倒不算什么问题。第一为难的却是撰人，假使还是这几个人，结果即还是一种增大的某周刊或合订的各周刊之类。况且撰人一多，则因为希图保持内容的较为一致起见，即不免有互相牵就之处，很容易变为和平中正，吞吞吐吐的东西，而无聊之状于是乎可掬。现在的各种小周刊，虽然量少力微，却是小集团或单身的短兵战，在黑暗中，时见匕首的闪光，使同类者知道也还有谁还在袭击古老坚固的堡垒，较之看见浩大而灰色的军容，或者反可以会心一笑。在现在，我倒只希望这类的小刊物增加，只要所向的目标小异大同，将来就自然而然的成了联合战线，效力或者也不见得小。但目下倘有我所未知的新的作家起来，那当然又作别论。

关于办刊的意见：反对貌似坚持“多元”而实“和平中正”者。

通俗的小日报，自然也紧要的；但此事看去似易，做起来却很难。我们只要将《第一小报》[8]与《群强报》[9]之类一比，即知道实与民意相去太远，要收获失败无疑。民众要看皇帝何在，太妃安否[10]，而《第一小报》却向他们去讲“常识”，岂非悖谬。教书一久，即与一般社会睽离，无论怎样热心，做起事来总要失败。假如一定要做，就得存学者的良心，有市侩的手段，但这类人才，怕教员中间是未必会有的。我想，现在没奈何，也只好从智识阶级——其实中国并没有俄国之所谓智识阶级，此事说起来话太长，姑且从众这样说——一面先行设法，民众俟将来再谈。而且他们也不是区区文字所能改革的，历史通知过我们，清兵入关，禁缠足，要垂辫，前一事只用文告，到现在还是放不掉，后一事用了别的法，到现在还在拖下来。

一旦获得“市侩的手段”，要存乎“学者的良心”（二十世纪九十年代学者多喜欢称“良知”）则难矣。

鲁迅多次谈到中国没有俄国式的知识分子。

单为在校的青年计，可看的书报实在太缺乏了，我觉得至少还该有一种通俗的科学杂志，要浅显而且有趣的。可惜中国现在的科学家不大做文章，有做的，也过于高深，于是就很枯燥。现在要 Brehm[11] 的讲动物生活，Fabre[12] 的讲昆虫故事似的有趣，并且插许多图画的；但这非有一个大书店担任即不能印。至于作文者，我以为只要科学家肯放低手眼，再看看文艺书，就够了。

所谓启蒙，按鲁迅的意见，当先行设法启知识阶级之蒙，也即自行改革，自行批判。

提倡科学普及工作。

前三四年有一派思潮，毁了事情颇不少。学者多劝人踱进研究室，文人说最好是搬入艺术之宫，直到现在都还不大出来，不知道他们在那里面情形怎样。这虽然是自己愿意，但一大半也因新思想而仍中了“老法子”的计。我新近才看出这圈套，就是从“青年必读书”事件以来，很收些赞同和嘲骂的信，凡赞同者，都很坦白，并无什么恭维。如果开首称我为什么“学者”“文学家”的，则下面一定是谩骂。我才明白这等称号，乃是他们所公设的巧计，是精神的枷锁，故意将你定为“与众不同”，又借此来束缚你的言动，使你于他们的老生活上失去危险性的。不料有许多人，却自囚在什么室什么宫里，岂不可惜。只要掷去了这种尊号，摇身一变，化为泼皮，相骂相打（舆论是以为学者只应该拱手讲讲义的），则世风就会日上，而月刊也办成了。

对于学术界、文艺界标榜诸多“纯学术”“纯艺术”的论调，鲁迅称为“公设的巧计”，“精神的枷锁”，是囚人和自囚的“老法子”。

先生的信上说：惰性表现的形式不一，而最普通的，第一就是听天任命，第二就是中庸[13]。我以为这两种态度的根柢，怕不可仅以惰性了之，其实乃是卑怯。遇见强者，不敢反抗，便以“中庸”这些话来粉饰，聊以自慰。所以中国人倘有权力，看见别人奈何他不得，或者有“多数”作他护符的时候，多是凶残横恣，宛然一个暴君，做事并不中庸；待到满口“中庸”时，乃是势力已失，早非“中庸”不可的时候了。一到全败，则又有“命运”来做话柄，纵为奴隶，也处之泰然，但又无往而不合于圣道。这些现象，实在

中庸（二十世纪九十年代学者多喜欢称“宽容”）之论，实乃出于卑怯。

可以使中国人败亡，无论有没有外敌。要救正这些，也只好先行发露各样的劣点，撕下那好看的假面具来。

鲁迅。三月二十九日。

鲁迅先生：

你看出什么“踱进研究室”，什么“搬入艺术之宫”，全是“一种圈套”，真是一件重要的发现。我实在告诉你说：我近来看见自命 gentleman 的人就怕极了。看见玄同先生挖苦 gentleman 的话（见《语丝》第二十期），好像大热时候，吃一盘冰激零，不晓得有多么痛快。总之这些字全是一种圈套，大家总要相戒，不要上他们的当才好。

我好像觉得通俗的科学杂志并不是那样容易的，但是我对于这个问题完全没有想，所以对于它觉暂且无论什么全不能说。

我对于通俗的小日报有许多的话要说，但因为限于篇幅，止好暂且不说。等到下一期，我要作一篇小东西，专论这件事，到那时候，还要请你指教才好。

徐炳昶。三月三十一日。

注　释

1　本文分两次先后发表于 1925 年 3 月 20 日、4 月 3 日北京《猛进》周刊第 3、5 期。后编入《华盖集》。

2 旭生　徐炳昶，《猛进》周刊主编。

3 玄伯　李宗侗（1895—1974），字玄伯，河北高阳人。1921年起任北京大学、北京师范大学教授，《猛进》周刊自27期起，由他主编。还曾担任故宫博物院秘书长；抗战胜利后任台湾大学教授、中央研究院通讯研究员。著有《中国古代社会研究》《中国社会史》《中国史学史》等。

4 一个明末的遗民　指徐树丕，字武子，号活埋庵道人，江苏长洲（今吴县）人。明末秀才，明亡后隐居不出。著有《识小录》《活埋庵集》等。

5 “强聒不舍”　语出《庄子·天下》：“强聒而不舍者也。”聒，喧扰，嘈杂。意思是一个劲地说，不肯停止。

6 “戊戌政变”　1898（戊戌）年，光绪皇帝任用康有为、梁启超等维新人士，从6月起陆续颁布新法，推行新政，遭到以慈禧太后为首的顽固派的反对，于9月21日发动政变，囚禁光绪，捕杀谭嗣同等“六君子”，通缉康梁，废除新法，维新运动遂告失败。

7 《新青年》　五四时期最具影响力的文化期刊。1915年9月在上海创刊，由陈独秀主编。第一卷名《青年杂志》，第二卷起改名《新青年》，1917年迁至北京。它高举“科学”与“民主”的旗帜，反对旧道德，提倡新道德，反对旧文学，提倡新文学，在中国现代思想文化建设方面作出了重大贡献。

8 《第一小报》　北京出版的一种小型日报。

9 《群强报》　北京出版的一种小型日报。

10 皇帝何在，太妃安否　1912年1月1日南京临时政府成立后，清帝溥仪（宣统）于2月12日退位，但仍留居故宫，至1924年11月被冯玉祥驱逐出去。这里说的是人们对溥仪等被逐事件的关心。

11 Brehm　勃莱姆（1829—1884），德国动物学家。著有《动物生活》等。

12 Fabre　法布尔。

13 中庸　《论语·雍也》：“中庸之为德也，其至矣乎！”朱熹注：“中者，无过无不及之名也；庸，平常也。……程子曰：‘不偏之谓中，不易之为庸。’”

十四年的“读经”[1]

自从章士钊主张读经[2]以来，论坛上又很出现了一些论议，如谓经不必尊，读经乃是开倒车之类。我以为这都是多事的，因为民国十四年的“读经”，也如民国前四年，四年，或将来的二十四年一样，主张者的意思，大抵并不如反对者所想像的那么一回事。

尊孔，崇儒，专经，复古，由来已经很久了。皇帝和大臣们，向来总要取其一端，或者“以孝治天下”，或者“以忠诏天下”，而且又“以贞节励天下”。但是，二十四史不现在么？其中有多少孝子，忠臣，节妇和烈女？自然，或者是多到历史上装不下去了；那么，去翻专夸本地人物的府县志书去。我可以说，可惜男的孝子和忠臣也不多的，只有节烈的妇女的名册却大抵有一大卷以至几卷。孔子之徒的经，真不知读到那里去了；倒是不识字的妇女们能实践。还有，欧战时候的参战，我们不是常常自负的么？但可曾用《论语》感化过德国兵，用《易经》咒翻了潜水艇呢？儒者们引为劳绩的，倒是那大抵目不识丁的华工！

所以要中国好，或者倒不如不识字罢，一识字，就有近乎读经的病根了。“瞰亡往拜”“出疆载质”[3]的最巧玩艺儿，经上都有，我读熟过的。只有几个胡涂透顶的笨牛，真会诚心诚意地来主张读经。而且这样的脚色，也不消和他们讨论。他们虽说什么经，什么古，实在不过是空嚷嚷。问他们经可是要读到像颜回，子思，孟轲，朱熹，秦桧（他是状元），王守仁，徐世昌，曹锟；[4]古可是要复到像清（即所谓“本朝”[5]），元，金，唐，汉，禹汤文武周公，无怀氏，葛天氏[6]？他们其实都没有定见。他们也知不清颜回以至曹锟为人怎样，“本朝”以至葛天氏情形如何；不过像苍蝇们失掉了垃圾堆，自不免嗡嗡地叫。况且既然是诚心诚意主张读经的笨牛，则决无钻营，取巧，献媚的手段可知，一定不会阔气；他的主张，自然也决不会发生什么效力的。

至于现在的能以他的主张，引起若干议论的，则大概是阔人。阔人决不是笨牛，否则，他早已伏处牖下，老死田间了。现在岂不是正值“人心不古”的时候么？则其所以得阔之道，居然可知。他们的主张，其实并非那些笨牛一般的真主张，是所谓别有用意；反对者们以为他真相信读经可以救国[7]，真是“谬以千里”[8]了！

足见世界上的事情并不能以“学理”论，甚至不能以常理论。

我总相信现在的阔人都是聪明人；反过来说，就是倘使老实，必不能阔是也。至于所挂的招牌是佛学，是孔道，那倒没有什么关系。总而言之，是读经已经读过了，很悟到一点玩意儿，这种玩意儿，是孔二先生的先生老聃的大著作里就有的，此后的书本子里还随时可得。所以他们都比不识字的节妇，烈女，华工聪明；甚而至于比真要读经的笨牛还聪明。何也？曰："学而优则仕"[9]故也。倘若"学"而不"优"，则以笨牛没世，其读经的主张，也不为世间所知。

孔子岂不是"圣之时者也"么，而况"之徒"呢？现在是主张"读经"的时候了。武则天做皇帝，谁敢说"男尊女卑"？多数主义[10]虽然现称过激派，如果在列宁治下，则共产之合于葛天氏，一定可以考据出来的。但幸而现在英国和日本的力量还不弱，所以，主张亲俄者，是被卢布换去了良心[11]。

权力可以制造出任何一种合适的理论。

我看不见读经之徒的良心怎样，但我觉得他们大抵是聪明人，而这聪明，就是从读经和古文得来的。我们这曾经文明过而后来奉迎过蒙古人满洲人大驾了的国度里，古书实在太多，倘不是笨牛，读一点就可以知道，怎样敷衍，偷生，献媚，弄权，自私，然而能够假借大义，窃取美名。再进一步，并可以悟出中国人是健忘的，无论怎样言行不符，名实不副，前后矛盾，撒诳造谣，蝇营狗苟，都不要紧，经过若干时候，自然被忘得干干净净；只要留下一点卫道模样的文字，将来仍不失为"正人君子"。况且即使将来没有"正人君子"之称，于目下的实利又何损哉？

还是"少读或不读中国书"的结论。

这一类的主张读经者，是明知道读经不足以救国的，也不希望人们都读成他自己那样的；但是，要些把戏，将人们作笨牛看则有之，"读经"不过是这一回要把戏偶尔用到的工具。抗议的诸公倘若不明乎此，还要正经老实地来评道理，谈利害，那我可不再客气，也要将你们归入诚心诚意主张读经的笨牛类里去了。

以这样文不对题的话来解释“俨乎其然”的主张，我自己也知道有不恭之嫌，然而我又自信我的话，因为我也是从“读经”得来的。我几乎读过十三经[12]。

衰老的国度大概就免不了这类现象。这正如人体一样，年事老了，废料愈积愈多，组织间又沉积下矿质，使组织变硬，易就于灭亡。一面，则原是养卫人体的游走细胞（Wanderzelle）渐次变性，只顾自己，只要组织间有小洞，它便钻，蚕食各组织，使组织耗损，易就于灭亡。俄国有名的医学者梅契尼珂夫（Elias Metschnikov）[13]特地给他别立了一个名目：大嚼细胞（Fresserzelle）。据说，必须扑灭了这些，人体才免于老衰；要扑灭这些，则须每日服用一种酸性剂。他自己就实行着。

古国的灭亡，就因为大部分的组织被太多的古习惯教养得硬化了，不再能够转移，来适应新环境。若干分子又被太多的坏经验教养得聪明了，于是变性，知道在硬化的社会里，不妨妄行。单是妄行的是可与论议的，故意妄行的却无须再与谈理。惟一的疗救，是在另开药方：酸性剂，或者简直是强酸剂。

对于使组织硬化的大嚼细胞，唯一的疗救在扑灭，药方则只能是：酸性剂，甚至强酸剂。

不提防临末又提到了一个俄国人，怕又有人要疑心我收到卢布了罢。我现在郑重声明：我没有收过一张纸卢布。因为俄国还未赤化之前，他已经死掉了，是生了别的急病，和他那正在实验的药的有效与否这问题无干。

十一月十八日。

注 释

1 发表于1925年11月《猛进》周刊第39期。后编入《华盖集》。十四年指民国十四年，即1925年。

2 **章士钊主张读经** 1925年11月2日，教育总长章士钊主持教育部部务会议，通过从小学初小四年级至高小毕业每周须读经一小时的决定。

3 **“瞰亡往拜”**《论语·阳货》：“阳货欲见孔子，孔子不见；归孔子豚，孔子时其亡也，而往拜之。”说是孔子不愿见阳货，故意趁阳货不在时去拜望他。**“出疆载质”**《孟子·滕文公》：“孔子三月无君，则皇皇如也；出疆必载质。”说孔子如果三个月内没有君主起用他，就会焦躁不安，一定要带了礼物出国见别的君主。

4 **颜回**（前521—前490） 孔子的弟子。**子思**（约前483—前402） 孔子的孙子。**朱熹**（1130—1200） 宋代理学家。**王守仁**（1472—1528） 明代理学家。**徐世昌**（1855—1939） 清末大官僚。**曹锟**（1862—1938） 北洋直系军阀。徐、曹二人都曾任北洋政府总统。

5 **“本朝”** 辛亥革命后，遗老仍称清朝为“本朝”。

6 **无怀氏，葛天氏** 传说中上古时代帝王。

7 **读经可以救国** 章士钊等人的一种谬论。1925年9月12日《甲寅》周刊第1卷第9号曾发表章士钊和孙师郑关于“读经救国”的通信。

8 "谬以千里" 语见《汉书·司马迁传》。

9 "学而优则仕" 语见《论语·子张》。

10 多数主义 这里指布尔什维克主义。布尔什维克，俄语 БольщеВик 的音译，意即多数派。

11 被卢布换去了良心 当时报刊的一种反苏反共的言论。1925年10月8日《晨报副刊》即刊有文章《苏俄究竟是不是我们的朋友？》，其中说："帝国主义的国家仅仅吸取我们的资财，桎梏我们的手足，苏俄竟然收买我们的良心，腐蚀我们的灵魂。"

12 十三经 指十三部儒家经典，即《诗经》《尚书》《周易》《周礼》《礼记》《仪礼》《春秋公羊传》《春秋穀梁传》《春秋左传》《孝经》《论语》《尔雅》《孟子》。

13 梅契尼珂夫（1845—1916） 今译梅奇尼科夫，和埃尔利希共获1908年诺贝尔生理学及医学奖。著有《传染病的免疫问题》等。俄国生物学家，免疫学的创始人之一。

这个与那个[1]

一　读经与读史

与其诗经，不如读史。

一个阔人说要读经[2]，嗡的一阵一群狭人也说要读经。岂但"读"而已矣哉，据说还可以"救国"哩。"学而时习之，不亦说乎？"[3]那也许是确凿的罢，然而甲午战败了，——为什么独独要说"甲午"呢，是因为其时还在开学校，废读经[4]以前。

我以为伏案还未功深的朋友，现在正不必埋头来哼线装书。倘其咿唔日久，对于旧书有些上瘾了，那么，倒不如去读史，尤其是宋朝明朝史，而且尤须是野史；或者看杂说。

现在中西的学者们，几乎一听到"钦定四库全书"[5]这名目就魂不附体，膝弯总要软下来似的。其实呢，书的原式是改变了，错字是加添了，甚至于连文章都删改了，最便当的是《琳琅秘室丛书》[6]中的两种《茅亭客话》[7]，一是宋本，一是四库本，一比较就知道。“官修”而加以“钦定”的正史也一样，不但本纪咧，列传咧，要摆“史架子”；里面也不敢说什么。据说，字里行间是也含着什么褒贬的，但谁有这么多的心眼儿来猜闷壶卢。至今还道“将平生事迹宣付国史馆立传”，还是算了罢。

野史和杂说自然也免不了有讹传，挟恩怨，但看往事却可以较分明，因为它究竟不像正史那样地装腔作势。看宋事，《三朝北盟汇编》[8] 已经变成古董，太贵了，新排印的《宋人说部丛书》[9] 却还便宜。明事呢，《野获编》[10] 原也好，但也化为古董了，每部数十元；易于入手的是《明季南北略》[11]，《明季稗史汇编》[12]，以及新近集印的《痛史》[13]。

历史（真实）在民间：野史和杂说所以比正史可靠，就在它的民间性。

史书本来是过去的陈帐簿，和急进的猛士不相干。但先前说过，倘若还不能忘情于咿唔，倒也可以翻翻，知道我们现在的情形，和那时的何其神似，而现在的昏妄举动，胡涂思想，那时也早已有过，并且都闹糟了。

试到中央公园去，大概总可以遇见祖母带着她孙女儿在玩的。这位祖母的模样，就预示着那娃儿的将来。所以倘有谁要预知令夫人后日的丰姿，也只要看丈母。不同是当然要有些不同的，但总归相去不远。我们查帐的用处就在此。

读史即查账。

但我并不说古来如此，现在遂无可为，劝人们对于“过去”生敬畏心，以为它已经铸定了我们的运命。

Le Bon[14]先生说，死人之力比生人大，诚然也有一理的，然而人类究竟进化着。又据章士钊总长说，则美国的什么地方已在禁讲进化论[15]了，这实在是吓死我也，然而禁只管禁，进却总要进的。

读史有鉴于前车，有助于改革。

总之：读史，就愈可以觉悟中国改革之不可缓了。虽是国民性，要改革也得改革，否则，杂史杂说上所写的就是前车。一改革，就无须怕孙女儿总要像点祖母那些事，譬如祖母的脚是三角形，步履维艰的，小姑娘的却是天足，能飞跑；丈母老太太出过天花，脸上有些缺点的，令夫人却种的是牛痘，所以细皮白肉：这也就大差其远了。

十二月八日。

二 捧与挖

中国的人们，遇见带有会使自己不安的朕兆的人物，向来就用两样法：将他压下去，或者将他捧起来。

压下去就用旧习惯和旧道德，或者凭官力，所以孤独的精神的战士，虽然为民众战斗，却往往反为这“所为”而灭亡。到这样，他们这才安心了。压不下时，则于是乎捧，以为抬之使高，餍之使足，便可以于己稍稍无害，得以安心。

伶俐的人们，自然也有谋利而捧的，如捧阔老，捧戏子，捧总长之类；但在一般粗人，——就是未尝“读经”的，则凡有捧的行为的“动机”，大概是不过想免害。即以所奉祀的神道而论，也大抵是凶恶的，火神瘟神不待言，连财神也是蛇呀刺蝟呀似的骇人的畜类；观音菩萨倒还可爱，然而那是从印度输入的，并非我们的“国粹”。要而言之：凡有被捧者，十之九不是好东西。

既然十之九不是好东西，则被捧而后，那结果便自然和捧者的希望适得其反了。不但能使不安，还能使他们很不安，因为人心本来不易餍足。然而人们终于至今没有悟，还以捧为苟安之一道。

以此看“个人崇拜”。

记得有一部讲笑话的书，名目忘记了，也许是《笑林广记》[16]罢，说，当一个知县的寿辰，因为他是子年生，属鼠的，属员们便集资铸了一个金老鼠去作贺礼。知县收受之后，另寻了机会对大众说道：明年又恰巧是贱内的整寿；她比我小一岁，是属牛的。其实，如果大家先不送金老鼠，他决不敢想金牛。一送开手，可就难于收拾了，无论金牛无力致送，即使送了，怕他的姨太太也会属象。象不在十二生肖之内，似乎不近情理罢，但这是我替他设想的法子罢了，知县当然别有我们所莫测高深的妙法在。

民元革命时候，我在S城，来了一个都督。[17]他虽然也出身绿林大学，未尝“读经”（？），但倒是还算顾大局，听舆论的，可是自绅士以至于庶民，又用了祖传的捧法群起而捧之了。这个拜会，那个恭维，今天送衣料，明天送翅席，捧得他连自己也忘其所以，结果是渐渐变成老官僚一样，动手刮地皮。

最奇怪的是北几省的河道，竟捧得河身比屋顶高得多了。当初自然是防其溃决，所以壅上一点土；殊不料愈壅愈高，一旦溃决，那祸害就更大。于是就“抢堤”咧，“护堤”咧，“严防决堤”咧，花色繁多，大家吃苦。如果当初见河水泛滥，不去增堤，却去挖底，我以为决不至于这样。

有贪图金牛者，不但金老鼠，便是死老鼠也不给。那么，此辈也就连生日都未必做了。单是省却拜寿，已经是一件大快事。

中国人的自讨苦吃的根苗在于捧，“自求多福”[18]之道却在于挖。其实，劳力之量是差不多的，但从惰性太多的人们看来，却以为还是捧省力。

十二月十日。

三　最先与最后

“不为最先”，根本问题在中国缺乏个人主义。

《韩非子》说赛马的妙法，在于“不为最先，不耻最后”[19]。这虽是从我们这样外行的人看起来，也觉得很有理。因为假若一开首便拚命奔驰，则马力易竭。但那第一句是只适用于赛马的，不幸中国人却奉为人的处世金鍼了。

中国人不但“不为戎首”，“不为祸始”，甚至于“不为福先”。[20] 所以凡事都不容易有改革；前驱和闯将，大抵是谁也怕得做。然而人性岂真能如道家所说的那样恬淡；欲得的却多。既然不敢径取，就只好用阴谋和手段。以此，人们也就日见其卑怯了，既是“不为最先”，自然也不敢“不耻最后”，所以虽是一大堆群众，略见危机，便“纷纷作鸟兽散”了。如果偶有几个不肯退转，因而受害的，公论家便异口同声，称之曰傻子。对于“锲而不舍”的人们也一样。

我有时也偶尔去看看学校的运动会。这种竞争，本来不像两敌国的开战，挟有仇隙的，然而也会因了竞争而骂，或者竟打起来。但这些事又作别论。竞走的时候，大抵是最快的三四个人一到决胜点，其余的便松懈了，有几个还至于失了跑完豫定的圈数的勇气，中途挤入看客的群集中；或者佯为跌倒，使红十字队用担架将他抬走。假若偶有虽然落后，却尽跑，尽跑的人，大家就嗤笑他。大概是因为他太不聪明，“不耻最后”的缘故罢。

所以中国一向就少有失败的英雄，少有韧性的反抗，少有敢单身鏖战的武人，少有敢抚哭叛徒的吊客；见胜兆则纷纷聚集，见败兆则纷纷逃亡。战具比我们精利的欧美人，战具未必比我们精利的匈奴蒙古满洲人，都如入无人之境。“土崩瓦解”这四个字，

“不耻最后”，其实也即“韧战”的精神。

真是形容得有自知之明。

多有“不耻最后”的人的民族，无论什么事，怕总不会一下子就“土崩瓦解”的，我每看运动会时，常常这样想：优胜者固然可敬，但那虽然落后而仍非跑至终点不止的竞技者，和见了这样竞技者而肃然不笑的看客，乃正是中国将来的脊梁。

四　流产与断种

近来对于青年的创作，忽然降下一个“流产”的恶谥，哄然应和的就有一大群。我现在相信，发明这话的是没有什么恶意的，不过偶尔说一说；应和的也是情有可原的，因为世事本来大概就这样。

我独不解中国人何以于旧状况那么心平气和，于较新的机运就这么疾首蹙额；于已成之局那么委曲求全，于初兴之事就这么求全责备？

国民性：保守与卑怯。

智识高超而眼光远大的先生们开导我们：生下来的倘不是圣贤，豪杰，天才，就不要生；写出来的倘不是不朽之作，就不要写；改革的事倘不是一下子就变成极乐世界，或者，至少能给我（！）有更多的好处，就万万不要动！……

要改革又要稳健，平和，毫无流弊，一定是假改革。

那么，他是保守派么？据说：并不然的。他正是革命家。惟独他有公平，正当，稳健，圆满，平和，毫无流弊的改革法；现下正在研究室里研究着哩，

——只是还没有研究好。

什么时候研究好呢？答曰：没有准儿。

孩子初学步的第一步，在成人看来，的确是幼稚，危险，不成样子，或者简直是可笑的。但无论怎样的愚妇人，却总以恳切的希望的心，看他跨出这第一步去，决不会因为他的走法幼稚，怕要阻碍阔人的路线而"逼死"他；也决不至于将他禁在床上，使他躺着研究到能够飞跑时再下地。因为她知道：假如这么办，即使长到一百岁也还是不会走路的。

古来就这样，所谓读书人，对于后起者却反而专用彰明较著的或改头换面的禁锢。近来自然客气些，有谁出来，大抵会遇见学士文人们挡驾：且住，请坐。接着是谈道理了：调查，研究，推敲，修养，……结果是老死在原地方。否则，便得到"捣乱"的称号。我也曾有如现在的青年一样，向已死和未死的导师们问过应走的路。他们都说：不可向东，或西，或南，或北。但不说应该向东，或西，或南，或北。我终于发见他们心底里的蕴蓄了：不过是一个"不走"而已。

重要的是"走"。改革实践本身可以矫正一切。

坐着而等待平安，等待前进，倘能，那自然是很好的，但可虑的是老死而所等待的却终于不至；不生育，不流产而等待一个英伟的宁馨儿[21]，那自然也很可喜的，但可虑的是终于什么也没有。

倘以为与其所得的不是出类拔萃的婴儿，不如断种，那就无话可说。但如果我们永远要听见人类的足音，则我以为流产究竟比不生产还有望，因为这已经明明白白地证明着能够生产的了。

十二月二十日。

注 释

1 本文分三次发表于 1925 年 12 月 10 日、12 日、22 日北京《国民新报副刊》。后编入《华盖集》。

2 一个阔人 指章士钊。

3 “学而时习之，不亦说乎” 语见《论语·学而》。“说”，同“悦”。

4 开学校，废读经 清政府在中日战争战败后，采取了一些改良主义的措施以苟延残喘，其中包括普遍设立中小学，改书院为学堂，在科举考试中废止八股，一律改试“策论”等。

5 “钦定四库全书” 清乾隆下令编修的一部丛书。乾隆三十八年（1773）设立四库全书馆，把宫中所藏和民间所献图书，命馆臣加以选择、窜改、钞录，费时十年，共整理成三千五百余种，分经、史、子、集四部，即所谓“钦定四库全书”。全书经缮写七部分藏，多散逸损毁。1983 年后，台湾和大陆先后出版全书。

6《琳琅秘室丛书》 杂著。所收为掌故、说部、宗教方面的内容。清代胡珽校刊，共五集，计三十六种。

7 《茅亭客话》 宋代黄休复著，共十卷。书中记录从五代到宋真宗时的蜀中杂事。

8 《三朝北盟汇编》 宋代徐梦莘编，共二百五十卷。是从宋徽宗政和七年（1117）到高宗绍兴三十一年（1161）间宋、金和战的史料汇编。

9 《宋人说部丛书》 宋人笔记小说。实为“宋人说部书”，夏敬观编校，商务印书馆共出二十余种。

10 《野获编》 明代沈德符著，三十卷，补遗四卷。所记为明代开国至万历年间的典章制度及民间琐语。

11 《明季南北略》 即《明季北略》和《明季南略》。清代计六奇编。《北略》二十四卷，记万历四十四年（1616）至崇祯十七年（1644）间的事；《南略》十八卷，续记至清康熙元年（1662）南明永历帝被害止。

12 《明季稗史汇编》 清代留云居士辑，共二十七卷，所记为明末遗事。

13 《痛史》 乐天居士编，共三集，商务印书馆出版，是明清之际野史的汇编。

14 Le Bon 勒庞。

15 关于美国禁讲进化论，见于章士钊 1925 年 11 月 7 日在《甲寅》周刊发表的《再疏解辉义》一文。

16 《笑林广记》 笑话集。清代游戏主人编辑，共十二卷，是在明代冯梦龙编撰的《广笑府》的基础上改编而成。

17 民元革命 即辛亥革命。S 城 指绍兴。都督 指王金发（1883—1915），名逸，字季高，浙江嵊县人。曾为浙东洪门会党平阳党的首领，故这里有“出身绿林大学”的说法；加入光复会，1907 年初与徐锡麟、秋瑾组织光复军，策动武装起义，结果失败。辛亥革命时，率光复军进入绍兴，成立绍兴军政分府，自任都督。“二次革命”失败后，受袁世凯通缉，终为浙江都督朱瑞杀害于杭州。

18 **“自求多福”** 语见《诗经·大雅·文杰》。

19 **“不为最先，不耻最后”** 未见于《韩非子》，这里可能出于作者误记。

20 **“不为戎首”** 语出《礼记·檀弓》，后指发动战争的祸首，或挑起争端的人。“不为祸始”，“不为福先”，语见《庄子·刻意》：“不为福先，不为祸始；威而后应，迫而后动，不得已而后起。”

21 **宁馨儿** 晋宋时俗语，犹如“这样的孩子”的意思，含褒义。宁，这样；馨，语助词。

学界的三魂[1]

从《京报副刊》上知道有一种叫《国魂》[2]的期刊，曾有一篇文章说章士钊固然不好，然而反对章士钊的“学匪”们也应该打倒。我不知道大意是否真如我所记得？但这也没有什么关系，因为不过引起我想到一个题目，和那原文是不相干的。意思是，中国旧说，本以为人有三魂六魄，或云七魄；国魂也该这样。而这三魂之中，似乎一是“官魂”，一是“匪魂”，还有一个是什么呢？也许是“民魂”罢，我不很能够决定。又因为我的见闻很偏隘，所以未敢悉指中国全社会，只好缩而小之曰“学界”。

中国人的官瘾实在深，汉重孝廉而有埋儿刻木[3]，宋重理学而有高帽破靴，清重帖括[4]而有“且夫”“然则”。总而言之：那魂灵就在做官，——行官势，摆官腔，打官话。顶着一个皇帝做傀儡，得罪了官就是得罪了皇帝，于是那些人就得了雅号曰“匪徒”。学

中国人的官瘾太深，是因为以权力为中心的专制社会维持太久。

界的打官话是始于去年，凡反对章士钊的都得了“土匪”，“学匪”，“学棍”的称号，但仍然不知道从谁的口中说出，所以还不外乎一种“流言”。

农民革命夺取政权之后，便变匪为帝。

但这也足见去年学界之糟了，竟破天荒的有了学匪。以大点的国事来比罢，太平盛世，是没有匪的；待到群盗如毛时，看旧史，一定是外戚，宦官，奸臣，小人当国，即使大打一通官话，那结果也还是“呜呼哀哉”。当这“呜呼哀哉”之前，小民便大抵相率而为盗，所以我相信源增[5]先生的话：“表面上看只是些土匪与强盗，其实是农民革命军。”（《国民新报副刊》四三）那么，社会不是改进了么？并不，我虽然也是被谥为“土匪”之一，却并不想为老前辈们饰非掩过。农民是不来夺取政权的，源增先生又道：“任三五热心家将皇帝推倒，自己过皇帝瘾去。”但这时候，匪便被称为帝，除遗老外，文人学者却都来恭维，又称反对他的为匪了。

所以中国的国魂里大概总有这两种魂：官魂和匪魂。这也并非硬要将我辈的魂挤进国魂里去，贪图与教授名流的魂为伍，只因为事实仿佛是这样。社会诸色人等，爱看《双官诰》[6]，也爱看《四杰村》[7]，望偏安巴蜀的刘玄德[8]成功，也愿意打家劫舍的宋公明[9]得法；至少，是受了官的恩惠时候则艳羡官僚，受了官的剥削时候便同情匪类。但这也是人情之常；倘使连这一点反抗心都没有，岂不就成为万劫不复的奴才了？

然而国情不同，国魂也就两样。记得在日本留学时候，有些同学问我在中国最有大利的买卖是什么，我答道："造反。"他们便大骇怪。在万世一系的国度里，那时听到皇帝可以一脚踢落，就如我们听说父母可以一棒打杀一般。为一部分士女所心悦诚服的李景林[10]先生，可就深知此意了，要是报纸上所传非虚。今天的《京报》即载着他对某外交官的谈话道："予预计于旧历正月间，当能与君在天津晤谈；若天津攻击竟至失败，则拟俟三四月间卷土重来，若再失败，则暂投土匪，徐养兵力，以待时机"云。但他所希望的不是做皇帝，那大概是因为中华民国之故罢。

中国为"万世一系的国度"，即所谓"家天下"。

所谓学界，是一种发生较新的阶级，本该可以有将旧魂灵略加湔洗之望了，但听到"学官"的官话，和"学匪"的新名，则似乎还走着旧道路。那末，当然也得打倒的。这来打倒他的是"民魂"，是国魂的第三种。先前不很发扬，所以一闹之后，终不自取政权，而只"任三五热心家将皇帝推倒，自己过皇帝瘾去"了。

惟有民魂是值得宝贵的，惟有他发扬起来，中国才有真进步。但是，当此连学界也倒走旧路的时候，怎能轻易地发挥得出来呢？在乌烟瘴气之中，有官之所谓"匪"和民之所谓匪；有官之所谓"民"和民之所谓民；有官以为"匪"而其实是真的国民，有官以为"民"而其实是衙役和马弁。所以貌似"民魂"的，

魂灵鉴别与语言分析。

有时仍不免为"官魂"，这是鉴别魂灵者所应该十分注意的。

话又说远了，回到本题去。去年，自从章士钊提了"整顿学风"的招牌，上了教育总长的大任之后，学界里就官气弥漫，顺我者"通"[11]，逆我者"匪"，官腔官话的余气，至今还没有完。但学界却也幸而因此分清了颜色；只是代表官魂的还不是章士钊，因为上头还有"减膳"执政[12]在，他至多不过做了一个官魄；现在是在天津"徐养兵力，以待时机"了。[13]我不看《甲寅》，不知道说些什么话：官话呢，匪话呢，民话呢，衙役马弁话呢？……

惟有民魂的发扬，中国才有真进步。

一月二十四日。

注 释

1 发表于1926年2月《语丝》周刊第64期。后编入《华盖集续编》。

发表时篇末有作者的附记如下："今天到东城去教书，在新潮社看见陈源教授的信，在北京大学门口看见《现代评论》，那《闲话》里正议论着章士钊的《甲寅》，说'也渐渐的有了生气了。可见做时事文章的人官实在是做不得的，……自然有些"土匪"不妨同时做官僚，……'这么一来，我上文的'逆我者"匪"'，'官腔官话的余气'云云，就又有了'放冷箭'的嫌疑了。现在特地声明：我原先是不过就一般而言，如果陈教授觉得痛了，那是中了流弹。

要我在‘至今还没有完’之后，加一句‘如陈源等辈就是’，自然也可以。至于‘顺我者“通”’的通字，却是此刻所改的，那根据就在章士钊之曾称陈源为‘通品’。别人的褒奖，本不应拿来讥笑本人，然而陈源现就用着‘土匪’的字样。有一回的《闲话》(《现代评论》五十）道：‘我们中国的批评家实在太宏博了。他们……在地上找寻窃贼，以致整大本的剽窃，他们倒往往视而不见。要举个例吗？还是不说吧，我实在不敢再开罪“思想界的权威”。’按照他这回的慷慨激昂例，如果要免于‘卑劣’且有‘半分人气’，是早应该说明谁是土匪，积案怎样，谁是剽窃，证据如何的。现在倘有记得那括弧中的‘思想界的权威’六字，即曾见于《民报副刊》广告上的我的姓名之上，就知道这位陈源教授的‘人气’有几多。

“从此，我就以别人所说的‘东吉祥派’‘正人君子’‘通品’等字样，加于陈源之上了，这回是用了一个‘通’字；我要‘以眼还眼以牙还牙’，或者以半牙，以两牙还一牙，因为我是人，难于上帝似的铢两悉称。如果我没有做，那是我的无力，并非我大度，宽恕了加害于我的敌人。还有，有些下贱东西，每以秽物掷人，以为人必不屑较，一计较，倒是你自己失了人格。我可要照样的掷过去，要是他掷来。但对于没有这样举动的人，我却不肯先动手；而且也以文字为限，‘捏造事实’和‘散布“流言”’的鬼蜮的长技，自信至今还不屑为。在马弁们的眼里虽然是‘土匪’，然而‘盗亦有道’的。记起一件别的事来了。前几天九校‘索薪’的时候，我也当作一个代表，因此很会见了几个前‘公理维持会’即‘女大后援会’中人。幸而他们倒并不将我捆送三贝子花园或运入深山，‘投畀豺虎’，也没有实行‘割席’，将板凳锯开。终于‘学官’‘学匪’，都化为‘学丐’，同聚一堂，大讨其欠账，——自然是讨不来。记得有一个洋鬼子说过：中国先是官国，后来是土匪国，将来是乞丐国。单就学界而论，似乎很有点上这轨道了。想来一定有些人要后悔，去年竟抱了‘有奶不是娘’主义，来反对章士钊的罢。

一月二十五日东壁灯下写。”

2 **“国魂”** 国家主义派办的刊物，1925 年 10 月创刊，初为旬刊，后改周刊。该刊第 9 期发表姜华的《学匪与学阀》一文，对章士钊小骂大帮忙，旨在煽动北京学生起来打倒反对章士钊杨荫榆、支持女师大学生的马裕藻一派的“学匪”。周作人曾署名何曾亮，在《京报副刊》撰文加以驳斥。

3 **汉重孝廉** 汉朝把推举“孝子”和“廉士”做官制度化。为此，社会上便产生许多弄虚作假，扼杀人性的现象，“郭巨埋儿”和“丁兰刻木”就是显例。《太平御览》引刘向《孝子图》说：“郭巨，河内温人。甚富，父没，分财二千万为两，分与两弟，己独取母供养。……妻产男，虑养之则妨供养，乃令妻抱儿，欲掘地埋之。于土中得金一釜，上有铁券云：‘赐孝子郭巨。’……遂得兼养儿。”又引干宝《搜神记》说：“丁兰，河内野王人。年十五，丧母，乃刻木作母事之，供养如生。邻人有所借，木母颜和则与，不和不与。后邻人忿兰，盗斫木母，应刀血出。兰乃殡殓，报仇。汉宣帝嘉之，拜中大夫。”

4 **帖括** 科举考试的一种文体。这里指的是清代的八股文，“且夫”，“然则”之类，即是其中被滥用的字眼。

5 **源增** 北京大学法文系学生。他翻译的《帝国主义与帝国主义国家的工人阶级》载于 1926 年 1 月 20 日《国民新报副刊》，这里的引文见于译后记。

6 **《双官诰》** 戏曲名。故事说薛广出外经商，谣传已死，他的第二妾王春娥守节在家，抚养儿子薛倚。后薛广做官回家，薛倚也及第返乡，王春娥从此得到双重的官诰。

7 **《四杰村》** 京剧名。故事说骆宏勋被历城县知县诬为强盗，在押解途中，被四杰村恶霸朱氏兄弟夺得囚车，欲加杀害，幸被绿林好汉救出，放火烧了四杰村。

8 **刘玄德** 刘备（161—223），字玄德，涿郡涿县（今属河北）人。三国时，以汉室当然继承人自居，在西蜀称帝，是《三国演义》的主要人物之一。

9 **宋公明** 宋江（？—1122），宋徽宗宣和元年聚众起义，相传在梁山泊驻兵，是所谓“逼上梁山”的宋末农民起义军的首领。施耐庵根据相关的传说故事，写成小说《水浒传》，宋江是主要人物。

10 **李景林**（1885—1931） 字芳岑，河北枣强人，奉系军阀。1925年冬，在冯玉祥国民党军的打击下，一度逃匿租界，后到济南收集残部与张宗昌联合，准备反攻。这里说的对某外交官的谈话，即在此时发表。

11 **顺我者“通”** 这是对章士钊、陈西滢等人的讽刺。章士钊在1925年7月25日《甲寅》周刊上发表《孤桐杂记》，其中称赞陈西滢说：“《现代评论》有记者自署西滢，无锡陈源之别字也。陈君本字通伯，的是当今通品。”

12 **“减膳”执政** 指段祺瑞。1925年5月9日，北京学生向北洋政府临时执政段祺瑞提出罢免章士钊的要求，章迫于形势，于11日向段祺瑞辞职，辞呈说：“钊诚举措失当。众怒齐撄。一人之祸福安危。自不足计。万一钧座因而减膳。时局为之不宁。……钊有百身。亦何能赎。”

13 1925年11月28日，北京群众为反对关税会议要求关税自主举行游行示威时，高呼“驱逐段祺瑞”“打死朱深、章士钊”等口号，章士钊随即逃往天津。

一点比喻[1]

在我的故乡不大通行吃羊肉，阖城里，每天大约不过杀几匹山羊。北京真是人海，情形可大不相同了，单是羊肉铺就触目皆是。雪白的群羊也常常满街走，但都是胡羊，在我们那里称绵羊的。山羊很少见；听说这在北京却颇名贵了，因为比胡羊聪明，能够率领羊群，悉依它的进止，所以畜牧家虽然偶而养几匹，却只用作胡羊们的领导，并不杀掉它。

这样的山羊我只见过一回，确是走在一群胡羊的前面，脖子上还挂着一个小铃铎，作为智识阶级的徽章。通常，领的赶的却多是牧人，胡羊们便成了一长串，挨挨挤挤，浩浩荡荡，凝着柔顺有余的眼色，跟定他匆匆地竞奔它们的前程。我看见这种认真的忙迫的情形时，心里总想开口向它们发一句愚不可及的疑问——

“往那里去？！”

人群中也很有这样的山羊，能领了群众稳妥平静地走去，直到他们应该走到的所在。袁世凯明白一点这种事，可惜用得不大巧[2]，大概因为他是不很读书的，所以也就难于熟悉运用那些的奥妙。后来的武人可更蠢了，只会自己乱打乱割，乱得哀号之声，洋洋盈耳，结果是除了残虐百姓之外，还加上轻视学问，荒废教育的恶名。然而“经一事，长一智”，二十世纪已过了四分之一，脖子上挂着小铃铎的聪明人是总要交到红运的，虽然现在表面上还不免有些小挫折。

那时候，人们，尤其是青年，就都循规蹈矩，既不嚣张，也不浮动，一心向着“正路”前进了，只要没有人问——

“往那里去？！”

至今在纷纷赞美二十世纪三四十年代的知识界的“脖子上挂着小铃铎的聪明人”时，也便没有竟问：“往哪里去？！

君子若曰：“羊总是羊，不成了一长串顺从地走，还有什么别的法子呢？君不见夫猪乎？拖延着，逃着，喊着，奔突着，终于也还是被捉到非去不可的地方去，那些暴动，不过是空费力气而已矣。”

以此看二十世纪九十年代的“告别革命”论。

这是说：虽死也应该如羊，使天下太平，彼此省力。

这计划当然是很妥帖，大可佩服的。然而，君不见夫野猪乎？它以两个牙，使老猎人也不免于退避。这牙，只要猪脱出了牧豕奴所造的猪圈，走入山野，不久就会长出来。

Schopenhauer[3]先生曾将绅士们比作豪猪，我想，这实在有些失体统。但在他，自然是并没有什么别的恶意的，不过拉扯来作一个比喻。《Parerga und Paralipomena》里有着这样意思的话：有一群豪猪，在冬天想用了大家的体温来御寒冷，紧靠起来了，但它们彼此即刻又觉得刺的疼痛，于是乎又离开。然而温暖的必要，再使它们靠近时，却又吃了照样的苦。但它们在这两种困难中，终于发见了彼此之间的适宜的间隔，以这距离，它们能够过得最平安。人们因为社交的要求，聚在一处，又因为各有可厌的许多性质和难堪的缺陷，再使他们分离。他们最后所发见的距离，——使他们得以聚在一处的中庸的距离，就是“礼让”和“上流的风习”。有不守这距离的，在英国就这样叫，“Keep your disatance！”[4]

但即使这样叫，恐怕也只能在豪猪和豪猪之间才有效力罢，因为它们彼此的守着距离，原因是在于痛而不在于叫的。假使豪猪们中夹着一个别的，并没有刺，则无论怎么叫，它们总还是挤过来。孔子说：礼不下庶人[5]。照现在的情形看，该是并非庶人不得接近豪猪，却是豪猪可以任意刺着庶人而取得温暖。受伤是当然要受伤的，但这也只能怪你自己独独没有刺，不足以让他守定适当的距离。孔子又说：刑不上大夫。这就又难怪人们的要做绅士。

豪猪社会的道德：要么“礼让”或“上流的风习”，要么“下流”或“无礼”。

这些豪猪们，自然也可以用牙角或棍棒来抵御的，但至少必须拚出背一条豪猪社会所制定的罪名：“下流”或“无礼”。

一月二十五日。

注 释

1 发表于1926年2月《莽原》半月刊第4期。后编入《华盖集续编》。

2 袁世凯在恢复帝制的阴谋活动中，曾指使杨度等“六君子”组织筹安会鼓吹帝制，遭到各界强烈反对。所以这里说袁世凯“用得不大巧”。

3 Schopenhauer 叔本华。下文的《*Parerga und Paralipomena*》(《副业和补遗》)，是叔本华的一本杂文集。

4 “Keep your distance!” 英语：“保持你的距离！”

5 “礼不下庶人”和下文的“刑不上大夫”一句，见《礼记·曲礼》。

谈皇帝[1]

中国人的对付鬼神，凶恶的是奉承，如瘟神和火神之类，老实一点的就要欺侮，例如对于土地或灶君。待遇皇帝也有类似的意思。君民本是同一民族，乱世时“成则为王败则为贼”，平常是一个照例做皇帝，许多个照例做平民；两者之间，思想本没有什么大差别。所以皇帝和大臣有“愚民政策”，百姓们也自有其“愚君政策”。

往昔的我家，曾有一个老仆妇，告诉过我她所知道，而且相信的对付皇帝的方法。她说——

“皇帝是很可怕的。他坐在龙位上，一不高兴，就要杀人；不容易对付的。所以吃的东西也不能随便给他吃，倘是不容易办到的，他吃了又要，一时办不到；——譬如他冬天想到瓜，秋天要吃桃子，办不到，他就生气，杀人了。现在是一年到头给他吃波菜，一要就有，毫不为难。但是倘说是波菜，他又要生气的，因为这是便宜货，所以大家对他就不称为波菜，另外起一个名字，叫作‘红嘴绿鹦哥’。”

在我的故乡，是通年有波菜的，根很红，正如鹦哥的嘴一样。

这样的连愚妇人看来，也是呆不可言的皇帝，似乎大可以不要了。

然而并不，她以为要有的，而且应该听凭他作威作福。至于用处，仿佛在靠他来镇压比自己更强梁的别人，所以随便杀人，正是非备不可的要件。然而倘使自己遇到，且须侍奉呢？可又觉得有些危险了，因此只好又将他练成傻子，终年耐心地专吃着“红嘴绿鹦哥”。

其实利用了他的名位，“挟天子以令诸侯”的，和我那老仆妇的意思和方法都相同，不过一则又要他弱，一则又要他愚。儒家的靠了“圣君”来行道也就是这玩意，因为要“靠”，所以要他威重，位高；因为要便于操纵，所以又要他颇老实，听话。

皇帝一自觉自己的无上威权，这就难办了。既然“普天之下，莫非皇土”，他就胡闹起来，还说是“自我得之，自我失之，我又何恨”[2]哩！于是圣人之徒也只好请他吃“红嘴绿鹦哥”了，这就是所谓“天”。据说天子的行事，是都应该体帖天意，不能胡闹的；而这“天意”也者，又偏只有儒者们知道着。

与其说谈皇帝，不如说是谈圣人之徒，谈智囊式知识分子。他们的目的是驾驭皇帝，觊觎的是权力，非为天下也。

这样，就决定了：要做皇帝就非请教他们不可。

然而不安分的皇帝又胡闹起来了。你对他说“天”么，他却道，“我生不有命在天？！”[3]岂但不仰体上天之意而已，还逆天，背天，“射天”[4]，简直将国家闹完，使靠天吃饭的圣贤君子们，哭不得，也笑不得。

皇帝无法无天，是普天下惟一的“个人主义者”。

于是乎他们只好去著书立说，将他骂一通，豫计百年之后，即身殁之后，大行于时，自以为这就了不得。

但那些书上，至多就止记着“愚民政策”和“愚君政策”全都不成功。

二月十七日。

注　释

1 发表于1926年3月9日《国民新报副刊》。后编入《华盖集续编》。

2 “自我得之，自我失之，我又何恨” 语出《梁书·邵陵王纶传》：太清三年（549）三月，侯景陷建康，高祖（梁武帝萧衍）叹曰：“自我没之，自我失之，而复何恨！”

3 “我生不有命在天？！” 语出《尚书·西北戡黎》：“王（商纣王）曰：呜呼！我生不有命在天？！”

4 “射天” 见《史记·殷本纪》：“帝武乙无道，为偶人，谓之天神。与之博，令人为行。天神不胜，乃僇辱之。为革囊，盛血，卬（仰）而射之，命曰‘射天’。”

太平歌诀[1]

四月六日的《申报》上有这样的一段记事：

“南京市近日忽发现一种无稽谣传，谓总理墓行将工竣，石匠有摄收幼童灵魂，以合龙口之举。市民以讹传讹，自相惊扰，因而家家幼童，左肩各悬红布一方，上书歌诀四句，借避危险。其歌诀约有三种：（一）人来叫我魂，自叫自当承。叫人叫不着，自己顶石坟。（二）石叫石和尚，自叫自承当。急早回家转，免去顶坟坛。（三）你造中山墓，与我何相干？一叫魂不去，再叫自承当。”（后略）

脱离民众的革命者，以及脱离社会的中国革命。

这三首中的无论那一首，虽只寥寥二十字，但将市民的见解：对于革命政府的关系，对于革命者的感情，都已经写得淋漓尽致。虽有善于暴露社会黑暗面的文学家，恐怕也难有做到这么简明深切的了。“叫人叫不着，自己顶石坟”。则竟包括了许多革命者的

国民的素质和状态决定了革命的前途。

传记和一部中国革命的历史。

看看有些人们的文字，似乎硬要说现在是“黎明之前”。然而市民是这样的市民，黎明也好，黄昏也好，革命者们总不能不背着这一伙市民进行。鸡肋[2]，弃之不甘，食之无味，就要这样地牵缠下去。五十一年后能否就有出路，是毫无把握的。

近来的革命文学家往往特别畏惧黑暗，掩藏黑暗，但市民却毫不客气，自己表现了。那小巧的机灵和这厚重的麻木相撞，便使革命文学家不敢正视社会现象，变成婆婆妈妈，欢迎喜鹊，憎厌枭鸣，只检一点吉祥之兆来陶醉自己，于是就算超出了时代。

革命文学家虽然使用了新颖的词藻，在精神上并没有脱掉传统的老套：“瞒和骗”，这里则说是“超时代”。

恭喜的英雄，你前去罢，被遗弃了的现实的现代，在后面恭送你的行旌。

但其实还是同在。你不过闭了眼睛。不过眼睛一闭，“顶石坟”却可以不至于了，这就是你的“最后的胜利”。

四月十日。

注　释

1　发表于1928年4月《语丝》第4卷第18期。后编入《三闲集》。

2　鸡肋　鸡的肋骨，比喻无多大意味，但又不忍舍弃的东西。《三国志·魏书·武帝纪》裴松之注引《九州春秋》：“时王（曹操）欲还，出令曰‘鸡肋’，官属不知所谓；主簿杨修便自严装，人惊问修：‘何以知之？’修曰：‘夫鸡肋，弃之如可惜，食之无所得，以比汉中，知王欲还也。’”

流氓的变迁[1]

孔墨都不满于现状，要加以改革，但那第一步，是在说动人主，而那用以压服人主的家伙，则都是“天”[2]。

孔子之徒为儒，墨子[3]之徒为侠。“儒者，柔也”[4]，当然不会危险的。惟侠老实，所以墨者的末流，至于以“死”[5]为终极的目的。到后来，真老实的逐渐死完，止留下取巧的侠，汉的大侠，就已和公侯权贵相馈赠，以备危急时来作护符之用了。

司马迁说：“儒以文乱法，而侠以武犯禁”[6]，“乱”之和“犯”，决不是“叛”，不过闹点小乱子而已，而况有权贵如“五侯”[7]者在。

“乱”“犯”与“叛”，是根本性分野。中国知识界崇奉保守主义、改良主义、好政府主义，故多赞赏“乱”和“犯”而反对“叛”。

“侠”字渐消，强盗起了，但也是侠之流，他们的旗帜是“替天行道”。他们所反对的是奸臣，不是天子，他们所打劫的是平民，不是将相。李逵劫法场[8]时，抡起板斧来排头砍去，而所砍的是看客。一部《水浒》，说得很分明：因为不反对天子，所以大军一到，便受招安，替国家打别的强盗——不“替天行道”[9]的强盗去了。终于是奴才。

满洲入关，中国渐被压服了，连有“侠气”的人，也不敢再起盗心，不敢指斥奸臣，不敢直接为天子效力，于是跟一个好官员或钦差大臣，给他保镳，替他捕盗，一部《施公案》[10]，也说得很分明，还有《彭公案》[11]，《七侠五义》[12]之流，至今没有穷尽。他们出身清白，连先前也并无坏处，虽在钦差之下，究居平民之上，对一方面固然必须听命，对别方面还是大可逞雄，安全之度增多了，奴性也跟着加足。

流氓虽然一面大可逞雄，另一面却须听命，离不开传统的靠山——天子、国家、秩序，所以终究是奴才。

然而为盗要被官兵所打，捕盗也要被强盗所打，要十分安全的侠客，是觉得都不妥当的，于是有流氓。和尚喝酒他来打，男女通奸他来捉，私娼私贩他来凌辱，为的是维持风化；乡下人不懂租界章程他来欺侮，为的是看不起无知；剪发女人他来嘲骂，社会改革者他来憎恶，为的是宝爱秩序。但后面是传统的靠山，对手又都非浩荡的强敌，他就在其间横行过去。现在的小说，还没有写出这一种典型的书，惟《九尾龟》[13]中的章秋谷，以为他给妓女吃苦，是因为她要敲人们竹杠，所以给以惩罚之类的叙述，约略近之。

由现状再降下去，大概这一流人将成为文艺书中的主角了，我在等候“革命文学家”张资平[14]“氏”的近作。

注 释

1 发表于1930年1月上海《萌芽月刊》第1卷第1期。后编入《三闲集》。

2 “天” 指天帝，人们观念中的万事万物的主宰。《书·泰誓上》：“天佑下民。”

3 墨子（约前468—前376） 思想家、政治家。墨家的创始人。名翟，宋国人，长居鲁国。反对儒家的“天命”和“爱有差等”说，主张“兼相爱，交相利”，富有“摩顶放踵，利天下为之”的实践精神。弟子很多，多尚武，秦汉时演化为游侠。墨子学说在当时影响很大，与儒家并称“显学”。现存《墨子》五十三篇。

4 “儒者，柔也” 许慎《说文解字》：“儒者，柔也，术士之称。”

5 “死” 《史记》说到游侠，谓是“其言必信，其行必果，已诺必诚，不爱其躯”。慷慨赴死，往往是侠义精神的最高体现。

6 “儒以文乱法，而侠以武犯禁” 语见《韩非子·五蠹》。

7 “五侯” 汉成帝河平二年（前27），外戚王谭、王逢时、王根、王立、王商兄弟五人同时封侯，称“五侯”。

8 李逵劫法场 见《水浒传》第四十回。

9 “替天行道” 替天帝行使正义原则。《水浒传》中宋江等梁山好汉打的旗号。

10 《施公案》 清代公案小说。一名“百断奇观”，作者不详，共九十七回。描写康熙年间施仕纶官江都知县到漕运总督时，绿林好汉黄天霸归顺官府，为他办案的故事。有《续施公案》。

11 《彭公案》 清代公案小说，贪梦道人作，共一百回。写的是康熙年间一帮江湖侠客为三河知县彭鹏办案的故事。有《续集》《再续》之类。鲁迅在《中国小说的历史的变迁》中认为，《施公案》《彭公案》一类侠义派小说的源流仍出于《水浒》，但是“《水浒》中人物在反抗政府；而这一类书中的人物，则帮助政府，这是作者思想的大不同处”。

12 《七侠五义》 原名“三侠五义”“忠烈侠义传”，清人根据单弦艺人石玉昆说唱底本改编而成。一百二十回。后经俞樾修订，改名为《七侠五义》。前半部写包拯审案的故事，后半部则是江湖侠客的传奇。

13 《九尾龟》 一部描写清末妓女生活和流亡狎客的长篇小说。张春帆作，共一百九十二回。1910 年出版。

14 张资平（1893—1959） 作家，广东梅县人。早年留学日本，1921 年与郭沫若、郁达夫等组织创造社。回国后曾在大学任教。1928 年创办乐群书店，主编《乐群》月刊。1932 年组织絜茜社，创办文艺刊物《絜茜》半月刊。抗战时居上海，参加汪精卫伪政府，任技正。抗战胜利后被逮捕。主要作品有《飞絮》《时代与爱的歧路》等，还有一些翻译作品。

习惯与改革[1]

人民成为改革的阻力。

体质和精神都已硬化了的人民，对于极小的一点改革，也无不加以阻挠，表面上好像恐怕于自己不便，其实是恐怕于自己不利，但所设的口实，却往往见得极其公正而且堂皇。

今年的禁用阴历，原也是琐碎的，无关大体的事，但商家当然叫苦连天了。不特此也，连上海的无业游民，公司雇员，竟也常常慨然长叹，或者说这很不便于农家的耕种，或者说这很不便于海船的候潮。他们居然因此念起久不相干的乡下的农夫，海上的舟子来。这真像煞有些博爱。

一到阴历的十二月二十三，爆竹就到处毕毕剥剥。我问一家的店伙："今年仍可以过旧历年，明年一准过新历年么？"那回答是："明年又是明年，要明年再看了。"他并不信明年非过阳历年不可。但日历上，却诚然删掉了阴历，只存节气。然而一面在报章上，则出现了《一百二十年阴阳合历》的广告。好，他们连曾孙玄孙时代的阴历，也已经给准备妥当了，一百二十年！

梁实秋先生们虽然很讨厌多数，但多数的力量是伟大，要紧的，有志于改革者倘不深知民众的心，设法利导，改进，则无论怎样的高文宏议，浪漫古典[2]，都和他们无干，仅止于几个人在书房中互相叹赏，得些自己满足。假如竟有“好人政府”，出令改革乎，不多久，就早被他们拉回旧道上去了。

必须重视多数。所谓“民主”，其要义就在多数。

真实的革命者，自有独到的见解，例如乌略诺夫[3]先生，他是将“风俗”和“习惯”，都包括在“文化”之内的，并且以为改革这些，很为困难。我想，但倘不将这些改革，则这革命即等于无成，如沙上建塔，顷刻倒坏。中国最初的排满革命，所以易得响应者，因为口号是“光复旧物”，就是“复古”，易于取得保守的人民同意的缘故。但到后来，竟没有历史上定例的开国之初的盛世，只枉然失了一条辫子，就很为大家所不满了。

以后较新的改革，就著著失败，改革一两，反动十斤，例如上述的一年日历上不准注阴历，却来了阴阳合历一百二十年。

“改革一两，反动十斤”，几成铁律。

这种合历，欢迎的人们一定是很多的，因为这是风俗和习惯所拥护，所以也有风俗和习惯的后援。别的事也如此，倘不深入民众的大层中，于他们的风俗习惯，加以研究，解剖，分别好坏，立存废的标准，

文化改革是深层次的革命。

确立“人民主体”的思想改革者自身也必须接受改革。

反改革的“后援”资源深厚，要求改革者把正视的勇气和慎行的方法结合起来。

而于存于废，都慎选施行的方法，则无论怎样的改革，都将为习惯的岩石所压碎，或者只在表面上浮游一些时。

现在已不是在书斋中，捧书本高谈宗教，法律，文艺，美术……等等的时候了，即使要谈论这些，也必须先知道习惯和风俗，而且有正视这些的黑暗面的勇猛和毅力。因为倘不看清，就无从改革。仅大叫未来的光明，其实是欺骗怠慢的自己和怠慢的听众的。

注 释

1 发表于1930年3月《萌芽月刊》第1卷第3期。后编入《二心集》。

2 浪漫古典 梁实秋曾出版论文集《浪漫的与古典的》，这里当含有讽刺之意。

3 乌略诺夫 通译乌里扬诺夫，即列宁。

谈金圣叹[1]

讲起清朝的文字狱来，也有人拉上金圣叹[2]，其实是很不合适的。他的“哭庙”，用近事来比例，和前年《新月》上的引据三民主义以自辩，并无不同，但不特捞不到教授而且至于杀头，则是因为他早被官绅们认为坏货了的缘故。就事论事，倒是冤枉的。

清中叶以后的他的名声，也有些冤枉。他抬起小说传奇来，和《左传》《杜诗》并列，实不过拾了袁宏道[3]辈的唾余；而且经他一批，原作的诚实之处，往往化为笑谈，布局行文，也都被硬拖到八股的作法上。这余荫，就使有一批人，堕入了对于《红楼梦》之类，总在寻求伏线，挑剔破绽的泥塘。

自称得到古本，乱改《西厢》[4]字句的案子且不说罢，单是截去《水浒》的后小半[5]，梦想有一个“嵇叔夜”来杀尽宋江们，也就昏庸得可以。虽说因为痛恨流寇的缘故，但他是究竟近于官绅的，他到底想不到小百姓的对于流寇，只痛恨着一半：不在于“寇”，

以正统的眼光看属“冤枉”，倘若换了别样——所谓“离经叛道”——的眼光视之，则明显地属于“昏庸”。

而在于“流”。

百姓固然怕流寇，也很怕“流官”。记得民元革命以后，我在故乡，不知怎地县知事常常掉换了。每一掉换，农民们便愁苦着相告道：“怎么好呢？又换了一只空肚鸭来了！”他们虽然至今不知道“欲壑难填”的古训，却很明白“成则为王，败则为贼”的成语，贼者，流着之王，王者，不流之贼也，要说得简单一点，那就是“坐寇”。中国百姓一向自称“蚁民”，现在为便于譬喻起见，姑升为牛罢，铁骑一过，茹毛饮血，蹄骨狼藉，倘可避免，他们自然是总想避免的，但如果肯放任他们自啮野草，苟延残喘，挤出乳来将这些“坐寇”喂得饱饱的，后来能够比较的不复狼吞虎咽，则他们就以为如天之福。所区别的只在“流”与“坐”，却并不在“寇”与“王”。试翻明末的野史，就知道北京民心的不安，在李自成入京的时候，是不及他出京之际的利害的。

文章开头以胡适等的“人权运动”和金圣叹的“哭庙”作比，谓是“并无不同”，其实说到“近于官绅”——痛恨“流寇”而亲近“坐寇”——这一点，也都是一致的。

宋江据有山寨，虽打家劫舍，而劫富济贫，金圣叹却道应该在童贯高俅辈的爪牙之前，一个个俯首受缚，他们想不懂。所以《水浒传》纵然成了断尾巴蜻蜓，乡下人却还要看《武松独手擒方腊》[6]这些戏。

“坐寇”（“王者”）之可怕，甚于“流寇”。

不过这还是先前的事，现在似乎又有了新的经验了。听说四川有一只民谣，大略是“贼来如梳，兵来如篦，官来如剃”的意思。汽车飞艇[7]，价值既远过于大轿马车，租界和外国银行，也是海通以来新添的物事，不但剃尽毛发，就是刮尽筋肉，也永远填不满的。正无怪小百姓将“坐寇”之可怕，放在“流寇”之上了。

事实既然教给了这些，仅存的路，就当然使他们想到了自己的力量。

五月三十一日。

注　释

1　发表于1933年7月上海《文学》第1卷第1号。后编入《南腔北调集》。

2　金圣叹（1608—1661）　明末清初批评家。名采，字若采，明亡后改名人瑞，字圣叹。一说本姓张，吴县（今属江苏）人。曾以《离骚》《庄子》《史记》《杜诗》《水浒》与《西厢》合称“六才子书”，并对后两种进行批改。清顺治十八年（1661），以哭庙案被杀，详见清代王应奎《柳南随笔》。

3　袁宏道（1568—1610）　明代文学家。字中郎，号石公，湖广公安（今湖北省公安县）人。万历进士，曾任吴县知县，吏部郎中。与兄宗道、弟中道，并称“三袁”。反对复古，反对摹拟，主张“性灵”，为公安派的创始者，著有《袁中郎全集》。

4　《西厢》　杂剧剧本。全名《崔莺莺待月西厢记》，元代王实甫作。写书生张珙在蒲东普救寺偶遇崔相国的女儿莺莺，两人发生爱情，通过侍女红娘的协助，终于冲破封建礼教的束缚而结合。

5　截去《水浒》的后小半　《水浒传》原有一百回和一百二十回本流行，金圣叹把其中七十一回以后的章节全部删去，另行编造一个“惊噩梦”的结局，又把第一回改为楔子，成为七十回。

6 《武松独手擒方腊》 民间戏剧。方腊（？—1121），北宋末年浙江农民起义军首领。

7 **飞艇** 产生于十八世纪的一种有动力装置的飞行器。当时，也有人称它为飞机。

经　验[1]

古人所传授下来的经验，有些实在是极可宝贵的，因为它曾经费去许多牺牲，而留给后人很大的益处。

偶然翻翻《本草纲目》，不禁想起了这一点。这一部书，是很普通的书，但里面却含有丰富的宝藏。自然，捕风捉影的记载，也是在所不免的，然而大部分的药品的功用，却由历久的经验，这才能够知道到这程度，而尤其惊人的是关于毒药的叙述。我们一向喜欢恭维古圣人，以为药物是由一个神农皇帝独自尝出来的，他曾经一天遇到过七十二毒，但都有解法，没有毒死。这种传说，现在不能主宰人心了。人们大抵已经知道一切文物，都是历来的无名氏所逐渐的造成。建筑，烹饪，渔猎，耕种，无不如此；医药也如此。这么一想，这事情可就大起来了：大约古人一有病，最初只好这样尝一点，那样尝一点，吃了毒的就死，吃了不相干的就无效，有的竟吃到了对证的就好起来，于是知道这是对于某一种病痛的药。这样地累积下去，乃有草创的纪录，后来渐成为庞大的书，如

无名氏的功绩。

《本草纲目》就是。而且这书中的所记，又不独是中国的，还有阿剌伯人的经验，有印度人的经验，则先前所用的牺牲之大，更可想而知了。

然而也有经过许多人经验之后，倒给了后人坏影响的，如俗语说“各人自扫门前雪，莫管他家瓦上霜”的便是其一。救急扶伤，一不小心，向来就很容易被人所诬陷，而还有一种坏经验的结果的歌诀，是“衙门八字开，有理无钱莫进来”，于是人们就只要事不干己，还是远远的站开干净。我想，人们在社会里，当初是并不这样彼此漠不相关的，但因豺狼当道，事实上因此出过许多牺牲，后来就自然的都走到这条道路上去了。所以，在中国，尤其是在都市里，倘使路上有暴病倒地，或翻车摔伤的人，路人围观或甚至于高兴的人尽有，肯伸手来扶助一下的人却是极少的。这便是牺牲所换来的坏处。

许多经验源于牺牲。

总之，经验的所得的结果无论好坏，都要很大的牺牲，虽是小事情，也免不掉要付惊人的代价。例如近来有些看报的人，对于什么宣言，通电，讲演，谈话之类，无论它怎样骈四俪六，崇论宏议，也不去注意了，甚而还至于不但不注意，看了倒不过做做嘻笑的资料。这那里有“始制文字，乃服衣裳”[2]一样重要呢，然而这一点点结果，却是牺牲了一大片地面，和许多人的生命财产换来的。生命，那当然是别人的生命，倘是自己，就得不着这经验了。所以一切经验，是只有活人才能有的，我的决不上别人讥刺我怕死[3]，

经验的好结果是爱人，坏结果是憎人，以至竟及于当局和阔人，全都不去注意。此即所谓“信仰危机”，或“信任危机”是也。

生命第一的观点。说“革命不是教人死，而是教人活的”也是这意思。

就去自杀或拚命的当，而必须写出这一点来，就为此。而且这也是小小的经验的结果。

六月十二日。

注释

1 发表于1933年7月《申报月刊》第2卷第7号，署名洛文。后编入《南腔北调集》。

2 “始制文字，乃服衣裳” 语见《千字文》。

3 别人讥刺我怕死 梁实秋在《新月》第2卷第11期发表《鲁迅与牛》一文，借1930年4月8日中国自由大同盟为声援四·三惨案（英国人在南京打死打伤中国工人）集会时，有一工人被巡捕枪杀的事讥笑作者说：“自由运动大同盟即是鲁迅先生领衔发起的……这事发生之后，颇有人为鲁迅先生担心，因为不晓得流了‘一摊鲜血’的究竟是哪一位。……幸亏事实不久大明，死的不是‘参加工农革命底实际行动’的‘左翼作家’，是一位‘勇敢的工人’……鲁迅先生的‘不卖肉主义’是老早言明在先的。”又，法鲁在1933年6月11日《大晚报·火炬》发表《到底要不要自由》中，也有类似的影射的话：“细针短刺毕竟是雕虫小技，无助于大题，讥刺嘲讽更已属另一年代的老人所发的呓语。……在这一年代，科学发明，刀斧自然不及枪炮；生贱于蚁，本不足惜，无奈我们无能的智识分子偏吝惜他的生命何！”7月3日《社会新闻》发表署名道的《左翼作家纷纷离沪》一文，言之凿凿地说：“最近上海暗杀之风甚盛，文人的脑筋最敏锐，胆子最小而脚步最快，他们都以避暑为名离开了上海。据确讯，鲁迅赴青岛……”云云。

谚　语[1]

主子与奴才。

粗略的一想，谚语固然好像一时代一国民的意思的结晶，但其实，却不过是一部分的人们的意思。现在就以“各人自扫门前雪，莫管他家瓦上霜”来做例子罢，这乃是被压迫者们的格言，教人要奉公，纳税，输捐，安分，不可怠慢，不可不平，尤其是不要管闲事；而压迫者是不算在内的。

专制者的反面就是奴才，有权时无所不为，失势时即奴性十足。孙皓是特等的暴君，但降晋之后，简直像一个帮闲；[2]宋徽宗在位时，不可一世，而被掳后偏会含垢忍辱。[3]做主子时以一切别人为奴才，则有了主子，一定以奴才自命：这是天经地义，无可动摇的。

所以被压制时，信奉着“各人自扫门前雪，莫管他家瓦上霜”的格言的人物，一旦得势，足以凌人的时候，他的行为就截然不同，变为“各人不扫门前雪，却管他家瓦上霜”了。

二十年来，我们常常看见：武将原是练兵打仗的，且不问他这兵是用以安内或攘外，总之他的“门前雪”是治军，然而他偏来干涉教育，主持道德；教育家原是办学的，无论他成绩如何，总之他的“门前雪”是学务，然而他偏去膜拜“活佛”，绍介国医。小百姓随军充案，童子军沿门募款。头儿胡行于上，蚁民乱碰于下，结果是各人的门前都不成样，各家的瓦上也一团糟。

浮世绘。

女人露出了臂膊和小腿，好像竟打动了贤人们的心，我记得曾有许多人絮絮叨叨，主张禁止过，后来也确有明文禁止了。[4]不料到得今年，却又“衣服蔽体已足，何必前拖后曳，消耗布匹，……顾念时艰，后患何堪设想”起来，四川的营山县长于是就令公安局派队一一剪掉行人的长衣的下截。[5]长衣原是累赘的东西，但以为不穿长衣，或剪去下截，即于“时艰”有补，却是一种特别的经济学。《汉书》上有一句云，“口含天宪”[6]，此之谓也。

某一种人，一定只有这某一种人的思想和眼光，不能越出他本阶级之外。说起来，好像又在提倡什么犯讳的阶级了，然而事实是如此的。谣谚并非全国民的意思，就为了这缘故。古之秀才，自以为无所不晓，于是有“秀才不出门，而知天下事”这自负的漫天大谎，小百姓信以为真，也就渐渐的成了谚语，流行开来。其实是“秀才虽出门，不知天下事”的。秀

阶级与阶级性。

精英人物对于世事的隔膜。

才只有秀才头脑和秀才眼睛，对于天下事，那里看得分明，想得清楚。清末，因为想“维新”，常派些“人才”出洋去考察，我们现在看看他们的笔记罢，他们最以为奇的是什么馆里的蜡人能够和活人对面下棋[7]。南海圣人康有为，佼佼者也，他周游十一国，一直到得巴尔干，这才悟出外国之所以常有“弑君”之故来了，曰：因为宫墙太矮的缘故。[8]

六月十三日。

注　释

1 发表于1933年7月《申报月刊》第2卷第7号，署名洛文。后编入《南腔北调集》。

2 孙皓（242—283） 三国时吴国末代皇帝。有关他的有权和失势时的表现，详见《三国志·吴书·三嗣主传》。《世说新语·排调》中有他作为“帮闲”的一则记载：“晋武帝问孙皓：‘闻南人好作《尔汝歌》，颇能为不？’皓正饮酒，因举觞对帝而言曰：‘昔与汝为邻，今与汝为臣，上汝一杯酒，令汝寿万春！’”

3 宋徽宗（1082—1135） 北宋皇帝赵佶，书画家。在位时，任用蔡京、童贯等人主持国政，贪残横暴，穷奢极欲；靖康二年（1127）为金兵所俘，封为昏德公，宫眷被没为宫婢；虽备受侮辱，却仍不断向金主称臣，“具表称谢”。

4 1933年5月，广西民政厅曾公布法令，凡女子服装袖不过肘，裙不过膝者，均在取缔之列。

5 四川军阀杨森提倡“短衣运动”，辖下的营山县还曾发布《禁穿长衫令》。

6 **“口含天宪”** 语见《后汉书·朱穆传》：“当今中官近习，窃持国柄，手握王爵，口含天宪。”天宪，犹言王法，朝廷的法令。

7 关于蜡人和活人下棋事，见清朝出使大臣、礼部尚书戴鸿慈的《出使九国日记》。

8 详见康有为撰《欧东阿连五国游记·游塞耳维亚京悲罗吉辣》，载《不忍杂志汇编》二集。

沙[1]

近来的读书人，常常叹中国人好像一盘散沙，无法可想，将倒楣的责任，归之于大家。其实这是冤枉了大部分中国人的。小民虽然不学，见事也许不明，但知道关于本身利害时，何尝不会团结。先前有跪香[2]，民变，造反；现在也还有请愿之类。他们的像沙，是被统治者"治"成功的，用文言来说，就是"治绩"。

那么，中国就没有沙么？有是有的，但并非小民，而是大小统治者。

所谓"团结"不过是一个假象。

人们又常常说："升官发财。"其实这两件事是不并列的，其所以要升官，只因为要发财，升官不过是一种发财的门径。所以官僚虽然依靠朝廷，却并不忠于朝廷，吏役虽然依靠衙署，却并不爱护衙署，头领下一个清廉的命令，小喽罗是决不听的，对付的方法有"蒙蔽"。他们都是自私自利的沙，可以肥己时就肥己，而且每一粒都是皇帝，可以称尊处就称尊。有些人译俄皇为“沙皇”[3]，移赠此辈，倒是极确切的尊号。财何从来？是从小民身上刮下来的。小民倘能团结，发财就烦难，那么，当然应该想尽方法，使他们变成散沙才好。以沙皇治小民，于是全中国就成为“一盘散沙”了。

然而沙漠以外，还有团结的人们在，他们“如入无人之境”的走进来了。

这就是沙漠上的大事变。当这时候，古人曾有两句极切贴的比喻，叫作“君子为猿鹤，小人为虫沙”[4]。那些君子们，不是像白鹤的腾空，就如猢狲的上树，“树倒猢狲散”，另外还有树，他们决不会吃苦。剩在地下的，便是小民的蝼蚁和泥沙，要践踏杀戮都可以，他们对沙皇尚且不敌，怎能敌得过沙皇的胜者呢？

然而当这时候，偏又有人摇笔鼓舌，向着小民提出严重的质问道：“国民将何以自处”呢，“问国民将何以善其后”呢？忽然记得了“国民”，别的什么都不说，只又要他们来填亏空，不是等于向着缚了手脚的人，要求他去捕盗么？

从“沙皇”到“君子”，无不以小民的代表自居。

但这正是沙皇治绩的后盾，是猿鸣鹤唳的尾声，称尊肥己之余，必然到来的末一着。

七月十二日。

注　释

1　发表于 1933 年 8 月《申报月刊》第 2 卷第 8 号，署名洛文。后编入《南腔北调集》。

2　**跪香**　旧时百姓手捧燃香，在衙前或街头下跪，向官府“请愿”或鸣冤，叫“跪香”。

3　**“沙皇”**　由古罗马政治家恺撒（Caesar）的名字转音译出，俄国伊凡四世于 1547 年正式以此作为帝王称号。

4　**“君子为猿鹤，小人为虫沙”**　《太平御览》卷九十六引《抱朴子》：“周穆王南征，一军尽化，君子为猿为鹤，小人为虫为沙。”

世故三昧[1]

人世间真是难处的地方，说一个人“不通世故”，固然不是好话，但说他“深于世故”也不是好话。“世故”似乎也像“革命之不可不革，而亦不可太革”一样，不可不通，而亦不可太通的。

出色的讽刺。

然而据我的经验，得到“深于世故”的恶谥者，却还是因为“不通世故”的缘故。

现在我假设以这样的话，来劝导青年人——

“如果你遇见社会上有不平事，万不可挺身而出，讲公道话，否则，事情倒会移到你头上来，甚至于会被指作反动分子的。如果你遇见有人被冤枉，被诬陷的，即使明知道他是好人，也万不可挺身而出，去给他解释或分辩，否则，你就会被人说是他的亲戚，或得了他的贿赂；倘使那是女人，就要被疑为她的情人的；如果他较有名，那便是党羽。例如我自己罢，给一个毫不相干的女士做了一篇信札集的序[2]，人们就说她是我的小姨；绍介一点科学的文艺理论，人们就说得了苏联的卢布。亲戚和金钱，在目下的中国，关系也真是大，事实给与了教训，人们看惯了，以为人人都脱不了这关系，原也无足深怪的。

“然而，有些人其实也并不真相信，只是说着玩玩，有趣有趣的。即使有人为了谣言，弄得凌迟碎剐，像明末的郑鄤[3]那样了，和自己也并不相干，总不如有趣的紧要。这时你如果去辨正，那就是使大家扫兴，结果还是你自己倒楣。我也有一个经验。那是十多年前，我在教育部里做‘官僚’[4]，常听得同事说，某女学校的学生，是可以叫出来嫖的，连机关的地址门牌，也说得明明白白。有一回我偶然走过这条街，一个人对于坏事情，是记性好一点的，我记起来了，便留心着那门牌，但这一号，却是一块小空地，有一口大井，一间很破烂的小屋，是几个山东人住着卖水的地方，决计做不了别用。待到他们又在谈着这事的时候，我便说出我的所见来，而不料大家竟笑容尽敛，不欢而散了，此后不和我谈天者两三月。我事后才悟到打断了他们的兴致，是不应该的。

所以，你最好是莫问是非曲直，一味附和着大家；但更好是不开口；而在更好之上的是连脸上也不显出心里的是非的模样来……”

这是处世法的精义，只要黄河不流到脚下，炸弹不落在身边，可以保管一世没有挫折的。但我恐怕青年人未必以我的话为然；便是中年，老年人，也许要以为我是在教坏了他们的子弟。呜呼，那么，一片苦心，竟是白费了。

然而倘说中国现在正如唐虞盛世，却又未免是“世故”之谈。耳闻目睹的不算，单是看看报章，也就可以知道社会上有多少不平，人们有多少冤抑。但对于这些事，除了有时或有同业，同乡，同族的人们来说几句呼吁的话之外，利害无关的人的义愤的声音，我们是很少听到的。这很分明，是大家不开口，或者以为和自己不相干；或者连“以为和自己不相干”的意思也全没有。“世故”深到不自觉其“深于世故”，这才真是“深于世故”的了。这是中国处世法的精义中的精义。

而且，对于看了我的劝导青年人的话，心以为非的人物，我还有一下反攻在这里。他是以我为狡猾的。但是，我的话里，一面固然显示着我的狡猾，而且无能，但一面也显示着社会的黑暗。他单责个人，正是最稳妥的办法，倘使兼责社会，可就得站出去战斗了。责人的“深于世故”而避开了“世”不谈，这是更“深于世故”的玩艺，倘若自己不觉得，那就更深更深了，离三昧[5]境盖不远矣。

“世故”之必要，全在于一个敌视个人的黑暗之“世”的存在。

不过凡事一说，即落言筌[6]，不再能得三昧。说“世故三昧”者，即非“世故三昧”。三昧真谛，在行而不言；我现在一说“行而不言”，却又失了真谛，离三昧境盖益远矣。

一切善知识[7]，心知其意可也，唵[8]！

十月十三日。

注 释

1 发表于 1933 年 11 月《申报月刊》第 2 卷第 11 号，署名洛文。后编入《南腔北调集》。

2 毫不相干的女士 指金淑姿。1932 年程鼎兴为亡妻金淑姿刊行遗信集，托北新书局职员费慎祥请鲁迅写序。鲁迅所作的序，题作《〈淑姿的信〉序》，后收入《集外集》。

3 郑鄤 号峚阳，江苏武进（今常州市）人，明代进士。崇祯时温体仁诬他不孝杖母，被凌迟处死。

4 "官僚" 陈西滢在《致志摩》一文中称呼鲁迅的话。作者曾为教育部佥事。

5 三昧 佛家语，梵文 Samadhi，意译为"定"，为佛家修身方法之一，也指事物的精义或本质。

6 言筌 又作"言诠"，言语的迹象。《庄子·外物》："荃者所以在鱼，得鱼而忘荃；蹄者所以在兔，得兔而忘蹄，言者所以在意，得意而忘言。"荃，通筌，捕鱼的竹器。

7 善知识 佛家语。《法华文句》："闻名为知，见形为识，是人益我菩提（觉悟）之道，名善知识。"

8 唵 梵文 Om 的音译，佛经咒语的发声词。

谣言世家[1]

双十佳节[2]，有一位文学家大名汤增敭先生的，在《时事新报》上给我们讲光复时候的杭州的故事。[3]他说那时杭州杀掉许多驻防的旗人，辨别的方法，是因为旗人叫“九”为“钩”的，所以要他说“九百九十九”，一露马脚，刀就砍下去了。

这固然是颇武勇，也颇有趣的。但是，可惜是谣言。

中国人里，杭州人是比较的文弱的人。当钱大王[4]治世的时候，人民被刮得衣裤全无，只用一片瓦掩着下部，然而还要追捐，除被打得麂一般叫之外，并无贰话。不过这出于宋人的笔记，是谣言也说不定的。但宋明的末代皇帝，带着没落的阔人，和暮气一同滔滔的逃到杭州来，却是事实，苟延残喘，要大家有刚决的气魄，难不难。到现在，西子湖边还多是摇摇摆摆的雅人；连流氓也少有浙东似的“白刀子进红刀子出”的打架。自然，倘有军阀做着后盾，那是也

从古到今，从皇帝到人民，从雅人到流氓军阀，有叙述，有描写，有直陈，有比较，有质疑，有决断，为文可谓曲折多变。

会格外的撒泼的。不过当时实在并无敢于杀人的风气，也没有乐于杀人的人们。我们只要看举了老成持重的汤蛰仙[5]先生做都督，就可以知道是不会流血的了。

不过战事是有的。革命军围住旗营，开枪打进去，里面也有时打出来。然而围得并不紧，我有一个熟人，白天在外面逛，晚上却自进旗营睡觉去了。

虽然如此，驻防军也终于被击溃，旗人降服了，房屋被充公是有的，却并没有杀戮。口粮当然取消，各人自寻生计，开初倒还好，后来就遭灾。

怎么会遭灾的呢？就是发生了谣言。

杭州的旗人一向优游于西子湖边，秀气所钟，是聪明的，他们知道没有了粮，只好做生意，于是卖糕的也有，卖小菜的也有。杭州人是客气的，并不歧视，生意也还不坏。然而祖传的谣言起来了，说是旗人所卖的东西，里面都藏着毒药。这一下子就使汉人避之惟恐不远，但倒是怕旗人来毒自己，并不是自己想去害旗人。结果是他们所卖的糕饼小菜，毫无生意，只得在路边出卖那些不能下毒的家具。家具一完，途穷路绝，就一败涂地了。这是杭州驻防旗人的收场。

笑里可以有刀，自称酷爱和平的人民，也会有杀人不见血的武器，那就是造谣言。但一面害人，一面也害己，弄得彼此懵懵懂懂。古时候无须提起了，即在近五十年来，甲午战败，就说是李鸿章害的，因为他儿子是日本的驸马[6]，骂了他小半世；庚子拳变，又说洋鬼子是挖眼睛的，因为造药水，就乱杀了一大通。下毒学说起于辛亥光复之际的杭州，而复活于近来排日的时候。我还记得每有一回谣言，就总有谁被诬为下毒的奸细，给谁平白打死了。

谣言世家的子弟，是以谣言杀人，也以谣言被杀的。

至于用数目来辨别汉满之法，我在杭州倒听说是出于湖北的荆州的，就是要他们数一二三四，数到“六”字，读作上声，便杀却。但杭州离荆州太远了，这还是一种谣言也难说。

造谣言的人民遇上了造谣言的时代。

我有时也不大能够分清哪句是谣言，哪句是真话了。

十月十三日。

注　释

1　发表于1933年11月《申报月刊》第2卷第11号，署名洛文。后编入《南腔北调集》。

2　双十佳节　双十节。1911年10月10日，孙中山为首的革命党人举行武昌起义，次年1月1日建立中华民国。9月28日，临时参议院议定10月10日为国庆日，又称“双十节”。

3　汤增敭（1908—？）“民族主义文学”的鼓吹者。著有诗集《独唱》，散文集《幸福》等。这里说的杭州的故事，是汤增敭在1933年10月10日上海《时事新报》发表的《辛亥革命逸话》。

4　钱大王　即钱镠（852—932），字具美，杭州临安（今属临安）人。五代时吴越国的国王。文中所叙钱镠治世事，见宋代郑文宝的《江表志》。

5 **汤蛰仙**（1856—1917） 即汤寿潜，浙江山阴天乐乡（今属萧山）人。清末进士，早年曾撰《危言》，主张变法；光绪十八年（1892）中进士，曾任知县，1905年任浙江铁路公司经理。次年与张謇组织立宪公会，任副会长。武昌起义后，被举为浙江都督。南京临时政府成立后，任交通部长。1915年曾致电反对袁世凯称帝。

6 **李鸿章**（1823—1901） 清末洋务派首领。安徽合肥人。早年奔走曾国藩门下，先后镇压太平军，任清朝直隶总督兼北洋通商大臣，掌握清朝军事、外交、内政等大权。曾创办北洋海军，开设军事工厂。甲午战争发生，他避战求和，一手签订《马关条约》《辛丑条约》等卖国条约。文中说的“他儿子是日本的驸马”，出自易顺鼎《劾权奸误国奏》；奏中说：“其子李经方”，“纳外妇”。按李经方系李鸿章之侄，曾娶一日本女子为妾。

捣鬼心传[1]

中国人又很有些喜欢奇形怪状、鬼鬼祟祟的脾气，爱看古树发光比大麦开花的多，其实大麦开花他向来也没有看见过。于是怪胎畸形，就成为报章的好资料，替代了生物学的常识的位置了。最近在广告上所见的，有像所谓两头蛇似的两头四手的胎儿，还有从小肚上生出一只脚来的三脚汉子。固然，人有怪胎，也有畸形，然而造化的本领是有限的，他无论怎么怪，怎么畸，总有一个限制：孪儿可以连背，连腹，连臀，连胁，或竟骈头，却不会将头生在屁股上；形可以骈拇，枝指，缺肢，多乳，却不会两脚之外添出一只脚来，好像"买两送一"的买卖。天实在不及人之能捣鬼。

但是，人的捣鬼，虽胜于天，而实际上本领也有限。因为捣鬼精义，在切忌发挥，亦即必须含蓄。盖一加发挥，能使所捣之鬼分明，同时也生限制，故不如含蓄之深远，而影响却又因而模胡了。"有一利必有一弊"，我之所谓"有限"者以此。

清朝人的笔记里，常说罗两峰的《鬼趣图》[2]，真写得鬼气拂拂；后来那图由文明书局印出来了，却不过一个奇瘦，一个矮胖，一个臃肿的模样，并不见得怎样的出奇，还不如只看笔记有趣。小说上的描摹鬼相，虽然竭力，也都不足以惊人，我觉得最可怕的还是晋人所记的脸无五官，浑沦如鸡蛋的山中厉鬼。因为五官不过是五官，纵使苦心经营，要它凶恶，总也逃不出五官的范围，现在使它浑沦得莫名其妙，读者也就怕得莫名其妙了。然而其“弊”也，是印象的模胡。不过较之写些“青面獠牙”，“口鼻流血”的笨伯，自然聪明得远。

中华民国人的宣布罪状大抵是十条，然而结果大抵是无效。古来尽多坏人，十条不过如此，想引人的注意以至活动是决不会的。骆宾王[3]作《讨武曌檄》，那“入宫见嫉，蛾眉不肯让人，掩袖工谗，狐媚偏能惑主”这几句，恐怕是很费点心机的了，但相传武后看到这里，不过微微一笑。是的，如此而已，又怎么样呢？声罪致讨的明文，那力量往往远不如交头接耳的密语，因为一是分明，一是莫测的。我想假使当时骆宾王站在大众之前，只是攒眉摇头，连称“坏极坏极”，却不说出其所谓坏的实例，恐怕那效力会在文章之上的罢。“狂飙文豪”高长虹攻击我时，说道劣迹多端，倘一发表，便即身败名裂[4]，而终于并不发表，是深得捣鬼正脉的；但也竟无大效者，则与广泛俱来的“模胡”之弊为之也。

明白了这两例，便知道治国平天下之法，在告诉大家以有法，而不可明白切实的说出何法来。因为一说出，即有言，一有言，便可与行相对照，所以不如

捣鬼的力量在不测，而末路也在模糊。

示之以不测。不测的威棱使人萎伤，不测的妙法使人希望——饥荒时生病，打仗时做诗，虽若与治国平天下不相干，但在莫明其妙中，却能令人疑为跟着自有治国平天下的妙法在——然而其“弊”也，却还是照例的也能在模胡中疑心到所谓妙法，其实不过是毫无方法而已。

捣鬼有术，也有效，然而有限。所以以此成大事者，古来无有。

十一月二十二日。

注　释

1　发表于1934年1月《申报月刊》第3卷第1号，署名罗怃。后编入《南腔北调集》。

2　罗两峰（1733—1799）　清代画家。名聘，字遯夫，号两峰，又号花之寺僧，江苏甘泉（今江都）人。作《鬼趣图》讽刺当世，袁枚、姚鼐、钱大昕、翁方纲等名流为之题咏。为扬州八怪之一。

3　骆宾王（约640—？）　唐文学家。婺州义乌（今属浙江）人。曾任临海丞。后随徐敬业起兵反对武则天，作《讨武曌檄》，参见《新唐书·骆宾王传》。诗文与王勃等齐名，为“初唐四杰”之一。有《骆宾王集》。

4　高长虹在1927年1月《狂飙》第17期发表《我走出了化石的世界，待我吹送些新鲜的温热进来！》其中说：“若夫其他琐事，如狂飙社以直报怨，则鲁迅不特身心交病，且将身败名裂矣！”

电的利弊[1]

日本幕府时代，曾大杀基督教徒，刑罚很凶，但不准发表，世无知者。到近几年，乃出版当时的文献不少。曾见《切利支丹殉教记》[2]，其中记有拷问教徒的情形，或牵到温泉旁边，用热汤浇身；或周围生火，慢慢的烤炙，这本是“火刑”，但主管者却将火移远，改死刑为虐杀了。

中国还有更残酷的。唐人说部中曾有记载，一县官拷问犯人，四周用火遥焙，口渴，就给他喝酱醋[3]，这是比日本更进一步的办法。现在官厅拷问嫌疑犯，有用辣椒煎汁灌入鼻孔去的，似乎就是唐朝遗下的方法，或则是古今英雄，所见略同。曾见一个囚在反省院里的青年的信，说先前身受此刑，苦痛不堪，辣汁流入肺脏及心，已成不治之症，即释放亦不免于死云云。此人是陆军学生，不明内脏构造，其实倒挂灌鼻，可以由气管流入肺中，引起致死之病，却不能进入心中，大约当时因在苦楚中，知觉瞀乱，遂疑为已到心脏了。

但现在之所谓文明人所造的刑具，残酷又超出于此种方法万万。上海有电刑，一上，即遍身痛楚欲裂，遂昏去，少顷又醒，则又受刑。闻曾有连受七八次者，即幸而免死，亦从此牙齿皆摇动，神经亦变钝，不能复原。前年纪念爱迪生[4]，许多人赞颂电报电话之有利于人，却没有想到同是一电，而有人得到这样的大害，福人用电气疗病，美容，而被压迫者却以此受苦，丧命也。

外国用火药制造子弹御敌，中国却用它做爆竹敬神；外国用罗盘针航海，中国却用它看风水；外国用鸦片医病，中国却拿来当饭吃。同是一种东西，而中外用法之不同有如此，盖不但电气而已。

一月三十一日。

科学技术作为一种工具，本来是中性，不偏不倚，却因使用的人们而显出不同的价值倾向（阶级性或民族性）。

注　释

1　发表于1933年2月16日《申报·自由谈》，署名何家干。后编入《伪自由书》。

2《切利支丹殉教记》　日本松崎实作。书中记叙十六世纪以来天主教在日本流传，以及日本江户幕府时代统治者对天主教徒的迫害的情况。“切利支丹”，即“切支丹”，基督教或基督教徒的日本译名。

3《太平广记》卷二六八所引《神异经》，所记即有唐朝武则天宠臣、酷吏来俊臣逼供的记载：“每鞫囚，无轻重，先以醋灌鼻，禁地牢中，以火围绕。”

4　爱迪生（T. A. Edison，1847—1931）　美国发明家。曾任美国海军顾问，在电学方面有很多创造发明，如电灯、电报、留声机、电影机等。一生共获得一千多项专利。逝世后，世界各地举行悼念活动。

从讽刺到幽默[1]

讽刺家的产生源于病态社会。要保存这社会，就一定要设法打倒讽刺家，也即消灭讽刺。

讽刺家，是危险的。

假使他所讽刺的是不识字者，被杀戮者，被囚禁者，被压迫者罢，那很好，正可给读他文章的所谓有教育的智识者嘻嘻一笑，更觉得自己的勇敢和高明。然而现今的讽刺家之所以为讽刺家，却正在讽刺这一流所谓有教育的智识者社会。

因为所讽刺的是这一流社会，其中的各分子便各各觉得好像刺着了自己，就一个个的暗暗的迎出来，又用了他们的讽刺，想来刺死这讽刺者。

最先是说他冷嘲，渐渐的又七嘴八舌的说他谩骂，俏皮话，刻毒，可恶，学匪，绍兴师爷，等等，等等。然而讽刺社会的讽刺，却往往仍然会“悠久得惊人”的，即使捧出了做过和尚的洋人[2]或专办了小报来打击，也还是没有效，这怎不气死人也么哥[3]呢！

枢纽是在这里：他所讽刺的是社会，社会不变，这讽刺就跟着存在，而你所刺的是他个人，他的讽刺倘存在，你的讽刺就落空了。

所以，要打倒这样的可恶的讽刺家，只好来改变社会。

然而社会讽刺家究竟是危险的，尤其是在有些“文学家”明明暗暗的成了“王之爪牙”[4]的时代。人们谁高兴做“文字狱”中的主角呢，但倘不死绝，肚子里总还有半口闷气，要借着笑的幌子，哈哈的吐他出来。笑笑既不至于得罪别人，现在的法律上也尚无国民必须哭丧着脸的规定，并非“非法”，盖可断言的。

在权力中心社会里，讽刺家是危险的，所以为数也特别少。

我想：这便是去年以来，文字上流行了“幽默”的原因，但其中单是“为笑笑而笑笑”的自然也不少。

然而这情形恐怕是过不长久的，“幽默”既非国产，中国人也不是长于“幽默”的人民，而现在又实在是难以幽默的时候。于是虽幽默也就免不了改变样子了，非倾于对社会的讽刺，即堕入传统的“说笑话”和“讨便宜”。

中国没有幽默，只有幽默的两类变种。

三月二日。

注　释

1 发表于 1933 年 3 月 7 日《申报·自由谈》，署名何家干。后编入《伪自由书》。

2 做过和尚的洋人　或指特莱比歇·林肯（T. Lincoln，1879—1943），匈牙利出生的犹太人，当时曾在上海以和尚身份从事间谍活动，法名照空。

3 也么哥　元曲中常用衬词。

4 “王之爪牙”　语出《诗经·小雅·祈父》。

现代史[1]

从我有记忆的时候起，直到现在，凡我所曾经到过的地方，在空地上，常常看见有“变把戏”的，也叫作“变戏法”的。

这变戏法的，大概只有两种——

一种，是教一个猴子戴起假面，穿上衣服，耍一通刀枪；骑了羊跑几圈。还有一匹用稀粥养活，已经瘦得皮包骨头的狗熊玩一些把戏。末后是向大家要钱。

一种，是将一块石头放在空盒子里，用手巾左盖右盖，变出一只白鸽来；还有将纸塞在嘴巴里，点上火，从嘴角鼻孔里冒出烟焰。其次是向大家要钱。要了钱之后，一个人嫌少，装腔作势的不肯变了，一个人来劝他，对大家说再五个。果然有人抛钱了，于是再四个，三个……

抛足之后，戏法就又开了场。这回是将一个孩子装进小口的坛子里面去，只见一条小辫子，要他再出来，又要钱。收足之后，不知怎么一来，大人用尖刀将孩子刺死了，盖上被单，直挺挺躺着，要他活过来，又要钱。

“在家靠父母，出家靠朋友……Huazaa！ Huazaa！[2]”变戏法的装出撒钱的手势，严肃而悲哀的说。

别的孩子，如果走近去想仔细的看，他是要骂的；再不听，他就会打。

果然有许多人 Huazaa 了。待到数目和预料的差不多，他们就检起钱来，收拾家伙，死孩子也自己爬起来，一同走掉了。

看客们也就呆头呆脑的走散。

这空地上，暂时是沉寂了。过了些时，就又来这一套。俗语说，“戏法人人会变，各有巧妙不同。”其实是许多年间，总是这一套，也总有人看，总有人 Huazaa，不过其间必须经过沉寂的几日。

作者在文末说是“写错了题目”，回首重读，实在称得上风马牛。然而，鲁迅所指又确是旧一套把戏的间歇性表演，虽然荒诞滑稽，倒也撕去许多庄严的假面，变得真实传神。

我的话说完了，意思也浅得很，不过说大家 Huazaa Huazaa 一通之后，又要静几天了，然后再来这一套。

到这里我才记得写错了题目，这真是成了“不死不活”的东西。

四月一日。

注　释

1 发表于 1933 年 4 月 8 日《申报·自由谈》，署名何家干。后编入《伪自由书》。

2 Huazaa 用拉丁字母拼写的象声词。译音相当于“哗嚓”，拟撒钱的声音。

二丑艺术[1]

浙东的有一处的戏班中，有一种脚色叫作“二花脸”，译得雅一点，那么，“二丑”就是。他和小丑的不同，是不扮横行无忌的花花公子，也不扮一味仗势的宰相家丁，他所扮演的是保护公子的拳师，或是趋奉公子的清客。总之：身分比小丑高，而性格却比小丑坏。

义仆是老生扮的，先以谏净，终以殉主；恶仆是小丑扮的，只会作恶，到底灭亡。而二丑的本领却不同，他有点上等人模样，也懂些琴棋书画，也来得行令猜谜，但倚靠的是权门，凌蔑的是百姓，有谁被压迫了，他就来冷笑几声，畅快一下，有谁被陷害了，他又去吓唬一下，吆喝几声。不过他的态度又并不常常如此的，大抵一面又回过脸来，向台下的看客指出他公子的缺点，摇着头装起鬼脸道：你看这家伙，这回可要倒楣哩！

这最末的一手，是二丑的特色。因为他没有义仆的愚笨，也没有恶仆的简单，他是智识阶级。他明知道自己所靠的是冰山，一定不能长久，他将来还要到别家帮闲，所以当受着豢养，分着余炎的时候，也得装着和这贵公子并非一伙。

二丑们编出来的戏本上，当然没有这一种脚色的，他那里肯；小作为公共知识分子，必须与“权门”划清界限。

“二丑”在这里特指某一种知识人：倚靠权门，又不肯忠实，还时时做出不满现实批评当局的模样，以掩饰其并非帮闲。

分明是官方色彩，又要有民间性，——“二丑”角色借此种投机性而赢得更大的言说空间。

丑，即花花公子们编出来的戏本，也不会有，因为他们只看见一面，想不到的。这二花脸，乃是小百姓看透了这一种人，提出精华来，制定了的脚色。

世间只要有权门，一定有恶势力，有恶势力，就一定有二花脸，而且有二花脸艺术。我们只要取一种刊物，看他一个星期，就会发见他忽而怨恨春天，忽而颂扬战争，忽而译萧伯纳演说，忽而讲婚姻问题；但其间一定有时要慷慨激昂的表示对于国事的不满：这就是用出末一手来了。

这最末的一手，一面也在遮掩他并不是帮闲，然而小百姓是明白的，早已使他的类型在戏台上出现了。

六月十五日。

注　释

1　发表于1933年6月18日《申报·自由谈》，署名丰之余。后编入《准风月谈》。

帮闲法发隐[1]

吉开迦尔[2]是丹麦的忧郁的人，他的作品，总是带着悲愤。不过其中也有很有趣味的，我看见了这样的几句——

> “戏场里失了火。丑角站在戏台前，来通知了看客。大家以为这是丑角的笑话，喝采了。丑角又通知说是火灾。但大家越加哄笑，喝采了。我想，人世是要完结在当作笑话的开心的人们的大家欢迎之中的罢。”

不过我的所以觉得有趣的，并不专在本文，是在由此想到了帮闲们的伎俩。帮闲，在忙的时候就是帮忙，倘若主子忙于行凶作恶，那自然也就是帮凶。但他的帮法，是在血案中而没有血迹，也没有血腥气的。

同一角色的三次亮相：帮闲、帮忙、帮凶。

譬如罢，有一件事，是要紧的，大家原也觉得要紧，他就以丑角身份而出现了，将这件事变为滑稽，或者特别张扬了不关紧要之点，将人们的注意拉开去，这就是所谓“打诨”。如果是杀人，他就来讲当场的情形，侦探的努力；死的是女人呢，那就更好了，名之曰“艳尸”，或介绍她的日记。如果是暗杀，他就来讲死者的生前的故事，恋爱呀，遗闻呀……人们的热情原不是永不弛缓的，但加上些冷水，或者美其名曰清茶，自然就冷得更加迅速了，而这位打诨的脚色，却变成了文学者。

假如有一个人，认真的在告警，于凶手当然是有害的，只要大家还没有僵死。但这时他就又以丑角身份而出现了，仍用打诨，从旁装着鬼脸，使告警者在大家的眼里也化为丑角，使他的警告在大家的耳边都化为笑话。耸肩装穷，以表现对方之阔，卑躬叹气，以暗示对方之傲；使大家心里想：这告警者原来都是虚伪的。幸而帮闲们还多是男人，否则它简直会说告警者曾经怎样调戏它，当众罗列淫辞，然后作自杀以明耻之状也说不定。周围捣着鬼，无论如何严肃的说法也要减少力量的，而不利于凶手的事情却就在这疑心和笑声中完结了。它呢？这回它倒是道德家。

帮闲者是危机与警告的“解构主义者”，方法是装鬼脸和说笑话。

当没有这样的事件时，那就七日一报，十日一谈，收罗废料，装进读者的脑子里去，看过一年半载，就满脑都是某阔人如何摸牌，某明星如何打嚏的典故。开心是自然也开心的。但是，人世却也要完结在这些欢迎开心的开心的人们之中的罢。

八月二十八日。

注　释

1 发表于 1933 年 9 月 5 日《申报·自由谈》，署名桃椎。后编入《准风月谈》。

2 吉开迦尔（S. A. Kierkegaard，1813—1855） 通译克尔凯郭尔，丹麦哲学家。引文源自他的《非此即彼》一书的《序幕》。

由聋而哑[1]

医生告诉我们：有许多哑子，是并非喉舌不能说话的，只因为从小就耳朵聋，听不见大人的言语，无可师法，就以为谁也不过张着口呜呜哑哑，他自然也只好呜呜哑哑了。所以勃兰兑斯[2]叹丹麦文学的衰微时，曾经说：文学的创作，几乎完全死灭了。人间的或社会的无论怎样的问题，都不能提起感兴，或则除在新闻和杂志之外，绝不能惹起一点论争。我们看不见强烈的独创的创作。加以对于获得外国的精神生活的事，现在几乎绝对的不加顾及。于是精神上的"聋"，那结果，就也招致了"哑"来。（《十九世纪文学的主潮》第一卷自序）

对于五四，这里称"启蒙运动"。对当时注重介绍国外思潮的方向性给予充

这几句话，也可以移来批评中国的文艺界，这现象，并不能全归罪于压迫者的压迫，五四运动时代的启蒙运动者和以后的反对者，都应该分负责任的。前者急于事功，竟没有译出什么有价值的书籍来，后者则故意迁怒，至骂翻译者为媒婆[3]，有些青年更推波

助澜，有一时期，还至于连人地名下注一原文，以便读者参考时，也就诋之曰“衒学”。

今竟何如？三开间店面的书铺，四马路上还不算少，但那里面满架是薄薄的小本子，倘要寻一部巨册，真如披沙拣金之难。自然，生得又高又胖并不就是伟人，做得多而且繁也决不就是名著，而况还有“剪贴”。但是，小小的一本“什么 ABC”[4]里，却也决不能包罗一切学术文艺的。一道浊流，固然不如一杯清水的干净而澄明，但蒸溜了浊流的一部分，却就有许多杯净水在。

分肯定；说缺憾只是因为“急于事功”，实绩不大。但是明显地，对于后来反对五四式启蒙——“获得外国的精神生活”——的论调，鲁迅是反对的。

因为多年买空卖空的结果，文界就荒凉了，文章的形式虽然比较的整齐起来，但战斗的精神却较前有退无进。文人虽因捐班或互捧，很快的成名，但为了出力的吹，壳子大了，里面反显得更加空洞。于是误认这空虚为寂寞，像煞有介事的说给读者们；其甚者还至于摆出他心的腐烂来，算是一种内面的宝贝。散文，在文苑中算是成功的，但试看今年的选本，便是前三名，也即令人有“貂不足，狗尾续”之感。用秕谷来养青年，是决不会壮大的，将来的成就，且要更渺小，那模样，可看尼采所描写的“末人”。

对于文学，始终看重“战斗的精神”。

但绍介国外思潮，翻译世界名作，凡是运输精神的粮食的航路，现在几乎都被聋哑的制造者们堵塞了，连洋人走狗，富户赘郎，也会来哼哼的冷笑一下。他们要掩住青年的耳朵，使之由聋而哑，枯涸渺小，成

专制统治者一定是“聋哑的制造者”，治下的社会一定是封闭社会（与波普所称的“开放社会”相反）。

为“末人”，非弄到大家只能看富家儿和小瘪三所卖的春宫，不肯罢手。甘为泥土的作者和译者的奋斗，是已经到了万不可缓的时候了，这就是竭力运输些切实的精神的粮食，放在青年们的周围，一面将那些聋哑的制造者送回黑洞和朱门里面去。

八月二十九日。

注　释

1　发表于 1933 年 9 月 8 日《申报·自由谈》，署名洛文。后编入《准风月谈》。

2　勃兰兑斯（G. Brandes，1842—1927）　丹麦文学批评家。主要著作有《十九世纪文学的主潮》等。

3　郭沫若于 1921 年 2 月在《民铎》杂志第 2 卷第 5 号发表致李石岑的信，其中说：“我觉得国内人士只注重媒婆，而不注重处子；只注重翻译，而不注重产生。”

4　“什么 ABC”　可能指当时上海世界书局出版的“ABC 丛书”，内收入门书多种。ABC，初步、入门，指常识。

同意和解释[1]

上司的行动不必征求下属的同意，这是天经地义。但是，有时候上司会对下属解释。

新进的世界闻人[2]说："原人时代就有威权，例如人对动物，一定强迫它们服从人的意志，而使它们抛弃自由生活，不必征求动物的同意。"这话说得透彻。不然，我们那里有牛肉吃，有马骑呢？人对人也是这样。

鲁迅是当时世界上最早反对和抨击希特勒的少数知识分子之一。

日本耶教会[3]主教最近宣言日本是圣经上说的天使："上帝要用日本征服向来屠杀犹太人的白人……以武力解放犹太人，实现《旧约》上的豫言。"这也显然不征求白人的同意的，正和屠杀犹太人的白人并未征求过犹太人的同意一样。日本的大人老爷在中国制造"国难"，也没有征求中国人民的同意。——至于有些地方的绅董，却去征求日本大人的同意，请他们来维持地方治安，那却又当别论。总之，要自由自在的吃牛肉，骑马等等，就必须宣布自己是上司，别人是下属；或是把人比做动物，或是把自己作为天使。

但是，这里最要紧的还是“武力”，并非理论。不论是社会学或是基督教的理论，都不能够产生什么威权。原人对于动物的威权，是产生于弓箭等类的发明的。至于理论，那不过是随后想出来的解释。这种解释的作用，在于制造自己威权的宗教上，哲学上，科学上，世界潮流上的根据，使得奴隶和牛马恍然大悟这世界的公律，而抛弃一切翻案的梦想。

极权主义：专制暴力与意识形态统治（宣传）的结合。

当上司对于下属解释的时候，你做下属的切不可误解这是在征求你的同意，因为即使你绝对的不同意，他还是干他的。他自有他的梦想，只要金银财宝和飞机大炮的力量还在他手里，他的梦想就会实现；而你的梦想却终于只是梦想，——万一实现了，他还说你抄袭他的动物主义的老文章呢。

“动物主义”。

据说现在的世界潮流，正是庞大权利的政府的出现，这是十九世纪人士所梦想不到的。意大利和德意志不用说了；就是英国的国民政府，“它的实权也完全属于保守党一党”。“美国新总统所取得的措置经济复兴的权力，比战争和戒严时期还要大得多”。[4] 大家做动物，使上司不必征求什么同意，这正是世界的潮流。懿欤盛哉，这样的好榜样，哪能不学？

不过，我这种解释还有点美中不足：中国自己的秦始皇帝焚书坑儒，中国自己的韩退之[5]等说：“民不出米粟麻丝以事其上则诛”。这原是国货，何苦违

民族主义是专制主义最好的掩体。

背着民族主义，引用外国的学说和事实——长他人威风，灭自己志气呢？

九月三日。

注　释

1 发表于1933年9月20日《申报·自由谈》，署名虞明。后编入《准风月谈》。

2 新进的世界闻人　指希特勒。下文所引是希特勒1933年9月在纽伦堡国社党大会闭幕时发表演说中的话。

3 日本耶教会　即日本耶稣教会。

4 这是国民党政府财政部长宋子文出席世界经济会议归国后，于1933年9月3日在南京的讲话。载同日《大晚报》的“中央社电讯”。

5 韩退之（768—824）　唐代文学家。名愈，字退之，河阳（今河南孟县）人。祖居河北昌黎县，故又称韩昌黎。任监察史期间，因请宽民徭，被贬为山阳令，后因随裴度平叛有功，升为刑部侍郎。元和十四年（819）因谏迎佛骨，贬为潮州刺史。后召回长安，官迁吏部侍郎。在文学方面，领导唐代古文运动，主张“文以载道”，著有《韩昌黎集》。这里所引的话，见于韩愈的《原道》，原文为：“民不出粟、米、麻、丝，作器皿，通货财，以事其上，则诛！”

吃　教[1]

教徒的“吃教”源于“无特操”，也即无信仰，实质上意味着宗教的沦亡。

达一[2]先生在《文统之梦》里，因刘勰[3]自谓梦随孔子，乃始论文，而后来做了和尚，遂讥其“贻羞往圣”。其实是中国自南北朝以来，凡有文人学士，道士和尚，大抵以“无特操”为特色的。晋以来的名流，每一个人总有三种小玩意，一是《论语》和《孝经》[4]，二是《老子》，三是《维摩诘经》[5]，不但采作谈资，并且常常做一点注解。唐有三教辩论[6]，后来变成大家打诨；所谓名儒，做几篇伽蓝碑文也不算什么大事。宋儒道貌岸然，而窃取禅师的语录。清呢，去今不远，我们还可以知道儒者的相信《太上感应篇》和《文昌帝君阴骘文》[7]，并且会请和尚到家里来拜忏。

“吃革命饭的老英雄”，这个名词特别富有创意。

耶稣教传入中国，教徒自以为信教，而教外的小百姓却都叫他们是“吃教”的。这两个字，真是提出了教徒的“精神”，也可以包括大多数的儒释道教之流的信者，也可以移用于许多“吃革命饭”的老英雄。

清朝人称八股文为“敲门砖”，因为得到功名，就如打开了门，砖即无用。近年则有杂志上的所谓“主张”[8]。《现代评论》之出盘，不是为了迫压，倒因为这派作者的飞腾；《新月》的冷落，是老社员都“爬”了上去，和月亮距离远起来了。这种东西，我们为要和“敲门砖”区别，称之为“上天梯”罢。

“教”之在中国，何尝不如此。讲革命，彼一时也；讲忠孝，又一时也；跟大拉嘛打圈子，又一时也；造塔藏主义，又一时也。[9]有宜于专吃的时代，则指归应定于一尊，有宜合吃的时代，则诸教亦本非异致，不过一碟是全鸭，一碟是杂拌儿而已。刘勰亦然，盖仅由“不撤姜食”[10]一变而为吃斋，于胃脏里的分量原无差别，何况以和尚而注《论语》《孝经》或《老子》，也还是不失为一种“天经地义”呢？

吃教分两种：“专吃”与“合吃”。专吃是宗教统治，如欧洲的中世纪；合吃是宗教渗透，如中国的“三教合流”。

九月二十七日。

注　释

1 发表于1933年9月29日《申报·自由谈》，署名丰之余。后编入《准风月谈》。

2 达一　即陈子展（1898—1990），湖南长沙人，古典文学研究者。1927年在上海南国艺术学院、复旦大学等校任教。著有《唐宋文学史》《诗经直解》等。

3 刘勰（约465—约532） 南朝齐、梁时文学理论批评家。字彦和，祖籍东莞郡莒县（今属山东省），世居南东莞（今江苏镇江）。深通佛理，又崇儒学。与昭明太子友善，晚年出家为僧。著有《文心雕龙》。

4 孝经　儒家经典之一，内容是孔子与其弟子曾参关于孝道的对话。

5《维摩诘经》 佛教经典。维摩诘是经中所写的大乘居士，相传与释迦牟尼是同时代人。

6 三教辩论　“三教”是儒教、道教和佛教的合称。三教辩论始于北周，而盛于唐。唐德宗每年生日，在麟德殿举行辩论，起初相当典重，及后流于形式，甚至有以此作为笑料者。

7《太上感应篇》和《文昌帝君阴骘文》 二者都是宣传道家迷信思想的著作。后者相传为晋代张亚子作，张亚子死后成为掌管人间禄籍的神道，称文昌帝君。

8 杂志上的所谓“主张” 指胡适等在《努力周报》上提出的“好政府”的主张。

9 “跟大拉嘛打圈子” 九一八事变后，国民党政客戴季陶等拉拢班禅喇嘛发起“仁王护国法会”“普利法会”之类，诵经礼佛以超荐因战事死去的亡魂。“造塔藏主义” 1933年，戴季陶邀广东中山大学在南京的师生七十余人，合抄孙中山的著作，盛铜盒内，外镶石匣，在中山陵近处筑塔收藏。

10 不撤姜食　为孔子饮食习惯。语见《论语 · 乡党》。朱熹注：“姜，通神明，去秽恶，故不撤。”

禁用和自造[1]

据报上说，因为铅笔和墨水笔进口之多，有些地方已在禁用，改用毛笔了。[2]

我们且不说飞机大炮，美棉美麦，都非国货之类的迂谈，单来说纸笔。

我们也不说写大字，画国画的名人，单来说真实的办事者。在这类人，毛笔却是很不便当的。砚和墨可以不带，改用墨汁罢，墨汁也何尝有国货。而且据我的经验，墨汁也并非可以常用的东西，写过几千字，毛笔便被胶得不能施展。倘若安砚磨墨，展纸舔笔，则即以学生的抄讲义而论，速度恐怕总要比用墨水笔减少三分之一，他只好不抄，或者要教员讲得慢，也就是大家的时间，被白费了三分之一了。

所谓"便当"，并不是偷懒，是说在同一时间内，可以由此做成较多的事情。这就是节省时间，也就是使一个人的有限的生命，更加有效，而也即等于延长了人的生命。古人说，"非人磨墨墨磨人"[3]，就在悲愤人生之消磨于纸墨中，而墨水笔之制成，是正可以弥这缺憾的。

但它的存在，却必须在宝贵时间，宝贵生命的地方。中国不然，这当然不会是国货。进出口货，中国是有了帐簿的了，人民的数目却横逸斜出。

还没有一本帐簿。一个人的生养教育，父母化去的是多少物力和气力呢，而青年男女，每每不知所终，谁也不加注意。区区时间，当然更不成什么问题了，能活着弄弄毛笔的，或者倒是幸福也难说。

和我们中国一样，一向用毛笔的，还有一个日本。然而在日本，毛笔几乎绝迹了，代用的是铅笔和墨水笔，连用这些笔的习字帖也很多。为什么呢？就因为这便当，省时间。然而他们不怕"漏卮"[4]么？不，他们自己来制造，而且还要运到中国来。

改革与民族文化心理。

优良而非国货的时候，中国禁用，日本仿造，这是两国截然不同的地方。

九月三十日。

注　释

1 发表于1933年10月1日《申报·自由谈》，署名孺牛。后编入《准风月谈》。

2 1933年9月22日《大晚报》载路透社广州电讯，广东、广西省当局为"挽回利权"，禁止学生使用自来水笔、铅笔等进口文具，改用毛笔。

3 **"非人磨墨墨磨人"** 语见宋代苏轼诗《次韵答舒教授观余所藏墨》。

4 **"漏卮"** 渗漏的酒器。汉代桓宽《盐铁论·本议》："川源不能实漏卮，山海不能赡溪壑。"后常用以比喻利权外溢。

看变戏法[1]

我爱看“变戏法”。

他们是走江湖的，所以各处的戏法都一样。为了敛钱，一定有两种必要的东西：一只黑熊，一个小孩子。

黑熊饿得真瘦，几乎连动弹的力气也快没有了。自然，这是不能使它强壮的，因为一强壮，就不能驾驭。现在是半死不活，却还要用铁圈穿了鼻子，再用索子牵着做戏。有时给吃一点东西，是一小块水泡的馒头皮，但还将勺子擎得高高的，要它站起来，伸头张嘴，许多工夫才得落肚，而变戏法的则因此集了一些钱。

这熊的来源，中国没有人提到过。据西洋人的调查，说是从小时候，由山里捉来的；大的不能用，因为一大，就总改不了野性。但虽是小的，也还须“训练”，这“训练”的方法，是“打”和“饿”；而后来，则是因虐待而死亡。我以为这话是的确的，我们看它

目的与训练。

还在活着做戏的时候，就瘪得连熊气息也没有了，有些地方，竟称之为“狗熊”，其被蔑视至于如此。

孩子在场面上也要吃苦，或者大人踏在他肚子上，或者将他的两手扭过来，他就显出很苦楚，很为难，很吃重的相貌，要看客解救。六个，五个，再四个，三个……而变戏法的就又集了一些钱。

他自然也曾经训练过，这苦痛是装出来的，和大人串通的勾当，不过也无碍于赚钱。

下午敲锣开场，这样的做到夜，收场，看客走散，有化了钱的，有终于不化钱的。

每当收场，我一面走，一面想：两种生财家伙，一种是要被虐待至死的，再寻幼小的来；一种是大了之后，另寻一个小孩子和一只小熊，仍旧来变照样的戏法。

事情真是简单得很，想一下，就好像令人索然无味。然而我还是常常看。此外叫我看什么呢，诸君？

十月一日。

鲁迅另有《现代史》一文，将一部中国现代史比作变戏法。这里则指出，这历史的本质是：无论戏法如何变，其中虐待弱势者是不变的。

注　释

1　发表于1933年10月4日《申报·自由谈》，署名游光。后编入《准风月谈》。

重三感旧[1]

——一九三三年忆光绪朝末

我想赞美几句一些过去的人，这恐怕并不是“骸骨的迷恋”[2]。

所谓过去的人，是指光绪末年的所谓“新党”，民国初年，就叫他们“老新党”。甲午战败，他们自以为觉悟了，于是要“维新”，便是三四十岁的中年人，也看《学算笔谈》[3]，看《化学鉴原》[4]；还要学英文，学日文，硬着舌头，怪声怪气的朗诵着，对人毫无愧色，那目的是要看“洋书”，看洋书的缘故是要给中国图“富强”，现在的旧书摊上，还偶有“富强丛书”[5]出现，就如目下的“描写字典”“基本英语”一样，正是那时应运而生的东西。连八股出身的张之洞，他托缪荃孙代做的《书目答问》[6]也竭力添进各种译本去，可见这“维新”风潮之烈了。

然而现在是别一种现象了。有些新青年，境遇正和“老新党”相反，八股毒是丝毫没有染过的，出身

新青年与“老新党”。

又是学校，也并非国学的专家，但是，学起篆字来了，填起词来了，劝人看《庄子》[7]《文选》[8]了，信封也有自刻的印板了，新诗也写成方块了，除掉做新诗的嗜好之外，简直就如光绪初年的雅人一样，所不同者，缺少辫子和有时穿穿洋服而已。

作者另有文章，把这种历史的反动称作“反刍”。

近来有一句常谈，是“旧瓶不能装新酒”[9]。这其实是不确的。旧瓶可以装新酒，新瓶也可以装旧酒，倘若不信，将一瓶五加皮和一瓶白兰地互换起来试试看，五加皮装在白兰地瓶子里，也还是五加皮。这一种简单的试验，不但明示着“五更调”“攒十字”[10]的格调，也可以放进新的内容去，且又证实了新式青年的躯壳里，大可以埋伏下“桐城谬种”或“选学妖孽”[11]的喽罗。

新与旧：形式与内容，现象与本质。

改革意识与社会。

“老新党”们的见识虽然浅陋，但是有一个目的：图富强。所以他们坚决，切实；学洋话虽然怪声怪气，但是有一个目的：求富强之术。所以他们认真，热心。待到排满学说播布开来，许多人就成为革命党了，还是因为要给中国图富强，而以为此事必自排满始。

对于“新瓶旧酒”，文章结末以假设的肯定进行否定，显得特别干脆而又意味深长。

排满久已成功，五四早经过去，于是篆字，词，《庄子》，《文选》，古式信封，方块新诗，现在是我们又有了新的企图，要以“古雅”立足于天地之间了。假使真能立足，那倒是给“生存竞争”添一条新例的。

十月一日。

注 释

1 发表于 1933 年 10 月 6 日《申报·自由谈》，署名丰之余。后编入《准风月谈》。

2 “骸骨的迷恋” 斯提（叶圣陶）在 1921 年 11 月 12 日《时事新报·文学旬刊》发表《骸骨之迷恋》一文，批评当时某刊物“诗学研究号”的编者仍然提倡旧诗的写作和研究，后来常被用作保守旧物的一句贬词。“革命文学家”钱杏邨于 1928 年 3 月 1 日发表《死去了的阿 Q 时代》，也以此批评鲁迅，说：“我们不必再专事骸骨的迷恋，我们把阿 Q 的形骸与精神一同埋葬了罢。”

3 《学算笔谈》 华蘅芳著。华蘅芳（1833—1902），清代数学家。字若汀，江苏金匮（今江苏无锡）人，著有《行素轩算稿》六种。《算学笔谈》为其中一种，1885 年刻印单行本刊世。

4 《化学鉴原》 英国韦而司撰，英国傅兰雅口译，无锡徐寿笔述。1871 年由江南制造局翻译馆出版，是我国最早系统介绍西方近代化学知识的译著之一。徐寿（1818—1884），清代化学家。

5 “富强丛书” 这里当指“西学富强丛书”，清光绪二十二年（1896）由张荫桓聘用美国人林乐知等编译，以“格致测算”为主要内容，凡二百余卷，鸿文书局印行。清末洋务运动中，出现一批关于现代科学知识的普及读物，“西学富强丛书”是著名的一种。张荫桓（1837—1900），广东南海人，清末外交官。因支持维新运动，被发配新疆，义和团运动时被杀。

6 《书目答问》 张之洞在光绪元年（1875）任四川学政时为成都尊经书院所编的导读书目，列书二千一百七十余种，按经、史、子、集分列，另有丛书目、别录目。书中列有《新法算书》《新译几何原本》等“西法”数学书多种。缪荃孙（1844—1919），字炎之、筱珊，江苏江阴人，清代藏书家、版本学家。光绪二年进士，曾参与编纂《顺天府志》，撰写《清史稿》等。

7 《庄子》 亦称《南华经》，道家经典之一。战国时庄周著。现存三十三篇，汉以后分为内篇、外篇、杂篇，传统的看法认为内篇是庄子自著，外篇和杂篇可能杂有其门人或后来道家的作品。文章汪洋恣肆，说理取喻，想象丰富，在美学和文学方面均有很高价值。

8 《文选》 又称《昭明文选》，我国现存的最早的一部诗文总集。南朝梁昭明太子萧统编，内选先秦至齐梁间的诗文辞赋，共三十卷。

9 "旧瓶不能装新酒" 这原是《新约》中耶稣的话，后来成了欧洲颇为流行的一句俗谚。五四新文学运动兴起以后，常常为提倡白话文学的人所引用，意在说明文言文不能表现新时代的内容。

10 "五更调""攒十字" 民间曲调名。

11 "桐城谬种""选学妖孽" 原为钱玄同在致陈独秀的信中抨击旧派文人的话，载于1917年7月《新青年》第3卷第5号。一度成为反对旧文学的流行用语。"选学"指《文选》体骈文。"桐城"，指桐城派古文。桐城派，清代古文流派之一，代表作家有方苞、刘大櫆、姚鼐等，都是安徽桐城人，故名。

关于中国的两三件事[1]

一　关于中国的火

希腊人所用的火，听说是在一直先前，普洛美修斯从天上偷来的，但中国的却和它不同，是燧人氏[2]自家所发见——或者该说是发明罢。因为并非偷儿，所以拴在山上，给老雕去啄的灾难是免掉了，然而也没有普洛美修斯那样的被传扬，被崇拜。

中国也有火神的。但那可不是燧人氏，而是随意放火的莫名其妙的东西。

自从燧人氏发见，或者发明了火以来，能够很有味的吃火锅，点起灯来，夜里也可以工作了，但是，真如先哲之所谓“有一利必有一弊”罢，同时也开始了火灾，故意点上火，烧掉那有巢氏[3]所发明的巢的了不起的人物也出现了。

和善的燧人氏是该被忘却的。即使伤了食，这回是属于神农氏[4]的领域了，所以那神农氏，至今还被人们所记得。至于火灾，虽然不知道那发明家究竟是什么人，但祖师总归是有的，于是没有法，只好漫称之曰火神，而献以敬畏。看他的画像，是红面孔，红胡须，不过祭祀的时候，却须避去一切红色的东西，而代之以绿色。他大约像西班牙的牛一样，一看见红色，便会亢奋起来，做出一种可怕的行动的。[5]

他因此受着崇祀。在中国，这样的恶神还很多。

然而，在人世间，倒似乎因了他们而热闹。赛会也只有火神的，燧人氏的却没有。倘有火灾，则被灾的和邻近的没有被灾的人们，都要祭火神，以表感谢之意。被了灾还要来表感谢之意，虽然未免有些出于意外，但若不祭，据说是第二回还会烧，所以还是感谢了的安全。而且也不但对于火神，就是对于人，有时也一样的这么办，我想，大约也是礼仪的一种罢。

因放火而成名人，惟因名人而放火。列举放火名人的谱系，说明古今中外的独裁者，都是一致地与人类为敌的。

其实，放火，是很可怕的，然而比起烧饭来，却也许更有趣。外国的事情我不知道，若在中国，则无论查检怎样的历史，总寻不出烧饭和点灯的人们的列传来。在社会上，即使怎样的善于烧饭，善于点灯，也毫没有成为名人的希望。然而秦始皇一烧书，至今还俨然做着名人，至于引为希特拉烧书事件的先例。假使希特拉太太善于开电灯，烤面包罢，那么，要在历史上寻一点先例，恐怕可就难了。但是，幸而那样的事，是不会哄动一世的。

烧掉房子的事，据宋人的笔记说，是开始于蒙古人的。因为他们住着帐篷，不知道住房子，所以就一路的放火。[6]然而，这是诳话。蒙古人中，懂得汉文的很少，所以不来更正的。其实，秦的末年就有着放火的名人项羽在，一烧阿房宫，便天下闻名，至今还会在戏台上出现，连在日本也很有名。然而，在未烧以前的阿房宫里每天点灯的人们，又有谁知道他们的名姓呢?

现在是爆裂弹呀，烧夷弹呀之类的东西已经做出，加以飞机也很进步，如果要做名人，就更加容易了。而且如果放火比先前放得大，那么，那人就也更加受尊敬，从远处看去，恰如救世主[7]一样，而那火光，便令人以为是光明。

结句所说的“光明”，可能含有对胡适——有“光明所到，黑暗自消”之说——一流的谬论专家的反讽。

二　关于中国的王道

在前年，曾经拜读过中里介山氏[8]的大作《给支那及支那国民的信》。只记得那里面说，周汉都有着侵略者的资质。而支那人都讴歌他，欢迎他了。连对于朔北的元和清，也加以讴歌了。只要那侵略，有着安定国家之力，保护民生之实，那便是支那人民所渴望的王道，于是对于支那人的执迷不悟之点，愤慨得非常。

那“信”，在满洲出版的杂志上，是被译载了的，但因为未曾输入中国，所以像是回信的东西，至今一篇也没有见。只在去年的上海报上所载的胡适博士的谈话里，有的说，“只有一个方法可以征服中国，即彻底停止侵略，反过来征服中国民族的心。”不消说，那不过是偶然的，但也有些令人觉得好像是对于那信的答复。

征服中国民族的心，这是胡适博士给中国之所谓王道所下的定义，然而我想，他自己恐怕也未必相信自己的话的罢。在中国，其实是彻底的未曾有过王道，“有历史癖和考据癖”的胡博士，该是不至于不知道的。

不错，中国也有过讴歌了元和清的人们，但那是感谢火神之类，并非连心也全被征服了的证据。如果给与一个暗示，说是倘不讴歌，便将更加虐待，那么，即使加以或一程度的虐待，也还可以使人们来讴歌。四五年前，我曾经加盟于一个要求自由的团体[9]，而那时的上海教育局长陈德征氏勃然大怒道，在三民主义的统治之下，还觉得不满么？那可连现在所给与着的一点自由也要收起了。而且，真的是收起了的。每当感到比先前更不自由的时候，我一面佩服着陈氏的精通王道的学识，一面有时也不免想，真该是讴歌三民主义的。然而，现在是已经太晚了。

这里弯弯曲曲地说三民主义乃当今王道，接着回到古代去，说王道与霸道是兄弟，实际上是指现今打着三民主义旗帜的统治者所行的是霸道。

在中国的王道，看去虽然好像是和霸道对立的东西[10]，其实却是兄弟，这之前和之后，一定要有霸道跑来的。人民之所讴歌，就为了希望霸道的减轻，或者不更加重的缘故。

汉的高祖[11]，据历史家说，是龙种，但其实是无赖出身，说是侵略者，恐怕有些不对的。至于周的武王[12]，则以征伐之名入中国，加以和殷似乎连民族也不同，用现代的话来说，那可是侵略者。然而那时的民众的声音，现在已经没有留存了。孔子和孟子确曾大大的宣传过那王道，但先生们不但是周朝的臣民而已，并且周游历国，有所活动，所以恐怕是为了想做官也难说。说得好看一点，就是因为要“行道”，倘做了官，于行道就较为便当，而要做官，则不如称赞周朝之为便当的。然而，看起别的记载来，却虽是那王道的祖师而且专家的周朝，当讨伐之初，也有伯夷和叔齐扣马而谏，非拖开不可；纣的军队也加反抗，非使他们的血流到漂杵[13]不可。接着是殷民又造了反，虽然特别称之曰“顽民”[14]，从王道天下的人民中除开，但总之，似乎究竟有了一种什么破绽似的。好个王道，只消一个顽民，便将它弄得毫无根据了。

儒士和方士，是中国特产的名物。方士的最高理想是仙道，儒士的便是王道。但可惜的是这两件在中国终于都没有。据长久的历史上的事实所证明，则倘说先前曾有真的王道者，是妄言，说现在还有者，是新药。孟子生于周季，所以以谈霸道为羞[15]，倘使生于今日，则跟着人类的智识范围的展开，怕要羞谈王道的罢。

这里说的“新药”，令人想起作者批评胡适、梁实秋等新月派批评家说的“好药料主义”。可叹的是，中国如胡适一类知识者竟不以大谈“王道”为“羞”。

三 关于中国的监狱

我想，人们是的确由事实而从新省悟，而事情又由此发生变化的。从宋朝到清朝的末年，许多年间，专以代圣贤立言的“制艺”[16]这一种烦难的文章取士，到得和法国打了败仗[17]，这才省悟了这方法的错误。于是派留学生到西洋，开设兵器制造局，作为那改正的手段。省悟到这还不够，是在和日本打了败仗[18]之后，这回是竭力开起学校来。于是学生们年年大闹了。从清朝倒掉，国民党掌握政权的时候起，才又省悟了这错误，作为那改正的手段的，是除了大造监狱之外，什么也没有了。

在中国，国粹式的监狱，是早已各处都有的。到清末，就也造了一点西洋式，即所谓文明式的监狱。那是为了示给旅行到此的外国人而建造，应该与为了和外国人好互相应酬，特地派出去，学些文明人的礼节的留学生，属于同一种类的。托了这福，犯人的待遇也还好，给洗澡，也给一定分量的饭吃，所以倒是颇为幸福的地方。但是，就在两三礼拜前，政府因为要行仁政了，还发过一个不准克扣囚粮的命令。从此以后，可更加幸福了。

至于旧式的监狱，则因为好像是取法于佛教的地狱的，所以不但禁锢犯人，此外还有给他吃苦的职掌。挤取金钱，使犯人的家属穷到透顶的职掌，有时也会兼带的。但大家都以为应该。如果有谁反对罢，那就等于替犯人说话，便要受恶党[19]的嫌疑。然而文明是出奇的进步了，所以去年也有了提倡每年该放犯人回家一趟，给以解决性欲的机会的，颇是人道主义气味之说的官吏。[20]其实，他也并非对于犯人的性欲，特别表着同情，不过因为总不愁竟会实行的，所以也就高声嚷一下，以见自己的作为官吏的存在。然而舆论颇为沸腾了。有一位批评家，还以为这么一来，大家便要不怕牢监，高高兴兴的进去了，很为世道人心愤慨了一下。[21]受了所谓圣贤之教那么久，竟还没有那位官吏的圆滑，固然也令人觉得诚实可靠，然而他的意见，是以为对于犯人，非加虐待不可，却也因此可见了。

从别一条路想，监狱确也并非没有不像以“安全第一”为标语的人们的理想乡的地方。火灾极少，偷儿不来，土匪也一定不来抢。即使打仗，也决没有以监狱为目标，施行轰炸的傻子；即使革命，有释放囚犯的例，而加以屠戮的是没有的。当福建独立之初，虽有说是释放犯人，而一到外面，和他们自己意见不同的人们倒反而失踪了的谣言，然而这样的例子，以前是未曾有过的。总而言之，似乎也并非很坏的处所。只要准带家眷，则即使不是现在似的大水，饥荒，战争，恐怖的时候，请求搬进去住的人们，也未必一定没有的。于是虐待就成为必不可少了。

反讽：“监狱”为“理想乡”。

牛兰[22]夫妇，作为赤化宣传者而关在南京的监狱里，也绝食了三四回了，可是什么效力也没有。这是因为他不知道中国的监狱的精神的缘故。有一位官员诧异的说过：他自己不吃，和别人有什么关系呢？岂但和仁政并无关系而已呢，省些食料，倒是于监狱有益的。甘地[23]的把戏，倘不挑选兴行场[24]，就毫无成效了。

“反省”实为“洗脑”，肉体折磨之外是思想控制。

在《马上日记之二》中，鲁迅称甘地为“坚苦卓绝的伟人”，并说是“只在印度能生，在英国治下的印度能活的伟人”。这里说他的“非暴力抵抗”为“把戏”，是因为挑选了合适的戏场的缘故，反讽在中国这个独裁专制的国家，什么“非暴力”简直是儿戏，完全行不通的。观鲁迅论革命，论暴力，都十分重视区别不同的社会历史的大前提。

然而，在这样的近于完美的监狱里，却还剩着一种缺点。至今为止，对于思想上的事，都没有很留心。为要弥补这缺点，是在近来新发明的叫作“反省院”的特种监狱里，施着教育。我还没有到那里面去反省过，所以并不知道详情，但要而言之，好像是将三民主义时时讲给犯人听，使他反省着自己的错误。听人说，此外还得做排击共产主义的论文。如果不肯做，或者不能做，那自然，非终身反省不可了，而做得不够格，也还是非反省到死则不可。现在是进去的也有，出来的也有，因为听说还得添造反省院，可见还是进去的多了。考完放出的良民，偶尔也可以遇见，但仿佛大抵是萎靡不振，恐怕是在反省和毕业论文上，将力气使尽了罢。那前途，是在没有希望这一面的。

注　释

1　本篇原用日文写作，最初发表于1934年3月号东京《改造》月刊，题为《火，王道，监狱》。后由作者译为中文，编入《且介亭杂文》。

2　燧人氏　传说中发明钻木取火、教民熟食的人，远古三王之一。

3　有巢氏　传说中发明在树上搭巢居住的人，远古三王之一。

4　神农氏　传说中发明制作农具和耕种方法的人，又传说他发现药物，救人治病，与燧人氏、有巢氏并称为远古三王。

5 西班牙有斗牛风俗，斗牛士手持红布刺激牛的野性，一手持剑与之搏斗。

6 宋代庄季裕《鸡肋编》卷中载："靖康之后，金虏侵凌中国，露居异俗，凡所经过，尽皆焚爇。"

7 **救世主** 基督徒对耶稣的称呼。《新约·马太福音》称基督所在之处，都有大光。

8 **中里介山（1885—1944）** 日本通俗小说家，著有历史小说《大菩萨峠》等。

9 **要求自由的团体** 指中国自由运动大同盟，1930年2月成立于上海，宗旨为争取言论、出版、集会、结社等自由，反对国民党政府的专制统治。鲁迅、郁达夫等列名为发起人。出版刊物有《自由运动》。

10 关于王道和霸道，古时谓国君以仁义治天下，以德服人的统治方法为"王道"。《尚书·洪范》："无偏无党，王道荡荡。"谓国君凭借威势，利用刑罚统治的方法为霸道。《史记·商君列传》："吾说公（秦孝公）以王道而未入也……吾说公以霸道，其意欲用之矣。"又《汉书·元帝纪》："汉家自有制度，本以霸王道杂之。"

11 **汉的高祖** 即刘邦。

12 **周的武王** 即周武王，姓姬名发，殷末周族领袖。公元前十一世纪，联合西北和西南各族攻克中原，消灭殷商，建立西周王朝。

13 **血流到漂杵** 语见《尚书·武成》。

14 **"顽民"** 《尚书·多士》："成周（今洛阳）既成，迁殷顽民。"唐代孔颖达疏："顽民，谓殷之大夫、士从武庚叛者；以其无知，谓之顽民。"

15 **以谈霸道为羞** 朱熹《四书集注》："仲尼之门，五尺童子羞称王霸，为其先诈力而后仁义也。"

16 **"制艺"** 也称制义。科举考试制度所规定的文体，所谓应制文章。在明清两代，一般指八股文。

17 **和法国打了败仗** 指1884年至1885年的中法战争。战后，清政府与法国签订了《中法新约》。

18　和日本打了败仗　指 1894 年至 1895 年的中日战争（甲午战争）。清政府在战败后与日本签订了《马关条约》。

19　恶党　与当时“匪党”一类字眼类似，是对反对政府的政党的诬称。

20　1933 年 4 月 4 日《申报》“南京专电”：“司法界某要人谈……壮年犯之性欲问题，依照理论，人民犯罪，失去自由，而性欲不在剥夺之列，欧美文明国家，定有犯人假期……每年得请假返家五天或七天，解决其性欲。”

21　1933 年 8 月 20 日《十日谈》第 2 期全载郭明（邵洵美）的《自由监狱》一文，其中说：“最近司法当局复有关于囚犯性欲问题之讨论……本来，囚禁制度……是国家给予犯罪者一个自省而改过的机会……监狱痛苦尽人皆知，不法犯罪，乃自讨苦吃，百姓既有戒心，或者可以不敢犯法；对付小人，此亦天机一条也。”

22　牛兰（Naulen，1894—1963）　本名雅科夫 · 马特维耶维奇 · 卢尼克，牛兰是他在中国所用的化名之一。生于乌克兰，苏联契卡（克格勃的前身）工作人员。1927 年 11 月受共产国际派遣来华从事秘密活动，全面负责中国联络站工作，公开身份之一是“泛太平洋产业局盟”上海办事处秘书，共产国际派驻中国的工作人员。1931 年 6 月 15 日，牛兰夫妇在上海公共租界被捕，8 月押至南京，次年 7 月以“危害民国”罪受审。牛兰不服，在狱中进行绝食斗争。宋庆龄、杨杏佛、沈钧儒等曾组织“牛兰夫妇营救委员会”进行营救，未果，直至 1937 年 8 月日军攻占南京前不久出狱。

23　甘地（M. Gandhi，1869—1948）　印度民族独立运动领袖，被尊为圣雄。早年留学英国，研究法律。主张“非暴力抵抗”，倡导对英国殖民政府的“不合作运动”，屡遭监禁，多次以绝食表示反抗。曾主张印度教徒与伊斯兰教徒合作，1948 年在印度的教派斗争中，为印度教极右分子刺死。著有自传《我体验真理的故事》。

24　兴行场　日语，即戏场。

女人未必多说谎[1]

侍桁[2]先生在《谈说谎》里，以为说谎的原因之一是由于弱，那举证的事实，是："因此为什么女人讲谎话要比男人来得多。"

那并不一定是谎话，可是也不一定是事实。我们确也常常从男人们的嘴里，听说是女人讲谎话要比男人多，不过却也并无实证，也没有统计。叔本华先生痛骂女人，他死后，从他的书籍里发见了医梅毒的药方；还有一位奥国的青年学者[3]，我忘记了他的姓氏，做了一大本书，说女人和谎话是分不开的，然而他后来自杀了。我恐怕他自己正有神经病。

我想，与其说"女人讲谎话要比男人来得多"，不如说"女人被人指为'讲谎话要比男人来得多'的时候来得多"，但是，数目字的统计自然也没有。

从某种意义上说，一部中国史，其实是一部女人替自己和男人伏罪的历史。

譬如罢，关于杨妃[4]，禄山之乱以后的文人就都撒着大谎，玄宗逍遥事外，倒说是许多坏事情都由她，敢说"不闻夏殷衰，中自诛褒妲"[5]的有几个。就是妲己，褒姒，也还不是一样的事？女人的替自己和男人伏罪，真是太长远了。

今年是“妇女国货年”[6]，振兴国货，也从妇女始。不久，是就要挨骂的，因为国货也未必因此有起色，然而一提倡，一责骂，男人们的责任也尽了。

记得某男士有为某女士鸣不平的诗道：“君王城上竖降旗，妾在深宫那得知？二十万人齐解甲，更无一个是男儿！”[7]快哉快哉！

一月八日。

注　释

1　发表于1934年1月12日《申报·自由谈》，署名赵令仪。后编入《花边文学》。

2　侍桁　即韩侍桁（1908—1987），天津人，翻译家。曾参加左联。1931年赴广州中山大学任教，曾担任中山文化教育馆特约编译。译有勃兰兑斯著《十九世纪文学的主潮》（1—4卷）等。他的《谈说谎》一文，发表于1934年1月8日《申报·自由谈》。

3　一位奥国的青年学者　指魏宁格（O. Weininger，1880—1903），奥地利哲学家、仇视女性主义者，在《性别和性格》一书中，说女性“能说谎”，“往往是虚伪的”，极力贬低妇女应有的地位。

4　杨妃　杨太真（719—756），字玉环，蒲州永乐（今山西永济）人。天宝三年（744）入宫，次年，唐玄宗封为贵妃。姊妹皆显贵，堂兄杨国忠操纵朝政，国事败坏。天宝十四年（755），安禄山以诛杨国忠为名，发动叛乱。唐玄宗逃至马嵬驿（今陕西兴平西）时，将士以咎在杨家，杀杨国忠，唐玄宗令杨妃缢死。

5 “不闻夏殷衰，中自诛褒妲” 见唐代杜甫诗《北征》。旧史说夏桀宠幸妺喜，殷纣宠幸妲己，周幽王宠幸褒姒，皆因三位妃子招致三朝的覆亡。在诗中，杜甫袭用了这些传说。

6 “妇女国货年” 1933年12月，上海市商会等团体联合各界开会，议定1934年为“妇女国货年”，要求妇女增进爱国观念，购买国货。

7 “君王城上竖降旗”一诗，据北宋陈师道《后山诗话》，此诗为五代后蜀主孟昶的妃子花蕊夫人所作，“二十万人”作“十四万人”。

漫　骂[1]

漫骂不是辱骂，虽然也带爱憎的情感，但并不因此折损自家的人格。

还有一种不满于批评家的批评，是说所谓批评家好“漫骂”[2]，所以他的文字并不是批评。

这“漫骂”，有人写作“嫚骂”，也有人写作“谩骂”，我不知道是否是一样的函义。但这姑且不管它也好。现在要问的是怎样的是“漫骂”。

假如指着一个人，说道：这是婊子！如果她是良家，那就是漫骂；倘使她实在是做卖笑生涯的，就并不是漫骂，倒是说了真实。诗人没有捐班，富翁只会计较，因为事实是这样的，所以这是真话，即使称之为漫骂，诗人也还是捐不来，这是幻想碰在现实上的小钉子。

有钱不能就有文才，比“儿女成行”并不一定明白儿童的性质更明白。“儿女成行”只能证明他两口子的善于生，还会养，却并无妄谈儿童的权利。要谈，只不过不识羞。这好像是漫骂，然而并不是。倘说是的，就得承认世界上的儿童心理学家，都是最会生孩子的父母。

说儿童为了一点食物就会打起来，是冤枉儿童的，其实是漫骂。儿童的行为，出于天性，也因环境而改变，所以孔融[3]会让梨。打起来的，是家庭的影响，便是成人，不也有争家私，夺遗产的吗？孩子学了样了。

漫骂固然冤屈了许多好人，但含含胡胡的扑灭"漫骂"，却包庇了一切坏种。

鲁迅称自己的杂文为"骂文"。

一月十七日。

注　释

1　发表于1934年1月22日《申报·自由谈》，署名倪朔尔。后编入《花边文学》。

2　批评家好"漫骂"　韩侍桁于1933年12月26日《申报·自由谈》发表《关于批评》一文，说"看过去批评的论争，我们不能不说愈是那属于无味的漫骂式的，而愈是有人喜欢来参加"；这种"漫骂的批评"，"我们不认为是批评"。

3　孔融（153—208）　字文举，鲁国（今山东曲阜）人，东汉文学家。让梨的故事，见于《世说新语》，南朝梁刘峻注引《融别传》，后被编入《三字经》。

过　年[1]

中国人对于历史、时间和纪念日似乎太神经过敏。这里说："中国的可哀的纪念太多了，这照例至少应该沉默；可喜的纪念也不算少，然而又怕有'反动分子乘机捣乱'，所以大家的高兴也不能发扬。几经防遏，几经淘汰，什么佳节都被绞死……"作者另有一文题作《"多难之月"》，开首便说报章多说"五月是'多难之月'"，结尾一段则是"但愿世界上大事件不要增加起来；但愿中国里惨案不要再有；但愿不再有什么政府成立；但愿也不再有伟人的生日和忌日的增添。否则，日积月累，不久就会成一个'多难之年'"，"连我们走在地面上的小

今年上海的过旧年，比去年热闹。

文字上和口头上的称呼，往往有些不同：或者谓之"废历"[2]，轻之也；或者谓之"古历"，爱之也。但对于这"历"的待遇是一样的：结账，祀神，祭祖，放鞭炮，打马将，拜年，"恭喜发财"！

虽过年而不停刊的报章上，也已经有了感慨[3]；但是，感慨而已，到底胜不过事实。有些英雄的作家，也曾经叫人终年奋发，悲愤，纪念。但是，叫而已矣，到底也胜不过事实。中国的可哀的纪念太多了，这照例至少应该沉默；可喜的纪念也不算少，然而又怕有"反动分子乘机捣乱"[4]，所以大家的高兴也不能发扬。几经防遏，几经淘汰，什么佳节都被绞死，于是就觉得只有这仅存残喘的"废历"或"古历"还是自家的东西，更加可爱了。那就格外的庆贺——这是不能以"封建的余意"一句话，轻轻了事的。

叫人整年的悲愤，劳作的英雄们，一定是自己毫不知道悲愤，劳作的人物。在实际上，悲愤者和劳作者，是时时需要休息和高兴的。古埃及的奴隶们，有时也会冷然一笑。这是蔑视一切的笑。懂得这笑的意义者，只有主子和自安于奴才生活，而劳作较少，并且失悲愤的奴才。

我不过旧历年已经二十三年了，这回却连放了三夜的花爆[5]，使隔壁的外国人也“嘘”了起来：这却和花爆都成了我一年中仅有的高兴。

百姓，也只好永远身带‘嫌疑’，奉陪戒严，呜呼哀哉，不能喘气了”。

奴隶与奴才。

奴隶一样需要休闲和喜剧。

二月十五日。

注 释

1 发表于 1934 年 2 月 17 日《申报·自由谈》，署名张承禄。后编入《花边文学》。

2 “废历” 指阴历（或称夏历、农历）。1912 年 1 月 2 日，中华民国临时政府通令各省废除阴历，改用阳历。

3 1934 年 2 月 13 日（除夕），《申报号外·本埠增刊》临时增加的副刊《不自由谈》有署名非人的《开场白》说：“编辑先生们辛苦了一年，在这几天寒假里头，本想还我自由自在的身，写写意意，享几天难得享到的幸福。不料突然地接到一道命令：说不但要出号外，并且要屁股两排，没有办法，只得再来放几个屁。”

4 “反动分子乘机捣乱” 1933 年 5 月 5 日，国民党上海市党部举行“革命政府成立十二周年纪念”大会，规定各界是日纪念办法九条，末条是：“函请警备司令部暨市公安局，严防反动分子乘机捣乱，并酌派军警若干，维护会场秩序。”

5 花爆 爆竹。

拿来主义[1]

中国一向是所谓“闭关主义”，自己不去，别人也不许来。自从给枪炮打破了大门之后，又碰了一串钉子，到现在，成了什么都是“送去主义”了。别的且不说罢，单是学艺上的东西，近来就先送一批古董到巴黎去展览，但终“不知后事如何”；还有几位“大师”们捧着几张古画和新画，在欧洲各国一路的挂过去，叫作“发扬国光”[2]。听说不远还要送梅兰芳博士到苏联去，以催进“象征主义”[3]，此后是顺便到欧洲传道。我在这里不想讨论梅博士演艺和象征主义的关系，总之，活人替代了古董，我敢说，也可以算得显出一点进步了。

“送去”与“拿来”。

但我们没有人根据了“礼尚往来”的仪节，说道：拿来！

当然，能够只是送出去，也不算坏事情，一者见得丰富，二者见得大度。尼采就自诩过他是太阳，光热无穷，只是给与，不想取得。然而尼采究竟不是太阳，他发了疯。中国也不是，虽然有人说，掘起地下的煤来，就足够全世界几百年之用。但是，几百年之后呢？几百年之后，我们当然是化为魂灵，或上天堂，或落了地狱，但我们的子孙是在的，所以还应该给他们留下一点礼品。要不然，则当佳节大典之际，他们拿不出东西来，只好磕头贺喜，讨一点残羹冷炙做奖赏。

这种奖赏，不要误解为“抛来”的东西，这是“抛给”的，说得冠冕些，可以称之为“送来”，我在这里不想举出实例。

我在这里也并不想对于“送去”再说什么，否则太不“摩登”了。我只想鼓吹我们再吝啬一点，“送去”之外，还得“拿来”，是为“拿来主义”。

但我们被“送来”的东西吓怕了。先有英国的鸦片，德国的废枪炮，后有法国的香粉，美国的电影，日本的印着“完全国货”的各种小东西。于是连清醒的青年们，也对于洋货发生了恐怖。其实，这正是因为那是“送来”的，而不是“拿来”的缘故。

“送来”与“拿来”。

所以我们要运用脑髓，放出眼光，自己来拿！

譬如罢，我们之中的一个穷青年，因为祖上的阴功（姑且让我这么说说罢），得了一所大宅子，且不问他是骗来的，抢来的，或合法继承的，或是做了女婿换来的。那么，怎么办呢？我想，首先是不管三七二十一，“拿来”！但是，如果反对这宅子的旧

“拿来主义”：主体意识、开放态度、理性眼光。

主人，怕给他的东西染污了，徘徊不敢走进门，是孱头；勃然大怒，放一把火烧光，算是保存自己的清白，则是昏蛋。不过因为原是羡慕这宅子的旧主人的，而这回接受一切，欣欣然的蹩进卧室，大吸剩下的鸦片，那当然更是废物。“拿来主义”者是全不这样的。

他占有，挑选。看见鱼翅，并不就抛在路上以显其“平民化”，只要有养料，也和朋友们像萝卜白菜一样的吃掉，只不用它来宴大宾；看见鸦片，也不当众摔在毛厕里，以见其彻底革命，只送到药房里去，以供治病之用，却不弄“出售存膏，售完即止”的玄虚。只有烟枪和烟灯，虽然形式和印度、波斯、阿剌伯的烟具都不同，确可以算是一种国粹，倘使背着周游世界，一定会有人看。但我想，除了送一点进博物馆之外，其余的是大可以毁掉的了。还有一群姨太太，也大以请她们各自走散为是，要不然，“拿来主义”怕未免有些危机。

对一个文明古国（封闭性国家）来说，“拿来”是引发断裂、蜕变和发展的先决条件。

总之，我们要拿来。我们要或使用，或存放，或毁灭。那么，主人是新主人，宅子也就会成为新宅子。然而首先要这人沉着，勇猛，有辨别，不自私。没有拿来的，人不能自成为新人，没有拿来的，文艺不能自成为新文艺。

六月四日。

注 释

1 发表于 1934 年 6 月 7 日《中华日报·动向》，署名霍冲。后编入《且介亭杂文》。

2 “发扬国光” 1934 年 5 月 28 日，《大晚报》在报道美术家徐悲鸿、刘海粟等出国举办展览的消息时的用语。

3 “象征主义” 1934 年 5 月 28 日《大晚报》报道：“苏俄艺术界向分写实与象征两派，现写实主义已渐没落，而象征主义则经朝野一致提倡，引成欣欣向荣之概。自彼邦艺术家见我国之书画作品深合象征派后，即忆及中国戏剧亦必采取象征主义。因拟……邀中国戏曲名家梅兰芳等前往奏艺。”象征主义，也称象征派，是十九世纪末在法国兴起的一种重要的思潮和流派。这个流派的作家认为任何事物都有一种相关性，一种与之相对应的意涵，因而强调运用暗示、隐喻、联想等手法，发掘事物的象征意义，表现隐秘的内心世界。这里的“象征主义”，是对媒体的歪曲性报道的一种讽刺。

倒　提[1]

西洋的慈善家是怕看虐待动物的，倒提着鸡鸭走过租界就要办。[2]所谓办，虽然也不过是罚钱，只要舍得出钱，也还可以倒提一下，然而究竟是办了。于是有几位华人便大鸣不平，以为西洋人优待动物，虐待华人，至于比不上鸡鸭。

这其实是误解了西洋人。他们鄙夷我们，是的确的，但并未放在动物之下。自然，鸡鸭这东西，无论如何，总不过送进厨房，做成大菜而已，即顺提也何补于归根结蒂的运命。然而它不能言语，不会抵抗，又何必加以无益的虐待呢？西洋人是什么都讲有益的。我们的古人，人民的"倒悬"[3]之苦是想到的了，而且也实在形容得切帖，不过还没有察出鸡鸭的倒提之灾来，然而对于什么"生刲驴肉""活烤鹅掌"[4]这些无聊的残虐，却早经在文章里加以攻击了。这种心思，是东西之所同具的。

人的两种命运：或者因不肯努力而永远沦为奴隶，或者组织反抗，自由解

但对于人的心思，却似乎有些不同。人能组织，

能反抗，能为奴，也能为主，不肯努力，固然可以永沦为舆台[5]，自由解放，便能够获得彼此的平等，那运命是并不一定终于送进厨房，做成大菜的。愈下劣者，愈得主人的爱怜，所以西崽[6]打叭儿，则西崽被斥，平人忤西崽，则平人获咎，租界上并无禁止苛待华人的规律，正因为我们该自有力量，自有本领，和鸡鸭绝不相同的缘故。

放而成为平等的人。命运的改变与否，都只是一种可能性。

然而我们从古典里，听熟了仁人义士，来解倒悬的胡说了，直到现在，还不免总在想从天上或什么高处远处掉下一点恩典来，其甚者竟以为“莫作乱离人，宁为太平犬”，不妨变狗，而合群改革是不肯的。自叹不如租界的鸡鸭者，也正有这气味。

主张“合群改革”，反对恩赐的观点。

这类的人物一多，倒是大家要被倒悬的，而且虽在送往厨房的时候，也无人暂时解救。这就因为我们究竟是人，然而是没出息的人的缘故。

六月三日

论“花边文学”

林默

近来有一种文章，四周围着花边，从一些副刊上出现。这文章，每天一段，雍容闲适，缜密整齐，看外形似乎是“杂感”，但又像“格言”，内容却不痛不痒，毫无着落。似乎是小品或语录一类的东西。今天一则“偶感”，明天一段“据说”，从作者看来，自然是好文章，因为翻来复去，都成了道理，颇尽了八股的能事的。但从读者看，虽然不痛不痒，却往往渗有毒汁，散布了妖言。譬如甘地被刺，就起来作一篇“偶感”，颂扬一番“摩哈达麻”，咒骂几通暴徒作乱，为圣雄出气禳灾，顺便也向读者宣讲一些“看定一切”，“勇武和平”的不抵抗说教之类。这种文章无以名之，且名之曰“花边体”或“花边文学”罢。

这花边体的来源，大抵是走入鸟道以后的小品文变种。据这种小品文的拥护者说是会要流传下去的（见《人间世》:《关于小品文》)。我们且来看看他们的流传之道罢。六月念八日《申报》《自由谈》载有这样一篇文章，题目叫《倒提》。大意说西洋人禁止倒提鸡鸭，华人颇有鸣不平的，因为西洋人虐待华人，至于比不上鸡鸭。

于是这位花边文学家发议论了，他说：“这其实是误解了西洋人。他们鄙夷我们是的确的，但并未放在动物之下。”

为什么“并未”呢？据说是“人能组织，能反抗，……自有力量，自有本领，和鸡鸭绝不相同的缘故。”所以租界上没有禁止苛待华人的规律。不禁止虐待华人，当然就是把华人看在鸡鸭之上了。

倘要不平么，为什么不反抗呢？

而这些不平之士，据花边文学家从古典里得来的证明，断为“不妨变狗”之辈，没有出息的。

这意思极明白，第一是西洋人并未把华人放在鸡鸭之下，自叹不如鸡鸭的人，是误解了西洋人。第二是受了西洋人这种优待，不应该再鸣不平。第三是他虽也正面的承认人是能反抗的，叫人反抗，但他实在是说明西洋人为尊重华人起见，这虐待倒不可少，而且大可进一步。第四，倘有人要不平，他能从“古典”来证明这是华人没有出息。

上海的洋行，有一种帮洋人经营生意的华人，通称叫“买办”，他们和同胞做起生意来，除开夸说洋货如何比国货好，外国人如何讲礼节信用，中国人是猪猡，该被淘汰以外，还有一个特点，是口称洋人曰：“我们的东家”。我想这一篇《倒提》的杰作，看他的口气，大抵不出于这般人为他们的东家而作的手笔。因为第一，这般人是常以了解西洋人自夸的，西洋人待他很客气；第二，他们往往赞成西洋人（也就是他们的东家）统治中国，虐待华人，因为中国人是猪猡；第三，他们最反对中国人怀恨西洋人。抱不平，从他们看来，更是危险思想。

从这般人或希望升为这般人的笔下产出来的就成了这篇“花边文学”的杰作。但所可惜是不论这种文人，或这种文字，代西洋人如何辩护说教，中国人的不平，是不可免的。因为西洋人虽然不曾把中国放在鸡鸭之下，但事实上也似乎并未放在鸡鸭之上。香港的差役把中国犯人倒提着从二楼摔下来，已是久远的事；近之如上海，去年的高丫头，今年的蔡洋其辈，他们的遭遇，并不胜过于鸡鸭，而死伤之惨烈有过而无不及。这些事实我辈华人是看得清清楚楚，不会转背就忘却的，花边文学家的嘴和笔怎能朦混过去呢？

抱不平的华人果真如花边文学家的“古典”证明，一律没有出息的么？倒也不的。我们的古典里，不是有九年前的五卅运动，两年前的一·二八战争，至今还在艰苦支持的东北义勇军么？谁能说这些不是由于华人的不平之气聚集而成的勇敢的战斗和反抗呢？

“花边体”文章赖以流传的长处都在这里。如今虽然在流传着，为某些人们所拥护。但相去不远，就将有人来唾弃他的。现在是建设“大众语”文学的时候，我想“花边文学”，不论这种形式或内容，在大众的眼中，将有流传不下去的一天罢。

这篇文章投了好几个地方，都被拒绝。莫非这文章又犯了要报私仇的嫌疑么？但这“授意”却没有的。就事论事，我觉得实有一吐的必要。文中过火之处，或者有之，但说我完全错了，却不能承认。倘得罪的是我的先辈或友人，那就请谅解这一点。

笔者附识。

七月三日《大晚报》《火炬》

注释

1 发表于1934年6月28日《申报·自由谈》，署名公汗。后编入《花边文学》。

2 当时上海公共租界工部局规定，走路时不许倒提鸡鸭，违者罚款。

3 “倒悬” 比喻处境痛苦危急，像人被倒挂一样。语见《孟子·公孙丑》：“民之悦之，犹解倒悬也。”

4 “生封驴肉”“活烤鹅掌” 中国食文化中的一种残虐食法，即在禽畜未死绝时，或汤沃，或烤炙，使生吃其肉，取味鲜美。古代不少笔记，如唐代张鷟《朝野佥载》，清代钱泳《履园丛话》、顾公燮《消夏闲记摘抄》等，对此都有记载。

5 舆台 原是古代奴隶中两个不同等级的称谓，合起来泛指被奴役的人。

6 西崽 对西洋人雇用的中国男仆的蔑称。

算 账[1]

说起清代的学术来，有几位学者[2]总是眉飞色舞，说那发达是为前代所未有的。证据也真够十足：解经的大作，层出不穷，小学[3]也非常的进步；史论家虽然绝迹了，考史家却不少；尤其是考据之学，给我们明白了宋明人决没有看懂的古书……

但说起来可又有些踌躇，怕英雄也许会因此指定我是犹太人[4]，其实，并不是的。我每遇到学者谈起清代的学术时，总不免同时想："扬州十日"，"嘉定三屠"[5]这些小事情，不提也好罢，但失去全国的土地，大家十足做了二百五十年奴隶，却换得这几页光荣的学术史，这买卖，究竟是赚了利，还是折了本呢？

可惜我又不是数学家，到底没有弄清楚。但我直觉的感到，这恐怕是折了本，比用庚子赔款来养成几位有限的学者，亏累得多了。

但恐怕这又不过是俗见。学者的见解，是超然于

对胡适一流留学英美学者的讽刺。

揭露作为启蒙思想者出身的胡适为了依附权力者，不惜对"中国民族"施行精神虐杀。这里说的"不妨向任何新朝俯首"，"新朝"一指相对于"前朝"清王朝的"中华民国"政府，也即国民党政府，二来暗示有照例俯首称臣于未来的侵略者（"成则为王"）的可能。知识分子极易受国家权力及意识形态的诱惑，对

于这一特点，波兰诗人C. 米沃什作过详尽的分析。

得失之外的。虽然超然于得失之外，利害大小之辨却又似乎并非全没有。大莫大于尊孔，要莫要于崇儒，所以只要尊孔而崇儒，便不妨向任何新朝俯首。对新朝的说法，就叫作“反过来征服中国民族的心”[6]。

鲁迅另有《查旧帐》一文，指出：“这是查旧帐，翻开帐簿，打起算盘，给一个结算，问一问前后不符，是怎么的，确也是一种切实分明，最令人腾挪不得的办法。”

而这中国民族的有些心，真也被征服得彻底，到现在，还在用兵燹，疠疫，水旱，风蝗，换取着孔庙重修，雷峰塔再建，男女同行犯忌，四库珍本发行[7]这些大门面。

我也并非不知道灾害不过暂时，如果没有记录，到明年就会大家不提起，然而光荣的事业却是永久的。但是，不知怎地，我虽然并非犹太人，却总有些喜欢讲损益，想大家来算一算向来没有人提起过的这一笔账。——而且，现在也正是这时候了。

七月十七日。

注 释

1 发表于1934年7月23日《申报·自由谈》，署名莫朕。后编入《花边文学》。

2 几位学者　指梁启超、胡适等人。对于清代学术的推崇，梁启超著有《清代学术概论》《清代学者整理旧学之总成绩》等；胡适撰写了诸如《〈国学季刊〉发刊宣言》《清代学者的治学方法》《几个反理学的思想家》等文，也说这一时期“古学昌明”，“考订一切古文化”，“可算是中国的‘文艺复兴’

（Renaissance）时代”云。

3 小学　汉代称文字学为小学，隋唐以后，扩大为文字学、训诂学、音韵学的总称。

4 犹太人　欧洲人认为犹太人善于经营，精于计算。这里采用这层意义而语含反讽。

5 “扬州十日”“嘉定三屠”　清兵屠戮汉人的两次事件。前者指顺治二年（1645）攻破扬州后的十天大屠杀；后者指同年占领嘉定（今属上海市）后进行的多次屠杀。清代王秀楚著《扬州十日记》及朱子素著《嘉定屠城记略》分别记载了两地屠杀的情况。

6 “反过来征服中国民族的心”　1933 年 3 月 22 日《申报·北平通讯》报道，胡适 18 日在北平对新闻记者的谈话中说：日本“只有一个方法可以征服中国，即彻底停止侵略，反过来征服中国民族的心”。

7 孔庙重修　1934 年 1 月，国民党山东省政府主席韩复榘提议修复孔庙，在济南设修复孔庙筹备委员会；5 月间，由国民党政府拨款十万元，蒋介石捐款五万元，“以示提倡”。雷峰塔再建　同年 5 月，由时轮金刚法会理事会发起重建杭州雷峰塔。男女同行犯忌　同年 7 月，广州省河督配局长郑日东呈请国民党西南政务委员会，令男女分途行走，禁止同行。四库珍本发行　1933 年 6 月，国民党政府教育部令中央图书馆筹备处和商务印书馆订立合同，影印故宫博物院所藏的文渊阁本《四库全书》未刊本。北京图书馆馆长蔡元培等主张采用旧刻或旧抄本，为教育部长王世杰及商务印书馆编译所所长张元济等反对，结果商务印书馆仍按官方意见进行，于 1934 年至 1935 年刊行《四库全书珍本初集》，选书二百三十一种。

中国人失掉自信力了吗[1]

从公开的文字上看起来：两年以前，我们总自夸着“地大物博”，是事实；不久就不再自夸了，只希望着国联[2]，也是事实；现在是既不夸自己，也不信国联，改为一味求神拜佛[3]，怀古伤今了——却也是事实。

于是有人慨叹曰：中国人失掉自信力了[4]。

如果单据这一点现象而论，自信其实是早就失掉了的。先前信“地”，信“物”，后来信“国联”，都没有相信过“自己”。假使这也算一种“信”，那也只能说中国人曾经有过“他信力”，自从对国联失望之后，便把这他信力都失掉了。

“他信力”，“自信力”与“自欺力”。

失掉了他信力，就会疑，一个转身，也许能够只相信了自己，倒是一条新生路，但不幸的是逐渐玄虚起来了。信“地”和“物”，还是切实的东西，国联就渺茫，不过这还可以令人不久就省悟到依赖它的不可靠。一到求神拜佛，可就玄虚之至了，有益或是有害，一时就找不出分明的结果来，它可以令人更长久的麻醉着自己。

中国人现在是在发展着“自欺力”。

“自欺”也并非现在的新东西，现在只不过日见其明显，笼罩了一切罢了。然而，在这笼罩之下，我们有并不失掉自信力的中国人在。

我们从古以来，就有埋头苦干的人，有拚命硬干的人，有为民请命的人，有舍身求法的人，……虽是等于为帝王将相作家谱的所谓“正史”[5]，也往往掩不住他们的光耀，这就是中国的脊梁。

这一类的人们，就是现在也何尝少呢？他们有确信，不自欺；他们在前仆后继的战斗，不过一面总在被摧残，被抹杀，消灭于黑暗中，不能为大家所知道罢了。说中国人失掉了自信力，用以指一部分人则可，倘若加于全体，那简直是诬蔑。

要论中国人，必须不被搽在表面的自欺欺人的脂粉所诓骗，却看看他的筋骨和脊梁。自信力的有无，状元宰相的文章是不足为据的，要自己去看地底下。

所谓“传统”，成分复杂，并非铁板一块。

底层意识：中国人的“筋骨和脊梁”在“地底下”。

九月二十五日。

注 释

1 发表于1934年10月《太白》半月刊第1卷第3期，署名公汗。后编入《且介亭杂文》。

2 **国联** “国际联盟”的简称，第一次世界大战后，于1920年成立的国际政府间组织，1946年4月正式宣告解散。九一八事变后，蒋介石在南京发表讲话称，“暂取逆来顺受态度，以待国联公理之判决”。国民党政府多次向国联申诉，要求制止日本的侵略。国联也曾派出李顿调查团，赴东北做调查，报告书称日本的军事行动“不能视为合法的自卫的办法”，而是实行“一种精密预备的计划”。

3 **求神拜佛** 当时一些国民党官僚及社会名流多次举办诸如“时轮金刚法会”“仁王护国法会”之类的活动，以此“解救国难”云。

4 指当时舆论界的一种倾向，如1934年8月27日《大公报》社评说：“民族的自尊心与自信力，既已荡焉无存，不待外侮之来，国家固早已濒于精神幻灭之域。”

5 **“正史”** 即所谓“二十四史”。

略论梅兰芳及其他（上）[1]

崇拜名伶原是北京的传统。辛亥革命后，伶人的品格提高了，这崇拜也干净起来。先只有谭叫天[2]在剧坛上称雄，都说他技艺好，但恐怕也还夹着一点势利，因为他是“老佛爷”——慈禧太后[3]赏识过的。虽然没有人给他宣传，替他出主意，得不到世界的名声，却也没有人来为他编剧本。我想，这不来，是带着几分“不敢”的。

士大夫传统及其运命。

后来有名的梅兰芳可就和他不同了。梅兰芳不是生，是旦，不是皇家的供奉[4]，是俗人的宠儿，这就使士大夫敢于下手了。士大夫是常要夺取民间的东西的，将竹枝词[5]改成文言，将“小家碧玉”[6]作为姨太太，但一沾着他们的手，这东西也就跟着他们灭亡。他们将他从俗众中提出，罩上玻璃罩，做起紫檀架子来。教他用多数人听不懂的话，缓缓的《天女散花》，扭扭的《黛玉葬花》，先前是他做戏的，这时却成了戏为他而做，凡有新编的剧本，都只为了梅兰芳，而且是士大夫心目中的梅兰芳。雅是雅了，但多数人看不懂，不要看，还觉得自己不配看了。

士大夫们也在日见其消沉，梅兰芳近来颇有些冷落。

因为他是旦角，年纪一大，势必至于冷落的吗？不是的，老十三旦[7]七十岁了，一登台，满座还是喝采。为什么呢？就因为他没有被士大夫据为己有，罩进玻璃罩。

文艺作品在国内外的不同反响。

名声的起灭，也如光的起灭一样，起的时候，从近到远，灭的时候，远处倒还留着余光。梅兰芳的游日，游美[8]，其实已不是光的发扬，而是光在中国的收敛。他竟没有想到从玻璃罩里跳出，所以这样的搬出去，还是这样的搬回来。

雅（精英文化）与俗（大众文化）。

他未经士大夫帮忙时候所做的戏，自然是俗的，甚至于猥下，肮脏，但是泼剌，有生气。待到化为"天女"，高贵了，然而从此死板板，矜持得可怜。看一位不死不活的天女或林妹妹，我想，大多数人是倒不如看一个漂亮活动的村女的，她和我们相近。

艺术生命力的获取，是从玻璃罩里跳出，而与大众（生活）接近。

然而梅兰芳对记者说，还要将别的剧本改得雅一些。

十一月一日。

注　释

1 发表于 1934 年 11 月 5 日《中华日报·动向》，署名张沛。后编入《花边文学》。

2 **谭叫天**　即谭鑫培（1847—1917），艺名小叫天，湖北江夏（今武昌）人，京剧演员。擅长于老生的表演，世称“谭派”，著名剧目有《空城计》《定军山》《卖马》等。光绪十六年（1890）曾被召入宫，为慈禧太后演戏。

3 **慈禧太后**（1835—1908）又称“西太后”“那拉太后”。满族，叶赫那拉氏，清代咸丰帝妃。同治即位，被尊为太后，是同治、光绪两朝的实际统治者。对内仇视维新变法，光绪二十四年（1898）发动政变，幽禁光绪帝，杀害维新派谭嗣同等六人；对外妥协投降，先后签订了一系列丧权辱国的条约。八国联军入侵北京后，逃往西安，下令残杀义和团，与侵略者签订《辛丑条约》。1901 年后，以“实行新政”和“预备立宪”抵制革命。后病死。“老佛爷”，初为清宫中太监和内务府官员对西太后的称呼，后流布很广。

4 **供奉**　对在皇帝左右供职者的称呼。清代也用以称进入宫廷的演员。

5 **竹枝词**　乐府《近代曲》名。本巴渝（今四川东部）一带民歌。多为七言，语言通俗，音调轻快，风格明丽，历代诗人多有仿作。

6 **“小家碧玉”**　古乐府《碧玉歌》：“碧玉小家女，不敢攀贵德。”后因以称小户人家年轻美貌的女儿。

7 **老十三旦**　即侯俊山（1854—1935），艺名喜麟，山西洪洞人，山西梆子演员。因十三岁演戏成名，故称十三旦。

8 梅兰芳于 1919 年、1924 年访日演出，1929 年至 1930 年访美演出。

骂杀与捧杀[1]

现在有些不满于文学批评的，总说近几年的所谓批评，不外乎捧与骂。

其实所谓捧与骂者，不过是将称赞与攻击，换了两个不好看的字眼。指英雄为英雄，说娼妇是娼妇，表面上虽像捧与骂，实则说得刚刚合式，不能责备批评家的。批评家的错处，是在乱骂与乱捧，例如说英雄是娼妇，举娼妇为英雄。

批评的失范（“乱”），那结果，将反使批评失效。

批评的失了威力，由于“乱”，甚而至于“乱”到和事实相反，这底细一被大家看出，那效果有时也就相反了。所以现在被骂杀的少，被捧杀的却多。

捧杀多于骂杀。

人古而事近的，就是袁中郎。这一班明末的作家，在文学史上，是自有他们的价值和地位的。而不幸被一群学者们捧了出来，颂扬，标点，印刷，“色借，日月借，烛借，青黄借，眼色无常。声借，钟鼓借，枯竹窍借……”[2]借得他一榻胡涂，正如在中郎脸上，画上花脸，却指给大家看，啧啧赞叹道：“看哪，这多么‘性灵’呀！”对于中郎的本质，自然是并无关系的，但在未经别人将花脸洗清之前，这“中郎”总不免招人好笑，大触其霉头。

人近而事古的，我记起了泰戈尔。他到中国来了，开坛讲演，人给他摆出一张琴，烧上一炉香，左有林长民[3]，右有徐志摩，各各头戴印度帽。徐诗人开始绍介了：唵！叽哩咕噜，白云清风，银磬……当！说得他好像活神仙一样，于是我们的地上的青年们失望，离开了。神仙和凡人，怎能不离开呢？但我今年看见他论苏联的文章，自己声明道："我是一个英国治下的印度人。"他自己知道得明明白白。大约他到中国来的时候，决不至于还胡涂，如果我们的诗人诸公不将他制成一个活神仙，青年们对于他是不至于如此隔膜的。现在可是老大的晦气。

以学者或诗人的招牌，来批评或介绍一个作者，开初是很能够蒙混旁人的，但待到旁人看清了这作者的真相的时候，却只剩了他自己的不诚恳，或学识的不够了。然而如果没有旁人来指明真相呢，这作家就从此被捧杀，不知道要多少年后才翻身。

批评的重要职责在于“指明真相”。

十一月十九日。

注　释

1　发表于1934年11月23日《中华日报·动向》，署名阿法。后编入《花边文学》。

2　当时，《袁中郎全集》有刘大杰标点、林语堂校阅本出版，断句错误甚多，这里的引文出自《广庄·齐物论》的一段，仅系其中一例。

3　林长民（1876—1925）　字宗孟，福建闽侯人。1909年日本早稻田大学毕业，回国后历任福建省咨议局书记长、众议院议员、参政院代理秘书长、司法总长、福建大学校长等职。1925年12月参加郭松龄反张作霖之战，遇袭身亡。

读书忌[1]

记得中国的医书中，常常记载着“食忌”，就是说，某两种食物同食，是于人有害，或者足以杀人的，例如葱与蜜，蟹与柿子，落花生与王瓜之类。但是否真实，却无从知道，因为我从未听见有人实验过。

读书也有“忌”，不过与“食忌”稍不同。这就是某一类书决不能和某一类书同看，否则两者中之一必被克杀，或者至少使读者反而发生愤怒。例如现在正在盛行提倡的明人小品，有些篇的确是空灵的。枕边厕上，车里舟中，这真是一种极好的消遣品。然而先要读者的心里空空洞洞，混混茫茫。假如曾经看过《明季稗史》，《痛史》，或者明末遗民的著作，那结果可就不同了，这两者一定要打起仗来，非打杀其一不止。我自以为因此很了解了那些憎恶明人小品的论者的心情。

倘使读书有“忌”，也就失去了比较和选择。

这几天偶然看见一部屈大均[2]的《翁山文外》，其中有一篇戊申（即清康熙七年）八月做的《自代北[3]入京记》。他的文笔，岂在中郎之下呢？可是很有些地方是极有重量的，抄几句在这里——

> “……沿河行，或渡或否。往往见西夷毡帐，高低不一，所谓穹庐连属，如冈如阜者。男妇皆蒙古语；有卖干湿酪者，羊马者，牦皮者，卧两骆驼中者，坐奚车者，不鞍而骑者，三两而行，被戒衣，或红或黄，持小铁轮，念《金刚秽咒》者。其首顶一柳筐，以盛马粪及木炭者，则皆中华女子。皆盘头跣足，垢面，反被毛袄。人与牛羊相枕藉，腥膻之气，百余里不绝。……”

我想，如果看过这样的文章，想像过这样的情景，又没有完全忘记，那么，虽是中郎的《广庄》或《瓶史》[4]，也断不能洗清积愤的，而且还要增加愤怒。因为这实在比中郎时代的他们互相标榜还要坏，他们还没有经历过扬州十日，嘉定三屠！

明人小品，好的；语录体也不坏，但我看《明季稗史》之类和明末遗民的作品却实在还要好，现在也正到了标点，翻印的时候了：给大家来清醒一下。

中国少有愤怒的文学，反抗的文学，让人清醒的文学。

十一月二十五日。

注 释

1 发表于1934年11月29日《中华日报·动向》，署名焉于。后编入《花边文学》。

2 屈大均（1630—1696） 清初文学家。字介子，号翁山，广东番禺人。清兵入广州前后，曾参加抗清活动，失败后削发为僧，名今种；后又回俗，改名大均。北游关中、山西，与顾炎武等交往；能诗，与陈恭尹、梁佩兰并称“岭南三家”。著有《易外》《翁山文外》《翁山诗外》《广东新语》等。其著作在清朝雍正、乾隆间均遭禁毁，直至1910年才在上海重新出版。

3 代北 古地区名，今山西省北部、河北省西北部一带。

4 《广庄》 袁中郎模拟《庄子》文体谈道家思想的著作，共七篇。《瓶史》 袁中郎关于花瓶与插花的小品，共十二章。均收入《袁中郎文集》。

隔　膜[1]

清朝初年的文字之狱，到清朝末年才被从新提起。最起劲的是“南社”[2]里的有几个人，为被害者辑印遗集；还有些留学生，也争从日本撤回文证来[3]。待到孟森的《心史丛刊》[4]出，我们这才明白了较详细的状况，大家向来的意见，总以为文字之祸，是起于笑骂了清朝。然而，其实是不尽然的。

这一两年来，故宫博物院的故事[5]似乎不大能够令人敬服，但它却印给了我们一种好书，曰《清代文字狱档》[6]，去年已经出到八辑。其中的案件，真是五花八门，而最有趣的，则莫如乾隆四十八年二月“冯起炎注解易诗二经欲行投呈案”。

冯起炎是山西临汾县的生员，闻乾隆将谒泰陵[7]，便身怀著作，在路上徘徊，意图呈进，不料先以“形迹可疑”被捕了。那著作，是以《易》解《诗》，实则信口开河，在这里犯不上抄录，惟结尾有“自传”似的文章一大段，却是十分特别的——

> “又，臣之来也，不愿如何如何，亦别无愿求之事，惟有一事未决，请对陛下一叙其缘由。臣……名曰冯起炎，字是南州，尝

到臣张三姨母家，见一女，可娶，而恨力不足以办此。此女名曰小女，年十七岁，方当待字之年，而正在未字之时，乃原籍东关春牛厂长兴号张守忭之次女也。又到臣杜五姨母家，见一女，可娶，而恨力不足以办此。此女名小凤，年十三岁，虽非必字之年，而已在可字之时，乃本京东城闹市口瑞生号杜月之次女也。若以陛下之力，差干员一人，选快马一匹，克日长驱到临邑，问彼临邑之地方官：'其东关春牛厂长兴号中果有张守忭一人否？'诚如是也，则此事谐矣。再问：'东城闹市口瑞生号中果有杜月一人否？'诚如是也，则此事谐矣。二事谐，则臣之愿毕矣。然臣之来也，方不知陛下纳臣之言耶否耶，而必以此等事相强乎？特进言之际，一叙及之。"

这何尝有丝毫恶意？不过着了当时通行的才子佳人小说的迷，想一举成名，天子做媒，表妹入抱而已。不料事实结局却不大好，署直隶总督袁守侗拟奏罪名是"阅其呈首，胆敢于圣主之前，混讲经书，而呈尾措词，尤属狂妄。核其情罪，较冲突仪仗为更重。冯起炎一犯，应从重发往黑龙江等处，给披甲人为奴。俟部复到日，照例解部刺字发遣。"这位才子，后来大约终于单身出关做西崽去了。

此外的案情，虽然没有这么风雅，但并非反动的还不少。有的是卤莽；有的是发疯；有的是乡曲迂儒，真的不识讳忌；有的则是草野愚民，实在关心皇家。而运命大概很悲惨，不是凌迟，灭族，便是立刻杀头，或者"斩监候"[8]，也仍然活不出。

凡这等事，粗略的一看，先使我们觉得清朝的凶虐，其次，是死者的可怜。但再来一想，事情是并不这么简单的。这些惨案的来由，都只为了“隔膜”。

社会学中的角色定位问题，在中国这个等级社会里有着更为严格的界限。

满洲人自己，就严分着主奴，大臣奏事，必称“奴才”，而汉人却称“臣”就好。这并非因为是“炎黄之胄”[9]，特地优待，锡以嘉名的，其实是所以别于满人的“奴才”，其地位还下于“奴才”数等。奴隶只能奉行，不许言议；评论固然不可，妄自颂扬也不可，这就是“思不出其位”[10]。譬如说：主子，您这袍角有些儿破了，拖下去怕更要破烂，还是补一补好。进言者方自以为在尽忠，而其实却犯了罪，因为另有准其讲这样的话的人在，不是谁都可说的。一乱说，便是“越俎代谋”，当然“罪有应得”。倘自以为是“忠而获咎”，那不过是自己的胡涂。

统治者：政治宣传与实际操作的不一律。

但是，清朝的开国之君是十分聪明的，他们虽然打定了这样的主意，嘴里却并不照样说，用的是中国的古训：“爱民如子”，“一视同仁”。一部分的大臣，士大夫，是明白这奥妙的，并不敢相信。但有一些简单愚蠢的人们却上了当，真以为“陛下”是自己的老子，亲亲热热的撒娇讨好去了。他那里要这被征服者做儿子呢？于是乎杀掉。不久，儿子们吓得不再开口了，计划居然成功；直到光绪时康有为们的上书，才又冲破了“祖宗的成法”。然而这奥妙，好像至今还没有人来说明。

施蛰存[11]先生在《文艺风景》创刊号里，很为“忠而获咎”者不平，就因为还不免有些“隔膜”的缘故。这是《颜氏家训》或《庄子》《文选》里所没有的。[12]

回击施蛰存，带及沈从文，语调平和却刻毒入骨（《半夏小集》谓是“无毒不丈夫”）。

六月十日。

注 释

1 发表于 1934 年 7 月上海《新语林》半月刊第 1 期，署名杜德机。后编入《且介亭杂文》。

2 “南社” 文学团体。1909 年 11 月由柳亚子、陈去病、高旭等人发起成立于苏州。该社鼓吹反清革命，社员多达千余人；辛亥革命后发生分化，终至 1923 年解体。编印不定期刊《南社》，发表社员诗文，辑为《南社丛刻》。该社社员辑印的清代文字狱中的被害者的遗集，有吴炎的《吴赤溟集》，戴名世的《戴褐夫集》及《孑遗集》、吕留良的《吕晚村手写家训》等，后大多收入邓实、黄节主编的《国粹丛书》。

3 从日本搬回文证来 清朝末年，一些留学生从日本图书馆中搜集明末遗民的著作，如《扬州十日记》《嘉定屠城记略》《朱舜水集》《张苍水集》等，设法印出并运送回国。

4 孟森（1868—1937） 历史学家。字莼荪，号心史，江苏阳湖（今常州）人。曾留学日本，1908 年任《东方杂志》编辑。曾任共和党执行书记，国会议员。1913 年起专事学术研究，著述颇丰，有《心史丛刊》《明元清系通纪》《清初三大疑案考实》《满洲开国史》《明清史讲义》等。《心史丛刊》共三集，为考证的札记文字，其中有关于清代文字狱的记载。

5 **故宫博物院的故事** 指院内文物被盗卖事。故宫博物院是管理清朝故宫及其所属各处的建筑物、图书及古物的机构。1932 年至 1933 年间，易培基任院长时，古物被盗卖的很多，致使易培基被控告。

6 **《清代文字狱档》** 故宫博物院文献馆编，国立北平研究院出版。第一辑出版于 1931 年 5 月，至 1934 年共出九辑，为雍正、乾隆两朝六十五起文字狱的原始档案材料。

7 **泰陵** 清朝雍正皇帝（胤禛）的陵墓，在河北易县。

8 **“斩监候”** 按清朝法制，将不立即执行处决的被判死刑的犯人暂行监禁，候秋审再予决定，这叫“监候”。其中，有“斩监候”与“绞监候”之别。

9 **“炎黄之胄”** 指汉族人。炎黄，传说中我国古代帝王炎帝和黄帝，被看作汉民族的始祖。

10 **“思不出其位”** 语见《易经 · 艮》。意即固守本分，思想不致超越自身地位所规定的范围。

11 施蛰存 1934 年 6 月在《文艺风景》创刊号发表《书籍禁止与思想左倾》一文，就沈从文因一篇谈禁书的文章被上海《社会新闻》指为“站在反革命的立场”一事发表看法，其中说：“前一些时候，政府曾经根据于剿除共产主义文化这政策而突然禁止了一百余种文艺书籍的发行。……沈从文先生曾经在天津《国闻周报》第十一卷第九期上发表了一篇讨论这禁书问题的文字。……但是在上海的《社会新闻》第六卷第二十七八期上却连续刊载了一篇对于沈从文先生那篇文章的反驳。……沈从文先生正如我一样地引焚书坑儒为喻，原意也不过希望政府方面要以史实为殷鉴，出之审慎……他并非不了解政府的禁止左倾书籍之不得已，然而他还希望政府能有比这更妥当、更有效果的办法……然而，在《社会新闻》的那位作者的笔下，却写下了这样的裁决：‘我们从沈从文的……口吻中，早知道沈从文的立场究竟是什么立场了，沈从文既是站在反革命的立场，那沈从文的主张，究竟是什么主张，又何待我们来下断语呢？’”

12 1933年9月，《大晚报》征求“推荐书目”，施蛰存曾提倡青年阅读《庄子》和《文选》，“为青年文学修养之助”。为此，作者在《重三感旧》等文章中提出批评，并由此引发两人的笔战。

买《小学大全》记[1]

线装书真是买不起了。乾隆时候的刻本的价钱，几乎等于那时的宋本。明版小说，是五四运动以后飞涨的；从今年起，洪运怕要轮到小品文身上去了。至于清朝禁书，则民元革命后就是宝贝，即使并无足观的著作，也常要百余元至数十元。我向来也走走旧书坊，但对于这类宝书，却从不敢作非分之想。端午节前，在四马路一带闲逛，竟无意之间买到了一种，曰《小学大全》，共五本，价七角，看这名目，是不大有人会欢迎的，然而，却是清朝的禁书。

这书的编纂者尹嘉铨，博野人；他父亲尹会一[2]，是有名的孝子，乾隆皇帝曾经给过褒扬的诗。他本身也是孝子，又是道学家，官又做到大理寺卿稽察觉罗学[3]。还请令旗籍子弟也讲读朱子的《小学》，而"荷蒙朱批：所奏是。钦此。"这部书便成于两年之后的，加疏的《小学》六卷，《考证》和《释文》，《或问》各一卷，《后编》二卷，合成一函，是为《大全》。也曾进呈，终于在乾隆四十二年九月十七日奉旨："好！知道了。钦此。"那明明是得了皇帝的嘉许的。

到乾隆四十六年，他已经致仕回家了，但真所谓"及其老也，戒之在得"[4]罢，虽然欲得的乃是"名"，也还是一样的招了大祸。这年三月，乾隆行经保定，尹嘉铨便使儿子送了一本奏章，为他的父亲请谥，朱批是“与谥乃国家定典，岂可妄求。此奏本当交部治罪，念汝为父私情，姑免之。若再不安分家居，汝罪不可逭矣！钦此。”不过他豫先料不到会碰这样的大钉子，所以接着还有一本，是请许“我朝”名臣汤斌范文程李光地顾八代张伯行[5]等从祀孔庙，“至于臣父尹会一，既蒙御制诗章褒嘉称孝，已在德行之科，自可从祀，非臣所敢请也。”这回可真出了大岔子，三月十八日的朱批是：“竟大肆狂吠，不可恕矣！钦此。”

乾隆时代的一定办法，是凡以文字获罪者，一面拿办，一面就查抄，这并非着重他的家产，乃在查看藏书和另外的文字，如果别有“狂吠”，便可以一并治罪。因为乾隆的意见，是以为既敢“狂吠”，必不止于一两声，非彻底根究不可的。尹嘉铨当然逃不出例外，和自己的被捕同时，他那博野的老家和北京的寓所，都被查抄了。藏书和别项著作，实在不少，但其实也并无什么干碍之作。不过那时是决不能这样就算的，经大学士三宝[6]等再三审讯之后，定为“相应请旨将尹嘉铨照大逆律凌迟处死”，幸而结果很宽大：“尹嘉铨著加恩免其凌迟之罪，改为处绞立决，其家属一并加恩免其缘坐”就完结了。

这也还是名儒兼孝子的尹嘉铨所不及料的。

这一回的文字狱，只绞杀了一个人，比起别的案子来，决不能算是大狱，但乾隆皇帝却颇费心机，发表了几篇文字。从这些文字和奏章（均见《清代文字狱档》第六辑）看来，这回的祸机虽然发于他的“不安分”，但大原因，却在既以名儒自居，又请将名臣从祀：这都是大“不可恕”的地方。清朝虽然尊崇朱子，但止于“尊崇”，却不许“学样”，因为一学样，就要讲学，于是而有学说，于是而有门徒，于统治者由来存在对有组织的群体（从会社到后来的政党）的恐惧。

是而有门户，于是而有门户之争，这就足为“太平盛世”之累。况且以这样的“名儒”而做官，便不免以“名臣”自居，“妄自尊大”。乾隆是不承认清朝会有“名臣”的，他自己是“英主”，是“明君”，所以在他的统治之下，不能有奸臣，既没有特别坏的奸臣，也就没有特别好的名臣，一律都是不好不坏，无所谓好坏的奴子。[7]

政治心理学。

特别攻击道学先生，所以是那时的一种潮流，也就是“圣意”。我们所常见的，是纪昀总纂的《四库全书总目提要》和自著的《阅微草堂笔记》[8]里的时时的排击。这就是迎合着这种潮流的，倘以为他秉性平易近人，所以憎恨了道学先生的谿刻，那是一种误解。大学士三宝们也很明白这潮流，当会审尹嘉铨时，曾奏道：“查该犯如此狂悖不法，若即行定罪正法，尚不足以泄公愤而快人心。该犯曾任三品大员，相应遵例奏明，将该犯严加夹讯，多受刑法，问其究属何心，录取供词，具奏，再请旨立正典刑，方足以昭炯戒。”后来究竟用了夹棍没有，未曾查考，但看所录供词，却于用他的“丑行”来打倒他的道学的策略，是做得非常起劲的。现在抄三条在下面——

> “问：尹嘉铨！你所书李孝女暮年不字事一篇，说‘年逾五十，依然待字，吾妻李恭人闻而贤之，欲求淑女以相助，仲女固辞不就’等语。这处女既立志不嫁，已年过五旬，你为何叫你女

人逭媒说合，要他做妾？这样没廉耻的事，难道是讲正经人干的么？据供：我说的李孝女年逾五十，依然待字，原因素日间知道雄县有个姓李的女子，守贞不字。吾女人要聘他为妾，我那时在京候补，并不知道；后来我女人告诉我，才知道的，所以替他做了这篇文字，要表扬他，实在我并没有见过他的面。但他年过五十，我还将要他做妾的话，做在文字内，这就是我廉耻丧尽，还有何辩。

“问：你当时在皇上跟前讨赏翎子，说是没有翎子，就回去见不得你妻小。你这假道学怕老婆，到底皇上没有给你翎子，你如何回去的呢？据供：我当初在家时，曾向我妻子说过，要见皇上讨翎子，所以我彼时不辞冒昧，就妄求恩典，原想得了翎子回家，可以夸耀。后来皇上没有赏我，我回到家里，实在觉得害羞，难见妻子。这都是我假道学，怕老婆，是实。

“问：你女人平日妒悍，所以替你娶妾，也要娶这五十岁女人给你，知道这女人断不肯嫁，他又得了不妒之名。总是你这假道学居常做惯这欺世盗名之事，你女人也学了你欺世盗名。你难道不知道么？供：我女人要替我讨妾，这五十岁李氏女子既已立志不嫁，断不肯做我的妾，我女人是明知的，所以借此要得不妒之名。总是我平

从消灭肉体到清除影响。

日所做的事，俱系欺世盗名，所以我女人也学做此欺世盗名之事，难逃皇上洞鉴。”

还有一件要紧事是销毁和他有关的书。他的著述也真太多，计应“销毁”者有书籍八十六种，石刻七种，都是著作；应“撤毁”者有书籍六种，都是古书，而有他的序跋。《小学大全》虽不过“疏辑”，然而是在“销毁”之列的。[9]

但我所得的《小学大全》，却是光绪二十二年开雕，二十五年刊竣，而“宣统丁巳”（实是中华民国六年）重校的遗老本，有张锡恭跋云：“世风不古若矣，愿读是书者，有以转移之。……”又有刘安涛跋云：“晚近凌夷，益加甚焉，异言喧豗，显与是书相悖，一唱百和，……驯致家与国均蒙其害，唐虞三代以来先圣先贤蒙以养正之遗意，扫地尽矣。剥极必复，天地之心见焉。……”为了文字狱，使士子不敢治史，尤不敢言近代事，但一面却也使昧于掌故，乾隆朝所竭力“销毁”的书，虽遗老也不复明白，不到一百三十年，又从新奉为宝典了。这莫非也是“剥极必复”[10]么？恐怕是遗老们的乾隆皇帝所不及料的罢。

作为专制统治者，无一不设法隐瞒历史，垄断历史的阐释权。

但是，清的康熙，雍正和乾隆三个，尤其是后两个皇帝，对于“文艺政策”或说得较大一点的“文化统制”，却真尽了很大的努力的。文字狱不过是消极的一方面，积极的一面，则如钦定四库全书，于汉人的著作，无不加以取舍，所取的书，凡有涉及金元之处者，又大抵加以修改，作为定本。此外，对于“七经”，“二十四史”，《通鉴》[11]，文士的诗文，和尚的语录，也都不肯放过，不是鉴定，便是评选，文苑中实在没有不被蹂躏的处所了。而且他们是深通汉文的异族的君主，以胜者的看法，来批评被征服的汉族的文化和人情，也鄙夷，但也恐惧，有苛论，但也有确评，文字狱只是由此而来的辣手的一种，那成果，由满洲这方面言，是的确不能说它没有效的。

现在这影响好像是淡下去了，遗老们的重刻《小学大全》，就是一个证据，但也可见被愚弄了的性灵，又终于并不清醒过来。近来明人小品，清代禁书，市价之高，决非穷读书人所敢窥觎，但《东华录》，《御批通鉴辑览》，《上谕八旗》，《雍正朱批谕旨》[12]……等，却好像无人过问，其低廉为别的一切大部书所不及。倘有有心人加以收集，一一钩稽，将其中的关于驾御汉人，批评文化，利用文艺之处，分别排比，辑成一书，我想，我们不但可以看见那策略的博大和恶辣，并且还能够明白我们怎样受异族主子的驯扰，以及遗留至今的奴性的由来的罢。

专制统治者的两手：一手实行文化统治，大兴文字狱；一手借编纂大型辞书、史书，及鉴定评选经典性文本，以篡改历史，控制思想，培养奴性。

自然，这决不及赏玩性灵文字的有趣，然而借此知道一点演成了现在的所谓性灵的历史，却也十分有益的。

七月十日。

注　释

1　发表于1934年8月《新语林》半月刊第3期，署名杜德机。后编入《且介亭杂文》。

2　**尹会一**（1691—1748）　清代道学家。字元孚，号健馀，直隶博野（今河北蠡县）人。雍正进士。乾隆初曾任河南巡抚，官至吏部侍郎督江苏学政。著有《健馀先生文集》等。

3　**大理寺卿**　中央审判机关的主管长官。**稽察觉罗学**　清朝皇族旁支子弟学校的主管。

4　**“及其老也，戒之在得”**　语见《论语·季氏》：“君子有三戒……及其老也，血气既衰，戒之在得。”得，自得，满足，意谓不要因为年老体衰而停止进取。

5　**汤斌**（1627—1687）　字孔伯，睢州（今河南睢县）人，官至礼部尚书、工部尚书。**范文程**（1597—1666）　字宪斗，沈阳人，官至大学士，太傅兼太子太师。**李光地**（1642—1718）　字晋卿，福建安溪人，官至文渊阁大学士。**顾八代**（？—1709）　字文起，满洲镶黄旗人，官至礼部尚书。**张伯行**（1651—1725）　字孝先，河南仪封（今兰考）人，官至礼部尚书。

6　**三宝**（？—1784）　满洲正红旗人，乾隆时官至东阁大学士兼礼部尚书。

7　乾隆皇帝在《明辟尹嘉铨标榜之罪谕》中说：“朕以为本朝纪纲整肃，无名臣亦无奸臣。何则？乾纲在上，不致朝廷有名臣、奸臣，亦社稷之福耳。”

8　**纪昀**（1724—1805）　文学家。字晓岚，直隶（今河北）献县人。官至礼部尚书，曾任四库全书总纂官。**《四库全书总目提要》**　是《四库全书》的书目解题，共二百卷。**《阅微草堂笔记》**　笔记小说，共五种，二十四卷。

9　乾隆四十六年（1781）五月“上谕”：“此内如《小学》等书，本系前人著述，原可毋庸销毁，惟其中有经该犯（按，指尹嘉铨）疏解、编辑，及有序跋者，即当一体销毁。”

10 **“剥极必复”** “剥”和“复”原是《易经》中的两个卦名，《剥卦》之后为《复卦》，所以说“剥极必复”，意思是剥落到了极限就是回归的开始。剥，剥落；复，来复。

11 **“七经”** 指《易》《书》《诗》《春秋》《周礼》《仪礼》《礼记》，康熙、雍正、乾隆三朝分别加以注疏，合称《御纂七经》。**《通鉴》** 即《资治通鉴》。宋代司马光等编纂的编年体史书，上起战国，终于五代，共二百九十四卷，考异、目录各三十卷。

12 **《东华录》** 清代蒋良骥等从清代六朝的实录及其他文献摘抄而成的编年体史料长编，因国史馆在东华门内，故称《东华录》。后经多次增补。**《御批通鉴辑览》** 乾隆皇帝下令编成的起自上古终至明末的一部编年体史书。**《上谕八旗》** 雍正一朝关于八旗政务的谕旨及奏议等文件汇编。**《雍正朱批谕旨》** 经雍正朱批的“臣工”二百余人的奏折的合集。

运　命[1]

有一天，我坐在内山书店[2]里闲谈——我是常到内山书店去闲谈的，我的可怜的敌对的“文学家”，还曾经借此竭力给我一个“汉奸”的称号[3]，可惜现在他们又不坚持了——才知道日本的丙午年生，今年二十九岁的女性，是一群十分不幸的人。大家相信丙午年生的女人要克夫，即使再嫁，也还要克，而且可以多至五六个，所以想结婚是很困难的。这自然是一种迷信，但日本社会上的迷信也还是真不少。

我问：可有方法解除这夙命呢？回答是：没有。

接着我就想到了中国。

许多外国的中国研究家，都说中国人是定命论者，命中注定，无可奈何；就是中国的论者，现在也有些人这样说。但据我所知道，中国女性就没有这样无法解除的命运。“命凶”或“命硬”，是有的，但总有法子想，就是所谓“禳解”[4]；或者和不怕相克的命的男子结婚，制住她的“凶”或“硬”。假如有一种命，说是要连克五六个丈夫的罢，那就早有道士之类出场，自称知道妙法，用桃木刻成五六个男人，画上符咒，和这命的女人一同行“结俪之礼”[5]后，烧掉或埋掉，于是真来订婚的丈夫，就算是第七个，毫无危险了。

中国人的确相信运命，但这运命是有方法转移的。所谓“没有法子”，有时也就是一种另想道路——转移运命的方法。等到确信这是“运命”，真真“没有法子”的时候，那是在事实上已经十足碰壁，或者恰要灭亡之际了。运命并不是中国人的事前的指导，乃是事后的一种不费心思的解释。

中国人自然有迷信，也有“信”，但好像很少“坚信”。我们先前最尊皇帝，但一面想玩弄他，也尊后妃，但一面又有些想吊她的膀子；畏神明，而又烧纸钱作贿赂，佩服豪杰，却不肯为他作牺牲。崇孔的名儒，一面拜佛，信甲的战士，明天信丁。宗教战争是向来没有的，从北魏到唐末的佛道二教的此仆彼起，是只靠几个人在皇帝耳朵边的甘言蜜语。风水，符咒，拜祷……偌大的“运命”，只要化一批钱或磕几个头，就改换得和注定的一笔大不相同了——就是并不注定。

中国人迷信而少“坚信”，所以有个人崇拜而少有为主义和领袖拼命者，究其原因，仍在于自私与卑怯。

我们的先哲，也有知道“定命”有这么的不定，是不足以定人心的，于是他说，这用种种方法之后所得的结果，就是真的“定命”，而且连必须用种种方法，也是命中注定的。但看起一般的人们来，却似乎并不这样想。

人而没有“坚信”，狐狐疑疑，也许并不是好事情，因为这也就是所谓“无特操”。但我以为信运命的中国人而又相信运命可以转移，却是值得乐观的。

不过现在为止，是在用迷信来转移别的迷信，所以归根结蒂，并无不同，以后倘能用正当的道理和实行——科学来替换了这迷信，那么，定命论的思想，也就和中国人离开了。

假如真有这一日，则和尚，道士，巫师，星相家，风水先生……的宝座，就都让给了科学家，我们也不必整年的见神见鬼了。

科学在这里指的是科学理性，包括知识和实践两大方面，是科学的根本。而这恰恰是中国缺乏的。

十月二十三日。

注 释

1 发表于 1934 年 11 月《太白》半月刊第 1 卷第 5 期，署名公汗。后编入《且介亭杂文》。

2 内山书店　日本人内山完造（1885—1959）在上海开设的书店。

3 给我一个“汉奸”的称号　1934 年 5 月《社会新闻》第 7 卷第 12 期发表署名思的《鲁迅愿作汉奸》一文，其中说鲁迅“与日本书局订定密约……乐于作汉奸矣”。

4 “禳解”　祭祷消灾。

5 “结俪之礼”　结俪，结婚。

病后杂谈[1]

一

生一点病，的确也是一种福气。不过这里有两个必要条件：一要病是小病，并非什么霍乱吐泻，黑死病，或脑膜炎之类；二要至少手头有一点现款，不至于躺一天，就饿一天。这二者缺一，便是俗人，不足与言生病之雅趣的。

我曾经爱管闲事，知道过许多人，这些人物，都怀着一个大愿。大愿，原是每个人都有的，不过有些人却模模胡胡，自己抓不住，说不出。他们中最特别的有两位：一位是愿天下的人都死掉，只剩下他自己和一个好看的姑娘，还有一个卖大饼的；另一位是愿秋天薄暮，吐半口血，两个侍儿扶着，恹恹的到阶前去看秋海棠。这种志向，一看好像离奇，其实却照顾得很周到。第一位姑且不谈他罢，第二位的"吐半口血"，就有很大的道理。才子本来多病，但要"多"，就不能重，假使一吐就是一碗或几升，一个人的血，能有几回好吐呢？过不几天，就雅不下去了。

我一向很少生病，上月却生了一点点。开初是每晚发热，没有力，不想吃东西，一礼拜不肯好，只得看医生。医生说是流行性感冒。好罢，就是流行性感冒。但过了流行性感冒一定退热的时期，我的热却还不退。医生从他那大皮包里取出玻璃管来，要取我的血液，我知道他在疑心我生伤寒病了，自己也有些发愁。然而他第二天对我说，血里没有一粒伤寒菌；于是注意的听肺，平常；听心，上等。这似乎很使他为难。我说，也许是疲劳罢；他也不甚反对，只是沉吟着说，但是疲劳的发热，还应该低一点。……

好几回检查了全体，没有死症，不至于呜呼哀哉是明明白白的，不过是每晚发热，没有力，不想吃东西而已，这真无异于"吐半口血"，大可享生病之福了。因为既不必写遗嘱，又没有大痛苦，然而可以不看正经书，不管柴米账，玩他几天，名称又好听，叫作"养病"。从这一天起，我就自己觉得好像有点儿"雅"了；那一位愿吐半口血的才子，也就是那时躺着无事，忽然记了起来的。

光是胡思乱想也不是事，不如看点不劳精神的书，要不然，也不成其为"养病"。像这样的时候，我赞成中国纸的线装书，这也就是有点儿"雅"起来了的证据。洋装书便于插架，便于保存，现在不但有洋装二十五六史，连《四部备要》[2]也硬领而皮靴了，——原是不为无见的。但看洋装书要年富力强，正襟危坐，有严肃的态度。假使你躺着看，那就好像两只手捧着一块大砖头，不多工夫，就两臂酸麻，只好叹一口气，将它放下。所以，我在叹气之后，就去寻线装书。

一寻，寻到了久不见面的《世说新语》之类一大堆，躺着来看，轻飘飘的毫不费力了，魏晋人的豪放潇洒的风姿，也仿佛在眼前浮动。由此想到阮嗣宗的听到步兵厨善于酿酒，就求为步兵校尉；陶渊明的做了彭泽令，就教官田都种秫，以便做酒，因了太太的抗议，这才种了一点秫。这真是天趣盎然，决非现在的“站在云端里呐喊”[3]者们所能望其项背。但是，“雅”要想到适可而止，再想便不行。例如阮嗣宗可以求做步兵校尉，陶渊明补了彭泽令，他们的地位，就不是一个平常人，要“雅”，也还是要地位。“采菊东篱下，悠然见南山”是渊明的好句，但我们在上海学起来可就难了。没有南山，我们还可以改作“悠然见洋房”或“悠然见烟囱”的，然而要租一所院子里有点竹篱，可以种菊的房子，租钱就每月总得一百两，水电在外；巡捕捐按房租百分之十四，每月十四两。单是这两项，每月就是一百十四两，每两作一元四角算，等于一百五十九元六。近来的文稿又不值钱，每千字最低的只有四五角，因为是学陶渊明的雅人的稿子，现在算他每千字三大元罢，但标点，洋文，空白除外。那么，单单为了采菊，他就得每月译作净五万三千二百字。吃饭呢？要另外想法子生发，否则，他只好“饥来驱我去，不知竟何之”了。

“雅”要地位，也要钱，古今并不两样的，但古代的买雅，自然比现在便宜；办法也并不两样，书要摆在书架上，或者抛几本在地板上，酒杯要摆在桌子上，但算盘却要收在抽屉里，或者最好是在肚子里。

此之谓“空灵”。

有文学家提倡“空灵”之类的雅文学，都因为其地位和收入，均在卖文度日的“小资”之上。

二

为了“雅”，本来不想说这些话的。后来一想，这于“雅”并无伤，不过是在证明我自己的“俗”。王夷甫[4]口不言钱，还是一个不干不净人物，雅人打算盘，当然也无损其为雅人。不过他应该有时收起算盘，或者最妙是暂时忘却算盘，那么，那时的一言一笑，就都是灵机天成的一言一笑，如果念念不忘世间的利害，那可就成为“杭育杭育派”[5]了。这关键，只在一者能够忽而放开，一者却是永远执着，因此也就大有了雅俗和高下之分。我想，这和时而“敦伦”[6]者不失为圣贤，连白天也在想女人的就要被称为“登徒子”[7]的道理，大概是一样的。

所以我恐怕只好自己承认“俗”，因为随手翻了一通《世说新语》，看过“娵隅跃清池”[8]的时候，千不该万不该的竟从“养病”想到“养病费”上去了，于是一骨碌爬起来，写信讨版税，催稿费。写完之后，觉得和魏晋人有点隔膜，自己想，假使此刻有阮嗣宗或陶渊明在面前出现，我们也一定谈不来的。于是另换了几本书，大抵是明末清初的野史，时代较近，看起来也许较有趣味。第一本拿在手里的是《蜀碧》。

这是蜀宾[9]从成都带来送我的，还有一部《蜀龟鉴》，都是讲张献忠祸蜀的书，其实是不但四川人，而是凡有中国人都该翻一下的著作，可惜刻的太坏，错字颇不少。翻了一遍，在卷三里看见了这样的一条——

> “又，剥皮者，从头至尻，一缕裂之，张于前，如鸟展翅，率逾日始绝。有即毙者，行刑之人坐死。”

也还是为了自己生病的缘故罢，这时就想到了人体解剖。医术和虐刑，是都要生理学和解剖学智识的。中国却怪得很，固有的医书上的人身五脏图，真是草率错误到见不得人，但虐刑的方法，则往往好像古人早懂得了现代的科学。例如罢，谁都知道从周到汉，有一种施于男子的“宫刑”，也叫“腐刑”，次于“大辟”一等。对于女性就叫“幽闭”，向来不大有人提起那方法，但总之，是决非将她关起来，或者将它缝起来。近时好像被我查出一点大概来了，那办法的凶恶，妥当，而又合乎解剖学，真使我不得不吃惊。但妇科的医书呢？几乎都不明白女性下半身的解剖学的构造，他们只将肚子看作一个大口袋，里面装着莫名其妙的东西。

单说剥皮法，中国就有种种。上面所抄的是张献忠式；还有孙可望[10]式，见于屈大均的《安龙逸史》[11]，也是这回在病中翻到的。其时是永历六年，即清顺治九年，永历帝已经躲在安隆（那时改为安龙），秦王孙可望杀了陈邦传父子，御史李如月就弹劾他“擅杀勋将，无人臣礼”，皇帝反打了如月四十板。可是事情还不能完，又给孙党张应科知道了，就去报告了孙可望。

> “可望得应科报，即令应科杀如月，剥皮示众。俄缚如月至朝门，有负石灰一筐，稻草一捆，置于其前。如月问，‘如何用此？’其人曰，‘是揎你的草！’如月叱曰，‘瞎奴！此株株是文章，节节是忠肠也！’既而应科立右角门阶，捧可望令旨，喝如月跪。如月叱曰，‘我是朝廷命官，岂跪贼令！？’乃步至中门，向阙再拜。……应科促令仆地，剖脊，及臀，如月大呼曰：‘死得快活，浑身清凉！’又呼可望名，大骂不绝。及断至手足，转前胸，犹微声恨骂；至颈绝而死。随以灰渍之，纫以线，后乃入草，移北城门通衢阁上，悬之。……”

张献忠的自然是“流贼”式；孙可望虽然也是流贼出身，但这时中国酷刑史：官式与“流贼”式。

已是保明拒清的柱石，封为秦王，后来降了满洲，还是封为义王，所以他所用的其实是官式。明初，永乐皇帝剥那忠于建文帝的景清[12]的皮，也就是用这方法的。大明一朝，以剥皮始，以剥皮终，可谓始终不变；至今在绍兴戏文里和乡下人的嘴上，还偶然可以听到“剥皮揎草”的话，那皇泽之长也就可想而知了。

真也无怪有些慈悲心肠人不愿意看野史，听故事；有些事情，真也不像人世，要令人毛骨悚然，心里受伤，永不全愈的。残酷的事实尽有，最好莫如不闻，这才可以保全性灵，也是“是以君子远庖厨也”[13]的意思。比灭亡略早的晚明名家的潇洒小品在现在的盛行，实在也不能说是无缘无故。不过这一种心地晶莹的雅致，又必须有一种好境遇，李如月仆地“剖脊”，脸孔向下，原是一个看书的好姿势[14]，但如果这时给他看袁中郎的《广庄》，我想他是一定不要看的。这时他的性灵有些儿不对，不懂得真文艺了。

提倡雅文学，一者逃避现实，二使昧于史实。

然而，中国的士大夫是到底有点雅气的，例如李如月说的“株株是文章，节节是忠肠”，就很富于诗趣。临死做诗的，古今来也不知道有多少。直到近代，谭嗣同[15]在临刑之前就做一绝“闭门投辖思张俭”，秋瑾[16]女士也有一句“秋雨秋风愁杀人”，然而还雅得不够格，所以各种诗选里都不载，也不能卖钱。

三

清朝有灭族，有凌迟，却没有剥皮之刑，这是汉人应该惭愧的，但后来脍炙人口的虐政是文字狱。虽说文字狱，其实还含着许多复杂的原因，在这里不能细说；我们现在还直接受到流毒的，是他删改了许多古人的著作的字句，禁了许多明清人的书。

文字狱与禁书。

《安龙逸史》大约也是一种禁书，我所得的是吴兴刘氏嘉业堂[17]的新刻本。他刻的前清禁书还不止这一种，屈大均的又有《翁山文外》；还有蔡显的《闲渔闲闲录》[18]，是作者因此“斩立决”，还累及门生的，但我细看了一遍，却又寻不出什么忌讳。对于这种刻书家，我是很感激的，因为他传授给我许多知识——虽然从雅人看来，只是些庸俗不堪的知识。但是到嘉业堂去买书，可真难。我还记得，今年春天的一个下午，好容易在爱文义路找着了，两扇大铁门，叩了几下，门上开了一个小方洞，里面有中国门房，中国巡捕，白俄镖师各一位。巡捕问我来干什么的。我说买书。他说账房出去了，没有人管，明天再来罢。我告诉他我住得远，可能给我等一会呢？他说，不成！同时也堵住了那个小方洞。过了两天，我又去了，改作上午，以为此时账房也许不至于出去。但这回所得回答却更其绝望，巡捕曰：“书都没有了！卖完了！不卖了！”

我就没有第三次再去买，因为实在回复的斩钉截铁。现在所有的几种，是托朋友去辗转买来的，好像必须是熟人或走熟的书店，这才买得到。

每种书的末尾，都有嘉业堂主人刘承干先生的跋文，他对于明季的遗老很有同情，对于清初的文祸也颇不满。但奇怪的是他自己的文章却满是前清遗老的口风；书是民国刻的，“儀”字还缺着末笔[19]。我想，试看明朝遗老的著作，反抗清朝的主旨，是在异族的入主中夏的，改换朝代，倒还在其次。所以要顶礼明末的遗民，必须接受他的民族思想，这才可以心心相印。现在以明遗老之仇的满清的遗老自居，却又引明遗老为同调，只着重在“遗老”两个字，而毫不问遗于何族，遗在何时，这真可以说是“为遗老而遗老”，和现在文坛上的“为艺术而艺术”，成为一副绝好的对子了。

读书人其实是易于奴化的。

倘以为这是因为“食古不化”的缘故，那可也并不然。中国的士大夫，该化的时候，就未必决不化。就如上面说过的《蜀龟鉴》，原是一部笔法都仿《春秋》的书，但写到“圣祖仁皇帝康熙元年春正月”，就有“赞”道：“……明季之乱甚矣！风终《豳》，雅终《召旻》[20]，托乱极思治之隐忧而无其实事，孰若臣祖亲见之，臣身亲被之乎？是编以元年正月终者，非徒谓体元表正[21]，蔑以加兹；生逢盛世，荡荡难名，一以寄没世不忘之恩，一以见太平之业所由始耳！”

《春秋》上是没有这种笔法的。满洲的肃王的一箭，不但射死了张献忠，也感化了许多读书人，而且改变了“春秋笔法”了。

四

病中来看这些书，归根结蒂，也还是令人气闷。但又开始知道了有些聪明的士大夫，依然会从血泊里寻出闲适来。例如《蜀碧》，总可以说是够惨的书了，然而序文后面却刻着一位乐斋先生的批语道：“古穆有魏晋间人笔意。”

这真是天大的本领！那死似的镇静，又将我的气闷打破了。

我放下书，合了眼睛，躺着想想学这本领的方法，以为这和“君子远庖厨也”的法子是大两样的，因为这时是君子自己也亲到了庖厨里。瞑想的结果，拟定了两手太极拳。一，是对于世事要“浮光掠影”，随时忘却，不甚了然，仿佛有些关心，却又并不恳切；二，是对于现实要“蔽聪塞明”，麻木冷静，不受感触，先由努力，后成自然。第一种的名称不大好听，第二种却也是却病延年的要诀，连古之儒者也并不讳言的。这都是大道。还有一种轻捷的小道，是：彼此说谎，自欺欺人。

有些事情，换一句话说就不大合式，所以君子憎恶俗人的“道破”。其实，“君子远庖厨也”就是自欺欺人的办法：君子非吃牛肉不可，然而他慈悲，不忍见牛的临死的觳觫，于是走开，等到烧成牛排，然后慢慢的来咀嚼。牛排是决不会“觳觫”的了，也就和慈悲不再有冲突，于是他心安理得，天趣盎然，剔剔牙齿，摸摸肚子，“万物皆备于我矣”[22]了。彼此说谎也决不是伤雅的事情，东坡先生在黄州，有客来，就要客谈鬼，客说没有，东坡[23]道："姑妄言之！"至今还算是一件韵事。

撒一点小谎，可以解无聊，也可以消闷气；到后来，忘却了真，相信了谎。也就心安理得，天趣盎然了起来。永乐的硬做皇帝，一部分士大夫是颇以为不大好的。尤其是对于他的惨杀建文的忠臣。和景清一同被杀的还有铁铉[24]，景清剥皮，铁铉油炸，他的两个女儿则发付了教坊，叫她们做婊子。这更使士大夫不舒服，但有人说，后来二女献诗于原问官，被永乐所知，赦出，嫁给士人了。[25]

这真是"曲终奏雅"[26]，令人如释重负，觉得天皇毕竟圣明，好人也终于得救。她虽然做过官妓，然而究竟是一位能诗的才女，她父亲又是大忠臣，为夫的士人，当然也不算辱没。但是，必须"浮光掠影"到这里为止，想不得下去。一想，就要想到永乐的上谕[27]，有些是凶残猥亵，将张献忠祭梓潼神的"咱老子姓张，你也姓张，咱老子和你联了宗罢。尚飨！"的名文[28]，和他的比起来，真是高华典雅，配登西洋的上等杂志，那就会觉得永乐皇帝决不像一位爱才怜弱的明君。况且那时的教坊是怎样的处所？罪人的妻女在那里是并非静候嫖客的，据永乐定法，还要她们"转营"，这就是每座兵营里都去几天，目的是在使她们为多数男性所凌辱，生出"小龟子"和"淫贱材儿"来！所以，现在成了问题的"守节"，在那时，其实是只准"良民"专利的特典。在这样的治下，这样的地狱里，做一首诗就能超生的么？

我这回从杭世骏的《订讹类编》[29]（续补卷上）里，这才确切的知道了这佳话的欺骗。他说：

"……考铁长女诗，乃吴人范昌期《题老妓卷》作也。诗云：'教坊落籍洗铅华，一片春心对落花。旧曲听来空有恨，故园归去却无家。云鬟半亸临青镜，雨泪频弹湿绛纱。安得江州司马在，尊前重为赋琵琶。’昌期，字鸣凤；诗见张士瀹《国朝文纂》。同时杜琼用嘉亦有次韵诗，题曰《无题》，则其非铁氏作明矣。次女诗所谓‘春来雨露深如海，嫁得刘郎胜阮郎’，其论尤为不伦。宗正睦楧论革除事，谓建文流落西南诸诗，皆好事伪作，则铁女之诗可知。……”

《国朝文纂》[30]我没有见过，铁氏次女的诗，杭世骏也并未寻出根底，但我以为他的话是可信的，——虽然他败坏了口口相传的韵事。况且一则他也是一个认真的考证学者，二则我觉得凡是得到大杀风景的结果的考证，往往比表面说得好听，玩得有趣的东西近真。

首先将范昌期的诗嫁给铁氏长女，聊以自欺欺人的是谁呢？我也不知道。但“浮光掠影”的一看，倒也罢了，一经杭世骏道破，再去看时，就很明白的知道了确是咏老妓之作，那第一句就不像现任官妓的口吻。不过中国的有一些士大夫，总爱无中生有，移花接木的造出故事来，他们不但歌颂升平，还粉饰黑暗。关于铁氏二女的撒谎，尚其小焉者耳，大至胡元杀掠，满清焚屠之际，也还会有人单单捧出什么烈女绝命，难妇题壁的诗词来，这个艳传，那个步韵，比对于华屋丘墟，生民涂炭之惨的大事情还起劲。到底是刻了

中国的士大夫惯于制造“佳话”，歌颂升平，粉饰黑暗。

一本集，连自己们都附进去，而韵事也就完结了。

我在写着这些的时候，病是要算已经好了的了，用不着写遗书。但我想在这里趁便拜托我的相识的朋友，将来我死掉之后，即使在中国还有追悼的可能，也千万不要给我开追悼会或者出什么记念册。因为这不过是活人的讲演或挽联的斗法场，为了造语惊人，对仗工稳起见，有些文豪们是简直不恤于胡说八道的。结果至多也不过印成一本书，即使有谁看了，于我死人，于读者活人，都无益处，就是对于作者，其实也并无益处，挽联做得好，也不过挽联做得好而已。

结句说“标点不要错”，可能含有讥刺提倡幽默——雅文学之一种——的林语堂的意思。

现在的意见，我以为倘有购买那些纸墨白布的闲钱，还不如选几部明人，清人或今人的野史或笔记来印印，倒是于大家很有益处的。但是要认真，用点工夫，标点不要错。

十二月十一日。

注　释

1　本文第一节最初发表于 1935 年 2 月《文学》月刊第 4 卷第 2 号，其余三节均被检查官删去。后编入《且介亭杂文》。作者多次提到本文发表的情况，在《且介亭杂文附记》里这样写道：“……登了出来时，只剩下第一段了。后有一位作家，根据了这一段评论我道：鲁迅是赞成生病的。他竟毫不想到检查官的删削。可见文艺上的暗杀政策，有时也还有一些效力的。”

2 《四部备要》 丛书名。1936 年中华书局辑印，共三百三十六种。所选均为研究古籍常备的著作，也有采用清代学者整理过的本子。

3 “站在云端里呐喊” 林语堂 1934 年 10 月 5 日在《人间世》第 13 期发表《怎样洗炼白话入文》一文，说：“今日既无人能用一二十字说明大众语是何物，又无人能写一二百字模范大众语，给我们见识见识，只管在云端呐喊，宜乎其为大众之谜也。”

4 王夷甫（256—311） 名衍，晋代琅琊临沂（今山东）人。晋时历任中书令、尚书令、司徒、司空，后为石勒所杀。说他“口不言钱”，见《晋书·王戎传》：“衍疾郭（按，即王衍妻郭氏）之贪鄙，故口未尝言钱。郭欲试之，令婢以钱绕床，使不得行。衍晨起见钱，谓婢曰：‘举阿堵物却！’”

5 “杭育杭育派” 原指大众文学，这里当泛指鄙俗的大众。含反讽之意。林语堂于 1934 年 4 月 28、30 日及 5 月 3 日在《申报·自由谈》发表《神气研究》一文，说：“在批评方面，近来新旧卫道派颇一致，方巾气越来越重。凡非哼哼唧唧文学，或杭育杭育文学，旨在鄙视之列。”又说：“《人间世》出版，动起杭育杭育派的方巾气，七手八脚，乱吹乱擂，却丝毫没有打动了《人间世》。”

6 “敦伦” 指夫妻间的性生活。

7 “登徒子” 宋玉曾作《登徒子好色赋》，后来称好色的人为登徒子。

8 “娵隅跃清池” 《世说新语·排调》载：“郝隆为桓公（按，即桓温）南蛮参军，三月三日会，作诗，不能者罚酒三升。隆初以不能受罚，既饮，揽笔便作一句云：‘娵隅跃清池。’桓问：‘娵隅是何物？’答曰：‘蛮名鱼为娵隅。’桓公曰：‘作诗何以作蛮语？’隆曰‘千里投公，始得蛮府参军，那得不作蛮语也？’”

9 蜀宾 作家许钦文的笔名。

10 孙可望（？—1660） 本名可旺，陕西米脂人。张献忠养子及部将。张败死后，率部入云南贵州，被推为首领，联明抗清。永历五年（1651）向南明永历帝求封为秦王。后遣兵送永历帝到贵州安隆所（更名安龙府），自己在贵阳称王，定朝仪，设官制，后势窘降清，被清封为“义王”。1660年被清军射死。

11《安龙逸史》 屈大均著。清朝焚毁书籍之一。署名沧州渔隐，被列入“军机处奉准全毁书”中。

12 景清（？—1402） 本姓耿，真宁（今甘肃正宁）人。洪武中进士，授编修。建文帝（朱允炆）时官御史大夫。据《明史·景清传》，成祖（朱棣）登位，他佯作归顺，后行谋刺，磔死。他被剥皮事，谷应泰《明史纪事本末·壬午殉难》载云：“八月望日早朝，清绯衣入。……朝毕，出御门，清奋跃而前，将犯驾。文皇急命左右收之，得所佩剑。清知志不得遂，乃起植立嫚骂。抉其齿，且抉且骂，含血直噀御袍。乃命剥其皮，草椟之，械系长安门。”

13 “是以君子远庖厨也” 语见《孟子·梁惠王》：“君子之于禽兽也，见其生，不忍见其死；闻其声，不忍食其肉。是以君子远庖厨也。”庖厨，厨房。

14 看书的好姿势 1933年11月1日《论语》第28期载有黄嘉音作的组画，共六图，题作《介绍几个读〈论语〉的好姿势》。

15 谭嗣同（1865—1898） 思想家。字复生，号壮飞，湖南浏阳人，戊戌政变中的“六君子”之一。著有《仁学》一书，自叙说：“冲决君主之网罗，冲决伦常之网罗。”著有《谭嗣同全集》。“闭门投辖思张俭”，原作“望门投止思张俭”，是他被害前所作七绝《绝中题壁》的首句。张俭，汉灵帝时官东部督邮，严劾宦官侯览及其家庭的罪恶，为太学生所敬仰。后来仇家上书告发他与同郡二十四人为党，于是张贴告示进行讨捕。他只得亡命出走，所经之处，人们都愿意藏匿他，即使破家灭族而在所不顾。

16 秋瑾（1879—1907） 革命家，诗人。字璇卿，号竞雄，又称鉴湖女侠。浙江绍兴人。留学日本，为光复会主要人物之一。后结识孙中山，加入同盟会，被推为评议部评论员和同盟会浙江省主盟人。回国后，创办《中国女报》，宣传妇女解放。1907 年 7 月，与徐锡麟等密谋起义，因叛徒告密，被清政府逮捕，15 日被害于绍兴城内轩亭口。就义前，于刑庭书“秋雨秋风愁煞人”句。

17 **吴兴刘氏嘉业堂** 著名私人藏书楼。在浙江吴兴南浔镇，藏书达六十万卷，并自行雕版印书。创办人刘承干（1882—1951），字贞一，号翰怡，浙江吴兴人。

18 **蔡显（约 1697—1767）** 字笠夫，江苏华亭（今上海松江）人。所著《闲渔闲闲录》九卷，是一部杂录朝典、时事、诗句的杂著。《清代文字狱档》第二辑收入“蔡显《闲渔闲闲录》案”。此案发生在乾隆三十二年（1767），据奏折称：所著《闲闲录》一书，“语言诽谤，意多悖逆”，因被判“斩决”。儿子“斩监候秋后处决”，门人等分别“杖流”及“发伊犁等处充当苦差”。

19 **缺着末笔** 从唐代开始的一种避讳方法，即在书写本朝皇帝或尊长名字时省略最末一笔。

20 **风终《豳》，雅终《召旻》** 《诗经》分“国风”“小雅”“大雅”“颂”四大类。《豳》是“国风”的最后一篇，《召旻》则是“大雅”的最后一篇。

21 **体元表正** 歌颂帝王的话。“体元”，《春秋》隐公元年：“元年，春，王正月。”晋代杜预注：“凡人君即位，欲其体元以居正，故不言一年一月也。”据唐代孔颖达疏：“元正实是始长之义，但因名以广之。元者，气之本也，善之长也；人君执大本，长庶物，致其与元同体，故年称元年。”“表正”，见《书经·仲虺之诰》：“表正万邦。”汉代孔安国注：“仪表天下，法正万国。”

22 **“万物皆备于我矣”** 语见《孟子·尽心》。

23 **东坡** 苏轼（1037—1101），文学家。字子瞻，号东坡居士，眉山（今属四川）人。唐宋八大家之一。与其父苏洵、弟苏辙，合称“三苏”。宋神宗时，极力反对王安石变法；后因得罪皇帝，被捕入狱，后被贬黄州。宋哲宗时，旧党上台，被召回京，做了翰林学士等官。新党再度上台，又被贬至岭南的惠州和海南的琼州，到宋徽宗即位（1100），才遇赦北归。次年死于常州，终年六十四岁。要客谈鬼事，可参见宋代叶梦得《石林避暑录话》。

24 铁铉（1366—1402） 字鼎石，河南邓州（今邓县）人。明建文帝时任山东参政，燕王朱棣（永乐帝）起兵夺位，他屡破燕王兵。至燕王登位，被处死。关于油炸至死事，见谷应泰《明史纪事本末·壬午殉难》：“铁铉被执至京陛见，背立庭中，正言不屈，令一顾不可得。割其耳鼻，竟不肯顾……遂寸磔之，至死，犹喃喃骂不绝。文皇（永乐）乃令舁大镬至，纳油数斛，熬之，投铉尸，顷刻成煤炭。”

25 关于铁铉两个女儿入教坊事，明代王鏊的《震泽纪闻》载云：“铉有二女，入教坊数月，终不受辱。有铉同官至，二女为诗以献。文皇曰：‘彼终不屈乎？’乃赦出之，皆适士人。”教坊，唐代开始设立的掌管教练女乐的机构，罪犯的妻女被罚入教坊，事实上是做官妓。

26 “曲终奏雅” 语见《汉书·司马相如传》：“扬雄以为靡丽之赋劝百而讽一，犹骋郑卫之声，曲终而奏雅，不已戏乎？”

27 永乐的上谕 详见本书《病后杂谈之余》第一节。

28 张献忠祭梓潼神文，见于《蜀碧》或《蜀龟鉴》，引文与原文在文字上略有出入。梓潼神，又称梓潼帝君，道教所奉主宰功名、禄位之神。传说姓张，名亚子，居蜀七曲山。仕晋战死，后人立庙纪念。

29 杭世骏（1696—1773） 清代考据家。字大宗，浙江仁和（今余杭）人。乾隆时官御史。著有《订讹类编》《道古堂诗文集》等。《订讹类编》是一部考订古籍真伪异同的书，共六卷，续补二卷。

30 《国朝文纂》 明代诗文汇编，王稌编，四十卷。

病后杂谈之余[1]

——关于"舒愤懑"

一

我常说明朝永乐皇帝的凶残，远在张献忠之上，是受了宋端仪的《立斋闲录》[2]的影响的。那时我还是满洲治下的一个拖着辫子的十四五岁的少年，但已经看过记载张献忠怎样屠杀蜀人的《蜀碧》，痛恨着这"流贼"的凶残。后来又偶然在破书堆里发见了一本不全的《立斋闲录》，还是明抄本，我就在那书上看见了永乐的上谕，于是我的憎恨就移到永乐身上去了。

那时我毫无什么历史知识，这憎恨转移的原因是极简单的，只以为流贼尚可，皇帝却不该，还是"礼不下庶人"[3]的传统思想。至于《立斋闲录》，好像是一部少见的书，作者是明人，而明朝已有抄本，那刻本之少就可想。记得《汇刻书目》[4]说是在明代的一部什么丛书中，但这丛书我至今没有见；清《四库全书总目提要》将它放在"存目"里，那么，《四库全书》里也是没有的，我家并不是藏书家，我真不解怎么会有这明抄本。这书我一直保存着，直到十多年前，因为肚子饿得慌了，才和别的两本明抄和一部明刻的《宫闺秘典》[5]去卖给以藏书家和学者出名的傅某[6]，他使我跑了三四趟之后，才说一总给我八块钱，我赌气不卖，抱回来了，又藏在北平的寓里；但久已没有人照管，不知道现在究竟怎样了。

那一本书，还是四十年前看的，对于永乐的憎恨虽然还在，书的内容却早已模模胡胡，所以在前几天写《病后杂谈》时，举不出一句永乐上谕的实例。我也很想看一看《永乐实录》[7]，但在上海又如何能够；来青阁有残本在寄售，十本，实价却是一百六十元，也决不是我辈书架上的书。又是一个偶然：昨天在《安徽丛书》[8]第三集中看见了清俞正燮（1775—1840）《癸巳类稿》[9]的改定本，那《除乐户丐户籍及女乐考附古事》里，却引有永乐皇帝的上谕，是根据王世贞《弇州史料》[10]中的《南京法司所记》的，虽然不多，又未必是精粹，但也足够"略见一斑"，和献忠流贼的作品相比较了。摘录于下——

> "永乐十一年正月十一日，教坊司于右顺门口奏：齐泰姊及外甥媳妇，又黄子澄妹四个妇人，每一日一夜，二十余条汉子看守着，年少的都有身孕，除生子令做小龟子，又有三岁女子，奏请圣旨。奉钦依：由他。不的到长大便是个淫贱材儿？"
>
> "铁铉妻杨氏年三十五，送教坊司；茅大芳妻张氏年五十六，送教坊司。张氏病故，教坊司安政于奉天门奏。奉圣旨：分付上元县抬出门去，着狗吃了！钦此！"[11]

君臣之间的问答，竟是这等口吻，不见旧记，恐怕是万想不到的罢。但其实，这也仅仅是一时的一例。自有历史以来，中国人是一向被同族和异族屠戮，奴隶，敲掠，刑辱，压迫下来的，非人类所能忍受的楚毒，也都身受过，每一考查，真教人觉得不像活在人间。俞正爕看过野史，正是一个因此觉得义愤填膺的人，所以他在记载清朝的解放惰民丐户，罢教坊，停女乐[12]的故事之后，作一结语道——

中国专制历史其实是一部奴隶史。

"自三代至明，惟宇文周武帝，唐高祖，后晋高祖，金，元，及明景帝，于法宽假之，而尚存其旧。余皆视为固然。本朝尽去其籍，而天地为之廓清矣。汉儒歌颂朝廷功德，自云'舒愤懑'[13]，除乐户之事，诚可云舒愤懑者：故列古语琐事之实，有关因革者如此。"

这一段结语，有两事使我吃惊。第一事，是宽假奴隶的皇帝中，汉人居很少数。但我疑心俞正爕还是考之未详，例如金元，是并非厚待奴隶的，只因那时连中国的蓄奴的主人也成了奴隶，从征服者看来，并无高下，即所谓"一视同仁"，于是就好像对于先前的奴隶加以宽假了。第二事，就是这自有历史以来的虐政，竟必待满洲的清才来廓清，使考史的儒生，为之拍案称快，自比于汉儒的"舒愤懑"——就是明末清初的才子们之所谓"不亦快哉！"[14]然而解放乐户却是真的，但又并未"廓清"，例如绍兴的惰民，直到民国革命之初，他们还是不与良民通婚，去给大户服役，不过已有报酬，这一点，恐怕是和解放之前大不相同的了。革命之后，我久不回到绍兴去了，不知道他们怎样，推想起来，大约和三十年前是不会有什么两样的。

二

但俞正燮的歌颂清朝功德，却不能不说是当然的事。他生于乾隆四十年，到他壮年以至晚年的时候，文字狱的血迹已经消失，满洲人的凶焰已经缓和，愚民政策早已集了大成，剩下的就只有“功德”了。那时的禁书，我想他都未必看见。现在不说别的，单看雍正乾隆两朝的对于中国人著作的手段，就足够令人惊心动魄。全毁，抽毁，剜去之类也且不说，最阴险的是删改了古书的内容。乾隆朝的纂修《四库全书》，是许多人颂为一代之盛业的，但他们却不但捣乱了古书的格式，还修改了古人的文章；不但藏之内廷，还颁之文风较盛之处，使天下士子阅读，永不会觉得我们中国的作者里面，也曾经有过很有些骨气的人。（这两句，奉官命改为“永远看不出底细来”。）

嘉庆道光以来，珍重宋元版本的风气逐渐旺盛，也没有悟出乾隆皇帝的“圣虑”，影宋元本或校宋元本的书籍很有些出版了，这就使那时的阴谋露了马脚。最初启示了我的是《琳琅秘室丛书》里的两部《茅亭客话》[15]，一是校宋本，一是四库本，同是一种书，而两本的文章却常有不同，而且一定是关于“华夷”的处所。这一定是四库本删改了的；现在连影宋本的《茅亭客话》也已出版，更足据为铁证，不过倘不和四库本对读，也无从知道那时的阴谋。《琳琅秘室丛书》我是在图书馆里看的，自己没有，现在去买起来又嫌太贵，因此也举不出实例来。但还有比较容易的法子在。

新近陆续出版的《四部丛刊续编》自然应该说是一部新的古董书，但其中却保存着满清暗杀中国著作的案卷。例如宋洪迈[16]的《容斋随笔》至《五笔》是影宋刊本和明活字本，据张元济[17]跋，其中有三条就为清代刻本中所没有。所删的是怎样内容的文章呢？为惜纸墨计，现在只摘录一条《容斋三笔》卷三里的《北狄俘虏之苦》在这里——

> “元魏破江陵，尽以所俘士民为奴，无分贵贱，盖北方夷俗皆然也。自靖康之后，陷于金虏者，帝子王孙，官门仕族之家，尽没为奴婢，使供作务。每人一月支稗子五斗，令自舂为米，得一斗八升，用为糇粮；岁支麻五把，令缉为裘。此外更无一钱一帛之入。男子不能缉者，则终岁裸体。虏或哀之，则使执爨，虽时负火得暖气，然才出外取柴归，再坐火边，皮肉即脱落，不日辄死。惟喜有手艺，如医人绣工之类，寻常只团坐地上，以败席或芦藉衬之，遇客至开筵，引能乐者使奏技，酒阑客散，各复其初，依旧环坐刺绣：任其生死，视如草芥。……”

清朝不惟自掩其凶残，还要替金人来掩饰他们的凶残。据此一条，可见俞正燮入金朝于仁君之列，是不确的了，他们不过是一扫宋朝的主奴之分，一律都作为奴隶，而自己则是主子。但是，这校勘，是用清朝的书坊刻本的，不知道四库本是否也如此。要更确凿，还有一部也是《四部丛刊续编》里的影旧抄本宋晁说之《嵩山文集》[18]在这里，卷末就有单将《负薪对》一篇和四库本相对比，以见一斑的实证，现在摘

时过境迁，所谓历史，已然黑白颠倒。俞正燮之歌颂本朝且不必说，时至今日，仍有大批文化人如什么散文家、电影家、评论家之类，联翩制作关于雍正皇帝如何圣明的神话；统治者暗杀中国著作以自掩其凶残的种种，却借他们之手给遮掩了。

录几条在下面，大抵非删则改，语意全非，仿佛宋臣晁说之，已在对金人战栗，嗫嚅不吐，深怕得罪似的了——

旧抄本	四库本
金贼以我疆埸之臣无状，斥堠不明，遂豕突河北，蛇结河东。	金人扰我疆埸之地，边城斥堠不明，遂长驱河北，盘结河东。
犯孔子春秋之大禁，以百骑却虏枭将，彼金贼虽非人类，而犬豕亦有掉瓦怖恐之号，顾弗之惧哉！	为上下臣民之大耻，以百骑却辽枭将，彼金人虽甚强盛，而赫然示之以威令之森严，顾弗之惧哉！
我取而歼焉可也。	我因而取之可也。
太宗时，女真困于契丹之三栅，控告乞援，亦卑恭甚矣。不谓敢眦睨中国之地于今日也。	太宗时，女真困于契丹之三栅，控告乞援，亦和好甚矣。不谓竟酿患滋祸一至于今日也。
忍弃上皇之子于胡虏乎？	忍弃上皇之子于异地乎？

何则：夷狄喜相吞并斗争，是其犬羊狺吠咋啮之性也。唯其富者最先亡。古今夷狄族帐，大小见于史册者百十，今其存者一二，皆以其财富而自底灭亡者也。今此小丑不指日而灭亡，是无天道也。	（无）
褫中国之衣冠，复夷狄之态度。	遂其报复之心，肆其凌侮之意。
取故相家孙女姊妹，缚马上而去，执侍帐中，远近胆落，不暇寒心。	故相家皆携老襁幼，弃其籍而去，焚掠之余，远近胆落，不暇寒心。

即此数条，已可见“贼”“虏”“犬羊”是讳的；说金人的淫掠是讳的；“夷狄”当然要讳，但也不许看见“中国”两个字，因为这是和“夷狄”对立的字眼，很容易引起种族思想来的。但是，这《嵩山文集》的抄者不自改，读者不自改，尚存旧文，使我们至今能够看见晁氏的真面目，在现在说起来，也可以算是令人大“舒愤懑”的了。

清朝的考据家有人说过，“明人好刻古书而古书亡”[19]，因为他们对于历史，后人亦多有避讳及妄行篡改之处。

妄行校改。我以为这之后，则清人纂修《四库全书》而古书亡，因为他们变乱旧式，删改原文；今人标点古书而古书亡，因为他们乱点一通，佛头着粪：这是古书的水火兵虫以外的三大厄。

三

对于清朝的愤懑的从新发作，大约始于光绪中，但在文学界上，我没有查过以谁为“祸首”。太炎先生是以文章排满的骁将著名的，然而在他那《訄书》[20]的未改订本中，还承认满人可以主中国，称为“客帝”，比于嬴秦的“客卿”。但是，总之，到光绪末年，翻印的不利于清朝的古书，可是陆续出现了；太炎先生也自己改正了“客帝”说，在再版的《訄书》里，“删而存此篇”；后来这书又改名为《检论》，我却不知道是否还是这办法。留学日本的学生们中的有些人，也在图书馆里搜寻可以鼓吹革命的明末清初的文献。那时印成一大本的有《汉声》，是《湖北学生界》[21]的增刊，面子上题着四句集《文选》句：“抒怀旧之积念，发思古之幽情”，第三句想不起来了，第四句是“振大汉之天声”。无古无今，这种文献，倒是总要在外国的图书馆里抄得的。

关于中国历史的文献，居然总要在外国的图书馆里抄得，真个可叹也夫！

我生长在偏僻之区，毫不知道什么是满汉，只在饭店的招牌上看见过“满汉酒席”字样，也从不引起什么疑问来。听人讲“本朝”的故事是常有的，文字狱的事情却一向没有听到过，乾隆皇帝南巡[22]的盛事也很少有人讲述了，最多的是“打长毛”。我家里有一个年老的女工，她说长毛时候，她已经十多岁，长毛故事要算她对我讲得最多，但她并无邪正之分，只说最可怕的东西有三种，一种自然是“长毛”，一种是“短毛”，还有一种是“花绿头”[23]。到得后来，我才明白后两种其实是官兵，但在愚民的经验上，是和长毛并无区别的。给我指明长毛之可恶的倒是几位读书人；我家里有几部县志，偶然翻开来看，那时殉难的烈士烈女的名册就有一两卷，同族里的人也有几个被杀掉的，后来封了“世袭云骑尉”[24]，我于是确切的认定了长毛之可恶。然而，真所谓“心事如波涛”[25]罢，久而久之，由于自己的阅历，证以女工的讲述，我竟决不定那些烈士烈女的凶手，究竟是长毛呢，还是“短毛”和“花绿头”了。我真很羡慕“四十而不惑”[26]的圣人的幸福。

对我最初提醒了满汉的界限的不是书，是辫子。这辫子，是砍了我们古人的许多头，这才种定了的[27]，到得我有知识的时候，大家早忘却了血史，反以为全留乃是长毛，全剃好像和尚，必须剃一点，留一点，才可以算是一个正经人了。而且还要从辫子上玩出花样来：小丑挽一个结，插上一朵纸花打诨；开口跳[28]将小辫子挂在铁杆上，慢慢的吸烟献本领；变把戏的

末一句精彩之至，不但反讽好，意思好，而且节奏好。

不必动手，只消将头一摇，劈拍一声，辫子便自会跳起来盘在头顶上，他于是要起关王刀来了。而且还切于实用：打架的时候可以拔住，挣脱极难；捉人的时候可以拉着，省得绳索，要是被捉的人多呢，只要捏住辫梢头，一个人就可以牵一大串。吴友如[29]画的《申江胜景图》里，有一幅会审公堂，就有一个巡捕拉着犯人的辫子的形象，但是，这是已经算作“胜景”了。

住在偏僻之区还好，一到上海，可就不免有时会听到一句洋话：Pig-tail——猪尾巴。这一句话，现在是早不听见了，那意思，似乎也不过说人头上生着猪尾巴，和今日之上海，中国人自己一斗嘴，便彼此互骂为“猪猡”的，还要客气得远。不过那时的青年，好像涵养工夫没有现在的深，也还未懂得“幽默”，所以听起来实在觉得刺耳。而且对于拥有二百余年历史的辫子的模样，也渐渐的觉得并不雅观，既不全留，又不全剃，剃去一圈，留下一撮，又打起来拖在背后，真好像做着好给别人来拔着牵着的柄子。对于它终于怀了恶感，我看也正是人情之常，不必指为拿了什么地方的东西，迷了什么斯基的理论的[30]。（这两句，奉官谕改为“不足怪的”。）

对于忘却民族血史的“幽默”之说的反讽。

我的辫子留在日本，一半送给客店里的一位使女做了假发，一半给了理发匠，人是在宣统初年回到故乡来了。一到上海，首先得装假辫子。这时上海有一个专装假辫子的专家，定价每条大洋四元，不折不扣，他的大名，大约那时的留学生都知道。做也真做得巧妙，只要别人不留心，是很可以不出岔子的，但如果人知道你原是留学生，留心研究起来，那就漏洞百出。夏天不能戴帽，也不大行；人堆里要防挤掉或挤歪，也不行。装了一个多月，我想，如果在路上掉了下来或者被人拉下来，不是比原没有辫子更不好看么？索性不装了，贤人说过的：一个人做人要真实。

但这真实的代价真也不便宜，走出去时，在路上所受的待遇完全和先前两样了。我从前是只以为访友作客，才有待遇的，这时才明白路上也一样的一路有待遇。最好的是呆看，但大抵是冷笑，恶骂。小则说是偷了人家的女人，因为那时捉住奸夫，总是首先剪去他辫子的，我至今还不明白为什么；大则指为“里通外国”，就是现在之所谓“汉奸”。我想，如果一个没有鼻子的人在街上走，他还未必至于这么受苦，假使没有了影子，那么，他恐怕也要这样的受社会的责罚了。

我回中国的第一年在杭州做教员，还可以穿了洋服算是洋鬼子；第二年回到故乡绍兴中学去做学监，却连洋服也不行了，因为有许多人是认识我的，所以不管如何装束，总不失为“里通外国”的人，于是我所受的无辫之灾，以在故乡为第一。尤其应该小心的是满洲人的绍兴知府的眼睛，他每到学校来，总喜欢注视我的短头发，和我多说话。

学生们里面，忽然起了剪辫风潮了，很有许多人要剪掉。我连忙禁止。他们就举出代表来诘问道：究竟有辫子好呢，还是没有辫子好呢？我的不假思索的答复是：没有辫子好，然而我劝你们不要剪。学生是向来没有一个说我“里通外国”的，但从这时起，却给了我一个“言行不一致”的结语，看不起了。“言行一致”[31]，当然是很有价值的，现在之所谓文学家里，也还有人以这一点自豪，但他们却不知道他们一剪辫子，价值就会集中在脑袋上。轩亭口离绍兴中学并不远，就是秋瑾小姐就义之处，他们常走，然而忘却了。

“不亦快哉！”——到了一千九百十一年的双十，后来绍兴也挂起白旗来，算是革命了，我觉得革命给我的好处，最大，最不能忘的是我从此可以昂头露顶，慢慢的在街上走，再不听到什么嘲骂。几个也是没有辫子的老朋友从乡下来，一见面就摩着自己的光头，从心底里笑了出来道：哈哈，终于也有了这一天了。

假如有人要我颂革命功德，以“舒愤懑”，那么，我首先要说的就是剪辫子。

四

然而辫子还有一场小风波，那就是张勋的“复辟”，一不小心，辫子是又可以种起来的，我曾见他的辫子兵在北京城外布防，对于没辫子的人们真是气焰万丈。幸而不几天就失败了，使我们至今还可以剪短，分开，披落，烫卷……

张勋的姓名已经暗淡，“复辟”的事件也逐渐遗忘，我曾在《风波》里提到它，别的作品上却似乎没有见，可见早就不受人注意。现在是，连辫子也日见稀少，将与周鼎商彝同列，渐有卖给外国人的资格了。

我也爱看绘画，尤其是人物。国画呢，方巾长袍，或短褐椎结，从没有见过一条我所记得的辫子；洋画呢，歪脸汉子，肥腿女人，也从没有见过一条我所记得的辫子。这回见了几幅钢笔画和木刻的阿Q

像，这才算遇到了在艺术上的辫子，然而是没有一条生得合式的。想起来也难怪，现在的二十岁上下的青年，他生下来已是民国，就是三十岁的，在辫子时代也不过四五岁，当然不会深知道辫子的底细的了。

那么，我的“舒愤懑”，恐怕也很难传给别人，令人一样的愤激，感慨，欢喜，忧愁的罢。

十二月十七日。

一星期前，我在《病后杂谈》里说到铁氏二女的诗。据杭世骏说，钱谦益[32]编的《列朝诗集》里是有的，但我没有这书，所以只引了《订讹类编》完事。今天《四部丛刊续编》的明遗民彭孙贻[33]《茗斋集》出版了，后附《明诗钞》，却有铁氏长女诗在里面。现在就照抄在这里，并将范昌期原作，与所谓铁女诗不同之处，用括弧附注在下面，以便比较。照此看来，作伪者实不过改了一句，并每句各改易一二字而已——

教坊献诗

教坊脂粉（落籍）洗铅华，一片闲（春）心对落花。旧曲听来犹（空）有恨，故园归去已（却）无家。云鬟半挽（辫）临妆（青）镜，雨泪空流（频弹）湿绛纱。今日相逢白司马（安得江州司马在），尊前重与诉（为赋）琵琶。

但俞正燮《癸巳类稿》又据茅大芳《希董集》，言“铁公妻女以死殉”；并记或一说云，“铁二子，无女”。那么，连铁铉有无女儿，也都成为疑案了。两个近视眼论扁额上字，辩论一通，其实连扁额也没有挂，原也是能有的事实。不过铁妻死殉之说，我以为是粉饰的。《弇州中国人的社会心理：不敢正视悲剧，便以趣味、噱头及喜剧置换之。

史料》所记，奏文与上谕具存，王世贞明人，决不敢捏造。

倘使铁铉真的并无女儿，或有而实已自杀，则由这虚构的故事，也可以窥见社会心理之一斑。就是：在受难者家族中，无女不如其有之有趣，自杀又不如其落教坊之有趣；但铁铉究竟是忠臣，使其女永沦教坊，终觉于心不安，所以还是和寻常女子不同，因献诗而配了士子。这和小生落难，下狱挨打，到底中了状元的公式，完全是一致的。

二十三日之夜，附记。

注　释

1　发表于1935年3月《文学》月刊第4卷第3号，发表时题目改作《病后余谈》，副题亦被删去。后编入《且介亭杂文》。

2　宋端仪　字孔时，福建莆田人，明朝进士，官礼部主事。著有《考亭渊源录》《立斋闲录》等。《立斋闲录》是杂录明人的碑志和说部的笔记，起自太祖洪武元年，至英宗天顺（1367—1464）止。

3　“礼不下庶人”　语见《礼记·曲礼》。

4　《汇刻书目》　是各种丛书的书目汇编。清代王懿荣编。共收丛书五百六十余种。后又有续补数种。

5　《宫闱秘典》　即《皇明宫闱秘典》，又名《酌中志》。明代刘若愚著，共二十四卷。写明末魏忠贤专权时宫廷内幕。

6 **傅其** 指傅增湘（1872—1949），四川江安人，藏书家、目录学家、版本学家。时任北洋政府教育总长。著有《藏园群书题记》《双鉴楼善本书目》等。

7 **《永乐实录》** 明代杨士奇等编，共一百三十卷。

8 **《安徽丛书》** 内容为安徽人的著作汇编，共九集。

9 **俞正燮** 清代学者，字理初，安徽黟县人。道光举人，晚年主讲江宁惜阴书院。通经史，擅考据。著有《癸巳类稿》《癸巳存稿》等。**《癸巳类稿》** 是考订经、史以及小说、医学等的杂记，共十五卷。

10 **王世贞**（1526—1590） 明代文学家。字元美，号凤洲，又号弇州山人，太仓（今属江苏）人。嘉靖进士，官至南京刑部尚书。与李攀龙同为“后七子”首领，是文学的复古派。著有《弇州山人四部稿》等。**《弇州史料》** 明代董复表编，选录王世贞有关朝野的史料，前集三十卷，后集七十卷。

11 **齐泰** 江苏溧水人，官兵部尚书。**黄子澄** 江西分宜人，官太常卿。**茅大芳** 江苏泰兴人，官副都御史。他们原是忠于建文帝的大臣，均在永乐登位时被杀。

12 **惰民** 即“堕民”。明清时散居于浙江绍兴府各县的一种贱民。数百年间深受歧视，不许与一般平民通婚，亦不许应科举，多任婚丧喜庆杂役等事。清雍正元年始废除其贱籍。**罢教坊** 清雍正七年（1729）废教坊。**停女乐** 清顺治十六年（1659）废女乐。

13 **“舒愤懑”** 汉儒，指班固。他有《典引》一文，小引中说：“窃作《典引》一篇，虽不足雍容明盛万分之一，犹启发愤满，觉悟童蒙，光扬大汉，轶声前代；然后退入沟壑，死而不朽。”“舒愤懑”，即文中的“启发愤满”。

14 **“不亦快哉！”** 金圣叹批评《西厢记》的批语中的话。

15 **《琳琅秘室丛书》** 丛书名。清代胡珽辑。所收偏重于掌故、说部、释道方面的书。共五集，三十六种。其中《茅亭客话》，宋代黄休复著，记录从五代到宋真宗时的蜀中杂事。共十卷。

16 洪迈（1123—1202） 南宋文学家。字景庐，号容斋，鄱阳（今江西波阳）人。孝宗时官至端明殿学士。学识渊博，自经史百家以至医卜星算，皆有论述，尤熟悉宋代掌故。著有《容斋随笔》《续笔》《三笔》《四笔》各十六卷，《五笔》十卷，是一部有关经史、文艺、掌故等的笔记。

17 张元济（1867—1959） 出版家。字菊生，浙江海盐人，上海商务印书馆编辑所所长。著有《校史随笔》《涵芬楼烬余书录》《涉园序跋集录》等。

18 晁说之（1059—1129） 宋代文学家。字以道，号景迂，清丰（今属河北）人。著有《嵩山文集》《晁氏客语》等。

19 “明人好刻古书而古书亡” 清代藏书家陆心源（1834—1894）在《六经雅言图辨跋》中说：“明人书帕本，大抵如是，所谓刻书而书亡者也。”

20 《訄书》 章太炎早期的学术著作，1899 年刊行。1902 年修订出版时，作者删去《寄帝》等篇，增加宣传反清革命的论文。1914 年作者重新增删，又删去若干，并改名为《检论》。

21 《湖北学生界》 清末留学日本的湖北学生主办的一种月刊，1903 年创刊于东京，后改名为《汉声》。

22 乾隆皇帝南巡 清代乾隆皇帝在位六十年（1736—1795），巡游江南先后共六次。

23 “长毛” 指太平天国起义的军队。“短毛” 指清朝官兵。“花绿头” 指英法帝国主义军队。法国军队用花布裹头，英国军队则用绿布，故称“花头”“绿头”等。

24 “世袭云骑尉” 官名。唐宋元明历朝都有这官职，至清为世袭，是世职的末级。

25 “心事如波涛” 唐代诗人李贺《申胡子觱篥歌》中的句子。

26 “四十而不惑” 语见《论语·为政》。

27 1644年，清兵入关后，即令剃发垂辫。次年5月攻入南京后，再下剃发令，限十日内剃发，如“已定地方之人民，仍存明制，不随本朝之制度者，杀无赦！”为此，许多人被杀。

28 **开口跳** 传统戏曲中武丑的俗你。

29 **吴友如**（？—1893） 清末画家。名嘉猷，字友如，江苏元和（今吴县）人。曾以卖画为生，后为宫廷作画。1884年起，在上海主绘《点石斋画报》，后自办《飞影阁画报》，影响颇大。

30 **拿了什么地方的东西，迷了什么斯基的理论** 攻击进步人士拿卢布，或说青年追随俄国人的学说。“斯基”是俄国姓氏常见的词尾。

31 **“言行一致”** 施蛰存1934年9月在《现代》月刊发表《我与文言文》一文，说：“我自有生以来三十年，除幼稚无知的时代以外，自信思想及言行都是一贯的。”

32 **钱谦益**（1582—1664） 字受之，号牧斋，晚号蒙叟，常熟（今属江苏）人。明万历进士，初官礼部侍郎，后为礼部尚书。清兵南下，率先投降，以礼部侍郎管秘书院事。其后，又参与反清活动。诗文均负盛名，著有《初学集》《有学集》《投笔集》等。《列朝诗集》是他选编的明诗的总集。

33 **彭孙贻**（1615—1673） 字仲谋，号茗斋，浙江海盐人。明代选贡生，明亡后闭门不出。著有《茗斋集》《茗香堂史论》等。

隐　士[1]

隐士，历来算是一个美名，但有时也当作一个笑柄。最显著的，则有刺陈眉公[2]的“翩然一只云中鹤，飞去飞来宰相衙”的诗，至今也还有人提及。我以为这是一种误解。因为一方面，是“自视太高”，于是别方面也就“求之太高”，彼此“忘其所以”，不能“心照”，而又不能“不宣”，从此口舌也多起来了。

非隐士的心目中的隐士，是声闻不彰，息影山林的人物。但这种人物，世间是不会知道的。一到挂上隐士的招牌，则即使他并不“飞去飞来”，也一定难免有些表白，张扬；或是他的帮闲们的开锣喝道——隐士家里也会有帮闲，说起来似乎不近情理，但一到招牌可以换饭的时候，那是立刻就有帮闲的，这叫作“啃招牌边”。这一点，也颇为非隐士的人们所诟病，以为隐士身上而有油可揩，则隐士之阔绰可想了。其实这也是一种“求之太高”的误解，和硬要有名的隐士，老死山林中者相同。凡是有名的隐士，他总是已经有了“悠哉游哉，聊以卒岁”[3]的幸福的。倘不然，朝砍柴，昼耕田，晚浇菜，夜织屦，又那有吸烟品茗，吟诗作文的闲暇？陶渊明先生是我们中国赫赫有名的大隐，一名“田园诗人”，自然，他并不办期刊，也赶不上吃“庚款”，然而他有奴子。汉晋时候的奴子，是不但侍候主人，并且给主人种地，营商的，正是生财器具。所以虽是渊明先生，也还略略有些生财之道在，要不然，他老人家不但没有酒喝，而且没有饭吃，早已在东篱旁边饿死了。

中国历史上没有真正的隐士。

所以我们倘要看看隐君子风，实际上也只能看看这样的隐君子，真的“隐君子”[4]是没法看到的。古今著作，足以汗牛而充栋，但我们可能找出樵夫渔父的著作来？他们的著作是砍柴和打鱼。至于那些文士诗翁，自称什么钓徒樵子的，倒大抵是悠游自得的封翁或公子，何尝捏过钓竿或斧头柄。要在他们身上赏鉴隐逸气，我敢说，这只能怪自己胡涂。

登仕，是噉饭之道，归隐，也是噉饭之道。假使无法噉饭，那就连“隐”也隐不成了。“飞去飞来”，正是因为要“隐”，也就是因为要噉饭；肩出“隐士”的招牌来，挂在“城市山林”里，这就正是所谓“隐”，也就是噉饭之道。帮闲们或开锣，或喝道，那是因为自己还不配“隐”，所以只好揩一点“隐”油，其实也还不外乎噉饭之道。汉唐以来，实际上是入仕并不算鄙，隐居也不算高，而且也不算穷，必须欲“隐”而不得，这才看作士人的末路。唐末有一位诗人左偃[5]，自述他悲惨的境遇道：“谋隐谋官两无成”，是用七个字道破了所谓“隐”的秘密的。

“谋隐”无成，才是沦落，可见“隐”总和享福文中官隐并提，揭示鼓吹悠闲文学的文学家的实际地位和心理背景。

有些相关，至少是不必十分挣扎谋生，颇有悠闲的余裕。但赞颂悠闲，鼓吹烟茗[6]，却又是挣扎之一种，不过挣扎得隐藏一些。虽“隐”，也仍然要噉饭，所以招牌还是要油漆，要保护的。泰山崩，黄河溢，隐士们目无见，耳无闻，但苟有议及自己们或他的一伙的，则虽千里之外，半句之微，他便耳聪目明，奋袂而起，好像事件之大，远胜于宇宙之灭亡者，也就为了这缘故。其实连和苍蝇也何尝有什么相关。[7]

明白这一点，对于所谓“隐士”也就毫不诧异了，心照不宣，彼此都省事。

一月二十五日。

注　释

1　发表于1935年2月上海《太白》半月刊第1卷第11期，署名长庚。后编入《且介亭杂文二集》。

2　陈眉公（1558—1639）　陈继儒，明代文学家、书画家。字仲醇，号眉公，华亭（今上海）人。隐居小昆山，又常与官绅相周旋。清代蒋士铨所作传奇《临川梦·隐奸》出场诗被认为是讽刺他的，“翩然一只云中鹤，飞去飞来宰相衙”是全诗的最末两句。

3　“悠哉游哉，聊以卒岁”　语出《左传》襄公二十一年：“诗曰：‘优哉游哉，聊以卒岁。’”今通行本《诗经》中无“聊以卒岁”句。

4 **“隐君子”** 指隐士。语见《史记·老庄申韩列传》：“老子，隐君子也。”

5 **左偃** 南唐诗人。“谋隐谋官两无成”，是他的七律《寄韩侍郎》中的一句，原作为“谋身谋隐两无成”。

6 **赞颂悠闲，鼓吹烟茗** 指周作人、林语堂等提倡的一种文学趣味，这类作品多发表在《人间世》《论语》等刊物上。

7 《人间世》发刊词说，该刊内容“包括一切，宇宙之大，苍蝇之微，皆可取材，故名之为人间世”。

再论“文人相轻”[1]

今年的所谓“文人相轻”，不但是混淆黑白的口号，掩护着文坛的昏暗，也在给有一些人“挂着羊头卖狗肉”的。

真的“各以所长，相轻所短”的能有多少呢！我们在近几年所遇见的，有的是“以其所短，轻人所短”。例如白话文中，有些是诘屈难读的，确是一种“短”，于是有人提了小品或语录，向这一点昂然进攻了，但不久就露出尾巴来，暴露了他连对于自己所提倡的文章，也常常点着破句[2]，“短”得很。有的却简直是“以其所短，轻人所长”了。例如轻蔑“杂文”的人，不但他所用的也是“杂文”，而他的“杂文”，比起他所轻蔑的别的“杂文”来，还拙劣到不能相提并论。[3]那些高谈阔论，不过是契诃夫（A. Chekhov）所指出的登了不识羞的顶颠，傲视着一切，被轻者是无福和他们比较的，更从什么地方“相”起？现在谓之“相”，其实是给他们一扬，靠了这“相”，也是“文人”了。然而，“所长”呢？

况且现在文坛上的纠纷，其实也并不是为了文笔的短长。文学的修养，决不能使人变成木石，所以文人还是人，既然还是人，他心里就仍然有是非，有爱憎；但又因为是文人，他的是非就愈分明，爱憎也愈热烈。从圣贤一直敬到骗子屠夫，从美人香草一直爱到麻疯病菌的文人，在这世界上是找不到的，遇见所是和所爱的，他就拥抱，遇见所非和所憎的，他就反拨。如果第三者不以为然了，可以指出他所非的其实是“是”，他所憎的其实该爱来，单用了笼统的“文人相轻”这一句空话，是不能抹杀的，世间还没有这种便宜事。一有文人，就有纠纷，但到后来，谁是谁非，孰存孰亡，都无不明明白白。因为还有一些读者，他的是非爱憎，是比和事老的评论家还要清楚的。

然而，又有人来恐吓了。他说，你不怕么？古之嵇康，在柳树下打铁，钟会来看他，他不客气，问道：“何所闻而来，何所见而去？”于是得罪了钟文人，后来被他在司马懿面前搬是非，送命了。所以你无论遇见谁，应该赶紧打拱作揖，让坐献茶，连称“久仰久仰”才是。这自然也许未必全无好处，但做文人做到这地步，不是很有些近乎婊子了么？况且这位恐吓家的举例，其实也是不对的，嵇康的送命，并非为了他是傲慢的文人，大半倒因为他是曹家的女婿，即使钟会不去搬是非，也总有人去搬是非的，所谓“重赏之下，必有勇夫”者是也。

不过我在这里，并非主张文人应该傲慢，或不妨傲慢，只是说，文人不应该随和；而且文人也不会随和，会随和的，只有和事老。但这不随和，却又并非

文人必须明是非，有爱憎，而不应该随和。

回避，只是唱着所是，颂着所爱，而不管所非和所憎；他得像热烈地主张着所是一样，热烈地攻击着所非，像热烈地拥抱着所爱一样，更热烈地拥抱着所憎——恰如赫尔库来斯（Hercules）的紧抱了巨人安太乌斯（Antaeus）[4]一样，因为要折断他的肋骨。

五月五日。

注　释

1　发表于1935年6月《文学》月刊第4卷第6号，署名隼。后编入《且介亭杂文二集》。

2　指林语堂。他曾发表《论语录体之用》一文，列举语录体的优点，是当时提倡语录体最力的作家。“点着破句”，一指由刘大杰标点、林语堂校阅的《袁中郎全集》的错误，见作者《骂杀与捧杀》一文；二指林语堂在《论个人笔调》中，将引文“有时过客题诗，山门系马；竟日高人看竹，方丈留鸾”，错点为“有时过客题诗山门，系马竟日；高人看竹，方丈留鸾”。

3　指林希隽，曾作《杂文和杂文家》一文，攻击杂文的意义“极端狭窄”，而杂文家“堕落的事实是不容掩饰的”。

4　**赫尔库来斯紧抱巨人安太乌斯**　赫尔库来斯，通译赫拉克勒斯；安太乌斯，通译安泰俄斯。希腊神话说，赫拉克勒斯是主神宙斯的儿子，天生神勇有力；安泰俄斯是地神盖娅的儿子，只要靠住地面，一样力大无穷。在一次搏斗中，赫拉克勒斯把安泰俄斯紧紧抱起，揪离地面，才把他扼死。

从帮忙到扯淡[1]

文学需要有“文采”——文学性，无论帮忙或帮闲；倘若只剩下“扯淡”，则无论政治或文学，一例逃不掉沦亡的命运。

“帮闲文学”曾经算是一个恶毒的贬辞，——但其实是误解的。

《诗经》是后来的一部经，但春秋时代，其中的有几篇就用之于侑酒[2]；屈原[3]是“楚辞”的开山老祖，而他的《离骚》，却只是不得帮忙的不平。到得宋玉[4]，就现有的作品看起来，他已经毫无不平，是一位纯粹的清客了。然而《诗经》是经，也是伟大的文学作品；屈原宋玉，在文学史上还是重要的作家。为什么呢？——就因为他究竟有文采。

中国的开国的雄主，是把“帮忙”和“帮闲”分开来的，前者参与国家大事，作为重臣，后者却不过叫他献诗作赋，“俳优蓄之”[5]，只在弄臣[6]之例。不满于后者的待遇的是司马相如[7]，他常常称病，不到武帝面前去献殷勤，却暗暗的作了关于封禅的文章，藏在家里，以见他也有计画大典——帮忙的本领，可惜等到大家知道的时候，他已经“寿终正寝”了。然而虽然并未实际上参与封禅的大典，司马相如在文学史上也还是很重要的作家。为什么呢？就因为他究竟有文采。

但到文雅的庸主时，“帮忙”和“帮闲”的可就混起来了，所谓国家的柱石，也常是柔媚的词臣，我们在南朝的几个末代时，可以找出这实例。然而主虽然“庸”，却不“陋”，所以那些帮闲者，文采却究竟还有的，他们的作品，有些也至今不灭。

谁说“帮闲文学”是一个恶毒的贬辞呢？

就是权门的清客，他也得会下几盘棋，写一笔字，画画儿，识古董，懂得些猜拳行令，打趣插科，这才能不失其为清客。也就是说，清客，还要有清客的本领的，虽然是有骨气者所不屑为，却又非搭空架者所能企及。例如李渔的《一家言》[8]，袁枚的《随园诗话》，就不是每个帮闲都做得出来的。必须有帮闲之志，又有帮闲之才，这才是真正的帮闲。如果有其志而无其才，乱点古书，重抄笑话，吹拍名士，拉扯趣闻，而居然不顾脸皮，大摆架子，反自以为得意，——自然也还有人以为有趣，——但按其实，却不过“扯淡”而已。

由帮忙到帮闲，由有帮闲之才到一味扯淡，可谓一代不如一代。反观现世，权门也当由盛而衰，及于末代矣。

帮闲的盛世是帮忙，到末代就只剩了这扯淡。

六月六日。

注 释

1 发表于1935年9月《杂文》月刊第3号。后编入《且介亭杂文二集》，后记说到本文原为《文学论坛》而作，曾“被全篇禁止”，是几个月后才得以发表的。

2 侑酒　劝酒，陪酒。

3 屈原（约前340—约前278） 战国后期楚国政治家、诗人。名平，字原，又字灵均，楚怀王时官左徒，主张内施德政，修明法度，外联盟国，共御暴秦。这些主张受到贵族集团的反对，屡遭诽谤，后被顷襄王放逐到沅、湘流域，终至投江而死。他是“骚体”的创始者，作品有《离骚》《九歌》《九章》《天问》等，对后世诗歌影响很大。

4 宋玉　楚国诗人，生平不详。东汉王逸说他是屈原的学生，曾事楚襄王，为大夫，但不得志。著有《九辩》《风赋》等。

5 “俳优蓄之” 语见《汉书·严助传》。俳优，古代以乐舞谐戏为业的艺人。

6 弄臣　皇帝狎近戏弄之臣。

7 司马相如（约前179—前117） 汉代辞赋家。字长卿，蜀郡成都（今四川成都）人。《史记》说他“称病闲居，不慕官爵”。他在文学上的成就主要是辞赋，《子虚赋》《上林赋》为其代表作。

8 李渔（1611—约1679） 清代著名戏曲理论家，作家。号笠翁，浙江兰溪人。著有《闲情偶寄》及《笠翁十种曲》《十二楼》等。《一家言》 即《闲情偶寄》，为诗文杂著，共六卷。

名人和名言[1]

《太白》[2]二卷七期上有一篇南山[3]先生的《保守文言的第三道策》，他举出：第一道是说“要做白话由于文言做不通”，第二道是说“要白话做好，先须文言弄通”。十年之后，才来了太炎先生的第三道，“他以为你们说文言难，白话更难。理由是现在的口头语，有许多是古语，非深通小学就不知道现在口头语的某音，就是古代的某音，不知道就是古代的某字，就要写错。……”

太炎先生的话是极不错的。现在的口头语，并非一朝一夕，从天而降的语言，里面当然有许多是古语，既有古语，当然会有许多曾见于古书，如果做白话的人，要每字都到《说文解字》里去找本字，那的确比做任用借字的文言要难到不知多少倍。然而自从提倡白话以来，主张者却没有一个以为写白话的主旨，是在从“小学”里寻出本字来的，我们就用约定俗成的借字。诚然，如太炎先生说：“乍见熟人而相寒暄曰‘好呀’，‘呀’即‘乎’字；应人之称曰‘是唉’，‘唉’即‘也’字。”但我们即使知道了这两字，也不用“好乎”或“是也”，还是用“好呀”或“是唉”。因为白话是写给现代的人们看，并非写给商周秦汉的鬼看的，起古人于地下，看了不懂，我们也毫不畏缩。所以太炎先生的第三道策，其实是文不对题的。这缘故，是因为先生把他所专长的小学，用得范围太广了。

我们的知识很有限，谁都愿意听听名人的指点，但这时就来了一个问题：听博识家的话好，还是听专门家的话好呢？解答似乎很容易：都好。自然都好；但我由历听了两家的种种指点以后，却觉得必须有相当的警戒。因为是：博识家的话多浅，专门家的话多悖的。

博识家的话多浅，意义自明，惟专门家的话多悖的事，还得加一点申说。他们的悖，未必悖在讲述他们的专门，是悖在倚专家之名，来论他所专门以外的事。社会上崇敬名人，于是以为名人的话就是名言，却忘记了他之所以得名是那一种学问或事业。名人被崇奉所诱惑，也忘记了自己之所以得名是那一种学问或事业，渐以为一切无不胜人，无所不谈，于是乎就悖起来了。其实，专门家除了他的专长之外，许多见识是往往不及博识家或常识者的。太炎先生是革命的先觉，小学的大师，倘谈文献，讲《说文》，当然娓娓可听，但一到攻击现在的白话，便牛头不对马嘴，即其一例。还有江亢虎[4]博士，是先前以讲社会主义出名的名人，他的社会主义到底怎么样呢，我不知道。只是今年忘其所以，谈到小学，说"'德'之古字为'悳'，从'直'从'心'，'直'即直觉之意"，却真不知道悖到那里去了，他竟连那上半并不是曲直的直字这一点都不明白。这种解释，却须听太炎先生了。

博识家与专门家。

不过在社会上，大概总以为名人的话就是名言，既是名人，也就无所不通，无所不晓。所以译一本欧洲史，就请英国话说得漂亮的名人校阅，编一本经济学，又乞古文做得好的名人题签；学界的名人绍介医生，说他“术擅岐黄[5]”，商界的名人称赞画家，说他“精研六法[6]”。……

名人崇拜与大众文化。

这也是一种现在的通病。德国的细胞病理学家维尔晓（Virchow）[7]，是医学界的泰斗，举国皆知的名人，在医学史上的位置，是极为重要的，然而他不相信进化论，他那被教徒所利用的几回讲演，据赫克尔（Haeckel）[8]说，很给了大众不少坏影响。因为他学问很深，名甚大，于是自视甚高，以为他所不解的，此后也无人能解，又不深研进化论，便一口归功于上帝了。现在中国屡经绍介的法国昆虫学大家法布耳（Fabre），也颇有这倾向。他的著作还有两种缺点：一是嗤笑解剖学家，二是用人类道德于昆虫界。但倘无解剖，就不能有他那样精到的观察，因为观察的基础，也还是解剖学；农学者根据对于人类的利害，分昆虫为益虫和害虫，是有理可说的，但凭了当时的人类的道德和法律，定昆虫为善虫或坏虫，却是多余了。有些严正的科学者，对于法布耳的有微词，实也并非无故。但倘若对这两点先加警戒，那么，他的大著作《昆虫记》十卷，读起来也还是一部很有趣，也很有益的书。

不过名人的流毒，在中国却较为利害，这还是科举的余波。那时候，儒生在私塾里揣摩高头讲章，和天下国家何涉，但一登第，真是“一举成名天下知”，他可以修史，可以衡文，可以临民，可以治河；到清朝之末，更可以办学校，开煤矿，练新军，造战舰，条陈新政，出洋考察了。成绩如何呢，不待我多说。

名人崇拜，流毒广远。

这病根至今还没有除，一成名人，便有“满天飞”之概。我想，自此以后，我们是应该将“名人的话”和“名言”分开来的，名人的话并不都是名言；许多名言，倒出自田夫野老之口。这也就是说，我们应该分别名人之所以名，是由于那一门，而对于他的专门以外的纵谈，却加以警戒。苏州的学子是聪明的，他们请太炎先生讲国学，却不请他讲簿记学或步兵操典，——可惜人们却又不肯想得更细一点了。

我很自歉这回时时涉及了太炎先生。但“智者千虑，必有一失”，这大约也无伤于先生的“日月之明”的。至于我的所说，可是我想，“愚者千虑，必有一得”，盖亦“悬诸日月而不刊”[9]之论也。

七月一日。

注　释

1 发表于1935年7月《太白》半月刊第2卷第9期，署名越丁。后编入《且介亭杂文二集》。

2 《太白》 小品文半月刊，陈望道主编。1934 年 9 月 20 日创刊，次年停刊。

3 南山　即陈望道（1890—1977），教育家，语言学家。浙江义乌人。早年从事新文化运动和马克思主义宣传活动。1920 年译成《共产党宣言》。任《新青年》编辑，后在复旦大学等多所大学任教职。1949 年以后，任复旦大学校长，华东高教局局长、上海哲学社会科学联合会主席、全国人大代表和政协委员，中国民主同盟中央副主席。著有《修辞学发凡》《美学概论》等。

4 江亢虎（1883—1954） 原名绍铨，江西弋阳人。早年留日，复游西欧，宣传无政府主义。1911 年组织中国社会党，1913 年解散该党去美任教，1921 年去苏旅行，作《新俄游记》。1922 年回国办南方大学，后重组社会党，段祺瑞执政时任制宪要员，北伐战争后去美，继到加拿大任教。1933 年回国，抗战爆发后，在汪伪政府中任要职。抗战胜利后被抓获，1949 年后移押上海，1954 年病死监中。

5 岐黄　黄即黄帝，传说中的上古帝王；岐即岐伯，传说中的上古名医。岐黄是岐伯和黄帝的合称，即医家之祖。今所传中医典籍《黄帝内经》，是战国秦汉时医家托名黄帝和岐伯所作。后世因以岐黄为中医学的代称。

6 六法　被认为是中国画的基本方法。南朝齐谢赫的《古画名录》中说：“画有六法……一气韵生动是也；二骨法用笔是也；三应物象形是也；四随类赋彩是也；五经营位置是也；六传移模写是也。”

7 维尔晓（1821—1902） 通译微耳和。德国科学家和政治活动家，细胞病理学的奠基人。著有《细胞病理学》等。

8 赫克尔（1834—1919） 通译海克尔，德国生物学家。著有《宇宙之谜》《人类发展史》等。

9 “悬诸日月而不刊” 语出汉代扬雄《答刘歆书》：“是悬诸日月不刊之书也。”刊，削，剥落。不刊，不可改动之意。

陀思妥夫斯基的事[1]

——为日本三笠书房《陀思妥夫斯基全集》普及本作

到了关于陀思妥夫斯基，不能不说一两句话的时候了。说什么呢？他太伟大了，而自己却没有很细心的读过他的作品。

回想起来，在年青时候，读了伟大的文学者的作品，虽然敬服那作者，然而总不能爱的，一共有两个人。一个是但丁，那《神曲》的《炼狱》里，就有我所爱的异端在；有些鬼魂还在把很重的石头，推上峻峭的岩壁去。这是极吃力的工作，但一松手，可就立刻压烂了自己。不知怎地，自己也好像很是疲乏了。于是我就在这地方停住，没有能够走到天国去。

还有一个，就是陀思妥夫斯基。一读他二十四岁时所作的《穷人》，就已经吃惊于他那暮年似的孤寂。到后来，他竟作为罪孽深重的罪人，同时也是残酷的拷问官而出现了。他把小说中的男男女女，放在万难

在一个专制环境里产生的文学一定带有某种病态的性质。倘若毫无损伤，没有病态的痕迹而显得十分健康和健全，倒是十分可疑的。

忍受的境遇里，来试炼它们，不但剥去了表面的洁白，拷问出藏在底下的罪恶，而且还要拷问出藏在那罪恶之下的真正的洁白来。而且还不肯爽利的处死，竭力要放它们活得长久。而这陀思妥夫斯基，则仿佛就在和罪人一同苦恼，和拷问官一同高兴着似的。这决不是平常人做得到的事情，总而言之，就因为伟大的缘故。但我自己，却常常想废书不观。

医学者往往用病态来解释陀思妥夫斯基的作品。这伦勃罗梭[2]式的说明，在现今的大多数的国度里，恐怕实在也非常便利，能得一般人们的赞许的。但是，即使他是神经病者，也是俄国专制时代的神经病者，倘若谁身受了和他相类的重压，那么，愈身受，也就会愈懂得他那夹着夸张的真实，热到发冷的热情，快要破裂的忍从，于是爱他起来的罢。

反对忍从。

不过作为中国的读者的我，却还不能熟悉陀思妥夫斯基式的忍从——对于横逆之来的真正的忍从。在中国，没有俄国的基督。在中国，君临的是“礼”，不是神。百分之百的忍从，在未嫁就死了定婚的丈夫，坚苦的一直硬活到八十岁的所谓节妇身上，也许偶然可以发见罢，但在一般的人们，却没有。忍从的形式，是有的，然而陀思妥夫斯基式的掘下去，我以为恐怕也还是虚伪。因为压迫者指为被压迫者的不德之一的这虚伪，对于同类，是恶，而对于压迫者，却是道德的。

两种道德：压迫者和被压迫者。

但是，陀思妥夫斯基式的忍从，终于也并不只成了说教或抗议就完结。因为这是当不住的忍从，太伟大的忍从的缘故。人们也只好带着罪业，一直闯进但丁的天国，在这里这才大家合唱着，再来修练天人的功德了。只有中庸的人，固然并无堕入地狱的危险，但也恐怕进不了天国的罢。

陀思妥耶夫斯基式的忍从。

十一月二十日。

注　释

1 本文原用日文写作，在发表于日本《文艺》杂志1936年2月号的同时，在上海《青年界》月刊第9卷第2期和《海燕》月刊第2期发表。后编入《且介亭杂文二集》。

2 伦勃罗梭（C. Lombroso，1836—1909） 也译作龙勃罗梭，意大利精神病学者、犯罪学家。著有《天才论》《犯罪人论》等。他对精神病学，尤其是犯罪学有着开拓性的贡献。他强调犯罪的遗传因素，主张对“生来犯罪人”采取死刑，终身隔离及消除生殖机能等以“保卫社会”。他的学说曾被德国法西斯所采用，在犯罪学史上，他受到的攻击同赞美一样多。

“题未定”草（六、七、八、九）[1]

六

记得T君曾经对我谈起过：我的《集外集》出版之后，施蛰存先生曾在什么刊物上有过批评[2]，以为这本书不值得付印，最好是选一下。我至今没有看到那刊物；但从施先生的推崇《文选》和手定《晚明二十家小品》的功业，以及自标“言行一致”的美德推测起来，这也正像他的话。好在我现在并不要研究他的言行，用不着多管这些事。

《集外集》的不值得付印，无论谁说，都是对的。其实岂只这一本书，将来重开四库馆时，恐怕我的一切译作，全在排除之列；虽是现在，天津图书馆的目录上，在《呐喊》和《彷徨》之下，就注着一个“销”字，“销”者，销毁之谓也；梁实秋教授充当什么图书馆主任时，听说也曾将我的许多译作驱逐出境。[3]但从一般的情形而论，目前的出版界，却实在并不十分谨严，所以印了我的一本《集外集》，似乎也算不得怎么特别糟蹋了纸墨。至于选本，我倒以为是弊多利少的，记得前年就写过一篇《选本》，说明着自己的意见，后来就收在《集外集》中。

自然，如果随便玩玩，那是什么选本都可以的，《文选》[4]好，《古文观止》[5]也可以。不过倘要研究文学或某一作家，所谓“知人论世”，那么，足以应用的选本就很难得。选本所显示的，往往并非作者的特色，倒是选者的眼光。眼光愈锐利，见识愈深广，选本固然愈准确，但可惜的是大抵眼光如豆，抹杀了作者真相的居多，这才是一个“文人浩劫”。例如蔡邕，选家大抵只取他的碑文，使读者仅觉得他是典重文章的作手，必须看见《蔡中郎集》里的《述行赋》（也见于《续古文苑》[6]），那些“穷工巧于台榭兮，民露处而寝湿，委嘉谷于禽兽兮，下糠秕而无粒”（手头无书，也许记错，容后订正）的句子，才明白他并非单单的老学究，也是一个有血性的人，明白那时的情形，明白他确有取死之道。又如被选家录取了《归去来辞》和《桃花源记》，被论客赞赏着“采菊东篱下，悠然见南山”的陶潜先生，在后人的心目中，实在飘逸得太久了，但在全集里，他却有时很摩登，“愿在丝而为履，附素足以周旋，悲行止之有节，空委弃于床前”，竟想摇身一变，化为“阿呀呀，我的爱人呀”的鞋子，虽然后来自说因为“止于礼义”[7]，未能进攻到底，但那些胡思乱想的自白，究竟是大胆的。就是诗，除论客所佩服的“悠然见南山”之外，也还有“精卫[8]衔微木，将以填沧海，形天舞干戚，猛志固常在”之类的“金刚怒目”[9]式，在证明着他并非

选本大抵不可靠。

整体观念。

整天整夜的飘飘然。这“猛志固常在”和“悠然见南山”的是一个人，倘有取舍，即非全人，再加抑扬，更离真实。譬如勇士，也战斗，也休息，也饮食，自然也性交，如果只取他末一点，画起像来，挂在妓院里，尊为性交大师，那当然也不能说是毫无根据的，然而，岂不冤哉！我每见近人的称引陶渊明，往往不禁为古人惋惜。

这也是关于取用文学遗产的问题，潦倒而至于昏聩的人，凡是好的，他总归得不到。前几天，看见《时事新报》的《青光》[10]上，引过林语堂先生的话，原文抛掉了，大意是说：老庄是上流，泼妇骂街之类是下流，他都要看，只有中流，剽上窃下，最无足观。如果我所记忆的并不错，那么，这真不但宣告了宋人语录，明人小品，下至《论语》,《人间世》,《宇宙风》[11]这些“中流”作品的死刑，也透彻的表白了其人的毫无自信。不过这还是空腹高心之谈，因为虽是“中流”，也并不一概，即使同是剽窃，有取了好处的，有取了无用之处的，有取了坏处的，到得“中流”的下流，他就连剽窃也不会，“老庄”不必说了，虽是明清的文章，又何尝真的看得懂。

标点古文，不但使应试的学生为难，也往往害得有名的学者出丑，乱点词曲，拆散骈文的美谈，已经成为陈迹，也不必回顾了；今年出了许多廉价的所谓珍本书，都有名家标点，关心世道者怒然忧之，以为足煽复古之焰。我却没有这么悲观，化国币一元数角，买了几本，既读古之中流的文章，又看今之中流的标点；今之中流，未必能懂古之中流的文章的结论，就从这里得来的。

例如罢，——这种举例，是很危险的，从古到今，文人的送命，往往并非他的什么“意德沃罗基”[12]的悖谬，倒是为了个人的私仇居多。然而这里仍得举，因为写到这里，必须有例，所谓“箭在弦上，不得不发"者是也。但经再三忖度，决定"姑隐其名"，或者得免于难软，这是我在利用中国人只顾空面子的缺点。

例如罢，我买的"珍本"之中，有一本是张岱的《琅嬛文集》，"特印本实价四角"；据"乙亥十月，卢前[13]冀野父"跋，是"化峭僻之途为康庄"的，但照标点看下去，却并不十分"康庄"。标点，对于五言或七言诗最容易，不必文学家，只要数学家就行，乐府就不大"康庄"了，所以卷三的《景清刺》[14]里，有了难懂的句子：

> "……佩铅刀。藏膝髁。太史奏。机谋破。不称王向前。坐对御衣含血唾。……"

琅琅可诵，韵也押的，不过"不称王向前"这一句总有些费解。看看原序，有云："清知事不成。跃而询上。大怒曰。毋谓我王。即王敢尔耶。清曰。今日之号。尚称王哉。命抉其齿。立且询。则含血前。淴御衣。上益怒。剥其肤。……"（标点悉遵原本）那么，诗该是"不称王，向前坐"了，"不称王"者，"尚称王哉"也；"向前坐"者，"则含血前"也。而序文的"跃而询上。大怒曰"，恐怕也该是"跃而询。上大怒曰"才合式，据作文之初阶，观下文之"上益怒"，可知也矣。

纵使明人小品如何"本色"[15]，如何"性灵"，拿它乱玩究竟还是不行的，自误事小，误人可似乎不大好。例如卷六的《琴操》《脊令操》[16]序里，有这样的句子：

> "秦府僚属。劝秦王世民。行周公之事。伏兵玄武门。射杀建成元吉魏征。伤亡作。"

文章也很通，不过一翻《唐书》，就不免觉得魏征实在射杀得冤枉，他其实是秦王世民做了皇帝十七年之后，这才病死的。[17]所以我们没有法，这里只好点作“射杀建成元吉，魏征伤亡作”。明明是张岱作的《琴操》，怎么会是魏征作呢，索性也将他射杀干净，固然不能说没有道理，不过“中流”文人，是常有拟作的，例如韩愈先生，就替周文王说过“臣罪当诛兮天王圣明”[18]，所以在这里，也还是以“魏征伤亡作”为稳当。

我在这里也犯了“文人相轻”罪，其罪状曰“吹毛求疵”。但我想“将功折罪”的，是证明了有些名人，连文章也看不懂，点不断，如果选起文章来，说这篇好，那篇坏，实在不免令人有些毛骨悚然，所以认真读书的人，一不可倚仗选本，二不可凭信标点。

七

关于“摘句”。

还有一样最能引读者入于迷途的，是“摘句”。它往往是衣裳上撕下来的一块绣花，经摘取者一吹嘘或附会，说是怎样超然物外，与尘浊无干，读者没有见过全体，便也被他弄得迷离惝恍。最显著的便是上文说过的“悠然见南山”的例子，忘记了陶潜的《述酒》和《读山海经》等诗，捏成他单是一个飘飘然，就是这摘句作怪。新近在《中学生》[19]的十二月号上，看见了朱光潜[20]先生的《说‘曲终人不见，江上数峰青’》的文章，推这两句为诗美的极致，我觉得也未免有以割裂为美的小疵。他说的好处是：

"我爱这两句诗，多少是因为它对于我启示了一种哲学的意蕴。'曲终人不见'所表现的是消逝，'江上数峰青'所表现的是永恒。可爱的乐声和奏乐者虽然消逝了，而青山却巍然如旧，永远可以让我们把心情寄托在它上面。人到底是怕凄凉的，要求伴侣的。曲终了，人去了，我们一霎时以前所游目骋怀的世界猛然间好像从脚底倒塌去了。这是人生最难堪的一件事，但是一转眼间我们看到江上青峰，好像又找到另一个可亲的伴侣，另一个可托足的世界，而且它永远是在那里的。'山穷水尽疑无路，柳暗花明又一村'，此种风味似之。不仅如此，人和曲果真消逝了么；这一曲缠绵悱恻的音乐没有惊动山灵？它没有传出江上青峰的妩媚和严肃？它没有深深地印在这妩媚和严肃里面？反正青山和湘灵的瑟声已发生这么一回的因缘，青山永在，瑟声和鼓瑟的人也就永在了。"

这确已说明了他的所以激赏的原因。但也没有尽。读者是种种不同的，有的爱读《江赋》和《海赋》，有的欣赏《小园》或《枯树》[21]。后者是徘徊于有无生灭之间的文人，对于人生，既惮扰攘，又怕离去，懒于求生，又不乐死，实有太板，寂绝又太空，疲倦得要休息，而休息又太凄凉，所以又必须有一种抚慰。于是"曲终人不见"之外，如"只在此山中，云深不知处"或"笙歌归院落，灯火下楼台"[22]之类，就往往为人所称道。因为眼前不见，而远处却在，如果不在，便悲哀了，这就是道士之所以说"至心归命礼，玉皇大天尊！"[23]也。

抚慰劳人的圣药，在诗，用朱先生的话来说，是"静穆"：

"艺术的最高境界都不在热烈。就诗人之所以为人而论，他所感到的欢喜和愁苦也许比常人所感到的更加热烈。就诗人之所以为诗人而论，热烈的欢喜或热烈的愁苦经过诗表现出来以后，都好比黄酒经过长久年代的储藏，失去它的辣性，只剩一味醇朴。我在别的文章里曾经说过这一段话：'懂得这个道理，我们可以明白古希腊人何以把和平静穆看作诗的极境，把诗神亚波罗摆在蔚蓝的山巅，俯瞰众生扰攘，而眉宇间却常如作甜蜜梦，不露一丝被扰动的神色？'这里所谓'静穆'（Serenity）自然只是一种最高理想，不是在一般诗里所能找得到的。古希腊——尤其是古希腊的造形艺术——常使我们觉到这种'静穆'的风味。'静穆'是一种豁然大悟，得到归依的心情。它好比低眉默想的观音大士，超一切忧喜，同时你也可说它泯化一切忧喜。这种境界在中国诗里不多见。屈原阮籍李白杜甫都不免有些像金刚怒目，愤愤不平的样子。陶潜浑身是"静穆"，所以他伟大。"

古希腊人，也许把和平静穆看作诗的极境的罢，这一点我毫无知识。但以现存的希腊诗歌而论，荷马的史诗，是雄大而活泼的，沙孚[24]的恋歌，是明白而热烈的，都不静穆。我想，立"静穆"为诗的极境，而此境不见于诗，也许和立蛋形为人体的最高形式，而此形终不见于人一样。至于亚波罗之在山巅，那可因为他是"神"的缘故，无论古今，凡神像，总是放在较高之处的。这像，我曾见过照相，睁着眼睛，神清气爽，并不像"常如作甜蜜梦"。不过看见实物，是否"使我们觉到这种'静穆'的风味"，在我可就很难断定了，但是，倘使真的觉得，我以为也许有些因为他"古"的缘故。

我也是常常徘徊于雅俗之间的人，此刻的话，很近于大煞风景，但有时却自以为颇"雅"的：间或喜欢看看古董。记得十多年前，在北京认识了一个土财主，不知怎么一来，他也忽然"雅"起来了，买了一个鼎，据说是周鼎，真是土花斑驳，古色古香。而不料过不几天，他竟叫铜匠把它的土花和铜绿擦得一干二净，这才摆在客厅里，闪闪的发着铜光。这样的擦得精光的古铜器，我一生中还没有见过第二个。一切“雅士”，听到的无不大笑，我在当时，也不禁由吃惊而失笑了，但接着就变成肃然，好像得了一种启示。这启示并非“哲学的意蕴”，是觉得这才看见了近于真相的周鼎。鼎在周朝，恰如碗之在现代，我们的碗，无整年不洗之理，所以鼎在当时，一定是干干净净，金光灿烂的，换了术语来说，就是它并不“静穆”，倒有些“热烈”。这一种俗气至今未脱，变化了我衡量古美术的眼光，例如希腊雕刻罢，我总以为它现在之见得“只剩一味醇朴”者，原因之一，是在曾埋土中，或久经风雨，失去了锋棱和光泽的缘故，雕造的当时，一定是崭新，雪白，而且发闪的，所以我们现在所见的希腊之美，其实并不准是当时希腊人之所谓美，我们应该悬想它是一件新东西。

艺术并没有什么凝固的“极境”，倘虚悬了此境论诗文，将抹杀许多富有生气的创造。

凡论文艺，虚悬了一个“极境”，是要陷入“绝境”的，在艺术，会迷惘于土花，在文学，则被拘迫而“摘句”。但“摘句”又大足以困人，所以朱先生就只能取钱起[25]的两句，而踢开他的全篇，又用这两句来概括作者的全人，又用这两句来打杀了屈原，阮籍，李白，杜甫等辈，以为“都不免有些像金刚怒目，愤愤不平的样子”。其实是他们四位，都因为垫高朱先生的美学说，做了冤屈的牺牲的。

我们现在先来看一看钱起的全篇罢：

“省试[26]湘灵鼓瑟

善鼓云和瑟，常闻帝子灵。冯夷空自舞，楚客不堪听。苦调凄金石，清音入杳冥。苍梧来怨慕，白芷动芳馨。流水传湘浦，悲风过洞庭。曲终人不见，江上数峰青。”

要证成“醇朴”或“静穆”，这全篇实在是不宜称引的，因为中间的四联，颇近于所谓“衰飒”。但没有上文，末两句便显得含胡，不过这含胡，却也许又是称引者之所谓超妙。现在一看题目，便明白“曲终”者结“鼓瑟”，“人不见”者点“灵”字，“江上数峰青”者做“湘”字，全篇虽不失为唐人的好试帖，但末两句也并不怎么神奇了。况且题上明说是“省试”，当然不会有“愤愤不平的样子”，假使屈原不和椒兰[27]吵架，却上京求取功名，我想，他大约也不至于在考卷上大发牢骚的，他首先要防落第。

我们于是应该再来看看这《湘灵鼓瑟》的作者的另外的诗了。但我手头也没有他的诗集，只有一部《大历诗略》[28]，也是迂夫子的选本，不过篇数却不少，其中有一首是：

“下第题长安客舍

不遂青云望，愁看黄鸟飞。梨花寒食夜，客子未春衣。世事随时变，交情与我违。空余主人柳，相见却依依。”

一落第，在客栈的墙壁上题起诗来，他就不免有些愤愤了，可见那一首《湘灵鼓瑟》，实在是因为题目，又因为省试，所以只好如此圆转活脱。他和屈原，阮籍，李白，杜甫四位，有时都不免是怒目金刚，但就全体而论，他长不到丈六[29]。

世间有所谓“就事论事”的办法，现在就诗论诗，或者也可以说是无碍的罢。不过我总以为倘要论文，最好是顾及全篇，并且顾及作者的全人，以及他所处的社会状态，这才较为确凿。要不然，是很容易近乎说梦的。但我也并非反对说梦，我只主张听者心里明白所听的是说梦，这和我劝那些认真的读者不要专凭选本和标点本为法宝来研究文学的意思，大致并无不同。自己放出眼光看过较多的作品，就知道历来的伟大的作者，是没有一个“浑身是‘静穆’”的。陶潜正因为并非“浑身是‘静穆’，所以他伟大”。现在之所以往往被尊为“静穆”，是因为他被选文家和摘句家所缩小，凌迟了。

关于文艺批评。

八

现在还在流传的古人文集，汉人的已经没有略存原状的了，魏的嵇康，所存的集子里还有别人的赠答和论难，晋的阮籍，集里也有伏义[30]的来信，大约都是很古的残本，由后人重编的。《谢宣城集》[31]虽然只剩了前半部，但有他的同僚一同赋咏的诗。我以为这样的集子最好，因为一面看作者的文章，一面又可以见他和别人的关系，他的作品，比之同咏者，高下如何，他为什么要说那些话……现在采取这样的编法的，据我所知道，则《独秀文存》[32]，也附有和所存的“文”相关的别人的文字。

那些了不得的作家，谨严入骨，惜墨如金，要把一生的作品，只删存一个或者三四个字，刻之泰山顶上，“传之其人”[33]，那当然听他自己的便，还有鬼蜮似的“作家”，明明有天兵天将保佑，姓名大可公开，他却偏要躲躲闪闪，生怕他的“作品”和自己的原形发生关系，随作随删，删到只剩下一张白纸，到底什么也没有，那当然也听他自己的便。如果多少和社会有些关系的文字，我以为是都应该集印的，其中当然夹杂着许多废料，所谓“榛楛弗剪”[34]，然而这才是深山大泽。现在已经不像古代，要手抄，要木刻，只要用铅字一排就够。虽说排印，糟蹋纸墨自然也还是糟蹋纸墨的，不过只要一想连杨邨人[35]之流的东西也还在排印，那就无论什么都可以闭着眼睛发出去了。中国人常说“有一利必有一弊”，也就是“有一弊必有一利”：揭起小无耻之旗，固然要引出无耻群，但使谦让者泼剌起来，却是一利。

注意保留艺术的原生态。

收回了谦让的人，在实际上也并不少，但又是所谓“爱惜自己”的居多。“爱惜自己”当然并不是坏事情，至少，他不至于无耻，然而有些人往往误认“装点”和“遮掩”为“爱惜”。集子里面，有兼收“少作”的，然而偏去修改一下，在孩子的脸上，种上一撮白胡须；也有兼收别人之作的，然而又大加拣选，决不取谩骂诬蔑的文章，以为无价值。其实是这些东西，一样的和本文都有价值的，即使那力量还不够引出无耻群，但倘和有价值的本文有关，这就是它在当时的价值。中国的史家是早已明白了这一点的，所以历史里大抵有循吏传，隐逸传，却也有酷吏传和佞幸传，有忠臣传，也有奸臣传。因为不如此，便无从知道全般。

而且一任鬼蜮的技俩随时消灭，也不能洞晓反鬼蜮者的人和文章。山林隐逸之作不必论，倘使这作者是身在人间，带些战斗性的，那么，他在社会上一定有敌对。只是这些敌对决不肯自承，时时撒娇道：“冤乎枉哉，这是他把我当作假想敌了呀！”可是留心一看，他的确在放暗箭，一经指出，这才改为明枪，但又说这是因为被诬为“假想敌”[36]的报复。所用的技俩，也是决不肯任其流传的，不但事后要它消灭，就是临时也在躲闪；而编集子的人又不屑收录。于是到得后来，就只剩了一面的文章了，无可对比，当时的抗战之作，就都好像无的放矢，独个人在向着空中发疯。我尝见人评古人的文章，说谁是“锋棱太露”，谁又是“剑拔弩张”，就因为对面的文章，完全消灭了的缘故，倘在，是也许可以减去评论家几分懵懂的。所以我以为此后该有博采种种所谓无价值的别人的文章，作为附录的集子。以前虽无成例，却是留给后来的宝贝，其功用与铸了魑魅罔两的形状的禹鼎[37]相同。

注重作品的创作背景以及作者的社会关系，尤其是敌对关系。

铸鼎另有纪功颂德的作用。1943年1月11日，中国与美国、英国分别签订《中美新约》和《中英新约》，宣布废除历史上强加给中国的不平等条约，取消在华特权。为此，中央组织部部长朱家骅曾发起向蒋介石献九鼎，被蒋痛骂，才将鼎抬走销毁。九只鼎上刻有篆文填金的颂辞，这铭文由鲁迅的私敌之一的顾颉刚执笔，修改定稿。学者可以如此取悦当道，大约这是最善于“猜疑”而且“刻毒”之人所未及逆料者也。国民党元老李石曾对此发表评论说：“顾颉刚曾指大禹非人，遑论舜尧，但朱骝先（家骅）在重庆，拟献九鼎之文，却由顾颉刚执笔，学人而不管事实的好出风头，亦小之乎为学人矣。”陈寅恪作诗嘲之，诗云：“沧海生还又见春，岂知春与世俱新。读书渐已师秦吏，钳市终须避楚人。九鼎铭辞争颂德，百年粗粝总伤贫。周妻何肉尤吾累，大愚分明有此身。”

就是近来的有些期刊，那无聊，无耻与下流，也是世界上不可多得的物事，然而这又确是现代中国的或一群人的“文学”，现在可以知今，将来可以知古，较大的图书馆，都必须保存的。但记得C君曾经告诉我，不但这些，连认真切实的期刊，也保存的很少，大抵只在把外国的杂志，一大本一大本的装起来：还是生着“贵古而贱今，忽近而图远”的老毛病。

九

仍是上文说过的所谓《珍本丛书》之一的张岱《琅嬛文集》，那卷三的书牍类里，有《又与毅儒八弟》的信，开首说：

“前见吾弟选《明诗存》，有一字不似钟谭[38]者，必弃置不取；今几社诸君子盛称王李[39]，痛骂钟谭，而吾弟选法又与前一变，有一字似钟谭者，必弃置不取。钟谭之诗集，仍此诗集，吾弟手眼，仍此手眼，而乃转若飞蓬，捷如影响，何胸无定识，目无定见，口无定评，乃至斯极耶？盖吾弟喜钟谭时，有钟谭之好处，尽有钟谭之不好处，彼盖玉常带璞，原不该尽视为连城；吾弟恨钟谭时，有钟谭之不好处，仍有钟谭之好处，彼盖瑕不掩瑜，更不可尽弃为瓦砾。吾弟勿以几社君子之言，横据胸中，虚心平气，细细论之，则其妍丑自见，奈何以他人好尚为好尚哉！……”

这是分明的画出随风转舵的选家的面目，也指证了选本的难以凭信的。张岱自己，则以为选文造史，须无自己的意见，他在《与李砚翁》的信里说：“弟《石匮》一书，泚笔四十余载，心如止水秦铜，并不自立意见，故下笔描绘，妍媸自见，敢言刻划，亦就物肖形而已。……”然而心究非镜，也不能虚，所以立“虚心平气”为选诗的极境，“并不自立意见”为作史的极境者，也像立“静穆”为诗的极境一样，在事实上不可得。数年前的文坛上所谓“第三种人”杜衡辈，标榜超然，实为群丑，不久即本相毕露，知耻者皆羞称之，无待这里多说了；就令自觉不怀他意，屹然中立如张岱者，其实也还是偏倚的。他在同一信中，论东林[40]云：

要评价一个团体，只能就大体而言，看是好人多还是坏人多，从而确定其性质。

“……夫东林自顾泾阳讲学以来，以此名目，祸我国家者八九十年，以其党升沉，用占世数兴败，其党盛则为终南之捷径，其党败则为元祐之党碑[41]。……盖东林首事者实多君子，窜入者不无小人，拥戴者皆为小人，招徕者亦有君子，此其间线索甚清，门户甚迥。……东林之中，其庸庸碌碌者不必置论，如贪婪强横之王图，奸险凶暴之李三才，闯贼首辅之项煜，上笺劝进之周钟[42]，以致窜入东林，乃欲俱奉之以君子，则吾臂可断，决不敢徇情也。东林之尤可丑者，时敏[43]之降闯贼曰，‘吾东林时敏也’，以冀大用。鲁王监国，蕞尔小朝廷，科道任孔当[44]辈犹曰，“非东林不可进用”。则是东林二字，直与蕞尔鲁国及汝偕亡者。手刃此辈，置之汤镬，出薪真不可不猛也。……”

这真可谓“词严义正”。所举的群小，也都确实的，尤其是时敏，虽在三百年后，也何尝无此等人，真令人惊心动魄。然而他的严责东林，是因为东林党中也有小人，古今来无纯一不杂的君子群，于是凡有党社，必为自谓中立者所不满，就大体而言，是好人多还是坏人多，他就置之不论了。或者还更加一转云：东林虽多君子，然亦有小人，反东林者虽多小人，然亦有正士，于是好像两面都有好有坏，并无不同，但因东林世称君子，故有小人即可丑，反东林者本为小人，故有正士则可嘉，苛求君子，宽纵小人，自以为明察秋毫，而实则反助小人张目。倘说：东林中虽亦有小人，然多数为君子，反东林者虽亦有正士，而大抵是小人。那么，斤量就大不相同了。

谢国桢[45]先生作《明清之际党社运动考》，钩索文籍，用力甚勤，叙魏忠贤两次虐杀东林党人毕，说道：“那时候，亲戚朋友，全远远的躲避，无耻的士大夫，早投降到魏党的旗帜底下了。说一两句公道话，想替诸君子帮忙的，只有几个书呆子，还有几个老百姓。”

这说的是魏忠贤使缇骑捕周顺昌[46]，被苏州人民击散的事。诚然，老百姓虽然不读诗书，不明史法，不解在瑜中求瑕，屎里觅道，但能从大概上看，明黑白，辨是非，往往有决非清高通达的士大夫所可几及之处的。刚刚接到本日的《大美晚报》[47]，有“北平特约通讯”，记学生游行，被警察水龙喷射，棍击刀砍，一部分则被闭于城外，使受冻馁，“此时燕冀中学师大附中及附近居民纷纷组织慰劳队，送水烧饼馒头等食物，学生略解饥肠……"谁说中国的老百姓是庸愚的呢，被愚弄诓骗压迫到现在，还明白如此。张岱又说："忠臣义士多见于国破家亡之际，如敲石出火，一闪即灭，人主不急起收之，则火种绝矣。"（《越绝诗小序》）他所指的"人主"是明太祖，和现在的情景不相符。

反精英主义观点。

石在，火种是不会绝的。但我要重申九年前的主张[48]：不要再请愿！

十二月十八 — 十九夜。

注　释

1　本文第六、七两节发表于 1936 年 1 月上海《海燕》月刊第 1 期，八、九两节发表于同年 2 月《海燕》第 2 期。后编入《且介亭杂文二集》。

2　施蛰存的批评，施蛰存 1935 年 6 月在《文饭小品》第 5 期发表《杂文的文艺价值》一文，其中说："他（鲁迅）是不主张'悔其少作'的，连《集外集》这种零碎文章都肯印出来卖七角大洋；而我是希望作家们在编辑自己的作品集的时候，能稍稍定一下去取。因为在现今出版物蜂拥的情形之下，每个作家多少总有一些随意应酬的文字，倘能在编集子的时候，严格地删定一下，多少也是对于自己作品的一种郑重态度。"

3　梁实秋 1930 年前后曾任青岛大学教授兼图书馆主任。像文中所说的对于将鲁迅的许多译作驱逐出境一事，梁实秋在《关于鲁迅》一文中予以否认。

4 《文选》 即《昭明文选》。

5 《古文观止》 清代康熙年间吴楚材、吴调侯编选的古文读本，收入先秦至明代的文章二百二十二篇，按时间顺序排目，分十二卷。旧时作启蒙读本，流传颇广。

6 蔡邕（132—192） 东汉文学家。字伯喈，陈留圉（今河南杞县）人。汉献帝时董卓任为左中郎将，后王允诛董卓，受累下狱，死于狱中。著有《蔡中郎集》。文中说的《述行赋》为蔡邕抨击宦官擅权的作品，所引四句与原作文字有出入，“工巧”本“变巧”，“委”本“消”。《续古文苑》，清代孙星衍编，二十卷。

7 “愿在丝而为履”四句，为陶潜《闲情赋》中的句子。“止于礼义”源自《诗经 · 关雎》序：“发乎情，止乎礼义。发乎情，民之性也；止乎礼义，先王之泽也。”这里说是陶潜“自说”，大约指《闲情赋》序中坦陈的：“始则荡以思虑，而终归闲正，将以抑流宕之邪心。”

8 精卫 传说中的鸟名。见《山海经 · 北山经》：“发鸠之山……有鸟焉……名曰精卫，其鸣自诶，是炎帝之少女……游于东海，溺而不返，故为精卫；常衔西山之木石，以堙于东海。”“精卫衔微木”四句，见陶潜所作的《读山海经》之十。

9 金刚怒目 亦作“金刚努目”，形容面目威猛可畏。《太平广记》卷一七四引《谈薮》：“隋吏部侍郎薛道衡，尝游钟山开善寺，谓小僧曰：‘金刚何为努目，菩萨何为低眉？’小僧答曰：‘金刚努目，所以降伏四魔；菩萨低眉，所以慈悲六道。’”

10 《青光》 上海《时事新报》的副刊。这里说的“林语堂先生的话”，原见发表于1935年12月《宇宙风》第6期的《烟屑》一文。

11 《论语》《人间世》《宇宙风》 均系林语堂主编或参与合作编辑的以提倡幽默、闲适的文字为宗旨的刊物。

12 "意德沃罗基" 德语 Ideologie 的音译，即"意识形态"。

13 张岱（1597—1679） 明末清初文学家。字宗子、石公，号陶庵，浙江山阴（今绍兴）人。著有《石匮书》《琅嬛文集》《陶庵梦忆》等。《琅嬛文集》是张岱的诗文杂集，六卷。这里说的"特印本"是《中国文学珍本丛书》之一，由刘大杰校点，后面有乙亥（1935）十月卢前的跋文，其中说："世方好公安竟陵之文，得宗子翩跹其间，化峭僻之途为康庄，知文章升降，故有其自也。"卢前 字冀野（1905—1951），江苏南京人，戏曲研究者，曾任光华大学、中央大学等校教授。著有《明清戏曲史》《词曲研究》等。

14 《景清刺》 一首关于景清谋刺永乐帝朱棣的乐府诗。

15 '本色" 林语堂有《说本色之美》一文，其中说："盖做作之美，最高不过工品，妙品，而本色之美，佳者便是神品，化品，与天地争衡，绝无斧凿痕迹。"

16 《琴操》 古琴曲。张岱撰有《琴操》十章，《脊令操》是其中之一。脊令，一作鹡鸰，鸟名。《诗经·小雅·常棣》："脊令在原，兄弟急难。"后因以"脊令"比喻兄弟友爱，急难相顾。

17 关于唐太宗射杀建成元吉事，可参看《新唐书·太宗皇帝本纪》；关于魏征，可详同书《魏征传》。

18 "臣罪当诛兮天王圣明" 是韩愈诗《拘幽操——文王羑里作》中的句子。

19 《中学生》 综合性月刊。夏丏尊、叶圣陶等编辑，1930 年上海创刊，1949 年迁北京，改名《进步青年》，未久停刊。其后出版的《中学生》刊物，系另一刊物。

20 朱光潜（1897—1986） 美学家。字孟实，安徽桐城人。1925 年起留学英法，1933 年回国，历任北京大学、四川大学、武汉大学教授。1949 年后任北京大学教授、全国美学学会会长、全国政协委员、民盟中央委员等职。主要著作有《文艺心理学》《谈美》《西方美学史》等。此处所引的文章，原载 1935

年12月《中学生》第60号。

21 《江赋》 晋代郭璞作。《海赋》 晋代木华作。《小园》《枯树》 二赋为北周庾信作。

22 “只在此山中”二句，见唐代诗人贾岛诗《寻隐者不遇》。“笙歌归院落”二句，见唐代诗人白居易诗《宴散》。

23 “至心归命礼”二句，意思是诚心皈依道教，礼拜玉皇大帝。常见于道教经典。

24 沙孚（Sappho，约公元前七到六世纪） 通译萨福，古希腊女诗人。一生写有九卷诗，至今流传下来的只有两三首完整的短诗和一些断片，爱情和友谊是她歌唱的主题。

25 钱起（722—约780） 唐代诗人，为“大历十才子”之一。字仲文，吴兴（今属浙江）人。天宝十年（751）中进士，官至尚书考功郎中，大历中为翰林学士。擅长应酬诗，近体诗中颇多佳句。

26 “省试” 唐代各州县贡士到京城会考，由尚书省的礼部主试，故称省试，或称礼部试。

27 椒兰 指楚大夫子椒和楚怀王少子子兰。

28 《大历诗略》 唐诗选本，清代乔亿评选，共六卷。

29 丈六 佛家语，佛身长一丈六尺。

30 伏义 生平不详。

31 《谢宣城集》 南朝齐诗人谢朓的诗文集。谢朓（464—499），字玄晖，陈郡阳夏（今河南太康）人，曾任宣城太守、尚书吏部郎。后因萧遥光诬陷，下狱死。诗多描写自然，风格俊逸，后世与谢灵运对举，亦称小谢。著有《谢宣城集》。

32 《独秀文存》 陈独秀的文集。内分论文、随感录、通信三类。1922年11月出版。

33 “传之其人” 语见司马迁《报任少卿书》：“藏之名山，传之其人。”

34 “榛楛弗剪” 语出晋代陆机《文赋》：“彼榛楛之勿剪，亦蒙荣于集翠。”榛楛，丛生的荆棘。

35 杨邨人（1901—1955） 广东潮安人。1925年加入中国共产党，1928年参加创造社，后声明脱党，二十世纪三十年代经常化名攻击鲁迅及左翼文学。

36 “假想敌” 杜衡在1935年11月《星火》第2卷第2期发表《文坛的骂风》一文，其中说：“杂文是战斗的……但有时没有战斗的对象，而这‘战斗的’杂文依然为人所需要，于是乎不得不去找‘假想敌’。……至于写这些文章的动机……三分是为了除了杂文无文可写，除了骂人无杂文可写，除了胡乱找‘假想敌’无人可骂之故。”

37 禹鼎 相传夏禹收九州之金铸成，从此成为传国之重器。鼎，古代的一种烹饪器，多以青铜铸成，魑魅罔两 魑，山神，兽形；魅，怪物；罔两，水神。

38 钟谭 指明代文学家钟惺（1574—1624）和谭元春（1586—1637）。同为湖广竟陵（今湖北天门）人。他们反对拟古，主张抒写性灵，但不满于袁中郎等公安派的浮浅，追求幽深孤峭，以致流于冷涩，被称为竟陵派。

39 几社 明末陈子龙、夏允彝等在江苏松江组织的文学社团。王李 指明代文学家王世贞（1526—1590）和李攀龙（1514—1570），两人是提倡拟古的“后七子”的代表人物。

40 东林 即东林党，晚明以江南士大夫为主的政治集团。万历二十二年（1594），无锡人顾宪成革职还乡，与高攀龙、钱一本等在东林书院讲学，讽议朝政，评论人物；并与在朝的李三方、赵南星等人深相交结，反对矿监、税监的掠夺，主张开放言路，实行改革，为权贵所仇视。明天启五年（1625），宦官魏忠贤制造系列冤案，称他们为“东林党”，予以残酷镇压，被杀害的达数百人。

41 元祐之党碑 宋徽宗时，蔡京奏请将宋哲宗（年号元祐）朝反对王安石新法的司马光、苏轼等309人镌名立碑于太学端礼门前，指为奸党，称为党人碑，也称元祐党碑。

42 王图 陕西耀州人，明万历时任吏部侍郎。李三才 陕西临潼人，明万历时任凤阳巡抚。项煜 吴县（今属江苏）人，明崇祯时官至詹事，后归降李自成。周钟 南直（今属江苏）人，明崇祯时为癸未（1643）庶吉士，后归降李自成。

43 时敏 常熟（今江苏）人。明崇祯时官兵科给事中，江西督漕。李自成克北京时归降。

44 科道 明清官制。都察院所属礼、户、吏、兵、刑、工六科给事中，及十五道监察御史的统称。任孔当 在南明鲁王小朝廷任浙江道监察御史。

45 谢国桢（1904—1982） 史学家。号刚主，河南安阳人。先后任教于南京中央大学、河南大学、长沙西南联大、北平临时大学，1949年后在南开大学讲授明清史及目录学，任中国史教研室主任。著有《晚明史籍考》《明清之际党社运动考》《清开国史料考》等。

46 周顺昌（1584—1626） 字景文，吴县（今属江苏）人。明天启中任吏部文选司员外郎，后遭魏忠贤陷害，死于狱中。

47 《大美晚报》 美国人撒克里（T. O. Thackrey）于1929年4月在上海创办的英文报纸。下面“北平特约通讯”所报道的学生游行，系指“一二·九”学生运动。

48 九年前的主张 作者在“三一八”惨案后所写系列文章都曾表示过不要再请愿的主张，认为应当有“别样方法的战斗”。